Markku Ropponen
Faule Finnen fangen keine F[illegible]

PIPER

Zu diesem Buch

Die Studentin Ilona Lost hat den Sommer über in einem kleinen Supermarkt im mittelfinnischen Jyväskylä gearbeitet und war gerade auf dem Sprung nach Helsinki, als sie an ihrem letzten Arbeitstag erschlagen wird. Die Polizei beginnt mit den Ermittlungen, kann den Mord aber selbst nach zwei Jahren nicht aufklären. Deshalb nimmt der Vater der Toten die Dinge selbst in die Hand und beauftragt einen Privatdetektiv: Otto Kuhala. Und der kann den Auftrag momentan gut gebrauchen. Er pfeift nämlich aus dem letzten Loch – nicht nur wegen der horrenden Tierarztrechnungen für seinen Hund Jeri und dem unausgeglichenen Kontostand, auch die Sehnsucht nach Annukka, ein abgebranntes Sägewerk und die Löcher in sämtlichen Socken machen ihm das Leben schwer. Und als wäre all das noch nicht genug, kündigen sich die ersten Prostatabeschwerden an. Doch Kuhala wäre nicht Kuhala, würde er nicht trotzdem (oder gerade deshalb) auf Mörderjagd gehen.

Markku Ropponen, geb. 1955, ist Bibliothekar und gehört mit seinem Witz und seiner Erzählfreude zu den renommiertesten Kriminalautoren Finnlands. Er hat zahlreiche Romane und Novellen geschrieben und wurde für den besten Kriminalroman des Jahres ausgezeichnet. 1995 erhielt er den Kulturpreis seiner Heimatstadt Jyväskylä, wo er mit seiner Frau und seinen zwei Söhnen lebt.

Markku Ropponen

Faule Finnen fangen keine Fische

Kriminalroman

Aus dem Finnischen von
Stefan Moster

Piper München Zürich

Mehr über unsere Autoren und Bücher:
www.piper.de

Von Markku Ropponen liegen bei Piper vor:
Ein beschissenes Sortiment an Schwierigkeiten
Reusenkadaver und andere Unannehmlichkeiten
Tote Finnen tanzen keinen Tango
Faule Finnen fangen keine Fische

FSC
www.fsc.org
MIX
Papier aus verantwortungsvollen Quellen
FSC® C083411

Deutsche Erstausgabe
Januar 2014
Piper Verlag GmbH, München

Titel der finnischen Originalausgabe:
»Kuhala ja takapihojen tuonenvarjo«, Tammi, Helsinki 2006
Umschlaggestaltung: Cornelia Niere, München
Umschlagabbildung: Scott MacBride/Getty Images
Satz: Greiner & Reichel, Köln
Gesetzt aus der Garamond
Papier: Munken Print von Arctic Paper Munkedals AB, Schweden
Druck und Bindung: CPI – Clausen & Bosse, Leck
Printed in Germany ISBN 978-3-492-30372-9

EINS

1
August

Der einsetzende Regen und die immer schnelleren Schläge der Tropfen auf dem Fensterbrett holten Ilona in die Wirklichkeit zurück. Sie saß auf ihrem Hocker hinter der Kasse und war beim Blick auf die Titelseite einer Zeitschrift erstarrt, genau genommen auf die dort abgebildete Frau, deren Mumienlächeln mit Wundercremes und Puder aufgearbeitet worden war: *Meine Krisen haben mich stark gemacht. Endlich lerne ich, das Leben zu genießen.*

Langsam ließ die Uhr am Pfeiler über dem Monitor den letzten Arbeitstag und gleichzeitig den Sommer auslaufen. Auf die Tür zum Hinterzimmer, das als Pausenraum und Lager diente, fiel der dürre Schatten eines Turms aus Bierkisten. Das hier war der gewöhnlichste und wahrscheinlich auch der hässlichste Supermarkt Finnlands. Er protzte weder mit individuellem Kundenservice noch mit einer reichhaltigen Obst- und Gemüseabteilung. Am Eingang konkurrierten zwei Bananenstauden, ein paar Weintrauben und eine Steige wachswangiger polnischer Äpfel mit Kartoffeltüten um ein bisschen Lebensraum, die Grillwürste lagen neben Gläsern mit eingelegtem Hering und verpackten Käsestücken in Reih und Glied. Es folgten Haushaltspapier, Brot, Säfte, Konserven und Milchprodukte. Ilona kannte die Ordnung auswendig und wäre fähig gewesen, mit geschlossenen Augen zu jedem gewünschten Produkt zu gehen, ohne irgendwo anzustoßen, obwohl die Gänge zwischen den Regalen so eng waren, dass zwei Kunden nur seitlich aneinander vorbeikamen – gewissermaßen scheibchenweise. Über allem lag unausrottbar der Duft nach Schmierseife und schimmeligem Brot.

Das begehrteste Produkt war Bier, und der Kosename, der ihm verliehen wurde, wechselte wöchentlich. Als Ilona in der ersten Juniwoche anfing, sprachen viele von *Flüssigbrot.* Jetzt, Ende August, schien aus irgendeinem Grund mal wieder der gute alte *Gerstensaft* aufgewärmt zu werden, während man die durstige Studentengeneration Ausdrücke wie *Bölkstoff* kultivieren hörte.

Die Vorstellung, dass der Sommer vorbei war, machte Ilona wehmütig. Sie stand auf und holte sich eine Lakritzpfeife aus dem Süßigkeitenregal, um ihren Abschied zu feiern. Hatte sie wenigstens die Hälfte von dem, was sie sich vorgenommen hatte, geschafft? Oder machte sie sich den Vorwurf nur aus dem Gefühl der Unzulänglichkeit heraus, das in ihrem Inneren schwelte? Sie musste arbeiten, und sie musste sparen, und diese Pflichten hatte sie erfüllt. Dass sie es nach mehreren vergeblichen Versuchen endlich geschafft hatte, einen Studienplatz in Helsinki zu ergattern, war auch keine Kleinigkeit und Grund genug, das Hadern mit sich selbst zu lassen. Finnische Sprache und Literatur – davon hatte sie schon im Gymnasium geträumt.

Es war dreiundzwanzig vor neun. Ilona steckte sich die klebrige Lakritzpfeife zwischen die Lippen und zündete sie an. Sie blies den Qualm in die Luft und drechselte am Titel ihrer künftigen Magister-, nein, Doktorarbeit: »Frequenz und etymologischer Bezugsrahmen von Synonymen für das Wort ›Bier‹ in mittelfinnischen Trabantenstädten.«

Der Umzug von Jyväskylä nach Helsinki würde ihr außerdem die Gelegenheit bieten, Viljami auf natürliche Art loszuwerden. Der hatte nämlich den ganzen Sommer über seinen mauligen, pubertären Charakter mehr ins Licht gerückt, als Ilona ertragen konnte. Nicht einmal richtig streiten konnte er. Je ernster es wurde, desto mehr schoss er übers Ziel hinaus oder stellte sich stumm. Manchmal war er einfach nur ein anstrengendes Kleinkind. Er hatte sogar die Stirn gehabt, wegen Ilonas Schichtarbeit zu maulen, obwohl er selbst keinen Finger dafür krumm machte, ein bisschen Ordnung ins Leben zu bekommen, sondern bloß in seiner Hinterhofbude bei flimmernden Satellitenkanälen vor sich hin gammelte, wenn er nicht gerade an seinem gelben Hippie-Käfer herumschraubte.

Oder mal wieder herumheulte. Dafür fehlte ihm nie die Energie.

Außerdem begriff Ilona inzwischen, dass sie ein bisschen in Mika Rentonen verknallt war, der manchmal in den Laden kam, um Bier zu kaufen. Mika war ein hübscher Junge und schien das auch zu wissen. Er wohnte nicht in dieser Wohnblocksiedlung, die Sippilinna hieß, hing hier aber mit seinen Kumpels ab und ließ jedes Mal, wenn er an der Kasse stand, ein betörendes Lächeln aufblitzen. Es war nicht klug, sich auf Typen wie Mika einzulassen, auch wenn die Versuchung noch so groß war. Helsinki würde in diesem Fall ebenfalls helfen.

Außerdem würde die Entfernung im Verhältnis zu ihren Eltern für frischen Wind sorgen. Ihre Mutter war seit der Stilllegung der Keksfabrik langzeitarbeitslos, ihr Vater werkelte in seinem eigenen, aber nur dürftig profitablen Schlüsselladen vor sich hin. Beide waren vom Leben ziemlich gebeutelt worden, das Sortiment der Medikamente im Schrank über der Kaffeemaschine wurde immer vielfältiger, und der Fernseher in der Wohnzimmerecke käute unablassig seine Wiederholungen wieder, obwohl niemand hinschaute. Wegen des Alters, das bereits hinter der nächsten Ecke lauerte, wirkten die Eltern irgendwie ungeschützt und schreckhaft, und wenn Ilona zu Besuch kam, redeten sie immer über das gleiche nichtige Zeug. Sie liebte ihre Eltern, machte sich Sorgen um sie, hatte aber schon vor längerer Zeit begriffen, dass die Ablösung vom Elternhaus schnell und auf einen Schlag passieren musste. Sie wohnte allein in einem Fünfundzwanzig-Quadratmeter-Apartment in der Innenstadt, hielt das aber nicht für eine richtige Ablösung, zumal ihre Mutter eine Vorliebe für Überraschungsbesuche hatte, und zwar grundsätzlich dann, wenn man es am wenigsten gebrauchen konnte.

Ilona biss die Hälfte vom Pfeifenstiel ab und lächelte. Der Pinguin aus Pappe, der mit einer Angelschnur über der Tiefkühlwanne aufgeknüpft worden war, erzitterte, das bronchitische Röcheln des Kühlschranks brachte die Flaschen, mit denen er bestückt war, zum Klirren. Sein Thermostat pfiff auf dem letzten Loch. Das Gleiche galt für Ilonas Sommerjob.

Sie musste das Lachen unterdrücken, als sie sich mit dem Mund voller Lakritze wieder an die Kasse setzte, weil die Tür ging und der letzte Kunde, ein allein lebender Quartalssäufer aus dem zweiten Stock, in seinen Altersheimschlappen und seinem T-Shirt mit der Aufschrift *Cuba Serenade* hereingetappt kam. Von der Sambatänzerin auf dem Shirt waren nur noch die Umrisse zu erkennen.

Der wortkarge Mann schaute mit seinen blutunterlaufenen Augen wie ein Echsentier von langsamem Verstand durch die dicken Brillengläser. Er wurde Matti genannt. Alle wussten, wer gemeint war, wenn von Matti die Rede war. Das Rascheln seiner Regenhose verschwand hinter den Regalen.

Ilona aß Lakritze und ließ die Finger über die Kassentastatur tanzen. Der Regen wurde stärker. Matti hatte sich ein Sixpack und vier Dosen Erbsensuppe aus dem Sonderangebot gekrallt. Er zahlte stets mit Münzen. So auch jetzt. Und so wie immer hatte er die Summe erst zusammengekratzt, nachdem jede einzelne Hosentasche gefilzt worden war. Am Daumen der Hand, die das Geld reichte, fehlte ein Stück, der Kettenraucheratem, der dem Mund in diesem unrasierten Gesicht entwich, pfiff mit dem Zittern der Hände im gleichen Takt. Ein Fünfzig-Cent-Stück machte sich selbstständig, rollte auf die Erbsensuppendosen und hüpfte von dort auf den Fußboden. Matti sagte zweimal Scheiße. Das zweite sollte wohl eine Art Bitte um Entschuldigung sein.

Ilona lächelte. »Schon gut.«

Matti hob die Münze auf und gab sie Ilona. Dann kniff er den Mund zu, umfasste seine Einkäufe, als wäre er bereit, sie gegen alle Angriffe zu Land, zu Wasser und aus der Luft zu verteidigen. In seinen Augen flackerte der Blick eines allein lebenden Menschen, der kurz davorstand, den ersten vollständigen Satz an diesem Tag aufsteigen zu lassen. Das Projekt fiel allerdings in sich zusammen; der Mumm schien nicht zu reichen.

Eine Zeit lang starrte er noch auf die Annoncen am Schwarzen Brett, dann setzte er seinen Weg fort. *Sippilinna Serenade.*

Ilona schluckte den letzten Brocken Lakritze und knallte die Kasse zu. Wieder rotierte der Pinguin aus Pappe um die eigene Achse. Vierzehn vor neun. Der Junggeselleneigengeruch, den Matti hinterlassen hatte, war so intensiv, dass Eila am nächsten Morgen bei der Frühschicht auch noch etwas davon haben würde.

Eila Salmela war die Filialleiterin, forsch und alles anderes als kleinlich. Ihr schien die Kundennähe zu gefallen, sie sang schon früh morgens vor dem Öffnen alte Schlager, während sie die Warenlieferungen auspackte oder mit den Lieferscheinen raschelte. Sie hatte vor niemandem Angst und wechselte mit jedem ein freundliches Wort, Leute wie Matti eingeschlossen, auch wenn sie kaum mehr als ein Brummen von sich gaben.

Ilona stand auf und entfernte in der Kiste mit Trauben eine Rispe, die jemand kahl gepflückt hatte. Es sah nach Mundraub aus. Von den Obstkisten aus hatte man freie

Sicht auf die Kasse: Die Dreistigkeit der Leute kannte keine Grenzen. Früher war Ilona sämtlichen Kampagnen à la »Der Ladendieb sitzt bei dir am Esstisch« mit Gleichgültigkeit begegnet, aber seit sie von ihrem Logenplatz an der Kasse aus Zeugin der beknacktesten Klauereien geworden war, hatte sich ihre Einstellung geändert.

In der zweiten Juliwoche war sie zum Beispiel einer Frau hinterhergerannt, die einen Erdbeerkuchen in ihre Regenjacke eingewickelt hatte. Sie war im vollen Lauf gestürzt und auf dem Bauch gelandet, sodass es ausgesehen hatte, als würde ihr der Zwölf-Personen-Kuchen aus den Gedärmen quellen.

Oder der Zigarettendieb von Anfang August, ein höchstens fünfzehn Jahre alter Hip-Hopper, der Ilona gedroht hatte, sie umzubringen, nachdem sie ihn beim Griff nach Beute erwischt hatte. Zum Glück war die Situation durch das Eingreifen eines anderen Kunden entschärft worden. Der Junge war davongerannt, und Ilona hatte ihn seitdem nicht mehr gesehen.

Neben der Kasse lag ein Spickzettel, auf dem Eila die Anweisungen für das Schließen des Ladens aufgelistet hatte. Seltsamerweise konnte Ilona sich die acht Punkte einfach nicht merken, obwohl sie versucht hatte, sie auswendig zu lernen. Immer vergaß sie einen Punkt. Diesmal war es das Kontrollieren, ob die Tür zur Laderampe abgeschlossen war.

Fünf vor neun. Neun Leben hat die Katze, ein Leben hat der Mensch, zwölf Stücke hat ein Kuchen. Warum stieß eigentlich jeder erwischte Ladendieb einen fürchterlichen Schwall Schimpfwörter aus? Warum hielten sie in der Situation nicht einfach den Mund und gestanden ihre Niederlage ein?

Ilona ging um die Bierkisten herum und summte vor sich hin. Die Tage waren gleichförmig dahingekrochen, und nun stand sie plötzlich doch an der Schwelle zu einer neuen, anderen Zukunft.

Sie beschloss, Viljami bei der nächsten Gelegenheit vorzuschlagen, die Beziehung zu beenden. Und diesmal ernsthaft. Warum das Ganze in die Länge ziehen? So wie sie Viljami kannte, würde er bei der Neuigkeit die braunen Augen schließen und nach seinem Pferdeschwanz greifen, wie um sich zu vergewissern, dass er noch da war. Eine solche Übersprungshandlung bedeutete Enttäuschung – aber keine, die länger als zwei Wochen anhielt. Danach würde der Kerl wieder auf der Couch oder unter seinem Käfer liegen, als wäre nichts gewesen. Auch das musste man sich klarmachen.

Neulich erst hatte ein Beziehungstherapeut in einer Zeitschrift geschrieben, der Rausch der Verliebtheit dauere im Schnitt ein Jahr. Danach bekämen die Liebenden das Messer des Alltags in den Rücken, und dabei spiele es keine Rolle, ob man das glaube oder nicht. Ilona glaubte es. Bei ihr und Viljami hatte es sich nach einem halben Jahr schon ausgerauscht.

Zwei vor neun, zwei vor Traumherbst. Im Lager standen leere Bierkästen, auf engem Raum gestapelte Kisten und Verpackungen warfen geheimnisvolle Schatten an die Wände. Die Reklameschilder für die nächste Woche lagen als bescheidene, zumindest in ernährungswissenschaftlicher Hinsicht nicht ganz koschere Verheißungen unter dem Feuerlöscher auf dem Fußboden: Bierschinken, Schokoladenpudding, Kartoffelchips.

Ilona summte und pfiff vor sich hin und schnappte sich ihre Jacke von der Stuhllehne. Sie hatte Eila eine Dankeskarte geschrieben und Sonnenblumen vom Markt mit Blaubeerzweigen und anderem Grün garniert. Die Vase mit dem Strauß und der Karte stand auf dem Tisch.

Ilona drückte die Tür zur Laderampe auf und zog sie

gleich wieder zu, dass es schepperte. Diese verdammten Schlösser. Hier gäbe es für ihren Vater einiges zu tun, aber einen schlimmeren Geizhals als den Bezirksleiter der Ladenkette konnte man lange suchen. Mannonen hieß er, ein Krawattenträger mit breitem Kinn und stechendem Blick, der jedes Mal, wenn er kam, das Aroma der positiven Bilanz und seines süßlichen Rasierwassers mitbrachte, und der Ilona einmal im Hinterzimmer mit so veralteten Wendungen ein Treffen zu zweit vorgeschlagen hatte, dass sie fast an ihrem Pausenkrapfen erstickt wäre. Keine neuen Schlösser, keine *Dates*.

Das von der zuschlagenden Tür ausgelöste Beben hatte einen Plastiksack mit dreißig Rollen Küchenpapier aus dem obersten Regal gekippt. Ilona legte ihn an seinen Platz zurück. Neun Uhr! Ich bin frei! Die Lampe im Hof ließ das vergitterte, vom Regen gestreifte Oberlicht im Hinterzimmer in weichem goldenem, von einer Prise aufkeimender herbstlicher Melancholie infiltriertem Licht erstrahlen.

Aus dem Verkaufsraum drang ein Geräusch herüber. Ilona hielt vor der Vase mit den Sonnenblumen inne und meinte, draußen das Tuckern von Viljamis Käfer zu hören. Aber das musste die Rostlaube eines Sippilinna-Bewohners sein. Damit drehten sie auf dem Parkplatz ihre Runden, nachdem sie ihr Gehirn an der Garderobe abgegeben hatten, und riefen den Passanten unflätiges Zeug hinterher.

Ilona war auch gar nicht mit Viljami verabredet. Der Motor des Käfers hatte außerdem gerade einen Defekt, weshalb man damit nicht fahren konnte. Oder war es die Batterie, das Getriebe, der Verteiler? An dem Auto stimmte fast immer etwas nicht, und wenn zufällig mal nichts kaputt war, hatte man das Gefühl, als würde Viljami nur auf den nächsten Defekt warten, damit er wieder schrauben konnte.

Ilona öffnete die Tür zum Laden. Im Schlund des Pfandflaschenautomaten hing ein alter Handschuh. Sie hätte wetten können, dass er dort noch nicht gehangen hatte, als sie nach hinten gegangen war, um das Schloss an der Tür zur Laderampe zu überprüfen. Wieder ein Geräusch. Es war bereits fünf oder sechs nach neun, und nichts nervte so sehr wie Typen, die nach Ladenschluss hereingestürzt kamen, sich vor Bier- und Zigarettenentzugserscheinungen wanden, dem Arme-Leute-Travolta in sich freien Lauf ließen und nervöse Sprüche absonderten.

»Ist da jemand?«

Ilona ließ den Handschuh in den Mülleimer fallen und fluchte innerlich, weil sie nicht daran gedacht hatte, die Vordertür rechtzeitig abzuschließen. Die Geräusche hörten auf. Sie kamen natürlich aus der klapprigen Belüftungsanlage, es hörte sich an, als lägen Taubenskelette in den Rohren. Sie öffnete den Regenschirm, um das an einem Betonklotz verankerte, vom Wind gepeitschte Reklameschild hereinzuholen. Die Böen kräuselten die Pfützen, eine weggeworfene Kautabakdose segelte in der Rinnsteinflut dem Gulli entgegen. Viljamis Auto war nirgendwo zu sehen, es war überhaupt niemand zu sehen. Die Sonnenanbeterin auf dem LKW-Anhänger, der auf der anderen Straßenseite geparkt war, schien sich an einen vollkommen falschen Ort verirrt zu haben.

Ilona brachte das Schild im Windfang unter und hantierte am Türschloss. Vielleicht war es verfrüht, jetzt schon an das Ende des Studiums zu denken, aber sie würde sich Zeit nehmen, fünf Jahre mindestens. Wie es wohl wäre, das Examen zu haben? Würde sie sich ihre erste Stelle als Lehrerin in irgendeinem abgelegenen Dorf suchen müssen? Würde es überhaupt Arbeitsplätze geben? Sie schmunzelte, blickte auf und wunderte sich kurz über das dunkelblaue Auto, das neben der Laderampe geparkt war, sodass man nur den vorderen Teil der Motorhaube sah.

Schließlich willigte das Schloss doch noch ein zu funktionieren. In einer Viertelstunde fuhr der Bus. Ilona schüttelte den Regenschirm aus und drehte sich um, von der Plastikoberfläche des Sonderangebotsschilds rannen glänzende Tropfen und fielen auf die Gummimatte.

Sie erschrak vor ihrem Spiegelbild im Glas des Windfangs und spürte die Versuchung, dem Pinguin eine zu knallen, weil er nicht aufhörte, an seinem Galgen zu rotieren, und dabei so boshaft grinste, dass er jedes auch nur annähernd sensible Kind bis in die Albträume verfolgen würde.

Ilona erstarrte und dachte, dass irgendetwas nicht stimmte. »Der Laden ist geschlossen. Ist da jemand?«

Versagten ihre Nerven, jetzt, da sie nicht mehr auf der Lohnliste stand? Das ergab nicht den geringsten Sinn, womöglich waren die letzten beiden Nächte, in denen sie schlecht geschlafen hatte, dafür verantwortlich, dass sie sich alles Mögliche einbildete. Niemand konnte sich in einem Supermarkt verstecken, der nicht nur gewöhnlich und hässlich, sondern vor allem klein war. Sie stand neben den Einkaufskörben und starrte auf die nassen Fußabdrücke auf dem Boden, als traute sie sich nicht, ihnen zu folgen. Viel Freude hätte ihr das auch nicht bereitet, denn sie mussten von Mattis fürchterlichen Altersheimpantoffeln stammen, und Matti war längst in seine Wohnung hinaufgestiegen, um sein Vergessensbier zu trinken.

Ilona hatte eine zehnminütige Sicherheitsschulung erhalten, deren zentraler Punkt gelautet hatte, man dürfe bei der Wachsamkeit keine Abstriche machen, denn jede Verkäuferin müsse mit Ladendiebstahl rechnen, wenn sich die geringste Gelegenheit dazu bot. Sollte jemand versuchen, die Kasse zu rauben, sei es am klügsten, ruhig zu bleiben und jede Form von Heldenhaftigkeit zu vergessen.

»Das Geschäft ist geschlossen«, sagte sie.

Nun drang ein Geräusch, das gedämpfter war als das vorige, hinter den Regalen hervor. Es kam aus der Ecke, wo sich die Waschmittel, Shampoos und solche Dinge befanden. Man hörte den Regen draußen gleichmäßiger werden, das monotone Surren der Kühlanlagen mischte sich mit den Geräuschen des Lebens aus den Wohnungen im ersten Stock.

Langsam trockneten die gezackten Umrisse der Fußabdrücke. Sie konnten ebenso gut von Turnschuhen oder billigen Sneakers stammen wie von Mattis Altersheimpantoffeln. Bescheuertes Gefühl, den Wänden zuzurufen, dass der Laden geschlossen war.

»Ich gehe jetzt und sage meinem Sommerarbeitsplatz Auf Wiedersehen.«

Ilona umklammerte den Regenschirm mit beiden Händen und schritt die Regale ab. Vor den Lakritzpfeifen blieb sie stehen, steckte sich eine in den Mund und ging weiter.

»Oh Geist des Supermarkts, du sollst nicht zürnen, auch wenn ich dich verlasse. So ist das Leben nun einmal. Soll ich etwa bis ans Ende meiner Tage hierbleiben? Bis ins Jahr 2050 als unterbezahlte Aushilfe Bier, Zigaretten und Babybrei verkaufen?«

Gebückt schlich sie an den letzten Regalen entlang und murmelte halblaut vor sich hin. Aus Versehen drückte sie den Knopf, der Regenschirm ging auf und räumte einen Schwung Cornflakes-Packungen aus dem Regal. Sie fragte sich kurz, was sie da eigentlich tat und ob sie den Bus noch erwischen würde, wenn das so weiterging. Dann sortierte sie die Packungen wieder ein. Dabei fiel ihr die Lakritzpfeife aus dem Mund, und sie musste lachen. Einen Moment lang hockte sie nur da und hielt sich vor Lachen den Bauch wegen ihrer Blödheit. Wenn das alles von der Überwachungskamera aufgenommen wurde und Mannonen es sich zufällig ansah, wäre es mit ihrer Karriere im Dienst der Kette garantiert ein für alle Mal vorbei.

Es war niemand im Laden.

Sie wischte sich die Tränen ab und kehrte zur Kasse zurück.

Dort bückte sie sich, um die Lichter auszuschalten. In dem Moment, in dem ihr Finger sich auf den letzten Schalter legte, fiel ihr Blick auf den Monitor am Pfeiler. Ein sparsames Lächeln huschte über das Gesicht eines Mannes mit Kapuze und schwarzer Brille.

Ilona spürte, wie ihr schlagartig der Mund austrocknete.

Sie rannte zum Lager, riss die Tür auf und stieß gegen ein Tischbein. Das Geräusch der zersplitternden Blumenvase mit den Sonnenblumen dämpfte Ilonas Schrei. Das Knie tat ihr weh. Dann hörte sie Schritte hinter sich. Jetzt bist du frei, Ilona.

2
September, zwei Jahre später

Der ehemalige Boxchampion und jetzige Kneipenwirt Max Kuukunen hatte die Stühle neben dem Eingang seines Lokals »Haudegen« leicht schief aufgestapelt, wie um anzudeuten, dass der Sommer ausgespielt hatte, der Durst der heißen Tage gelöscht war und es bald Zeit wäre, ein paar Wollstrümpfe aus der hinteren Schrankecke zu kramen. Regentropfen hüpften auf den Tischen, der Cinzano-Schirm ließ die vor Wasser und herbstlichem Trübsinn triefenden Flügel hängen.

Kuhala wandte den Blick vom Fenster ab und richtete ihn auf seinen Tee, den er mit Branntwein angereichert hatte. Er starrte die aufsteigenden Dampfsträhnen an, als wären es Prophezeiungen. Sein treuer Freund Jeri, der Hund mit den Rhabarberblattohren, seufzte neben dem Tischbein. Ein spätabendlicher Schluckspecht, der sich am Tresen verschanzt hatte, stieß mit der Schuhspitze gegen das Metallgestänge seines Barhockers und füllte mit gerunzelter Stirn das Kryptorätsel in einem Boulevardblatt aus.

Max kam aus der Küche und trocknete sich die Hände an der Schürze, das Knarren der Schwingtür weckte Jeris Aufmerksamkeit.

»Bald ist wieder ein Tag des Lebens abgehakt«, grinste Max und blickte auf seine von Hunderten Kämpfen malträtierten Fingerknöchel.

»Und der Sommer ebenso«, meinte Kuhala.

»Mhhhrrhmhh«, pflichtete Jeri ihm bei.

»Tun dir die Hände weh?«

»Nein … oder manchmal ein bisschen. Ich muss noch bleiben und auf den Lammbraten aufpassen. Der Koch ist krank, und ich hab morgen eine geschlossene Gesellschaft. Zehn ehemalige Gegner kommen zu Besuch.«

»Ihr habt euch in der guten alten Zeit die Zähne beziehungsweise den Zahnschutz eingeschlagen, und jetzt esst ihr zur Erinnerung daran gemeinsam Lammbraten?«

Max sagte, ganz so sei es, genau genommen, nicht. Wenn man alte Sportskameraden treffe, belebe das die von den Schlägen getrübte Hirntätigkeit, und wer glaube, der Abend werde in einer Keilerei enden, der irre sich. »Wir essen, trinken ein, zwei Gläschen, erinnern uns an alte Zeiten und sehen uns den Kampf des Jahrhunderts auf Video an. Dann hauen wir uns aufs Ohr.«

Ohne es zu merken, stand er neben seiner eigenen, in den Fünfzigerjahren fotografierten Schattenboxerpose, und auch wenn die Jahre Wirkung gezeitigt hatten, so strahlte er noch immer etwas von seiner alten Wendigkeit aus. »Ich miete einen Zweiundvierzig-Zentimeter-Flachbildschirm, weil einige von den Jungs nicht mehr so gut sehen. Weißt du übrigens, was der Kampf des Jahrhunderts war?«

Kuhala schüttelte den Kopf, nahm einen Schluck von

seinem Tee mit Schuss und wagte es schließlich, auf die letzte Auseinandersetzung zwischen Muhammad Ali und Sonny Liston zu wetten. Nun war Max an der Reihe, den Kopf zu schütteln. »Falsch. Joe Louis gegen Max Schmeling im Yankee-Stadion in New York 1938. Der Kampf dauerte gut zwei Minuten, und auf der Tribüne saßen hunderttausend Zuschauer. Damals wurde bereits mit voller Kraft auf den Weltkriegsfanfaren geübt, viele sahen düstere Zeiten voraus, und dann wischte der Braune Bomber mit Max Schmeling den Boden ab. Das gab der schwarzen Rasse Hoffnung, auch wenn ich, ehrlich gesagt, nicht glaube, dass die Hoffnung echt sein kann, wenn sie daher kommt, dass einer umgehauen wird. Im Kampf zuvor hatte Max den Louis ja an seiner Schwachstelle erwischt, als er nämlich nach einer Geraden die Linke zu weit hängen ließ. Die Lücke reichte gerade für einen Handschuh, und die Zeit war verdammt knapp, aber das reichte. Louis bekam seine Abreibung.«

Kuhala nickte und äußerte die Vermutung, ein Filmschnipsel von weniger als drei Minuten würde nicht sonderlich viel Spaß für einen ganzen Abend abwerfen. »Andererseits: Wenn die Mägen einen Lammbraten mit Beilagen, Kaffee und Kognak zu verdauen haben, fallen euch Veteranen bei einem längeren Film vielleicht die Augen zu.«

Max füllte dem Kryptorätsler das Glas und kehrte zu Kuhala zurück. »Der Film dauert zwei Stunden. Hintergründe, die Atmosphäre, das Leben der damaligen Zeit. Ein wertvolles Dokument. Ich dachte, ich serviere den Jungs als Beilage einfach einen normalen Salat und Knoblauchkartoffeln. Und Roggenbrot aus Sysmä. Was hältst du davon?«

»Klingt großartig.«

Kuhala griff nach seiner Jacke am Haken und kraulte Jeri kurz hinter den Ohren. Dann schickte er plötzlich eine Scheingerade auf den Weg, die Maxens von vielen Kämpfen geformte Nase ansteuerte, und duckte sich in eine Ausweichbewegung, die allerdings von einem rechten Haken von Max gestoppt wurde, anderthalb Zoll vor Kuhalas Gesicht. Ein alter Kämpfer ließ sich nicht so leicht überraschen. Jeri trat zwischen die beiden Männer und unterbrach das ungleiche Duell, indem er Max die Fäuste leckte.

Kuhala lachte, Max tänzelte auf der Stelle und feuerte mit verrutschter Kochmütze eine Serie schneller Geraden in die Luft ab.

»Schönen Abend morgen. Und sei vorsichtig mit dem Rosmarin«, sagte Kuhala.

»Die Jungs hören und sehen nichts, und sie schmecken auch nichts. Mach's gut!«

Dann ging die Schwingtür zur Küche. Der Kryptorätsler hatte amüsiert Maxens Beinarbeit beobachtet, beugte sich aber wieder über den Tresen und setzte ein konzentriertes, leicht besorgtes Gesicht auf, als hätte er beschlossen, noch vor Schankschluss seine Aufgabe zu lösen.

Kuhala stellte den Kragen auf und trat ins Freie. Jeri warf seinem Herrchen einen kritischen Blick zu. Er mochte kein Hundewetter, trotzdem musste er sich jetzt in sein Schicksal fügen und seinen Gang Kuhalas Tempo anpassen. Den Blick hielt er auf den Asphalt gerichtet, von seinen Schnurrbarthaaren tropfte es. Die Pilsdose, die per Dunking in der Markise des Festkleider-Verleihs versenkt worden war, glänzte im Regen, im Schaufenster darunter schienen die Hochzeitspaarpuppen noch darüber nachzudenken, ob sie Ja oder Nein sagen sollten. Eventuell hatte der Dekorateur die Konstellation absichtlich für mehrere Interpretationen offengelassen.

Von den Reifen der Autos, die in einer Lawine die Vaasankatu herunterkamen, spritzte das Wasser. Kuhala und der Hund liefen durch den Hinterhof zur Treppe, die zum Büro hinunterführte, und schüttelten sich.

»Guter Junge«, sagte Kuhala zu seinem Hund.

Der wilde Wein hatte die Blätter abgeworfen, sie bildeten einen Kranz auf dem Kanaldeckel. Im Briefschlitz steckte ein Kilo Reklame. Der Austräger hatte sein Bestes gegeben, es aber trotzdem nicht geschafft, alles durch den Schlitz zu pressen.

Kuhala tastete nach dem Lichtschalter im Wartezimmer. Ihn bedrückten die kleinen und großen Sorgen, die man mit dem Herbst als Mitgift bekam. Es waren auch ein paar Sorgen maßvoller Größenordnung dabei, und für keine davon bestand in Wahrheit irgendein Grund, aber sie waren nun mal Bestandteil seines Ichs. In jedem Herbst wurde ihm das beschert, und immer hatte es entweder mit zwischenmenschlichen Beziehungen oder mit dem Auskommen zu tun, und bis jetzt hatte er noch immer alles überstanden. »Was ist denn mit dem verdammten Licht hier …? Ein bisschen Helligkeit könnte wirklich nicht schaden …«

Der Herbst war die Jahreszeit des Aufgebens, weil die Füße beim Lauf über den feuchten Trimm-dich-Pfad der Alltagssorgen unangenehm tief einsanken.

Kuhala bückte sich, um Jeri die Bauchwolle mit einem Frotteehandtuch zu trocknen. »Eigentlich bräuchtest du eine Dusche, aber ich weiß ja, was du davon hältst.«

Nach der Schnellreinigung trottete der Hund zu seinem Napf und schnupperte argwöhnisch am Inhalt. Wenig später hörte man ihn allerdings tüchtig mampfen. Nach dem Dahinscheiden der ehemaligen Detekteihaustiere, nämlich dem Gekko-Pärchen Inkeri und Hytönen, war der Hund im Zusammenhang mit einem heiklen Fall in Kuhalas Obhut gelandet, oder genauer gesagt geschwommen. Seitdem hatte er sich dank seiner freundlichen Mischlingsnatur gut in der neuen Umgebung eingelebt. Kuhala mochte durchaus seinen Anteil an der Eingewöhnung gehabt haben, denn er war zwar kein Mischling, aber doch ein freundliches Wesen.

Zwei Aufträge aus dem dahinscheidenden Sommer hielten seine Firma so weit aufrecht, dass die unmittelbare Gefahr, auf die Umlaufbahn der Bettler zu geraten, Aufschub bis in die nähere Zukunft erhielt. Der eine Fall hatte mit einem Verdacht auf Ehebruch zu tun, der andere mit einem abgebrannten Sägewerk außerhalb von Jyväskylä. Kuhala hatte mehr Beweise für den Ehebruch sammeln dürfen, als nötig gewesen wäre, aber der Machtkampf zwischen den Brüdern, denen das Sägewerk gehörte, und die Frage, wer dort mit dem Petroleumkanister über das Gelände geschlichen war, bereiteten ihm Kopfschmerzen.

Er zahlte die Stromrechnung und die zweite Rate der akustischen Gitarre, die er als schlecht durchdachten Impulskauf erworben hatte, um etwas Glanz in seine häuslichen Liedermacher-Interpretationen zu bringen. Nach wenigen Tastenkombinationen nahm der zittrige Saldo auf dem Bildschirm derart anämische Gestalt an, dass Kuhala keine Lust hatte, ihn länger anzuschauen. Er schaltete den Computer aus und streckte die Hand nach dem Gitarrenkoffer aus. Jeri setzte eine Pfote auf den Deckel, als wollte er zum Ausdruck bringen, dass er gerade überhaupt keine Lust habe zuzuhören.

»Na, na«, sagte Kuhala. »Einen Song bloß. Dann gehen wir heim. Schau dir doch nur das schöne Instrument an! Siehst du nicht, was für ein hübsches Ding das ist?«

Kuhala roch an der Vollholzdecke der Martin-Gitarre, ließ die Saiten erklingen und erinnerte sich dabei an den Werkunterricht in der Volksschule von Havuvaara, wo sie unter der Anleitung eines Lehrers, der sich im Lappischen Krieg einen Splitter aus einem Sturmpanzergeschoss im Hintern eingefangen hatte, monatelang an erbärmlichen Wäschezangen und Schuhregalen nach Zeichnungen auf

Karopapier herumgemurkst hatten. Kein Wunder, dass Kuhala sich nicht für den Grundkurs Gitarrenbau bei der Volkshochschule eingeschrieben hatte.

Der Hund schlüpfte zwischen seinen Beinen hindurch ins Wartezimmer, schloss die Zwischentür mit einem hohl klingenden Kopfstoß und ließ sich in der Ecke nieder, in der einst das Terrarium mit den Gekkos gestanden hatte. Kuhala musste über diese demonstrative Maßnahme laut lachen.

Er nahm eine lehrbuchmäßige Haltung ein und lockerte die Finger. »Die Nacht hat mich erreicht …, nee, Moment … Die Nacht hat mich erreicht … Scheiße …«

Der starrköpfige Hintergrundgesang des Telefons wollte einfach nicht nachlassen. Kuhala legte die Gitarre in den Kasten und knurrte in den Hörer. In Jeris Augen leuchtete ein Funke Schadenfreude auf.

»Hier spricht Voitto Lost. Sind Sie Privatdetektiv Kuhala?«

Kuhala knurrte erneut. Dann räusperte er sich und versuchte freundlich zu sein, weil er einen neuen Kunden witterte. Manche Leute scheuten sich, mit seiner Firma Kontakt aufzunehmen, bei vielen war es ernst, wenn sie sich dazu durchrangen, und nicht selten hörte Kuhala aus der Stimme des Anrufers trotzdem eine gewisse Ungläubigkeit heraus, weil die Bezeichnung Privatdetektiv in den Breiten von Jyväskylä noch immer ziemlich exotisch klang.

»Ich habe vor zwei Jahren meine Tochter verloren. Eigentlich ist es sogar schon länger als zwei Jahre her. Sie wurde ermordet.«

Voitto Losts Sätzen ging die Willenskraft aus wie einem Ballon die Luft, die letzten Silben kamen nur noch als dünnes Flüstern. Kuhala versuchte sich zu erinnern, wo ihm der Name schon einmal begegnet war, vermutlich im Zusammenhang mit der Berichterstattung über das Verbrechen.

»Das tut mir leid«, sagte er. »Wie kann ich Ihnen helfen?«

»Die Polizei hat den Fall nicht gelöst. Übernehmen Sie die Ermittlungen! Sie sind meine letzte Hoffnung.«

Kuhala hatte während seiner Laufbahn mit viel Glück, wie er fand, einige Gewaltverbrechen aufgeklärt. Sie waren ihm unheimlich, wegen der Verzweiflung, die sich in ihrem Umfeld festgekrallt hatte. Außerdem war er bei den Mordermittlungen in Lebensgefahr geraten, obwohl das ganz und gar nicht Bestandteil seiner Pläne gewesen war, als er in der Branche angefangen hatte.

Hatte er tatsächlich Lust, für jemanden die letzte Hoffnung zu sein?

Er legte nicht gleich auf, lehnte auch nicht ab, wenngleich er nicht sofort zustimmte, sondern mit taktvollen Worten betonte, dass ein Delikt wie Mord nicht verjähre und die Polizei nie aufgebe. »Die haben das Knowhow und verfügen über die neuesten kriminaltechnischen Hilfsmittel. Aber vielleicht können wir uns mal treffen, dann sehen wir, was sich tun lässt.«

Voitto Lost holte tief Luft, als hätte Kuhalas skeptische Haltung eine Art Schwächeanfall bei ihm ausgelöst, und schlug ein Treffen am nächsten Morgen vor. »Ich habe einen Schlüsselladen in der Kilpisenkatu. Kommen Sie da so gegen neun, zehn Uhr hin. Ich kann nicht zu Ihnen kommen, weil ich keine Angestellten habe und lange Tage mache. Die Arbeit hält mich einigermaßen zusammen, auch wenn sie alles andere als eine Goldgrube ist.«

Kuhala dachte über seinen Broterwerb in etwa das Gleiche, sagte es aber nicht laut, sondern begnügte sich mit der Feststellung, er komme gegen zehn.

»Passt gut.«

Nachdem er aufgelegt hatte, starrte Kuhala auf seine Hände. Das waren seine kriminaltechnischen Hilfsmittel, während sich das Knowhow zwischen den Ohren befand, aber oft schien es, als hätte es dort nur einen äußerst bescheidenen Bereich erobert.

Er nahm erneut die Gitarre und tastete nach den Akkorden von Somerjokis Dauerhit. »Die Nacht hat mich erreicht, ich schaue zum Himmel hinauf … nee … Die Nacht hat mich erreicht … Das ist aber auch ein verdammter Mist …«

An diesem Abend gaben ihm die Griffwechsel das Gefühl, der schlimmste Akkordsucher aller Zeiten zu sein, und das, obwohl er lediglich ein Glas Tee mit Schuss intus hatte. Die Wehmut und die Botschaft des Liedes sprachen ihn an und schenkten ihm Trost in der Trauer, die Annukkas Trennungsbrief in ihm ausgelöst hatte. Kriminalkommissarin Annukka Maaheimo aus Vantaa war seine Geliebte gewesen, die Freude und das Licht seines Lebens, aber jetzt lag die Romanze hinter ihnen.

Auch das Telefon ließ ihn an diesem Abend nicht in Ruhe.

»Kuhala.«

»Ratsku hier. Ich hab's auf deinem Handy versucht, aber du hast dich nicht gemeldet.«

»Mit dem stimmt was nicht, das hat vielfältige Funktionen, aber im Moment taugt es nur als Briefbeschwerer. Du klingst nicht gut, stimmt etwas nicht?«

»Ehrlich gesagt ja. Ist mir peinlich, dich um diese Zeit zu stören, aber könntest du eventuell herkommen? Ich habe es fertiggebracht, mich im Keller einzusperren, und es sticht ein bisschen in der Brust. Kann aber auch Einbildung sein.«

»Wie, im Keller eingesperrt?«

»Der Wind hat die Tür zugeschlagen, und jetzt hocke ich hier zwischen Kartoffelsäcken und Weinflaschen im Dunkeln. Preiselbeermarmelade ist auch da, aber keine Medizin. Die verdammten Tabletten liegen auf dem Küchentisch. Verdammter Mist. Mein Akku pfeift aus dem letzten Loch, und ich habe keine Nummern von den Nachbarn.«

Kuhala versuchte, seinen Freund und Partner aus den gemeinsamen Jahren bei der Polizei zu beruhigen. »Setz dich hin. Ich bin gleich da. Oder leg dich am besten hin und winkle die Beine an.«

Er schnappte sich seine Jacke und Jeri und rannte zum Parkplatz. Der plötzliche Harndrang kam ungelegen, jetzt musste er es einhalten.

»Ratsku« Raatikainen lebte bereits geraume Zeit aus gesundheitlichen Gründen als Frührentner in einem gemütlichen, rot gestrichenen Holzhaus, seit fast zwei Jahren inzwischen. Im Hochsommer, als Kuhala mit ihm bei gegrilltem Fisch und hausgemachtem Weißwein zusammengesessen hatte, um sich an die Vergangenheit zu erinnern und über die Zukunft zu sinnieren, hatte der alte Freund so gut ausgesehen wie nie zuvor.

»Los geht's. Du liest die Karte«, sagte Kuhala und schnallte Jeri an. Den Hundesicherheitsgurt mit Katzenmotiven hatte er im Internet gekauft.

Das bisschen Branntwein aus dem Tee musste längst im Blut verdunstet sein. Kuhala ließ den Motor aufheulen und rührte im Getriebe, er wechselte die Spuren und sauste über die leeren Straßen, deren rissiger, vom Regen nasser Asphalt von den Straßenlampen erleuchtet wurde wie die Oberfläche eines unbekannten Planeten. An der ersten roten Ampel kam ihm in den Sinn, dass es vielleicht besser wäre, einen Krankenwagen zu rufen, um die zweite rote Ampel scherte er sich nicht mehr. Die Uhrzeiger an der Kupferfassade des neuen Reisezentrums am Bahnhof zeigten die falsche Zeit, am Horizont glomm der Himmel dunkelblau. Die Sträucher auf den Verkehrsinseln waren von den Abgasen und dem strömenden Regen so sehr in die Knie gezwungen worden, dass es aussah, als würden sie beten.

In Rekordzeit schaffte er es ans Ziel, ohne die Aufmerksamkeit der Polizei auf sich zu ziehen, obwohl es immer hieß, man habe ein besonderes Auge auf Raser.

»Ich gehe Ratsku befreien, dann gehen wir pennen«, sagte er zu Jeri, der in seinem Sicherheitsgurt schwedischer Machart sportlich und wie von der Geschwindigkeit berauscht aussah. Er nickte mit dem Kopf und richtete den Blick dann auf einen Igel, der sich unter dem Zaun vor Ratskus Grundstück durchzwängte.

Die Lage schien sich entspannt zu haben. Durch die angelehnte Verandatür fiel Licht auf die Eingangstreppe, und Ratsku selbst schien sich in der Küche einen Abendkakao zu kochen. Kuhala trat durchs Gartentor und legte sich eine bissige Bemerkung zurecht, über einen Mann, der glaubt, sich im Keller eingesperrt zu haben, und es dann doch nicht getan hat, aber trotz der hohen Benzinpreise seine Freunde alarmiert.

Ein Birkenzweig streifte seine Schulter und besprengte seinen Nacken mit einer erfrischenden Ladung Silbertropfen.

Offenbar hatte Raatikainen inzwischen Nachbarschaftshilfe erhalten, denn am Schlafzimmerfenster huschte ein zweiter Schatten vorbei. Jemand war gekommen und hatte ihn befreit. Kuhala klopfte an die Tür und betrat die Veranda, in der es nach altem, gemütlichem Holzhaus, nach Johannisbeersaft und einem Lebensstil ohne Hektik roch.

»Hallo, hallo … Wie es aussieht, sitzt du nicht mehr in der Klemme.«

Kuhala ging weiter in die Diele und zur Küchentür, etwas verwundert, weil es niemand der Mühe wert fand, seine freundschaftliche Ankunftsmeldung zu beantworten.

3

Der Mann, der in der Küche an der Arbeitsplatte stand, erhitzte keine Milch in der Mikrowelle und maß auch kein Kakaopulver in eine Tasse ab. Er trug schwarze Jeans, einen Kapuzenpulli und schwarze Turnschuhe und vermittelte weder den Eindruck, an Raatikainens Wohlbefinden interessiert zu sein, noch über Grundkenntnisse in erster Hilfe zu verfügen. Und was Raatikainens Eigentum betraf, legte er so gut wie gar keinen Respekt an den Tag.

Er hatte Schubladen herausgerissen und auf den Boden geworfen, das Gewürzregal mit einer einzigen, brutalen Armbewegung abgeräumt und ein Kilo Kartoffelmehl über diesen Frevel geschüttet. Sollte das etwa eine außer Kontrolle geratene Medikamentensuchoperation sein?

Kuhala räusperte sich. Der schmalschultrige, dünne Mann zuckte heftig zusammen, das Halstuch mit dem Sternmuster, das er sich vors Gesicht gespannt hatte, ließ Platz für einen Blick, der vor Gefährlichkeit triefte. Sie starrten sich ungefähr eine Sekunde lang an, dann drehte der Dürre eine Plastikdose Gewürzpaprika um und ließ roten Staub auf seine Füße regnen. Seine Pupillen zitterten, aber Kuhala war ein alter Kämpe und kam rechtzeitig auf die Idee, sich zu ducken, bevor der von hinten auf seinen Schädel gerichtete stumpfe Gegenstand – diese klassische Tatwaffe, die in so vielen Obduktionsprotokollen erwähnt wird – an ihm vorbeirauschte und Raatikainens Türrahmen zertrümmerte.

»Spinnt ihr!«

»Fuck!«

»Bring ihn um!«

»Scheiße!«

Der zweite Einschlag kam von oben und traf die Schwelle. Ratsku hatte alle Türrahmen und Schwellen gestrichen, die Böden abgeschliffen und neue Paneele angenagelt, und auch wenn er immer seine Ungeschicklichkeit als Heimwerker betonte, so hatte das Resultat seiner sorgfältigen Arbeit doch professionelles Niveau. Dadurch wirkte die schwachsinnige Zerstörungswut der Eindringlinge noch ungerechter, aber Kuhala blieb wenig Zeit für seine Missbilligung.

Er sah alles in Schwarz-Weiß, weil sein Gehirn nicht dazu kam, die Farben zu prozessieren, sondern nur versuchte, einen brauchbaren Befehl zu produzieren, der die Lage stabilisierte. Der Dürre trieb ihn per Kreuzfeuer in die Enge und warf mit Messern aus dem Holzblock wie im Zirkus.

Das erste Messer schlug neben der Tür in der Wand ein und brachte eine gerahmte Postkarte von Martta Wendelin zum Fallen, das zweite traf den anderen Mann am Oberschenkel. Es war das Gemüsemesser. Sofort fiel das Stemmeisen an der Stelle auf den Boden, wo Kuhala einen Moment zuvor dem Schlag ausgewichen war und seinen Tiefflug in Ratskus Schlafzimmer fortgesetzt hatte.

»Fuck, du hast mich getroffen!«

»Tschuldige.«

»Du hast mir das Scheißmesser ins Bein geschleudert!«

»Weil der Typ ausgewichen ist.«

»Ich sterbe, ich sterbe, Mann, ich verliere Blut! Du hast voll die Schlagader erwischt …«

»Quatsch. Halt die Fresse!«

Die Stimme des Brecheisenschwingers verengte sich zum Schrei. Wie gelähmt verfolgte Kuhala aus der Deckung hinter Ratskus Bett heraus den irrsinnigen Dialog. Der einzige Fluchtweg war das Fenster, aber das machte auf den ersten Blick einen ziemlich kleinen Eindruck.

»Das muss abgebunden werden …«

Nur mit bloßen Fäusten ausgerüstet setzte Kuhala zu einem Amoklauf an, blieb aber wie angenagelt in Startposition stehen, weil er ein Röcheln und stampfende Schritte hörte. Er hielt den Atem an, während in der Küche zweimal aufgestöhnt wurde, registrierte dann Jeris Bellen in der Ferne und blickte wie Hilfe suchend auf das schwarz-weiße Poster über Raatikainens Bett, auf dem Wynton Marsalis gerade ein Solo schnaubte: *Bitter dose*.

Es gab genau zwei Möglichkeiten, und zwar die uralten: kämpfen oder fliehen. Aber warum war es plötzlich so still in der Küche?

Kuhala spähte hinein und erschrak über den kapriziösen Seitenarm einer Blutlache, der auf dem Küchenboden vordrang, sich mit einem anderen vereinigte und sich dann sein Bett in dem Tunnel bahnte, der durch eine Falte im Flickenteppich gebildet wurde. Die kreuz und quer herumliegenden Gegenstände und das rotweiße Kartoffelmehl-Paprika-Gemisch sahen in der stillen, von Raatikainen renovierten Oma-Küche wie ein künstliches, unglaubwürdiges Bühnenbild aus.

In der Küche war niemand mehr. Das Stemmeisen lag auf dem Fußboden, das viele Blut sorgte bei Kuhala für weiche Knie. Er starrte in die halbdunkle Diele, bereit, entgegenzunehmen, was ihm aus dieser Richtung geboten wurde, und hätte fast laut geschrien, als er eine Hand aufragen sah, die im selben Moment herabfiel.

Der Brecheisenschwinger lag in der Diele auf dem Fußboden, den Kopf auf der Schwelle, und hauchte sein Leben aus, bevor Kuhala auch nur ein Wort sagen konnte.

Der Anblick machte ihn handlungsunfähig, nachdem er gerade erst mit Jeri vom abendlichen Drink nach Hause getrippelt war und ein bisschen auf der Gitarre geklimpert hatte, mit lediglich ein paar eingebildeten, vom Herbst romantisierten Liliput-Sorgen im Sinn.

Die blonden, an der schweißnassen Stirn klebenden Locken, der Ohrring und der halb offene, weiche Mund ließen den Brecheisenschwinger wie einen gerade mal Fünfzehnjährigen aussehen, der sich lieber mit seinem Skateboard oder mit Computerspielen beschäftigt, als fremden Leuten den Schädel zu zertrümmern.

4

Kuhala befühlte die Schlagader des jungen Mannes und stieg über ihn hinweg, um auf der Eingangstreppe die Nachtluft einzuatmen und den Dunst der Unwirklichkeit zu vertreiben. Er spürte eine sonderbare Mattigkeit in allen Gliedern, er musste gähnen, und das konnte nach dem, was gerade passiert war, keine bewusste Entscheidung sein.

Hinter den mit der Dunkelheit verschmelzenden Pflaumenbäumen schimmerten die Lichter der Straßenlaternen. Der Regen wusch Kuhala das Gesicht. Er stützte sich aufs Treppengeländer und lauschte auf das ferne Rauschen der Stadt, während ihn die Angst beschlich, in einen Schockzustand zu geraten. Das Zittern drohte ihn von den Beinen zu holen, die Regenrinne ächzte, Jeri stieß ein vertrauliches Bellen aus und drückte im Renault die Schnauze gegen das Seitenfenster.

Ich bin Otto Kuhala, das Haus gehört Ratsku, drinnen liegt ein Toter, der Messerwerfer scheint geflohen zu sein. Von mir aus, ich werde ihm nicht folgen, mir fehlt die Kraft, nichts könnte mich weniger interessieren, diese Welt ist nichts mehr für Leute wie mich. Kuhala spürte das Hämmern seines Herzens und versuchte, die Funktionen seines autonomen Nervensystems unter Kontrolle zu bringen, weil sie drohten, ihn über das Geländer zu bugsieren.

Er taumelte zur Kellertür hinter dem Haus und machte sie auf. Seine Beine waren bleischwer, die Mattigkeit wollte nicht nachlassen. »Ratsku!«

Auf dem Boden lag eine Taschenlampe, deren schmaler Lichtkegel die Dunkelheit durchstach und auf alte Zeitungen im Eckregal traf. Sie zitterten im Luftzug. Kuhala hob die Lampe und das daneben liegende Handy auf. Raatikainen lag in Embryonalstellung auf dem Fußboden und atmete schwer. Aber immerhin, er atmete.

Kuhala fragte sich, ob Raatikainen noch jemanden alarmiert hatte oder ob er zu sehr mit sich selbst und seinem Zustand beschäftigt gewesen war. Er ging neben seinem Freund in die Hocke und hob vorsichtig dessen Kopf an. »Tut mir leid, schneller ging es nicht. Aber jetzt ist alles gut. Wo sind deine Medikamente?«

»In der Küche …«

»Okay, ich hol sie. Bleib ruhig, der Krankenwagen kommt gleich. Dir ist doch nicht kalt?«

Raatikainen versuchte zu lächeln, aber der Mund verzog sich zu einer Grimasse, und der Fluch, der es schon bis auf die Lippen geschafft hatte, fiel dort in sich zusammen. Kuhala faltete seine Jacke zum Kopfkissen und zwang sich zur Eile. Er stolperte bloß vorwärts, wie einer, dessen Fähigkeit, Druck auszuhalten, durch die Brecheisenschläge von hinten und den Messerregen von vorne brutal auf die Probe gestellt worden war. Er wählte die Nummer der Notrufzentrale und schilderte mit wenigen Worten die Lage. Jetzt war die ganze bewegliche Flotte gefragt. Der Teufel war los, und der beste Freund lag zwischen Kartoffelsäcken dem Tod auf der Schippe.

»Von wo rufen Sie an? Welche Adresse?«

Kuhala rieb sich den Kopf und stammelte etwas von Halssilanmäki. Sein Mund war ausgetrocknet, er konnte sich einfach nicht konzentrieren. Die kaputte Regenrinne, das helle Licht im Küchenfenster, Jeri, der im Renault bellte, und lauter unwesentliche Dinge hielten seine Wahrnehmung so gefangen, dass ihm Ratskus Adresse beim besten Willen nicht einfiel.

Der Mann in der Notrufzentrale forderte Kuhala in strengem Ton auf, sich zu beruhigen, und drängte auf die Wegbeschreibung wie auf das Einmalsieben. »Wenn sie nicht wissen, wohin sie fahren sollen, kommen unsere Fahrzeuge schlichtweg nicht an.«

»Moment.«

Kuhala starrte auf das schwächer werdende Symbol des Akkus auf Ratskus Handy und richtete den Blick dann auf die Hausecke, sah aber nirgendwo eine Nummer.

»Sind Sie zum ersten Mal dort?«

»Ja, das heißt nein. Natürlich nicht.«

»Konzentrieren Sie sich, beruhigen Sie sich!«

Er stieg die Treppe hinauf, vermied es, den Toten in der Diele anzuschauen, und buchstabierte die Adresse schließlich von der Stromrechnung ab, die auf dem Telefontisch lag. »Ich glaube, der eine Kamerad hier ist für Hilfe nicht mehr zu erreichen, aber der andere bräuchte ein Herz …«

Das Handy gab einen kurzen Mucks von sich, dann hörte es auf zu funktionieren. Was, um Gottes willen, hatte das Duo in Ratskus Haus gesucht? Ein Geldversteck? Kuhala betrachtete eine Weile die Verwüstung in der Küche, bevor er anfing, nach den Medikamenten zu suchen.

Als er zu Raatikainen zurückkehrte, lag dieser auf der Seite und rührte sich nicht, obwohl Kuhala das Döschen mit den Nitros wie eine Sambarassel der guten Hoffnung schwenkte. Eine Hand von Ratsku griff über den Kopf hinweg nach irgendetwas; die Kissenjacke war zur Seite gerutscht. Kuhala entschuldigte sich, weil er so lange gebraucht hatte. »Stecken wir die Tablette unter die Zunge? Der Krankenwagen muss jeden Moment hier sein.«

Wo, zum Teufel, blieb der Wagen? Kuhala drehte Raatikainen langsam auf den Rücken und erschrak über den bläulichen Schimmer im Gesicht des Freundes. Ein zweiter Toter wäre absolut zu viel, das würde er nicht ertragen. Ratsku reagierte nicht auf Ansprache, und er hatte die Augen geschlossen. Im Licht der Taschenlampe sahen die Krater in seinem Gesicht aus, als wären sie aus künstlichem Material geformt worden. Es waren die Spuren eines Explosionsunglücks, das sich als eine Art Kulmination seiner Dienstjahre erwiesen hatte. Der weiße Ring um den Mund verhieß nichts Gutes. Das Leben war im Begriff, sich aus dem Staub zu machen. »Sag was, altes Haus! He!«

Kuhala musste schluchzen, die Tablette fiel in den Staub. Er pickte eine neue aus dem Döschen, schob sie Raatikainen unter die Zunge und öffnete ihm die obersten Hemdknöpfe. Noch immer kein Martinshorn. Das Spiel war aus, daran war nichts zu ändern. Kuhala versuchte, seinen Freund mit einer Serie von fünfzehnmal Pressen und zweimal Beatmen wiederzubeleben, an die er sich erstaunlicherweise erinnern konnte, die aber auf dem engen Raum fast nicht durchzuführen war. Er sah Ratksu bereits feierlich in die Grube sinken und sich selbst einen Kranz niederlegen, und er sah die von Kaffeegeschirrgeklimper begleiteten steifen Förmlichkeiten der Gedächtnisfeier.

Um mehr Licht zu haben, legte er die Taschenlampe zwischen zwei Marmeladengläsern aufs Regal. Er fühlte Raatikainens Puls: Er wurde schwächer. In den Speichelfaden, der aus dem Mundwinkel rann, mischte sich der Brei der aufgelösten Tablette.

»Ich sag dir jetzt eines: Du stirbst nicht. Du kriegst dafür keine Genehmigung von mir.«

Kuhala atmete tief ein und blies sich Luft auf die Stirn, die von der Wiederbelebungsmaßnahme schweißnass war. Dann fiel sein Blick auf das Arrangement der Hausweinflaschen im Regal. Der Hausherr hatte die Etiketten selbst entworfen, sie zeigten das Holzhaus, einen Pflaumenbaum und eine von kupferroten Feuerausbrüchen eingefasste Sonne. Die Aufschrift musste jetzt ihr Versprechen einlösen: »Lebenswein«.

Er schraubte die erste Flasche auf, nahm einen Schluck und hob Raatikainens Kopf, um ihm die Lippen zu befeuchten. Die dunkle Flüssigkeit rann dem Leblosen in den Rachen. Auf einmal stieß der Wind die Kellertür zu, und unmittelbar danach hörte man das amtliche Heulen der Rettungsfahrzeuge.

Kuhala fluchte und begriff, dass er in die gleiche Falle gegangen war wie Ratsku.

»Hilfe, ich bin im Keller«, schrie er und hämmerte wie ein Wahnsinniger gegen die Tür.

»Mach nicht so einen Lärm! Wo bin ich? Mir ist kalt.«

»Ratsku!«

»Hättest du was zum Zudecken?«

»Ja.«

Kuhala schlang seinem Freund die Jacke um den Oberkörper und hielt ihn wie ein Kind im Arm. In Raatikainens Augen lag ein verwunderter Blick, und er blinzelte nur in großen Abständen. Ein Mundwinkel verzog sich zu einem matten Lächeln, als Kuhala sagte, es gebe so gut wie keinen Grund zur Sorge, man habe schon Schlimmeres überstanden. »Ruh dich aus. Es ist bloß blöderweise so, dass ich gekommen bin, weil du dich im Keller eingesperrt hattest, aber anstatt dich rauszuholen, habe ich uns beide eingesperrt.«

»Es wird dunkel. Es wird dunkel in den Augen.«

»Bei mir auch. Die Taschenlampe ist ausgegangen.«

»Sterbe ich?«

»Nein. Willst du eine Tablette?«

»Nein.«

»Einen Schluck Wein?«
»Nein.«
»Künstliche Beatmung?«
»Ich hab Angst.«
»Ich lass dich nicht im Stich. Du bist mein Freund. Wir schaffen das schon.«
Die Handys versiegten, die Taschenlampen erloschen, die Herzen versagten, und so hockten sie, ohne ein Wort zu sagen, da und hörten die geschäftigen Schritte im Erdgeschoss, die zuschlagenden Autotüren und die Rufe von Männern. Niemand kam auf die Idee, ums Haus herumzugehen und sie aus dem Keller zu befreien. Raatikainen stöhnte und hielt Kuhalas Hand fest. Kuhala kniete in unbequemer Haltung auf dem Boden, mit dem Rücken zur Tür, und legte sich in seiner machtlosen Wut einen Beschwerdebrief an den Diensthabenden in der Notrufzentrale zurecht. Hatte der nicht weitergegeben, dass in diesem Haus nicht nur himmlische, sondern auch irdische Hilfe benötigt wurde? Ratsku würde seinen tapferen Kampf nicht mehr lange durchhalten, womöglich war sein Herzmuskel bereits fatal geschädigt. Der Griff seiner Finger um Kuhalas Handgelenk wurde immer schwächer.
»Ich lege dich jetzt kurz hin. Wir müssen hier raus.«
Er stolperte zur Tür, hörte ein metallisches Klacken und fragte sich, ob da draußen gerade eine Panzerfaust zusammengesetzt wurde. Auf dem nassen Rasen näherten sich Schritte, das Schnarren eines Megafons lud die Luft elektrisch auf. Kuhala rief durch die Tür, wie die Lage im Keller war, konnte die Gegenseite aber offenbar nicht überzeugen, denn plötzlich wurde die Tür aufgerissen, und die Männer, die hereinstürmten, trugen einen Scheinwerfer von der Stärke eines Inselleuchtturms. Kuhala wurde geblendet und wäre fast auf Raatikainen gestürzt. Im letzten Moment fand er an einem Regal Halt. Die Weinflaschen klirrten.

»Auf den Boden!«

Er versuchte, Raatikainen vor dem grellen Licht zu schützen, während er ein vorauseilendes Kribbeln in den Nieren und im Nacken spürte, wo die Automatikwaffen beim kleinsten Impuls ihre Grüße hinschicken würden.

»Die Hände in den Nacken und auf den Boden legen!«

Die ursprüngliche Idee für diese Operation stammte vermutlich aus dem Handbuch der urbanen Kriegsführung, und zwar aus dem Kapitel, in dem empfohlen wurde, sämtliche Widerstandsnester zu eliminieren. Aber das war die falsche Idee aus dem falschen Buch. Kuhala brüllte, es sei nicht genug Platz auf dem Fußboden und es werde dringend eine Krankenwagenbesatzung gebraucht.

Die häufigen Simulationen hatten die Männer mit den Waffen sensibilisiert und ihre Reaktionen so beschleunigt, dass sie von Reflexen nicht mehr zu unterscheiden waren. Kuhala musste sein ganzes Verhandlungsgeschick ins Spiel bringen und sich vor abrupten Bewegungen hüten, um nicht auf der Stelle erschossen zu werden.

Er sagte, er sei unbewaffnet, und beteuerte seine Ehrlichkeit, hütete sich jedoch davor, seinen Beruf zu nennen, weil das noch nie große Begeisterung ausgelöst hatte. Er schwor, das Bündel unter dem Regal sei Raatikainens Baskenmütze, die offene Flasche enthalte Wein und kein Benzin und das Döschen daneben ein Herzmedikament.

Es kam ihm vollkommen bescheuert vor, mit einem Megafon zu diskutieren. Das Ding war schwer zu überzeugen, und der billige Weltraumsound betonte den Irrsinn der Situation zusätzlich. Am stärksten war die Wut aber wegen Ratsku, dessen Lebensflämmchen immer dünner wurde. »Hier liegt ein Mann, der einen Herzinfarkt erlitten hat! Er stirbt, wenn ihr Idioten das nicht endlich kapiert!«

5

Die Einsatzfahrzeuge hatten Furchen in Ratskus Rasen gepflügt, in denen sich lehmiges Wasser sammelte. Eine Gruppe von fünf behelmten und bewaffneten Männern mit Splitterschutzwesten begab sich schweigend in eine Kreuzung aus Mannschaftstransporter und Zivil-Lieferwagen. Sie ließen die Schultern hängen, als bedauerten sie, dass der Schießbefehl in letzter Sekunde zurückgenommen worden war. So interpretierte es Kuhala jedenfalls boshaft, und zwar aus gutem Grund. Sollte Raatikainen wegen des auf einen kleinen Krieg abgestimmten Polizeieinsatzes und der willkürlichen Entscheidung des Diensthabenden in der Notrufzentrale sterben, würde man dem Fall in allen Einzelheiten auf den Grund gehen. Kuhalas Anruf war auf Band aufgezeichnet. Er hatte keinen Sturmtrupp angefordert, auch wenn er sich erinnerte, etwas von der »ganzen beweglichen Flotte« gesagt zu haben.

Er stand auf der Veranda und versuchte, sein Zittern zu beherrschen. Der Mannschaftstransporter donnerte über Ratskus Hortensienbeet hinweg und fuhr in Richtung Innenstadt davon. Die Herzambulanz stand noch vor der Veranda, aber plötzlich ließ sie alle möglichen hellen Lichter aufflammen und scharrte zum Zeichen des Aufbruchs mit den Rädern im Kies. War die professionelle Hilfe zu spät gekommen? War das Schicksal des Freundes in dem Moment besiegelt gewesen, in dem dank Kuhalas Tollpatschigkeit die Kellertür zugefallen war?

Nachdem man ihm befohlen hatte, sich bereit zu halten, hatte niemand mehr ein Wort mit ihm gewechselt. Sein Hemd flatterte leicht im Nachtwind, wodurch seine schlotternde Armer-Teufel-Gestalt unter der Lampe nicht nur frierend, sondern auch ein kleines bisschen poetisch wirkte. Es wäre ein guter Moment gewesen, wieder mit dem Rauchen anzufangen.

Er erinnerte sich an die Pupillenbewegung des dünnen Maskierten und fragte sich, ob darin bereits Genugtuung darüber gelegen hatte, dass eine halbe Sekunde später Kuhalas Schädel von einem Brecheisen zertrümmert werden würde. Hatte der Dürre seinen Kumpel abgestochen, weil er wusste, dass der zum Fliehen nicht mehr fähig war, nachdem er schon zu viel Blut verloren hatte? Kuhala rieb sich das Gesicht und schloss die Augen. Die Szene in der Küche würde sich in seine Träume schleichen, und Selbstbezichtigungen würden ihn plagen, wenn er nicht aufpasste und versuchte, alles in Haddington House aufzulösen.

Das war sein Lieblingswhisky, und er war so schlecht, dass er sogar posttraumatischen Stressreaktionen vorbeugte. Kuhala hatte eine Erste-Hilfe-Flasche im Büro versteckt, an die musste er denken.

Die blaue Flamme des Polizeiautos, das unter dem Pflaumenbaum stand, wischte über die Gesichter der neugierigen Nachbarn und von weiter weg Herbeigeeilten, die sich über den Zaun reckten. Ein weiterer Streifenwagen parkte unter Raatikainens Küchenfenster, ein dritter stand vor Kuhalas Renault auf der Straße.

Jeri hatte seit Langem schon aufgehört zu bellen und drückte sein melancholisches Gesicht ans Seitenfenster.

Ein Mann von der Spurensicherung warf Kuhala während der Arbeit einen verwunderten Blick zu, sein Kollege kam im weißen Schutzanzug auf allen vieren aus der Diele, stand auf und hielt ein Glasröhrchen mit Gummiverschluss in der Hand, als hätte er Gold gefunden und darin aufbewahrt. Dann glitt sein Blick zu Kuhala. »Wer is'n das? He, kannste ma in den Garten gehen? Wer hat dich überhaupt herbestellt?«

»Wenn du mir die Erlaubnis gibst, geh ich sogar heim.«

Hinter Kuhalas Renault tauchte ein schwarzer Volvo auf, rollte am Gartentor vorbei und hielt neben dem Zaun. Kuhala kannte den Mann, der ausstieg, und hatte mit dessen Kommen auch schon gerechnet. Die in einen Übergangsmantel gehüllte Erscheinung von Kommissar Nevakivi sandte schon aus der Ferne Signale aus, die man am besten respektierte und die nun mit einem Schlag Kuhalas Lust, sich aus dem Staub zu machen und eine Flasche Whisky zu leeren, in Luft auflösten.

Kragen hochgestellt, Hände in den Taschen: Der Auftritt des Kommissars lebte von der wortlosen Dramatik der Professionalität, die keine Unklarheit darüber aufkommen ließ, wer nun das Kommando übernahm. Kuhala stand nach wie vor auf seinem Logenplatz und sah, wie sich Nevakivi einen allgemeinen Überblick über den Tatort verschaffte. Der Fahrer des Volvos hielt sich im Hintergrund und zündete sich eine Zigarette an. Kuhala fragte sich, ob Nevakivi ihn bereits erkannt hatte, ob seine Haltung deswegen einen kleines bisschen einsank.

Der Kommissar machte ein paar Schritte auf den Steinplatten, die der Krankenwagen ramponiert hatte, und trat unter die Lampe. Seine Lippen formten Kuhalas Nachnamen, ohne dass man einen Laut hörte. Der Kopf des Fahrers hüllte sich in Qualm, als übte der Mann einen Zaubertrick, mit dem man Menschen zum Verschwinden bringen konnte.

»Verflucht, was hast du hier verloren, Mann?«, rief Nevakivi.

Das war kein taktvoller Einstieg und erinnerte Kuhala an die rustikale Volkstümlichkeit des verstorbenen Kriminalbeamten Antikainen. Nevakivi nahm die Treppe zur Veranda hinauf mit zwei Sprüngen, ohne jedoch den gewünschten Rhythmus zu finden, weshalb er beinahe auf die Schnauze gefallen wäre. Erst jetzt sah Kuhala, dass sich der Kommissar einen sauberen Kinnbart hatte stehen lassen. Im Gegensatz zu dem, was er sich vielleicht vorgestellt hatte, verlieh ihm das jedoch keine strengere Autorität, sondern eher eine gewisse Verschlagenheit. Das Stolpern wurmte Nevakivi sichtlich. Er war so etwas nicht gewohnt, weder auf Treppen noch im Kampf gegen das Verbrechen.

»Hallo! Schicker Bart«, sagte Kuhala.

»Hast du das Chaos hier verursacht?«

»Nein.«

»Du siehst schlecht aus, brauchst du medizinische Hilfe?«

»Nein. Man hat versucht, mich umzubringen, aber ohne Erfolg. Ein Schluck Whisky würde mir guttun.«

Nevakivi blickte zur Seite und dann auf Kuhala. Das Seufzen und die Grimasse hätten in beliebiger Reihenfolge kommen können, so inbrünstig wie sie waren. Das halb vom Kragen verschattete bärtige Profil warf einen vampirhaften Schatten an die Wand. Nevakivi spähte durch die Tür und verteilte kollegiales Kopfnicken, wechselte ein paar Worte mit der Beamtin, die vielleicht Antikainens Posten übernommen hatte, und wandte sich dann wieder Kuhala zu. »Wir haben uns ja früher schon unter ähnlichen Vorzeichen gegenübergestanden, weshalb du das Schema kennst. Setz dich mit Tuomela ins Auto und warte dort! Tuomela, lass die Kippe nicht im Garten liegen!«

Nevakivis junger Fahrer traute seinen Ohren nicht, pickte aber die ausgetretene Zigarette mit einem Papiertaschentuch auf. Polizei und Krankenwagen hatten entweder aus Unfähigkeit oder wegen der gebotenen Eile den Tatort so verwüstet, dass es aussah wie nach der Rentierscheidung. Sämtliche Beweise waren zermalmt worden, und Ratsku würde für die Instandsetzung des Grundstücks einen Gartenbauspezialisten brauchen, vorausgesetzt, die Herzspezialisten wären in der Lage, ihn wieder herzustellen.

Kuhala folgte dem Polizisten zum Volvo. Sie machten sich miteinander bekannt. Tuomela war Kriminalhauptmeister und insofern ebenfalls ein ernst zu nehmender Kandidat für Antikainens Nachfolge. Die Personalplanung der Polizei von Jyväskylä gehörte nicht zu Kuhalas größten Sorgen, aber es war klar, dass eine Persönlichkeit wie Antikainen eine in vielerlei Hinsicht schwer zu füllende Lücke hinterlassen hatte.

Inzwischen war bereits ein Absperrband gezogen worden. Jeri fing im Renault an, mit dem Schwanz zu wedeln. Eine mit Morgenmantel und Lappenmütze ausstaffierte Frau presste hinter der Absperrung eine Faust auf den Mund, als wollte sie den Schreckensschrei unterdrücken, den Kuhalas Erscheinung bei ihr auslöste. Vielleicht war er nach allem, was passiert war, kein schöner Anblick, womöglich entsprach er mit seinen wirren Haaren, seiner erschütterten Miene und seinen vom Kellerboden schmutzigen Klamotten durchaus der durchschnittlichen Vorstellung von einem Mörder.

»Es stört doch sicher niemanden, wenn ich kurz meinen Hund ausführe? Der sitzt schon wer weiß wie lange da drüben im Auto auf der Rückbank. Ich habe mir nichts zu Schulden kommen lassen, und ich habe nicht vor abzuhauen«, sagte Kuhala.

Mit seiner Lässigkeit polsterte Tuomela gewissermaßen die Ecken und Kanten seines Vorgesetzten ab und nickte zerstreut, als wäre ihm alles einerlei. »Von mir aus.«

»Danke.«

»Ich rauche inzwischen eine. Wahrscheinlich müssen Sie in der Nacht aufs Präsidium. Gibt es jemanden, der solange den Hund nehmen kann?«

Tuomela trug eine Cordhose und eine halblange Lederjacke. Mit seinen scharfen Gesichtszügen und seinem kräftigen Nacken sah er aus wie der litauische Diskuswerfer, dessen komplizierten Namen sich Kuhala bei der Weltmeisterschaft in Helsinki vergeblich zu merken versucht hatte. Die Fürsorge des jungen Polizisten wirkte geradezu frappierend. Vielleicht war er Hundefreund. Kuhala empfand sofort Sympathie für diesen Tuomela, dessen sparsame, wie in anderen Sphären schwebende Mimik beim ersten Eindruck täuschte.

»Ihr müsstet auf dem Revier eigentlich einen Käfig für Hunde haben, einen mobilen. Ich stecke nicht zum ersten Mal in so einer Klemme. Jeri kennt den Käfig, ein Luxusding ist es nicht.«

»Sind Sie der Privatdetektiv, über den die Zeitungen geschrieben haben?«, fragte Tuomela und schützte das brennende Streichholz mit seiner Pranke vor dem Wind.

Kuhala nickte. »Und der Mann, den der Krankenwagen abtransportiert hat, ist mein Freund Heikki Raatikainen. Polizist in Frührente.«

»Bei den Arbeitszeiten blüht jedem von uns die Frühtodrente«, meinte Tuomela und blies den Rauch ins Blattwerk eines Pflaumenbaums.

Er erkundigte sich, was im Haus vorgefallen war. Die Schaulustigen, die in Hörweite am Absperrband hingen, merkten auf und blickten zu Kuhala hinüber, der Jeri aus dem Auto ließ. Tuomela registrierte die Nähe der Leute und die Reaktion, die er bei ihnen ausgelöst hatte. Er befahl ihnen zurückzutreten. In seiner Stimme lag natürliche Autorität, weshalb die Neugierigen tatsächlich zurückwichen.

Jeri knurrte, sprang auf die Straße und hob das Bein, worauf ein zögerlicher Strahl einen Zaunpfosten benetzte. Es hatte den Anschein, als wäre die ganze Siedlung vom Heulen der Sirenen erwacht. Die Leute hatten sich auf die Schnelle Mäntel, Wolldecken und alle möglichen ausrangierten Jacken geschnappt und umringten in undurchdringlicher Front Raatikainens Grundstück. Auf den Gesichtern lag der blöde Ausdruck des Wissensdurstes. Wie am Fließband wurden Vermutungen geschmiedet. Manch einer war bereit, auf einen Dreifachmord zu wetten, einer gab sich mit einem Doppelmord zufrieden, jemand vermutete, es handle sich um eine Einschüchterungsaktion der Pflaumenklaumafia, die gerade die ganze Gegend terrorisiere, und kurz bevor Kuhala die Seite wechseln musste, damit Jeri den Leuten nicht auf die Hosen pinkelte, hörte er eine Interpretation, der zufolge in Raatikainens Haus der Oberboss des finnischen Zweigs eines internationalen Verbrechenssyndikats wohnte. Die Polizei habe den Einsatz lange geplant, es handle sich um einen schweren Schlag gegen die Organisation.

Jeri wunderte sich ein bisschen über die vielen Menschen und verrichtete sein Geschäft an einem Efeu. Die Pfützen unter den Schaukeln spiegelten die Lichter, die Ketten quietschten, das leere Karussell schwankte in seiner Sehnsucht nach dem Sommer vor sich hin. Kuhala hob Jeris Hinterlassenschaft mit einer Hundekacktüte auf. »Lass uns zurückgehen. Sonst glauben sie noch, wir hauen doch ab.«

Er knotete die Tüte zu und warf sie in Richtung Mülleimer. Der Wurf ging vorbei, wegen der schlechten Sicht im Dunkeln und weil Kuhala müde war. Aber er ließ nicht locker, sondern zog die Tüte unter der Spielplatzbank hervor und bemerkte dabei ein Stück Stoff, das am Rand des Rasens lag.

Es war das Halstuch mit dem Sternmuster, das der dünne Messerschwinger getragen hatte. Er musste es bei der Flucht verloren haben. Nun sah es aus wie ein zerschlissenes Schmusetuch. Der Kerl war direkt in Richtung Innenstadt gelaufen und dort, wo das Tuch lag, eventuell gestürzt.

Tuomela und Nevakivi standen im Garten. Ihre Münder stießen sichtbaren Hauch aus, der ankündigte, dass das Quecksilber im Lauf der Nacht in die Nähe des Nullpunkts sinken würde. Ein Polizeihund mit Maulkorb taxierte Kuhala und Jeri und stufte sie als Gegner ein, die kaum der Beachtung wert waren.

Etwas Ähnliches lag in Nevakivis Blick. »Nicht mit dem Hund hierher! Der zerstört die Spuren.«

»Der zerstört gar nichts. Die sind längst vernichtet. Aber vielleicht dürfte ich langsam mal schlafen gehen. Ich komme morgen früh aufs Präsidium, in Ordnung? Ich bin so müde, dass ich kein vernünftiges Wort rausbringe. Und mir kannst du ja vertrauen«, grinste Kuhala.

Er wandte sich ab, der Schäferhund knurrte. Jeri entblößte die Zähne zur kampflustigen Grimasse, entschied sich aber dafür, Kuhala zu folgen.

»Ach ja. Nehmt diesen Fetzen hier an euch und seht zu, dass ihr etwas herausholt.«

»Wem gehört das? Wo hast du das gefunden?«

»Es gehört dem Mörder. Ich hab es im Gebüsch gefunden.«

Nevakivi und Tuomela starrten auf das Tuch, das im eisigen Nachtwind flatterte, wie die Fahne zum Eid eines Geheimbundes. Das Gespann von der Spurensicherung und die Polizistin unterbrachen ihre Arbeit auf der Veranda. Kuhala drehte das Tuch um. »Der Kerl hat damit sein Gesicht maskiert.«

Es wurde still. Das grelle Licht der Scheinwerfer, der dünne Regen und die sinkende Temperatur sorgten für Steifheit in den Bewegungen der Polizisten, die Schaulustigen hinter der Absperrung und am Zaun zerstreuten sich allmählich. Jemand riss Kuhala das Tuch aus den Fingern und ließ es in einen Plastikbeutel fallen.

Nevakivi gab Anweisungen und widerrief Kuhalas Erlaubnis, sich zu entfernen. »Du fährst bei uns mit.«

Tuomela machte die Tür des Volvos auf und trat die wer weiß wievielte Zigarette aus.

»Der Hund kommt mir nicht in den Wagen«, sagte Nevakivi, sobald er auf dem Beifahrersitz saß und die Tür zuschlagen wollte.

»Dann komme ich auch nicht mit«, erwiderte Kuhala. »Ich kann ihn nicht die Nacht über hierlassen.«

»Bring ihn in dein Auto. Du hast eine Minute Zeit. Glaub bloß nicht, ich lass den hier auf die Sitze scheißen.«

Jeri drückte sein Hinterteil auf den Asphalt und fixierte Nevakivis Hosenaufschlag. Kuhala beugte sich nach vorn und kam ganz dicht an das Gesicht des Kommissars heran, der nach Rasierwasser roch, und versuchte, seinen Wutanfall zu unterdrücken, indem er die Nüstern vibrieren ließ.

»Ich hole eine Decke aus dem Auto. Als Schutz für die Volvo-Polster. Wir können aber auch mit dem Renault fahren. Sicher ist jedenfalls, dass wir entweder beide mitkommen oder keiner von uns.«

»Scheißdreck«, zischte Nevakivi.

»Nicht wahr?«

»Eine halbe Minute.«

Tuomela lutschte am Steuer einen Bonbon und starrte ausdruckslos nach vorne. Der Volvo war ein neuer Dienstwagen und Nevakivis ganzer Stolz. Er war nicht unbedingt eitel, aber man fühlte sich in so einer Karre doch eine Spur staatsmännischer. Das Auto war mit Fahrstabilisator, Automatikgetriebe und Klimaanlage ausgerüstet, dazu mit etlichen Polizeispezialitäten, Wegfahrsperre, Antiblockiersystem und in dieser mitternächtlichen Stunde auch mit dem ureigenen sperrigen Beamtensystem des Kriminalkommissars. Ein Hund, der mit dem Bauchfell Schlammpfützen berührt hatte, kam ihm nicht herein.

»Die halbe Minute ist um. Verpasst du mir jetzt Handschellen? Pass auf. Du kriegst dafür die geschwätzigste

Zeugenaussage deines Lebens und erwirbst dir einen gewissen Ruf als Tierfreund. Der Artikel steht nächste Woche in der Zeitung«, sagte Kuhala.

»Willst du mir drohen?«

»Was hat es eigentlich mit eurer Kampagne ›Die Polizei als Dienerin des Volkes‹ auf sich?«

»Fünf Sekunden«, zischte Nevakivi.

Kuhala schlug die Tür des Volvo zu und ging mit Jeri zu seinem Wagen. In seinem Rücken hörte er das schabende Geräusch eines elektrisch betriebenen Seitenfensters. »Scheiße, Kuhala, du bekommst eine Anzeige wegen Widerstands gegen die Staatsgewalt! Das wird Folgen haben. Wenn du dich nicht bis neun Uhr morgen früh bei mir meldest, lass ich dich abholen.«

Nevakivi schloss das Fenster, der Volvo setzte sich gleitend in Bewegung und verschwand. Der Kommissar musste kapiert haben, dass nicht Kuhala das Blutbad verursacht hatte. Und wer war schon scharf auf zähe nächtliche Befragungen?

Kuhala lehnte den Kopf gegen die Nackenstütze und starrte benebelt auf die Scheibenwischerbewegung, bevor er die Kupplung kommen ließ. Er hatte den jungen Mann, der auf Ratskus Türschwelle zusammengebrochen war, noch nie gesehen, und er hatte nicht die geringste Ahnung, wer sich hinter dem Halstuch mit dem Sternmuster versteckt hatte. Das Duo gehörte der neuen, impulsiven Garde an, die ihre Impulse aus den gewalthaltigen Unterhaltungsmedien bezog und sich aus einer Laune heraus in Extremsituationen begab, bloß der Spannung wegen. Die Beute war zweitrangig, denn was hatten sie in Raatikainens Haus schon zu finden geglaubt, als sie die offene Haustür sahen? Ein paar Euro für Drogen? Ein bisschen Kleinelektronik für schäbige Tauschgeschäfte? Das Wichtigste war die *Action*.

Falls der Dünne seinen Kumpel auf der Flucht umgebracht hatte, dann hatte die Festigkeit ihrer Freundschaft zu wünschen übrig gelassen. Vielleicht war dieses Lösungsmodell aus einem Film oder einem Computerspiel herauskopiert. Das wusste der Teufel.

»Du hast den Kerl, der aus dem Haus gerannt kam, bestimmt gesehen«, sagte Kuhala zu Jeri.

Dieser drückte seinem Herrchen die Schnauze gegen die Schulter. Die treuen, kummervollen Augen erwiderten Kuhalas Blick im Rückspiegel, als wollten sie zum Ausdruck bringen, dass es in der Welt der Hunde zwar auch zu heftigen Zusammenstößen kommen konnte, dass sie jedoch weit von den wahnsinnigen Auseinandersetzungen zwischen Menschen entfernt waren.

Kuhala fuhr über die Tourulantie in die Hannikaisenkatu, wo er wohnte. Er parkte jedoch nicht im Hof, sondern fuhr weiter durch den nächtlichen Nieselregen in Richtung Krankenhaus. Er wich einem Fahrrad aus, das mitten auf der Straße lag, und erschrak vor einem Säufer, der mit ausgebreiteten Armen unter einer Straßenlampe stand, als wäre er an dieser Stelle gerade vom Himmel gefallen.

Vor der Klinik wurden die Opfer der Nacht angeschleppt, am Ärmel einer Zigeunerin, die am Taxistand um den Fahrpreis feilschte, blitzten Pailletten auf.

Kuhala ging durch den Seiteneingang hinein und fragte nach Raatikainen. »Er ist vor Kurzem eingeliefert worden. Ich bin zwar kein Angehöriger, aber fast. Es wäre wichtig für mich zu wissen, wie es ihm geht.«

Die Frau nickte und verschwand dorthin, wo die Patienten versorgt wurden. Bald kam sie mit dem Gesichtsausdruck einer Person, die schon alles erlebt hat, zurück. »Man hat mir gesagt, der Zustand Ihres Freundes sei stabil.«

»Was heißt das?«

»Ich bin nicht die behandelnde Ärztin. Kommen Sie später wieder vorbei. Entschuldigung, aber am Schalter stehen die Leute Schlange.«

6

In betriebswirtschaftlicher Hinsicht befand sich der Imbiss an einer merkwürdigen Stelle zwischen zwei Parkbänken, an dem Rad- und Fußgängerweg der Keskussairaalantie, auf der die Leute aus dem Krankenhaus und der Papiermaschinenfabrik ins Stadtzentrum gingen und fuhren. Kundschaft war weit und breit nicht zu sehen, und Kuhala konnte sich nicht erinnern, das Unternehmen je zuvor wahrgenommen zu haben. »PK-Wurst« stand auf dem Schild.

Ihm fiel ein, dass er nichts Essbares im Haus hatte, und er begriff außerdem, dass er sich keinesfalls dem Whiskyrausch hingeben durfte, wenn er sich in wenigen Stunden schon bei Nevakivi melden wollte. Seine Müdigkeit hatte ein Stadium erreicht, in dem sie die lebenswichtigen Funktionen verlangsamte und den Kopf mit katerartigen Schlägen malträtierte. Er drosselte das Tempo und hielt am Straßenrand an. Eine ordentliche salzige Mahlzeit würde ihm so viel Kraft verleihen, dass er es bis nach Hause unter die Bettdecke schaffte. Die Vorstellung von einer Fleischpirogge mit zwei Würstchen, Gurkenrelish und Zwiebeln sowie einer Milch dazu nahm ihn plötzlich so sehr gefangen, als handelte es sich dabei um das Fundament seiner Weltanschauung und als hätte es die zurückliegenden Momente des Horrors gar nicht gegeben.

Vom Wind gepeitscht schlug einem der Regen schwallweise entgegen, die Schauerwolken, die von den Meteorologen für die Nacht in Aussicht gestellt worden waren, hatten sich zu einer kohlschwarzen Tiefdruckfront kontinentalen Ausmaßes zusammengeballt. Sie zogen in so geringer Höhe dahin, dass man etwas davon hätte abreißen können, um sich damit die Matratze zu stopfen.

Der Imbiss war eine aus Glasfiber hergestellte, wenige Quadratmeter große Baustellenbaracke auf Rädern. Über dem Fenster prangte das Gemälde einer klassischen Fleischpirogge, in deren Bauchschnitt genau die Würstchen steckten, von denen Kuhala geträumt hatte. Senfgelb war beim Malen reichlich verwendet worden. Kuhala schluckte vor Hunger, studierte die Preisliste und schluckte erneut, als er den Mann sah, der in einer Ecke der Imbissbude saß. Er war so groß, dass er nicht stehen konnte. Schon im Sitzen schien seine Kopfbedeckung die Decke zu berühren.

»Herrschaftszeiten, Kane! Perttu Kane!«

Es war tatsächlich Perttu Kane. Kuhala hatte ihn im Zusammenhang mit seinem letzten spektakulären Mordfall kennengelernt.

»Kuhala!«

Kane rückte zur dampfenden Luke vor und lächelte etwas schüchtern, stand aber nicht auf, so wie Kuhala es auch vermutet hatte. Das zur Hälfte gelesene Taschenbuch legte er umgedreht auf den Tisch.

»Was tust du hier? Ich dachte, du verkaufst Grabsteine für Haustiere?«, fragte Kuhala.

Perttu Kane öffnete den Würstchentopf und nahm mit einer Großküchenpinzette etwas von dessen Inhalt heraus. Er sagte, er habe vom unsteten Leben des Grabsteinvertreters genug gehabt, und weil trotz intensiver Bemühungen auch die Einkünfte dürftig geblieben waren, habe er sich gezwungen gesehen, den Beruf zu wechseln. »Den Rest hat mir der Grabstein für den verstorbenen Eber eines Schweinezüchters gegeben. Vielleicht habe ich dir das schon erzählt. Das Geschäft wurde abgewickelt, aber der verdammte, mehrere hundert Kilo schwere Ringelschwanz aus Stein blieb nicht auf seinem Sockel stehen, sondern brach weg und kippte gegen die Wand des Stalls, die dann … na ja, du kannst es dir vorstellen … eine Art unglückliche Kettenreaktion. Gut, dass der Chef nicht unter den Gedenkstein geraten ist. Für eine Entschädigung fehlte der Firma das Geld, und hier bin ich nun. Aber was ist mit dir? Bist du unter eine Planierraupe geraten? Du siehst aus, als hättest du einen langen Tag hinter dir.«

Kane hatte seit Stunden allein in seinem Imbisswagen gesessen und freute sich nicht nur, seinen Freund wiederzusehen, sondern auch darüber, mit jemandem plaudern zu können. Kuhala sagte, er strample sich nach wie vor als Privatdetektiv ab. »Im Sommer war es ruhig, jetzt geht es langsam wieder los. Ehrlich gesagt war ich die letzten Stunden in Turbulenzen, die so überraschend kamen, dass ich jetzt was für zwischen die Rippen bräuchte. Ich hätte gern eine Fleischpirogge mit zwei Würstchen und allem Drum und Dran.«

Er duckte sich unter das Dach, um sich vor dem Regen zu schützen. Kane wirkte besorgt und sagte, er werde im Nu eine Mahlzeit zusammenstellen, die Kuhalas erschütterte Elektrolytbalance wieder ins Lot bringe. »Wie wär's, wenn wir die Fleischpirogge für gewöhnlichere Zeiten aufheben? Stattdessen mache ich dir einen Lazarus-Spieß. Geht aufs Haus, in Erinnerung an die guten alten Zeiten.«

»Danke, aber das kommt nicht infrage. Ich zahle, unbedingt. Aber Moment mal, auf die Schnelle fällt mir gerade nicht ein, wer dieser Lazarus ist.«

»War. Obwohl ihn Jesus ja von den Toten erweckt hat«, erklärte Kane und fing an, einen halben Meter langen Holzstock mit Hackfleischbällchen, Cocktailwürstchen, Kirschtomaten, Kebapspänen, Zucchinischnitzen, Jalapeño-Streifen, Fleischwürfeln und dergleichen zu bestücken. Kuhala kam irgendwann einfach nicht mehr mit.

Das Gericht war das Teuerste auf der Speisekarte: neun Euro. Nachdem Kane den Spieß voll hatte, versenkte er ihn nicht etwa in heißem Fett, wie Kuhala befürchtet hatte, sondern legte ihn auf ein Backblech und brachte aus dem Fußraum eine Art Mini-Schweißgerät zum Vorschein.

Vielleicht war es sogar ein echtes Schweißgerät, denn als Nächstes hielt sich Kane eine Schweißermaske vors Gesicht und fing an, den Spieß mit einer bläulichen Flamme zu erhitzen. »Pass auf, dass du nicht direkt in die Flamme schaust«, sagte er. »Diese Zubereitungsmethode habe ich selbst entwickelt. Der Spieß passt beim besten Willen nicht in die Mikrowelle, und so wird er auch schneller gar.«

Ungläubig starrte Kuhala in Richtung Krankenhaus und winkte Jeri zu, der im Wagen wartete. Er spielte mit dem Gedanken, den alten Trick anzuwenden und sich zu kneifen, um zu sehen, ob er träumte. Diese Nacht war nicht nur seltsam, sondern auch unheimlich.

»So«, sagte Kane und legte Maske und Schweißgerät zur Seite.

Eines Tages würde er in seinem Verschlag bei lebendigem Leib verbrennen. Die städtischen Brandschutzbeauftragten wussten jedenfalls garantiert nicht, wie er das Essen zubereitete. Der Spieß war allerdings schön braun gebraten und erhielt nun zusätzlich Farbe, weil Kane ihn mit einer orientalischen Gewürzmischung und Chilipaste garnierte. Dann schob er Kuhala die Portion hin. Sie hatte die Ausmaße eines Baseballschlägers und hätte einer esstechnischen Gebrauchsanweisung bedurft.

Kane bemerkte Kuhalas ratlose Miene: Der Gast wusste nicht, wo er die Zähne hineinschlagen sollte.

»Lass dir zuerst die äußersten Fleischbällchen schmecken und nimm den Stock dann in zwei Hände. Danach geht es wie von selbst. Hier sind Servietten.«

»Danke«, sagte Kuhala und tat wie ihm geheißen.

Ihm trat Wasser in die Augen, denn die Gewürzmischung – oder was es für ein Teufelszeug sein mochte – schälte ihm die Schleimhäute aus dem Rachen. Vertrieb allerdings auch die Müdigkeit. »Was … was hast du da … Das ist gigantisch gut. Du hättest nicht zufällig eine Wurst für Jeri?«

Auf der anderen Straßenseite ging jemand, und als die Person die Laterne erreichte, blieb Kuhala der Mund offen stehen, und ein Stück Rindfleisch fiel ihm auf den Schuh. »He, Sie da!«

Der dünne Fußgänger, der die Hände in die Taschen gesteckt hatte und sich mit einer Kapuze vor dem Regen schützte, drehte sich für den Bruchteil einer Sekunde zu Kuhala um. Das Gesicht war nicht zu erkennen, aber der Gang und die ganze Haltung hatten so viel Ähnlichkeit mit dem Messerwerfer in Ratskus Küche, dass es mit dem Stress für diese Nacht doch noch nicht vorbei war. »Den Spieß esse ich später fertig. Der Schlüssel ist im Auto, die Adresse findest du im Handschuhfach. Wenn ich nichts von mir hören lasse – könntest du dann eine Zeit lang den Hund nehmen?«

Kuhala sog Luft in die Lunge und beschleunigte seine Schritte bis zur Höchstgeschwindigkeit. Er war sicher, dass er auf den ersten Metern Feuer spuckte. Der Dünne lief in die Richtung, aus der er gekommen war, und bog mit langen Fohlenschritten in die Mattilankatu ein. War er nach dem Vorfall ziellos durch die Innenstadt gewandert, oder hatte er sich erst jetzt auf die Straße getraut, um in der Gegend hier einen Zufluchtsort aufzusuchen? Oder hatte er so viel Stoff intus, dass er es nicht für wahrscheinlich hielt, erwischt zu werden?

Kuhala hatte in den zurückliegenden Wochen durch Joggen, Spaziergänge mit Jeri und Arbeit am Sandsack im Wohnzimmer seine Kondition gehalten, weshalb er eine ansehnliche Leistung ablieferte.

Aber er war eben nun mal fast fünfzig, und der Rummel in Ratskus Haus hatte die Reserven angegriffen. »Bleib stehen, he!«

Der Abstand betrug ungefähr dreißig Meter und wurde kleiner. Der Dünne hatte seine Kapuze fest verknotet, die Hände sägten rechts und links vom Körper durch die Luft. Er wechselte die Straßenseite und verschwand auf dem Grundstück eines Einfamilienhauses, aber Kuhala zögerte keinen Moment und folgte ihm. Der Typ war lebensgefährlich und ein krummer Hund. Das Leben eines anderen Menschen war für ihn nichts wert, er hätte auch Ratsku umgebracht, wäre der nicht in der Kellerfalle gelandet.

Kuhala bekam das Objekt der Verfolgung wieder in den Blick und brüllte immer wieder den Befehl, stehen zu bleiben. Sie rannten im Regen über Straßen und durch weitere Gärten, kreuzten unbebautes Gelände, meisterten die Bahnstrecke und gelangten schließlich an den See. Kuhala keuchte und hielt im Schutz einer Hagebuttenhecke nach einer Möglichkeit Ausschau, die Uferstraße zu überqueren, nachdem ein Lastwagen mit brausendem Wasserschleier im Schlepptau vorbei war. Der Dünne stand hinter einem Pfeiler der Brückenauffahrt und stützte sich auf die Knie.

»Keinen Schritt weiter! Du hast keine Chance, die Polizei hat die Gegend umstellt«, rief Kuhala.

»Leck mich am Arsch.«

»Glaub mir, keinen Schritt weiter!«

»Du wirst sterben«, rief der Dünne außer Atem im Falsett, das weinerlich von der Betonkonstruktion widerhallte. »Ich reiß dir die Gedärme raus und werfe sie den Hunden zum Fraß vor!«

Kuhala versuchte, die Gesichtszüge des jungen Kerls zu erkennen, aber es war zu dunkel. Er wischte sich über die Stirn und spannte die Muskeln an. Es stach in der linken Lunge, die Oberschenkel schmerzten, und der Puls war schon beim Sprint zwischen den Einfamilienhäusern in den roten Bereich geraten, aber wenn der Dünne ein Jugendlicher von heute war, der rauchte und am liebsten vor dem Computer saß, wie immer behauptet wurde, dann war das Kräfteverhältnis vielleicht doch einigermaßen ausgeglichen. Die nächste Morddrohung verschwand unter dem Lärm eines vorbeirumpelnden Nachtzugs.

Dann ging es weiter. Nächste Station: Ceausescu Beach. Die Gegend war Kuhala vom Joggen bekannt, das gab ihm Zuversicht.

Wenig später lief er den Bootssteg entlang, auf den der junge Mann gerannt war. Der Regen ließ nach, hin und wieder klatschten vom Nachtwind aufgeworfene Wellen gegen die schwankenden Boote. Der Steg war fünfzig Meter lang und verzweigte sich am Ende nach rechts und links. Erst wenige Leute hatten ihr Boot bereits für den Winter an Land geholt. Falls der Flüchtende wieder trockenen Fußes aufs Festland wollte, musste er auf demselben Weg zurückkommen.

Kuhala blieb bei jedem Boot stehen, lauschte und guckte. In seiner Kehle rotierte der Nachgeschmack des Lazarus-Spießes. Die Anstrengung des Laufens zeigte sich in Form von Streifen im Gesicht, wie sie normalerweise nur als Nachwirkungen einer Rosskur mit Hadding House auftraten.

Die Besitzer hatten ihren Booten zumeist Frauennamen gegeben, auch fand sich der ein oder andere humoristische Versuch wie »Sieb« oder »Bastkörbchen«, aber alle schlummerten sie auf dem dunklen Herbstgewässer und warteten darauf, zur Winterruhe aufs Trockene geholt zu werden. Am Parkplatz vor dem Hafenkiosk fuhr ein Auto an, der Wasserturm am Ufer gegenüber schimmerte matt.

Allmählich atmete Kuhala wieder gleichmäßiger. Er spürte den kalten Schweiß am Rücken, als er vor einem bescheidenen Sportboot stehen blieb, das mit einer dunkelgrünen Plane abgedeckt war. Eine Kette sicherte den Zwanzig-PS-Johnson-Außenbordmotor. Die Ränder der Plane flatterten im Wind, in den Falten standen Pfützen, auf die hin und wieder Tropfen fielen. Kuhala wollte schon weitergehen, als raschelnd eine Erhebung unter der Plane entstand, die sich nicht wieder legen wollte. Hörte man da auch ein gedämpftes Poltern?

Kuhala strich die nassen Haare nach hinten und bückte sich. Es roch nach Öl und Rauch. Für einen flüchtigen Moment blinkte der Mond auf den schwarzen Wellen auf, bis er wieder hinter den Wolken verschwand. Kuhala war dermaßen gereizt, dass er mit dem Gedanken spielte, mit den Füßen voran auf die Erhebung zu springen. Dabei würde der Dünne die eine oder andere Prellung abbekommen, aber dann wäre das Spiel auch abgepfiffen und man könnte schlafen gehen. Falls die Erhebung jedoch eine optische Täuschung sein sollte und er mit seinem Sprung das Boot zum Kentern und Sinken brächte, würde das seine Berufsehre schwer beschädigen.

»Komm da raus!«

Die Erhebung legte sich, aus einer Falte in der Plane rieselte Wasser in den See. Kuhala sah sich vergeblich nach etwas um, das man als Schlagwaffe benutzen konnte. Mit knirschenden Kiefern nahm er Kampfposition ein, bereit, den Dünnen zur Polizei zu schleppen, und wenn es seine letzte Tat sein sollte.

»Alle Versuche sind zwecklos.«

Die Erhebung bewegte sich auf das Heck zu, Tropfen lösten sich von der Schnur, mit der das Boot angepflockt war. Schließlich kam unter der Plane der Kopf einer dunkelhaarigen jungen Frau zum Vorschein, und Kuhala wurde mit dem verwunderten Blick eines aus dem Schlaf gerissenen Menschen bedacht.

»*Posso aiutaria*?«

Die Stimme klang heiser und so entwaffnend, dass Kuhala die Hände zu einer beschwichtigenden Geste hob. Er wich zwei Schritte zurück. »*Mi scusi! Buona notte, buona notte*!«

Die Frau verzog sich wieder unter die Plane, und bald sah man auch die Erhebung nicht mehr. Kuhala biss sich auf die Unterlippe und schaute auf die fast hundert Boote um sich herum. Es würde Stunden dauern, sie alle abzuklappern, und als er eine Weile nachdachte, war er sich nicht einmal mehr sicher, ob der junge Kerl überhaupt auf den Steg geflüchtet war.

Er hatte im Sommer zwei Anfängerkurse »Italienisch für den praktischen Gebrauch« gemacht und war fast ein bisschen stolz, weil er der Frau antworten konnte, aber er hätte nie geglaubt, dass der erste praktische Gebrauch der Sprache mitten in der Nacht auf einem verdammten Bootssteg stattfinden würde. Was, wenn in einem anderen Boot der Kopf eines japanischen Nachtgastes auftauchen würde?

Nachdem er eine Zeit lang vergebens Wache geschoben hatte, machte er sich auf den Heimweg. Es war drei Uhr vorbei, und im Gesicht trug er die düsteren Furchen eines Mannes, der unter seinen Möglichkeiten geblieben war. Dem jungen Kerl war doch die Flucht gelungen.

Perttu Kane hatte seinen Imbiss mithilfe der Anhängerkupplung am Renault auf Kuhalas Parkplatz geschleppt und saß in eine Steppjacke gehüllt am Steuer. Auf dem Kopf trug er eine Kochmütze. Kane schlief, kam aber zu sich, als Jeri auf dem Beifahrersitz zu bellen anfing. Er erblickte den taumelnden Kuhala im Hof und kurbelte das

Fenster herunter. »Großer Gott, hast du noch mehr einstecken müssen? Was war das eigentlich für ein fliegender Start? Hat sich der junge Mann etwas zuschulden kommen lassen? Ihr seid ja gerannt wie die Wahnsinnigen.«

»Wahnsinnig kommt es mir auch vor. Ich erzähl es dir später.«

»Alles in Ordnung?«

Kuhala nickte. »Bin ein bisschen müde. Ich müsste mich hinlegen.«

Er ließ die Arme hängen und befürchtete, allein das Gewicht seiner Hose könnte ihn in die Knie zwingen. Schließlich stieß er den Seufzer eines Mannes aus, dem man Kiel geholt hat. Gleichzeitig merkte er, dass er sich fragte, wie es der mehr als zwei Meter große Perttu geschafft hatte, sich in den Renault zu zwängen. Und wie er wieder herauskommen würde. Und was war mit Ratsku? An was für Apparate hatten sie ihn auf der Intensivstation angeschlossen? Machte sein Herz noch mit?

»*Speriamo di rivederci presto.*«

»Hast du was gesagt? Ich hab dir den restlichen Spieß aufgehoben. Willst du nicht was davon? Das würde dir ein bisschen Energie geben«, schlug Kane vor.

»Nein. Nicht jetzt. Du kannst mit zu mir kommen, aber ich muss um neun bei einem Kommissar sein. Sonst holen sie mich.«

Kane bedankte sich für die Einladung, wollte aber keine Umstände machen. Er sagte, er wohne in der Nähe und ein kleiner Spaziergang täte ihm gut.

»Und dein Imbiss? Von mir aus kann er ruhig hier stehen bleiben, aber im Haus wohnen ein paar Korinthenkacker. Die Eifrigsten werden dir noch vor Sonnenaufgang einen Verbotszettel unter der Tür durchschieben.«

Kane kroch mit einer ulkigen Verrenkung aus dem Auto und zeigte Kuhala die am Imbiss angebrachten Deichseln. Er klappte sie aus. Sie bestanden ebenfalls aus Glasfiber, und ihre Griffe waren mit Riemen verstärkt. »Ich ziehe das Ding hinter mir her. Das wiegt nichts, und die Räder haben gute Kugellager. Ist das Resultat einer längeren Produktentwicklung. Hab ich im Depot des Straßenbezirks gekauft. Schau!«

Kuhala starrte erschüttert auf Kane, der sich einspannte und zwischen Mülltonnen und Teppichklopfgestell eine Proberunde drehte. Der Imbiss knirschte, Kanes gebeugte Gestalt, die an einen der Wolga-Treidler auf dem Gemälde von Ilja Repin erinnerte, hätte Kuhala fast zum Weinen gebracht. »Sieht großartig aus. Wo wohnst du denn?«

»Ich habe mir in der Nähe des Tierparks ein billiges Häuschen mieten können.«

»Das sind ja über zehn Kilometer, Mann! Sogar mehr!«

»Macht nichts. Dafür bin ich mein eigener Herr.«

»Nein, du kommst jetzt mit zu mir.«

»Wenn du darauf bestehst«, meinte Kane und schleppte seinen Arbeitsplatz wieder hinter den Renault.

Jeri hatte während der Vorführung im Schutz des Hundeverbotsschilds auf dem Rasen gesessen und die Düfte aus dem Imbiss eingesogen.

7

Der Kopf unter der Kapuze und der dünne Körper kamen Kuhala bekannt vor. Unter dem Schweinwerfer schillerte das Wasser, der Bootssteg glänzte im Regen. Die Gestalt blieb neben einem Boot stehen und lauschte. Genau genommen war es kein Boot, sondern eine hochseetaugliche Jacht für hunderttausend Euro, deren Besitzer sich kaum Sorgen ums tägliche Brot zu machen brauchte.

Die Gestalt machte ein paar vorsichtige Schritte und blickte sich nach allen Seiten um. Das Gesicht war unter der Kapuze nicht zu erkennen. Geduckt bewegte sich die Gestalt weiter voran, suchte im Schatten von vertäuten Protzbooten Deckung und hielt immer wieder inne, als hätte sie etwas gesehen. Auf den letzten Metern vom Steg zum Ufer richtete sie sich auf und kratzte sich unter der Kapuze den Kopf. Wegen des Arms konnte man das Gesicht nicht erkennen. Die Person zog die Kapuze noch enger zusammen und zündete sich eine Zigarette an, doch die schwache Flamme reichte als Beleuchtung nicht aus.

Die Bildqualität war miserabel. Immer wieder wurde die Aufnahme von fünfzehn Sekunden schwarzgrauem Rauschen unterbrochen, als wäre der Film eine hundert Jahre alte Rarität.

Nevakivi befahl, das Band anzuhalten, und fixierte Kuhala, der neben ihm saß und gegen den Schlaf ankämpfte. Der Herbstregen hatte aus der Aussicht auf den neuen Tag Kraft geschöpft und trommelte aufs Fensterbrett, draußen rauschte pausenlos der Verkehr am Polizeigebäude vorbei.

»Mist, man sieht nur die Hälfte von der Visage. Allerdings verfügen wir hier über so viel Kompetenz, dass man die Bildqualität verbessern kann. Glaubst du, das würde helfen?«

»Nein. Vom Gesicht sieht man trotzdem nur die Hälfte. Ich kann den Kerl nicht identifizieren, auch wenn er mit seinem Versteckspiel aufhört. Vielleicht weiß er, dass es am Steg Kameraüberwachung gibt, falls er dort früher schon seinen Schabernack getrieben hat. Sicher ist jedenfalls, dass dieser Mensch in Ratskus Küche das Messer geschwungen hat. Dieselben Kleider, dieselbe Erscheinung, derselbe Gang.«

Tuomela setzte das Band wieder in Betrieb. Der Dünne hielt das Gesicht in die Kamera und stieß so viel Qualm aus, dass man ihn auch jetzt nicht erkennen konnte. Er hob den Mittelfinger zum Gruß, dann verknotete er die Bänder der Kapuze und trat mit gesenktem Kopf vom Steg ans Ufer. Es war ein selbstbewusster, mit siegessicherem Trotz gewürzter Auftritt, und falls die Absicht darin bestanden haben sollte, beim Zuschauer den Blutdruck in die Höhe zu treiben, war das Resultat das erwünschte.

»Verflucht«, sagte Nevakivi. »Ein alter Hase, obwohl kaum über zwanzig.«

Kuhala richtete den Rücken gerade und streckte sich. Tuomela sagte, eine andere Kamera habe den Parkplatz und den Radweg vor dem Steg gefilmt, aber die Kassette komme erst in einer Stunde rein. »Die Jungs haben damit ein paar Probleme. Uns wird das kaum weiterhelfen. Da kriegen wir vielleicht zwei Sekunden Rückenansicht von dem Typen … und einen Hektar Asphalt. Ihr wisst das vielleicht nicht, aber in Amerika haben sie neulich ausgerechnet, dass sie mehr Land in Form von Parkplätzen unter Asphalt haben als landwirtschaftliche Anbaufläche.«

»Das gehört nicht hierher. Wir gehen alle Bänder durch, und du reservierst Zeit für die Vorführungen«, herrschte Nevakivi Kuhala an, als wäre der schuld daran, dass die Sitzung keinen Erfolg gebracht hatte.

Das Videogerät wurde ausgeschaltet. Nevakivi zog die Jalousien hoch und verweilte mit den Händen in den Hüften und mit angespannten Schultern am Fenster, weil vor ihm das Jahresende mit seinem knappem Restbudget, ein Haufen ungelöster Fälle und zu allem Überfluss dieses neue Durcheinander lagen, in dessen Zentrum auch noch Kuhala, die alte Landplage, zugange war.

Kuhala ahnte die Sorgen des Kommissars, aber das verschaffte ihm nicht die erhoffte Aufmunterung. Stattdessen hörte er auf das unwirkliche Rauschen zwischen seinen

Ohren und fragte sich unruhig, wie es Raatikainen wohl ging. »Ich kann dann ja wohl gehen?«

Nevakivi drehte sich um und strich sich über den Kinnbart. Er antwortete nicht. An der Decke über ihm war ein dunkler Fleck zu erkennen, anscheinend war man die Feuchtigkeits- und Schimmelprobleme im Haus noch immer nicht losgeworden. Das war ein Dauerthema der Lokalzeitung, und wenn man es nicht aus der Perspektive der fragwürdigen finnischen Baukunst betrachtete, dann unter dem Gesichtspunkt der Verschwendung von Steuergeldern.

Nevakivi hatte den nächtlichen Vorfall nicht vergessen und wollte Kuhala nicht so leicht davonkommen lassen. Die Farbkombination von blauem Hemd und grauem Schlips unterstrich die eiserne Härte des Kommissars. Er wollte, dass Kuhala noch einmal alles wiederholte.

Tuomela, der mit wirren Haaren dasaß, räusperte sich, nahm die Kassette aus dem Rekorder und verließ den Raum. Er wollte die Wiederholung nicht hören, seine Gier nach einer Zigarette näherte sich der Schmerzgrenze.

Kuhala begnügte sich mit kurzen Sätzen und erwiderte Nevakivis unerschütterlichen Blick. Die Story war bereits auf Band – hatte es der Kommissar auf Widersprüche abgesehen, weil er wusste, dass Kuhala nicht genug geschlafen hatte, und weil so eine Sitzung sich gut eignete, alten Groll abzutragen?

»Wann hattest du den Verdacht, dass das keine alten Bekannten von Raatikainen waren?«

»Als das Brecheisen gegen den Türrahmen krachte. Na ja, das Durcheinander in der Küche sprang mir vielleicht schon kurz vor dem Schlag ins Auge. Viel Zeit war da nicht, man konnte sich nur wundern.«

»Ich wiederum wundere mich, dass du bei der Adresse stottern musstest, als du Hilfe riefst.«

»Ich mich auch. War eine Notsituation. Da vergisst man Kleinigkeiten. Jedenfalls könnte ich jetzt tot sein. Trotzdem wäre eine mit Feuerwaffen ausstaffierte Angriffsformation nicht unbedingt nötig gewesen. Letzte Nacht hatte ich einen Albtraum, in dem ich an der Kellerwand niedergemetzelt wurde. Hat euer Fünf-Freunde-Superteam zu wenig Einsätze, oder was ist hier los?«

Wie es aussah, hinterließ die Stichelei bei dem Kriminalkommissar keine Spuren. Er zog ein Kuvert aus der Innentasche seines Sakkos, das über dem Stuhl hing, und entnahm ihm ein Foto. »Das ist der Bursche, der versucht hat, dir den Schädel zu spalten.«

»Genau, das ist er«, sagte Kuhala matt und fröstelte, denn der hübsche Junge auf dem Bild sah ganz und gar nicht wie ein Wirrkopf aus, der von seiner eigenen Größe verzückt war und für den Töten zum Alltag gehörte. »Hätte sich der Unglückliche ein bisschen mehr Gedanken über sein Abendprogramm gemacht, wäre es nicht so weit gekommen.«

Kuhala gab das Foto zurück. »Hat er auch anderswo als am Oberschenkel das Messer abgekriegt?«

»Ja.«

»Der mit der Kapuze hat ihn nebenbei umgelegt, auf der Flucht, stimmt's?«

»So sieht es aus. Tief ins Bauchgewebe«, sagte Nevakivi.

Sie sahen sich kurz an, als hätten sie für einen Moment ihre Unstimmigkeiten vergessen und empfänden die gleiche Machtlosigkeit gegenüber der blinden Gewalt, die auch in dieser kleinen Stadt nur allzu üblich wurde.

»Mika Rentonen, dreiundzwanzig Jahre alt. Arbeitslos, keine Vorstrafen, wohnt mit seiner Mutter im Stadtteil Pupuhuhta.«

»Oh Mann. Ich hab ihn gestern Abend zum ersten Mal gesehen. Und zum letzten Mal, auch wenn ich ihn nicht vermissen werde. Ihr werdet jetzt wahrscheinlich seine Bekannten abklappern?«

Nevakivi schob das Foto in den Umschlag und sagte, das Gespann habe auch bei einigen anderen Häusern am Tor gerüttelt und mit seinem Verhalten Angst und Schrecken verbreitet. Augenzeugen zufolge hatte sich den beiden in einem Fall ein wütender Hund in den Weg gestellt, und vor einem anderen Haus waren sie aus eigenem Antrieb abgezogen, nachdem sie Schamlosigkeiten gerufen oder einen Mann, der im Garten stand, etwas gefragt hatten. »Wie und warum sie ausgerechnet in den Vorort Halssila gekommen waren, wissen wir nicht. Die Busfahrer werden befragt, sicherheitshalber auch die Taxifahrer. Aber Raatikainen ist von der Kellertür vermutlich das Leben gerettet worden, auch wenn es knapp war.«

»Das dachte ich mir«, sagte Kuhala. »Wie geht es ihm?«

Laut Nevakivi lag Raatikainen noch auf der Intensivstation und würde erst Ende der Woche befragt werden können. »Ihr scheint ja gute Freunde zu sein, du und er.«

»Stimmt. Darum hat er mich auch angerufen.«

»Bist du sicher, dass er da noch nichts von den ungebetenen Gästen wusste? Dass er keine Anspielung auf Lärm im Erdgeschoss gemacht hat?«

Kuhala nickte. Tuomela kam zurück und sagte, die Kassette der anderen Überwachungskamera sei nicht kaputt, sondern zeige nonstop den Deckel der Mülltonne für die Bootsbesitzer, weil der Befestigungsmechanismus sich gelockert und der Bildwinkel sich gesenkt habe, wodurch er weniger interessant geworden sei. »Es ist eine schöne Kavalkade von Müllentsorgern drauf, dazu kommen eine große Ratte und ein paar Pfandflaschensammler, aber nicht unser Freund. Das gesamte Videoüberwachungssystem im Bootshafen gehört ins Museum.«

Auf Tuomelas Gesicht lagen die Schatten einer Nacht

mit wenig Schlaf, aber er schien kein bisschen Scheu davor zu haben, Nevakivi unschöne Nachrichten zu überbringen.

Im Innenhof des Gebäudes ertönte ein Ruf. Kurz darauf fuhr ein Streifenwagen mit heulender Sirene los. Für Nevakivi und Tuomela war das die heimische Geräuschkulisse, sie schienen sie gar nicht mehr wahrzunehmen. Irgendwann einmal war sie auch Kuhala vertraut gewesen, aber er sehnte sich nach jenen Zeiten nicht zurück. Er warf einen Blick auf Tuomela und fragte sich, ob dieser mit seinem ausdruckslosen Gesicht bluffte und sich in Wirklichkeit mit der ganzen Kapazität eines jungen Mannes den Kopf über den aktuellen Fall zerbrach. Es war schwer zu entscheiden, aber Kuhala wusste immerhin, dass er sich selbst in einem Alter befand, in dem sich hinter einer starren Miene nichts verbarg.

»Kann ich jetzt gehen? Ich werde nicht verreisen, ihr findet mich daheim oder im Büro. Wenn es schnell gehen muss, habe ich ein Handy, auch wenn das nur so lala funktioniert.«

Schwungvoll stand er auf, um neuen Abenteuern entgegenzutreten. Sofort meldete das Kreuzband im Knie, dass er es nicht ganz so schwungvoll hätte tun sollen.

»Eines noch«, sagt Nevakivi zu Kuhala, der vor Schmerzen das Gesicht verzog. »Du machst mit deinen anderen Aufträgen weiter, was immer sie auch sein mögen. Die Bluttaten von gestern gehören nicht in dein Revier. Wenn ich mich recht erinnere, sind wir schon mal in ähnlichen Fällen aneinandergeraten, und du hattest Schwierigkeiten, zu tun, was ich dir sagte. Falls du jetzt auch von eigenen Ermittlungen träumst, dann ist das ein großer Irrtum.«

Die Botschaft war schroff und erinnerte Kuhala daran, in welches Lager er sein Bündel getragen hatte, als er aus dem Polizeidienst ausgeschieden war. Ins Lager der Loser.

»Da muss ein Irrtum vorliegen«, knurrte er etwas mummlos und fügte hinzu, er achte stets das Gesetz.

Dank seiner Müdigkeit verlief er sich auf den Fluren und irrte kurzzeitig hin und her, ohne zu wissen, welche Treppe wohin führte. Die Polizisten, die ihm entgegenkamen, bedachten ihn mit scharfen Blicken, darum hatte er keine Lust, nach dem Ausgang zu fragen, und plötzlich war er sicher, vor der Tür seines ehemaligen Kollegen, des brutal ermordeten Kriminalhauptmeisters Sakari Antikainen, zu stehen. Sie zog ihn an wie eine Höhle mitten im Wald. Und für einen Augenblick bildete sich Kuhala sogar ein, das üppige Lachen Antikainens zu hören.

Sofort schossen ihm die Erinnerungen in den Kopf. Er klopfte an.

»Herein!«

Die Frau blickte nicht vom Bildschirm auf, sondern tippte weiter mit einem System, das um acht Finger schneller war als das System des Mannes, der früher in diesem Raum geherrscht hatte. Auf dem Tisch lagen keine halb leeren Fast-Food-Verpackungen herum, und es musste nicht mit ordinären Witzen gerechnet werden.

Die Frau war Hauptmeisterin Outi Haatainen, kaum älter als fünfunddreißig und Vertreterin einer neuen, fleißigen Polizistengeneration, wie Kuhala idealistischerweise vermutete. Er hatte sie am Vorabend in Raatikainens Küche gesehen. Die kurz geschnittenen dunklen Haare, die gleichmäßigen Gesichtszüge, die an irgendeinen Promi erinnerten, und der Schimmer eines im Zaum gehaltenen Dienstlächelns schufen einen Gesamteindruck, der Kuhalas Versuche zügelte, großspurig aufzutreten. »Ich finde den Ausgang nicht. Könnten Sie mir behilflich sein?«

»Die nächste Treppe runter.«

»Danke. Ich war gerade bei Nevakivi, um meine Aussage zu machen. Hab zu wenig Schlaf abbekommen und bin morgens sowieso nicht der Munterste«, sabbelte Kuhala, als wäre er der Frau, die er kaum kannte, eine Erklärung schuldig.

Er bereute seine Quasselstrippigkeit und versuchte, sie mit einem Grinsen zu kompensieren, bekam es aber nicht so befreit hin wie beabsichtigt. Es war die übliche Unsicherheit angesichts von Frauen mit Charakter. Outi Haatainen musste ihm die simple Route noch einmal erklären.

»He, warten Sie mal einen Moment! Sind Sie gestern durch das vordere Tor auf Raatikainens Grundstück gekommen?«

»Ja. Dort hatte ich auch das Auto abgestellt.«

»Und Sie sind direkt reingegangen?«

»Ja. Ich dachte, Raatikainen hat sich schon aus der Klemme befreit, weil sich im Fenster etwas bewegte. Wieso?«

Outi Haatainen sagte, in einer Ecke des Grundstücks habe man Fußabdrücke entdeckt, die mit den Spuren des jungen Mannes identisch seien, der das Leben verloren hatte. »Raatikainen hat Ihnen nicht zufällig was von ungebetenen Gästen auf seinem Grundstück gesagt?«

»Nein«, antwortete Kuhala.

»Die Spuren sehen so aus, als hätte der Mann das Haus beobachtet. Ohne Eile. Es gibt da eine geschützte Stelle, der Regen hat die Spuren nicht zerstört. Wir nehmen an, dass sie schon früher als gestern Abend entstanden sind.«

»Dazu kann ich nichts sagen, aber den anderen Kerl hab ich später in der Nacht wiedergesehen. Also den mit der Kapuze, der mit dem Messer herumgefuchtelt hat.«

»Was, den Kapuzenmann?«

Outi Haatainen hatte von dem Höhepunkt von Kuhalas langem Arbeitstag natürlich noch nichts gehört und begnügte sich mit einem Kopfschütteln. Mit der Kriminalhauptmeisterin sprach es sich wesentlich natürlicher als mit Nevakivi, und Kuhala musste sich fragen, ob das mit dem

Geschlecht, der freundlichen Einstellung oder mit etwas anderem zu tun hatte. Er dachte nicht mehr daran, auf den früheren Nutzer des Zimmers zu sprechen zu kommen, sondern blieb im Türspalt stehen und berichtete von der Verfolgungsjagd, die im Bootshafen geendet hatte.

»Na, da haben wir ja genug zu tun«, sagte Haatainen, als Kuhala endlich fertig war. »Sie finden doch jetzt hinaus?«

»Ich denke schon.«

Noch im Parterre hatte Kuhala den hauchfeinen Duft eines vanillehaltigen Parfums in der Nase – und es war auch nicht zu verachten, dass Outi Haatainen in keiner Weise zu verstehen gab, zum konkurrierenden Lager zu gehören, für das ein ehemaliger Polizist nichts als eine potenzielle Plage bedeutete. Die Müdigkeit zwang Kuhala, langsamer zu gehen. Er blickte in den Flur, der hinter einer Säulenformation abging, und bemerkte dort eine Frau, die an Annukka erinnerte. Schon sorgte die Sehnsucht für einen Magenkrampf, die Erinnerungen schwappten hoch, und für einen Moment konnte sich Kuhala überhaupt nicht mehr bewegen. Dann war die Frau verschwunden, und Annukkas Bild verblasste von den Rändern her.

Am Ausgang stieß er auf Tuomela. Dieser ließ eine Tüte mit Donuts zwischen den Fingern baumeln, aber Kuhala verzichtete auf eine Bemerkung in Richtung Krapfendiät. In Tuchfühlung schoben sie sich aneinander vorbei, und was den Körperbau betraf, hätte es Tuomela tatsächlich mit dem litauischen Diskuswerfer, an den er erinnerte, aufnehmen können. Warum hatte er den schlecht bezahlten Beruf des Polizisten gewählt?

»Kuhala!«

»Was?«

Tuomela folgte Kuhala ein paar Schritte auf die Straße, die Tüte mit den Donuts verschwand in seiner Pranke. »Die Aufnahme der Videokamera lässt wirklich zu wünschen übrig. Aber sind Sie auf dem Bootssteg jemandem begegnet?«

»Ja. Ein italienisches Mädchen hat in einem Boot übernachtet, und ich habe es geweckt. Eine junge Globetrotterin oder so. Wenn man auf die Schnelle vom Finnischen ins Italienische wechseln muss, gerät man leicht ins Stottern. Der Kamerawinkel reicht vielleicht nicht ganz so weit. Wieso?«

Tuomela raschelte mit der Tüte und sagte, vor dem halbminütigen Blackout gebe es auf dem Band einen kurzen schattenbildartigen Augenblick, in dem Kuhala vor einem Boot zu stehen schien.

»Man sieht nur die eine Seite und ein Stück vom Namen, ein paar Buchstaben.«

Tuomela äußerte die Vermutung, der Wegfall der Szene sei nicht so schlimm. Bestimmt hätte sie schockierendes Material enthalten.

Inzwischen hatte sich der Morgennebel aufgelöst. Kuhala blieb an der Kreuzung von Vapaudenkatu und Väinönkatu stehen. Das Herbstlicht, das zwischen den Wolken hindurchdrängte, glänzte in den Pfützen der überfluteten Kanaldeckel. An ihren Rändern hatten sich Spatzen versammelt und tauschten Neuigkeiten aus. Etwas weiter weg stand eine Handvoll Leute an der Haltestelle, und als Kuhala den Blick ein Stück in Richtung Stadtzentrum verrückte, wo der Türsteher von O'Malleys gerade die Pub-Öffnungsrituale durchführte, hatte er sämtliche Bestandteile des Alltagspanoramas zusammen.

Die Beratungen im Präsidium hatten wieder einmal so sehr an Kuhalas Nerven gezehrt, dass er unwillkürlich auch einen Blick in Richtung Alko warf und von einem Schlückchen Whisky träumte.

Er ging zu seiner Wohnung in der Hannikaisenkatu. Perttu Kane war mit seinem ziehbaren Imbiss verschwunden, die Gästematratze hatte er samt Zudecke an die Wand gelehnt. Beide hatten einem Mann seiner Größe kaum etwas gebracht, trotzdem lag ein Zettel mit einem »Danke« auf dem Tisch und einer Mitteilung über das Ausführen des Hundes. »Jeri ist so gut erzogen, wie ich es in Erinnerung hatte. Ich melde mich, dann gehen wir ein Bier trinken.«

Der gut erzogene Jeri saß in der Küche und schlabberte seinen Wassernapf leer. Er hatte die Reste des Lazarus-Spießes vom Tisch geräumt, die Folie entfernt und das Fleisch verschlungen. Die aufgespießten Zucchinistücke, Jalapeños und Kirschtomaten waren runzlig geworden.

Kuhala warf die Überreste weg. Er lobte den Hund nicht, verzichtete aber auch auf einen Tadel.

8

Zum Ausruhen war keine Zeit, und so angenehm ein zielloses Träumen auf der Couch kurz vor dem Abdriften in den Schlaf auch gewesen wäre – das Trommelfeuer des Vormittags wiederholte sich ständig. Kuhala trat die Wolldecke von sich, schlug eine lockere Serie in den Sandsack und stand anschließend drei Minuten unter der kalten Dusche. Das brachte den Kreislauf in Schwung und half, Nevakivis Sticheleien zu vergessen. Das streitlustige Paar, das Anfang des Sommers nebenan eingezogen war, kam allmählich zur Sache und überzog sich gegenseitig mit Vorwürfen, die man gut verstehen konnte, wenn man sich konzentrierte, die aber so nichtig und leidenschaftslos waren, dass Kuhala keine Lust hatte, sich ernsthaft in das Thema zu vertiefen.

Er trank schluckweise bitteren Kaffee und lobte den auf der Schwelle sitzenden Jeri. Dieser durfte sich anhören, der klügste Hund von Jyväskylä zu sein. Er nahm es gelassen zur Kenntnis, wie auch die Bemerkung über seine Wachsamkeit. Das Lob für seine Fähigkeiten als Bürogehilfe brachte ihn ebenso wenig aus der Fassung, doch den Zwieback, der ihm anschließend zugeworfen wurde, fing er auf.

»Vom Tierarzt ist eine Aufforderung zur Impfung gekommen. Ich muss dir einen Termin geben lassen.«

Der Hund schaute ihn schief an und trottete in den Flur, um den Rest des Zwiebacks dort auf dem Teppich zu verzehren.

Eine knappe halbe Stunde später traten Kuhala und Jeri auf die Straße und spazierten zur Kilpisenkatu. Der Wind malträtierte die Fahne auf dem Rathaus, die vor Nässe triefenden Wolken hüllten den Stadtpark in ihre Leichentücher. Inmitten all dieser Alltäglichkeit fiel es Kuhala schwer zu glauben, dass er nur wenige Stunden zuvor um sein Leben gerungen hatte.

Er blieb stehen und ließ Jeri an einem Strauch schnuppern. Monteure einer Telefongesellschaft hievten die letzte Telefonzelle der Innenstadt auf einen Lastwagen, aber weil niemand die Bedeutung des Vorgangs erkannt hatte, wurden keine Reden gehalten. Die Zelle setzte auf der Ladefläche auf. Einer der Männer sah Kuhala an. Dabei war sein Blick wegen der noch bevorstehenden Arbeitsstunden blässlich. Es waren zu viele, sie würden keine Überraschungen bringen, außerdem wurden sie zu schlecht bezahlt. Und wenn am Abend die Ehefrau zu ihrem vom Fernseher untermalten Meckern ansetzte, würde er die gekappten Flügel seiner Träume gleich zum Biomüll bringen können.

»Was passiert mit den alten Telefonzellen? Kann man die kaufen?«, fragte Kuhala den Mann am Kran.

»Auf dem Bauhof stehen die massenweise rum. Aber was willst du mit einer Telefonzelle?«, fragte der Mann gut gelaunt zurück und stieg auf die Ladefläche, um den Haken zu lösen.

»Im Wohnzimmer aufstellen und reingehen, um Selbstkritik zu üben.«

Voitto Losts Schlüsselladen trug den Namen »Voittos Schlüssel« und befand sich im oberen Abschnitt der Kilpisenkatu im Hinterhof eines alten Hauses im Souterrain. Laufkundschaft auf der Suche nach einschlägigen Dienstleistungen fand nur schwer den Weg hierher, zumal Hooligans das Ladenschild am Hofeingang derart bearbeitet hatten, dass es zum Mond wies.

Kuhala und sein Hund wichen einer lärmenden Schar von sechs Kindern aus. Das Kleinste in der Tagesmutterkarawane bedachte Kuhala mit einem Plastikschaufelgruß und bohrte in der Nase, wurde aber schlagartig ernst, als wäre ihm gerade bewusst geworden, dass die Sandkastenjahre, ehe man sichs versah, vorbei waren.

Kuhala band den Hund am Fahrradständer an. Dann öffnete er die Ladentür und trat ein. Ein schwachbrüstiges Glöckchen bimmelte silbrig. Die Pyramide von Schlossenteisern auf dem Ladentisch wies auf die kommende kalte Jahreszeit hin und schwankte bedrohlich, als die Tür zufiel. Das Sortiment, das an der hinteren Wand an Haken hing, reichte von faustgroßen Vorhängeschlössern bis zu schmächtigen Tagebuchverschlüssen. Kuhala hätte fast der Pappfrau, die neben der Kasse einen Schlüsselbund in der Hand hielt und über die ganze Breite ihres Mundes lächelte, Guten Tag gesagt. Niemand eilte zu Diensten, obwohl auf einem gelben Aufkleber an der Kasse stand: »Ihr Schlüsseldienst mit dem kompletten Service«.

Gab es jemanden, der Sticker mit der Aufschrift »Ihr Schlüsseldienst mit dem unkompletten Service« druckte? Hier hätte man so einen gebrauchen können. Kuhala räusperte sich taktvoll und fragte sich, ob Kunden in diesem

Laden derart seltene Erscheinungen waren, dass man gar nicht mehr wusste, wie man auf ihr Kommen reagierte.

Da kam Voitto Lost doch noch lautlos aus dem Hinterzimmer gepirscht. Er war dünn, klein und sah alt aus. Er war mit einer Lesebrille ausgerüstet und schaute Kuhala an wie ein Mensch, der gern für sich ist und in seinem Kopf Dinge ausbrütet, die andere nichts angingen.

»Kuhala? Ich habe schon auf Sie gewartet.«

»Entschuldigen Sie, ich komme etwas spät. Aber mir ist etwas dazwischengekommen.«

Er streckte die Hand über den Ladentisch hinweg aus. Auf dem Tisch im Hinterzimmer lagen im Licht der Lampe eine Feile und ein Miniaturhammer. Zusammen mit der Ölkanne daneben bildeten sie ein Stillleben der Werkzeuge eines Schlossers aus alten Zeiten. Voitto Lost schob die zusammengeklappte Brille in die Brusttasche und musterte Kuhala. Der gesammelte ausgedünnte Flaum auf dem Kopf wurde von Haarfett in Reih und Glied gehalten. »Sie haben schon viele Kriminalfälle gelöst. Soweit ich es in der Zeitung gelesen habe.«

»Njaa«, meinte Kuhala.

Während der anschließenden Pause überlegte er leicht verlegen, ob er jetzt seine Heldentaten aufzählen sollte. Aber dann beanspruchte er seinen Kopf doch nicht mit zurückliegenden Fällen, weil die seelischen wie physischen Blessuren, die er davongetragen hatte, in keinem vernünftigen Verhältnis zu den kassierten Honoraren standen. Das Geld war längst weg, die Blessuren würden ihn bis zum letzten Atemzug plagen.

»In den Ermittlungen zum Mord an meiner Tochter ist die Polizei nicht vorangekommen, und ich habe meiner Frau, die an der Trauer zugrunde gegangen ist, an ihrem Totenbett versprochen, dass der Täter gefasst wird. Ilonas Tod liegt nun zwei Jahre zurück.«

Die kurze, trostlose Schilderung veranlasste Lost, die Zähne zusammenzubeißen und Kuhala starrsinnig anzuschauen. Kein Wunder, dass der Mann in ein Schattendasein versunken war, kein Wunder, dass er allem den Rücken gekehrt hatte, was im Wirtschaftsteil als »innovative Wettbewerbsdynamik des Handwerks« bezeichnet wurde.

Kuhala war nicht in der Lage, sich die genauen Einzelheiten des Verbrechens in Erinnerung zu rufen. »Ihre Tochter wurde in einem Supermarkt umgebracht … Entschuldigen Sie, ich kann mich nicht mehr ganz genau daran erinnern, aber so war es doch? In der Zeitung wurde viel darüber geschrieben. Mein Beileid.«

Jeri bellte vor der Tür. Lost nickte und stützte sich auf den Ladentisch. Innerhalb kurzer Zeit hatte er seine Lieben verloren und war derart in sich zusammengefallen, dass es aussah, als würde er noch vor dem Jahreswechsel mitsamt seinem Laden dahingerafft werden, falls keine Veränderung eintrat.

»Ich mache der Polizei trotzdem keine Vorwürfe. Sie hat halt getan, was sie konnte, und dem Mörder war es nun mal gelungen, seine Spuren zu verwischen. Wenn Sie den Fall übernehmen, zahle ich Ihnen, was Sie verlangen. Ich habe Ersparnisse. Aber ich will, dass Sie sich voll hineinknien.«

Kuhala sah Lost, der sich über den Ladentisch krümmte, an und richtete den Blick dann nach rechts auf das Schlüsselsortiment an einer Lochplatte. Sollte er sich, um Lost zu unterstützen, ein neues Dietrich-Set bestellen, obwohl das alte noch gute Dienste leistete? Sollte er besser verschwinden?

Die schlecht geölte Hydraulik des Müllautos, das rückwärts in den Hof fuhr, übertönte den nächsten Satz des Schlossers. Ihm drohte der Stift aus der Brusttasche zu fallen. Kuhala wusste, was es für eine Herausforderung war, ein zwei Jahre altes Kapitalverbrechen aufzuklären.

Anschließend würde er seine Schuhsohlen wegschmeißen können. Und von den ganzen Bergen von Schmutz und Schlacke, die er dabei durchwühlen müsste, bliebe ein Geruch an ihm haften, der auch beim schärfsten Waschgang nicht rausginge.

Und selbst wenn, konnte das Resultat trotzdem miserabel sein.

»Kommen Sie!«

Kuhala wurde aus seinen Gedanken gerissen und trat hinter den Ladentisch. Warum lehnte er nicht höflich ab und machte kehrt? Hatte er überhaupt die Courage, einem armen Schlosser die letzten Ersparnisse abzunehmen? Das Rätsel um das abgebrannte Sägewerk war ja auch noch offen, in Wirklichkeit lasteten genügend ungelöste Aufträge auf ihm, eine Zugabe konnte er eigentlich nicht gebrauchen.

Die lächelnde Pappfrau mit dem Schlüsselbund stand auf dem Podest einer umgedrehten Bierkiste, unter der Kasse ragte der Griff eines Gummiknüppels hervor. Voitto Lost hatte inzwischen am Tisch im Hinterzimmer Stellung bezogen. Dort duftete es nach mehrfach aufgewärmtem Kaffee, Zigaretten und bitteren Pillen.

»Das ist Ilona.«

Das eingerahmte Foto zeigte eine junge, hübsche Frau, die über ihre Abiturrosen hinweg selbstbewusst in die Kamera und in die Zukunft schaute. Garantiert hatte sie vor der Aufnahme die weiße Mütze in allen möglichen Positionen ausprobiert.

Der Aschen- und der Kaffeebecher auf dem Tisch weckten in Kuhala die Vorstellung, wie Lost an langen Nachmittagen dasaß, seine Tochter anstarrte und dabei den Rauch tief inhalierter Trauer- und Sehnsuchtszüge ausstieß.

»Die Bestie hat Ilona erwürgt. Geschlagen und dann umgebracht. Rasend wie ein Tier. So hat man es mir geschildert, und ungefähr so stand es auch in den Zeitungen. Wie demütigend mir die Überschriften vorkamen. Sie haben Ilona zerpflückt und ihren Tod zur reinen Handelsware gemacht. Zum Glück haben meine Frau und ich den Mund gehalten und nach dem ersten Irrtum keinen einzigen Journalisten mehr an uns herangelassen. Die waren wie die Hyänen. Nach einem von ihnen habe ich sogar mit der Gartenschere geworfen, weil er mit Gewalt bei uns eindringen wollte.«

Die Losts hatten Ilona im vorgerückten Alter bekommen, nachdem sie die Hoffnung auf ein Kind eigentlich längst aufgegeben hatten. Diesen Einblick in die Privatsphäre gewährte Lost ein bisschen zu schnell, es klang, als wollte er Kuhala mit einer vorab zurecht gelegten Strategie in den Fall einspannen. »Wir hatten uns schon darauf eingestellt, den Rest unseres Lebens zu zweit zu verbringen, aber dann kam Ilona auf die Welt. Sie können sich vorstellen, dass sie unser Ein und Alles war. Und jetzt wird mir für meine restlichen Jahre dieses entsetzliche Geschehen auf der Seele liegen. Ilona hatte einen Studienplatz in Helsinki bekommen und war deswegen ganz begeistert gewesen.«

Die Stimme des Schlossers versagte kein einziges Mal. Vielleicht hatte er seine Tränen geweint. Ihn schien der Hass anzutreiben und der große Wunsch, dem Täter auf die Spur zu kommen, um weiterleben zu können. Allerdings blieb Kuhala die in den Augen des Mannes schwelende Verzweiflung nicht verborgen. Sie verriet, dass Losts Durchhaltevermögen auf der Kippe stand.

»Hatte sie einen Freund?«

»So einen Halbstarken. Wie die halt oft so sind. Viljami Levanto hieß er. Aber das ging mich und meine Frau nichts an, und wir haben auch nicht versucht, uns in Ilonas Entscheidungen und ihre Lebensweise einzumischen. Es hätte sowieso nichts genützt. Sie war eine von der selbstständigen Sorte, wie man ja schon auf dem Bild sehen kann.«

Seine Finger berührten das Glas des Bilderrahmens. Wie ein Gebet kam ihm dabei ein Seufzen über die Lippen. Mit grauem Gesicht setzte er sich auf einen Hocker und griff nach den Zigaretten. »Sie dürfen Ilonas Sachen gern durchsehen. Sie sind seit dem Besuch der Polizei unberührt geblieben. Sie erhalten von mir Namen, Adressen, sogar die Kontaktdaten der verdammten Hellseherin, an die sich meine Frau in ihrer Not gewendet hatte und die für ihr Gefasel das reinste Blutsaugerhonorar abzapfte. Beziehungsweise es versuchte.«

Kuhala nickte. Auf der Spüle maß ein Wecker die Zeit, die Witzigkeit der Comicfigur, die auf der Kaffeemaschine klebte, passte nicht recht zur Atmosphäre in der Küche. Lost starrte auf die glimmende Spitze der Zigarette und rieb seinen Knöchel am Hockerbein. »Und natürlich biete ich Ihnen auch alles, was ich an Verdacht und Vorurteilen zu bieten habe, falls Sie das wollen.«

»Haben Sie einen Verdacht?«

»Im Lauf der Zeit staut sich so manches an.«

»Haben Sie den Mord an Ihrer Tochter selbst untersucht?«

»Nein. Oder doch. Wie man es nimmt.«

Kuhala nickte, ohne zu wissen, was er von der Rätselhaftigkeit des Schlossers halten sollte, ließ sich aber nicht provozieren, nach weiteren Informationen zu fragen, denn er wollte sich den Fall nicht aufhalsen. Allerdings war das noch kein endgültiger Entschluss, denn er wusste nur zu gut, dass er außer dem Brand im Sägewerk und dem Seitensprung nichts im Auftragsbuch stehen hatte, und auch wenn er über seine Breirationen nicht so genau Buch führte, so musste Jeri doch immer etwas im Napf haben. Er hatte dem Hund versprochen, sich um ihn zu kümmern und sogar die Hundsteuer zu bezahlen, die die Hüter des städtischen Tresorraums nach vielen Jahren Unterbrechung bald wieder einziehen wollten. Jedenfalls drohten sie damit.

Also musste für Lost, der da auf seinem Hocker kauerte, ein Satz formuliert werden, der einerseits Hoffnung machte und andererseits auch den Rückzug ermöglichte, und solche Sätze hatte Kuhala im Lauf der Jahre zu drechseln gelernt. »Ich danke Ihnen für Ihr Vertrauen, aber Sie müssen mir für die Entscheidung zwei Tage Zeit geben. Zuerst muss ich klären, wie es mit den Fällen aussieht, die ich aktuell laufen habe. Außerdem ist Ihnen sicherlich bewusst, dass die Polizei ihre Ermittlungen nicht einfach abgebrochen hat. Sie verfügt über Material, zu dem ich keinen Zugang habe.«

»Welches Material? Die können in ihren Ordnern gar nichts Geniales haben, sonst hätten sie den Mörder ja gefasst. In den Ordnern nicht und auch nicht im Computer.«

Kuhala gab ihm recht. Dennoch sagte er, als ehemaliger Polizist wisse er, dass sich in den Akten eines Falles Aspekte verstecken konnten, die vor Außenstehenden geheim gehalten wurden, um sie erst später zu nutzen, wenn eine bestimmte Spur in eine verheißungsvolle Richtung führe.

Lost wurde wegen Kuhalas Zögern unruhig und drückte seine Zigarette aus. »Das Mädchen hatte vor nichts und niemandem Angst. In dem Geschäft gab es Kundschaft, die ein bisschen unausgeglichen war, aber harmlos, wenn ich es richtig verstanden habe. Bis dann dieser Unmensch kam und die Tat beging.«

Lost erklärte unmissverständlich, dass der schlichte Humanismus eines Schlossers nichts von Gnade hielt. »Wenn man ihn erwischen und öffentlich hinrichten würde, würde ich mir einen Platz in der ersten Reihe besorgen, notfalls auf dem Schwarzmarkt.«

Vorsichtig löste er von dem trockenen Rosenstrauß, der

an einem Wandbord hing, ein Blütenblatt, zerrieb es zwischen den Fingern und ließ den Staub in den Aschenbecher rieseln. »Mein Dasein hat nicht mehr Wert als dieser Staub, aber wenn es Ihnen gelingt, die Bestie zu fassen, dann …«

»Ich tue, was ich kann, aber ich brauche wirklich die zwei Tage«, sagte Kuhala.

Plötzlich begriff er, dass die Trockenblumen Ilonas Abiturrosen waren. Lost hatte in der Ereignislosigkeit des Hinterzimmers bereits mehrere Blütenblätter abgezupft und dabei Rache geschworen, aber weil er sein Objekt nicht benennen konnte und weil seine Kräfte schwanden, ging ihm allmählich das Material aus: Ich hasse ihn, ich hasse ihn nicht, ich hasse ihn, ich hasse ihn nicht, ich hasse ihn.

»In dem Laden hing eine Kamera. Darum habe ich ein Bild des Mörders. Es ist eine Kopie, die Polizei hat sie mir gegeben. Wollen Sie sie sehen?«

»Ein Bild des Mörders? Das wusste ich gar nicht … Am besten zeigen Sie es mir, wenn ich Ihnen sage, ob ich den Fall übernehmen kann«, schlug Kuhala vor und dachte an die morgendliche Filmstunde im Präsidium. Überall hingen Kameras, die Visage eines jeden wurde gefilmt, wo immer er sich auch bewegte. Orwell war längst Wirklichkeit. »Hat die Polizei Ihnen eine Videokopie der Kassette der Sicherheitskamera gegeben?«

Das roch seltsam. Eigentlich durfte Ermittlungsmaterial unter keinem Vorwand in die Hände von Angehörigen des Opfers geraten.

Lost schüttelte den Kopf und sagte, er habe lediglich eine Kopie auf Papier bekommen. »Sie zeigt das Gesicht des Täters, aber sie ist grobkörnig und von schlechter Qualität. Die Polizei hat wohl ursprünglich mit dem Gedanken gespielt, das Bild zu veröffentlichen. Dann hat man Abstand davon genommen und es nur Ilonas näherer Umgebung gezeigt. Meine Frau und mir haben sie es für den

Fall gegeben, dass uns etwas einfällt, wenn wir es nur lange genug anstarren. Das war aber nicht der Fall. Wofür installiert man Apparate, die schon nicht funktionieren, wenn sie neu sind? Und warum platziert sie man sie so ungeschickt, dass … Dieser verdammte Laden ist das reinste Labyrinth, da hätte es gar keinen vernünftigen Platz für eine Kamera gegeben.«

Das Türglöckchen ertönte. Lost entschuldigte sich und verschwand in den Laden. Gleich darauf hörte man den Gruß des Kunden und entspanntes Plaudern. Nach der Verzweiflung im Hinterzimmer musste der Schlosser seine Stimme erst auf die neue Frequenz einstellen. Die Bemühung kostete ihn Kraft, besonders gesprächig wurde er nicht.

Kuhala betrachtete erneut das Foto von Ilona Lost und begriff, wie weit er bereits in die Tragödie eingeweiht war. Sie würde ihm nicht aus dem Kopf gehen, auch wenn er sich auf der Stelle aus dem Staub machte. Eine junge Frau im Frühling ihres Lebens hatte auf entsetzliche Weise alles aufgeben müssen. Vielleicht hatte eine Zeitung damals Wort für Wort den gleichen Satz bemüht, durch und durch abgenutzt und doch erschütternd.

Kuhala bekam prompt Sehnsucht nach seinem Sohn Tatu. Er ließ den Blick umherschweifen und fragte sich, ob Voittos Schlüssel wenigstens das Geld für die Miete abwarfen.

Auf den ersten Blick suchte man in dem engen Hinterzimmer vergeblich nach einem Apparat, der ans digitale Zeitalter gemahnt hätte, an Computer und das 21. Jahrhundert. Es hatte den Anschein, als beruhte die Arbeit des Schlossers noch auf der alten Handwerkstradition. Kuhala drehte sich um und stieß mit dem Bein gegen den Hocker.

Vielleicht wäre es klüger, sich über die Mietzahlungsfähigkeit anderer Leute nicht den Kopf zu zerbrechen, solange man selbst so dastand, wie man eben dastand. Der kippende Hocker versetzte der Kommode einen Stoß, worauf eine Schublade einen Spaltbreit aufging. Das Möbelstück bestand aus Laminat; man bekam diese Sachen zum Spottpreis, eine Anleitung zum Zusammenbau auf Polnisch inklusive.

Kuhala beugte sich vor, um die Schublade zu schließen. Zuoberst lag eine transparente Plastikhülle mit einem grob gerasterten Foto von einem Mann mit Kapuze und schwarzer Brille, dessen Lächeln mühelos als böse charakterisiert werden konnte.

9

Im Laufe dieser Woche spülte der Herbst die letzten Überreste des Sommers davon, indem er den Stadtbewohnern einen Regenschauer nach dem anderen in den Nacken goss und hinter jeder Hausecke in Form von Sturmböen zuschlug, die einem den Hut vom Kopf rissen. Nebenbei warf der Wind das Kunstwerk aus Holz und Recyclingmaterial auf dem Are-Platz um. Es war fast vier Meter groß, stellte eine stilisierte menschliche Figur dar und hieß »Hypnotic future«.

Niemand wurde darunter begraben. In der Leserbriefspalte fragten die Kunsthasser allerdings, ob genau das passieren müsse, damit endlich die Vernunft siege.

Am Freitag fuhr Kuhala zu den Brüdern, denen das Sägewerk gehörte. Bei sich hatte er Material zum Brand der Anlage. Die beiden, die sich als Geschäftsleute titulierten, warfen gerade im Garten eines großen, mit mehreren Anbauten versehenen Hauses außerhalb der Stadt Pfeile auf eine Zielscheibe. Aus den Beratungen wurde nichts, denn die Brüder waren selbstgefällige Sülzköpfe, die sofort in unzivilisierten Spott ausbrachen, dessen Kern darin bestand, dass Kuhala keinen roten Heller sehen würde. Sie sagten, sie würden nach Somero gehen und in die faszinierende Welt des Autoreifen-Business wechseln, fluchten wie die Kesselflicker und verplapperten sich dabei so sehr, dass Kuhala den Eindruck gewann, als hätten sie selbst ausgeheckt, die Säge anzustecken. Diese Schlussfolgerung war aber insofern irritierend, als das Duo ihn engagiert hatte, um in dem Fall zu ermitteln.

Trotzdem befürchtete er, zur Zielscheibe der durch die Luft zischenden Pfeile zu werden. Darum verriet er lieber nicht, was er dachte, sondern fuhr davon und schrieb innerlich eine Rechnung, für deren Begleichung sich die neue Reifenfirma schwer ins Zeug legen müsste. Immerhin hatten die Seitensprungermittlungen Resultate gebracht: Auf Kuhalas Konto waren fünftausend heiß ersehnte Euro überwiesen worden, und eine Ehe ging zu Ende.

Anlässlich des erhaltenen Honorars servierte er Jeri ein Schweinsohr, den Rest eines drei Tage alten Burgunderbratens auf einem Bett aus Trockenfutter und dazu frisches Wasser. Er selbst ließ sich eine Mikrowellenmahlzeit schmecken, die er mit dreißig Prozent Rabatt gekauft hatte. Sie bestand aus einem Schnitzel, Pilzsoße und Kartoffelpüree und schmeckte leicht industriell. Aber das lustige Springen der Erbsen-Mais-Beilage im Mikrowellenherd entschädigte für die geschmackliche Enttäuschung. Nach dem Essen schrubbte er die Mikrowelle und brachte den Hund zum Bürsten auf den Balkon.

Jeri kniff die Augen zusammen und leckte mit der Zunge, wenn die Bürste in die Gegenden geriet, wo die Abdrücke des Hundegeschirrs verliefen.

»So vergehen unsere Tage, so vergeht unser Leben, diese von Fernsehunterhaltung und Mega-Sonderangeboten flankierte Zeitreise ins Reich der Schatten«, deklamierte Kuhala, nachdem endlich alle losen Haare ausgebürstet waren.

Es war das typische Selbstgespräch eines Mannes, der zu Hausmacherphilosophie neigte, und die Beschäftigung mit dem Hund diente lediglich als Vorwand, um keinen Kontakt mit Voitto Lost aufnehmen zu müssen.

Nach dem Mittagsläuten fuhr Kuhala ins Krankenhaus. Als Mitbringsel hatte er Schokoladenrosinen und *Vishnus Träume* von Manil Suri als Hardcover dabei. Der Wind traktierte den Regenschirm, der seine besten Tage ohnehin längst hinter sich hatte. Aus dem Hagebuttenstrauch auf einer Verkehrsinsel ragte eine Krücke heraus, als wäre jemandem an dieser Stelle eine Wunderheilung widerfahren.

Kuhala grauste es vor dem Geruch der Medikamente und des Leidens, der bereits in der Eingangshalle lag. Die Türen öffneten sich lautlos. Kaum ein Tag verging, an dem er keine Angst hatte, sein Herz könnte versagen, und mit Schrecken dachte er an den Moment, in dem der Vertrag über die Lebensdauer seiner Pumpe auslaufen würde.

Eine Krankenschwester sagte, Raatikainen sei am Morgen entlassen worden.

»Das kann nicht wahr sein. Ein Mann in so schlechter Verfassung. Ich habe ihn doch erst vor zwei Tagen aus den Klauen des Todes gerettet!«

»Der behandelnde Arzt war der Meinung, Ihr Freund könne entlassen werden«, erklärte die Schwester routiniert und versuchte, Kuhala mit einem Instrumentenwagen aus Stahl zu überfahren.

Das klappernde OP-Zubehör erinnerte Kuhala an die Inquisition. Er wich aus, indem er sich ans Schwarze Brett presste, konnte aber den Blick nicht von der Riesenzange abwenden, die im unteren Fach des Wagens lag. Wofür brauchte man die? Wer würde in deren Umklammerung geraten?

»Die schicken einen halb toten Mann nach Hause. Herrschaftszeiten!«, schnaubte er, als er wieder bei Jeri im Wagen saß und rückwärts aus der Parklücke fuhr.

Ratsku saß in einem Fleck Herbstsonne auf der Treppe seines Hauses. Auf dem Kopf trug er eine kastanienbraune Saisonbaskenmütze, auf seinem Gesicht lag der fahle Schein eines Menschen, der gerade dem Grab entstiegen ist. In der Innenstadt regnete es, hier schien die Sonne – Raatikainen hatte seinen Wohnort klug gewählt. Jeri leckte dem Rekonvaleszenten das Handgelenk an der Stelle, wo noch die Spur der Kanüle zu erkennen war. Der alte Kollege wirkte zerbrechlich, ja fast durchsichtig. Er hätte als Beispiel dafür dienen können, worauf die profitorientierte Krankenpflege hinauslief.

»Wie geht es dir? Hier ein paar Mitbringsel. Das Buch könnte interessant sein, die Schokolade ist dunkel und wird deine Flavonoide ins Gleichgewicht bringen«, sagte Kuhala, wobei er seine Erschütterung vertuschte und bereit war, sofort einzugreifen, falls Ratsku einen neuen Anfall bekäme.

Der Freund verglich seinen Zustand mit dem eines ehemaligen Tagelöhners in Rest-Jugoslawien und lachte so dünn, dass es nach dem Quieken einer Maus klang.

»Du kannst hier nicht allein wohnen. Wie schaffst du es überhaupt die Treppe hinauf? Du kommst jetzt mit zu mir. Wenn du wieder bei Kräften bist, bringe ich dich zurück.«

Kuhalas Anteilnahme sorgte für ein Lächeln auf Raatikainens Gesicht. Er empfahl seinem Freund, die Ruhe zu bewahren, denn Aufregung treibe den Blutdruck in die Höhe. »Und das ist dann gefährlich fürs Herz.«

Ein Ehepaar, das am Gartentor vorbeiging, verlangsamte das Tempo, um sich ein ordentliches Bild davon machen zu können, wie das Haus des Schreckens an diesem Nachmittag aussah. Im Verlauf des Vormittags waren bereits mehrere Neugierige vorbeigegangen. Laut Raatikainens Zeugenaussage hatte ein ganzer Trupp mit Walking-

Stöcken versucht, zum Tor hereinzukommen. Offenbar hatte die Frau, die als Anführerin fungiert hatte, beschlossen, ihren Freunden einen ordentlichen Kennenlernbesuch zu verschaffen. »Ich hab vom Küchenfenster aus gerufen, die Vorstellung wär ausverkauft. Das Frauenzimmer musste schwer mit dem Stecken wedeln, um nicht das Gleichgewicht zu verlieren.«

Das Sprechen kostete Raatikainen Kraft. Er zauberte sich ein Lächeln ins Gesicht, hielt sich am Geländer fest und stand auf. »Ich leg mich hin. Koch dir einen Kaffee. Und erzähl mir, was die Holzköpfe hier gesucht haben. Wie hast du das Ganze eigentlich überstanden? Ich hab mich nicht mal bei dir bedankt.«

In Ratskus Schritt lag keine Spur von Schwung. Kuhala folgte ihm, bereit, zuzupacken, falls dem Freund die Beine versagten. Die Polizei hatte den Flickenteppich aus der Küche zur Analyse mitgenommen. Die Splitterspuren, die das Brecheisen am Türrahmen und auf den Bodenbrettern hinterlassen hatte, jagten Kuhala einen Schauer über den Rücken. Er fragte Raatikainen, ob dieser tatsächlich selbst aufgeräumt habe.

»Ach wo. Mein Nachbar hat mir geholfen beziehungsweise alles selbst gemacht. Ich hab ihm hauptsächlich Gesellschaft geleistet. Der Mann ist pensionierter Kunstlehrer oder so ähnlich, jedenfalls der Einzige in der näheren Umgebung, den ich besser kenne. War übrigens nicht besonders angenehm, hier durchzukehren.«

Jeri schnupperte an einem Karton in der Ecke, über dessen Rand ein Stück Absperrband hing. Sie setzten sich an den Tisch und richteten schweigend den Blick auf die Pflaumenbäume. Der Gartentisch auf dem Rasen war unter die Räder des Polizeitransporters geraten und umgekippt. Er symbolisierte in bewegender Weise, dass wieder ein Sommer vergangen war.

»Verflucht, ich werde denen eine Riesenrechnung schicken. Die haben meinen ganzen Garten verwüstet.«

Kuhala berichtete Raatikainen von den Heimsuchungen des gewalttätigen Abends bis hin zur nächtlichen Verfolgungsjagd in der Stadt, wobei er versuchte, das Szenario nicht allzu düster auszumalen. Düster genug war es auch so, jedenfalls entfuhren Ratskus Mund Laute der Erschütterung, und die Furchen in seinem Gesicht wurden immer tiefer, je länger die Geschichte dauerte. »Leck mich am Besen«, sagte er.

Und dann: »Verdammt noch mal, das war ja die reinste Hölle hier!«

Kuhala sagte, er wisse nicht, wie das Ganze zu interpretieren sei, aber der Maskierte habe seinen Komplizen wahrscheinlich umgebracht, damit er nicht singen konnte. »Wegen seiner Verletzung hatte er keine Chance zu entkommen.«

»Seltsames Gespann.«

»Hat dir die Polizei ein Bild von Mika Rentonen gezeigt?«

»Ja. Ich bin dem Burschen nie begegnet, jedenfalls kann ich mich nicht daran erinnern«, antwortete Raatikainen.

Er sagte, die Polizei habe ihn befragt, aber er habe sich weder aufs Reden noch aufs Zuhören konzentrieren können. Er musste Energie sparen, um die Lebensflamme am Brennen zu halten. »Da hilft jetzt nichts, als zu versuchen, wieder auf die Beine zu kommen …«

»Und die Kellertür reparieren zu lassen. Oft kannst du dich da drin nicht mehr einschließen.«

Ratsku nahm die Baskenmütze ab und bearbeitete sie mit den Fäusten, als wollte er wenigstens eine Spur Logik aus dem Kern der Ereignisse herausholen, aber es blieb nichts anderes übrig, als das Randalieren des Duos für einen spontanen Einfall zu halten, der außer Kontrolle geraten war. Jeri witterte Raatikaines Ratlosigkeit und legte den Kopf zwischen die Vorderpfoten. In seinen Augen blitzte Mitgefühl auf, der Schwanz schlug auf den Boden.

»Diese eine Polizistin, Haatainen, und dieser ...«

»Tuomela?«

»Genau ... Die haben was von Fußabdrücken in einer Ecke des Grundstücks gesagt. Die sollen mit denen von Rentonen übereinstimmen. Ich hab hier aber keinen rumschleichen sehen«, meinte Raatikainen und blätterte in dem Buch, das Kuhala ihm mitgebracht hatte.

Er stand auf und steuerte mit Mühe die Schlafzimmertür an, legte auf der Schwelle eine Atempause ein und sah dabei aus, als würde er bestenfalls noch das Wochenende überleben. Kuhala, der Kaffeepulver in den Filter gab, beobachtete seinen Freund aus dem Augenwinkel heraus und konnte noch immer nicht verstehen, welche Kette von Entscheidungen zu Raatikainens Entlassung aus der Klinik geführt hatte.

Draußen hörte man ein gedämpftes Geräusch. Der Hund merkte auf, verlor aber das Interesse, als die Kaffeemaschine anfing zu gurgeln.

»Mein Leben ist in letzter Zeit ziemlich gleichmäßig verlaufen. Ohne Legenden, die man am Lagerfeuer erzählen könnte. Morgenbrei, Medikamente, leichte Gymnastik, Zeitung lesen, bisschen Gartenarbeit oder aus dem Fenster gucken ... Das Nachmittagsprogramm willst du sicher nicht mehr hören. Die jüngste Ausnahme waren die Pflaumendiebe, also ich meine natürlich vor dieser höllischen Ausnahme jetzt«, murmelte Raatikainen vom Schlafzimmer aus.

»Was waren das für welche?«

»Wer?«

»Die Pflaumendiebe.«

»Halbstarke. Einen hab ich erwischt. Dem hab ich gesagt, das nächste Mal darf er sich Schrotkugeln aus dem Hintern picken. Hat auf dicke Hose gemacht und mich beschimpft. Vielleicht sogar die Drohung abgesondert, mich umzubringen. So sind die Bengel heutzutage, keinen Respekt mehr. Die Apfeldiebstähle meiner Kindheit – oder zumindest die Erinnerungen daran – hatten noch was Romantisches an sich. Heute sind alle so verbittert und brutal und mit dem Mundwerk unausstehlich ordinär. Die Jungen wie die Alten.«

Raatikainens träge fließender Wortstrom versiegte zum Flüstern, dann hörte man die ersten Schlafgeräusche. Kuhala goss Kaffee in einen Becher und ging zur Türschwelle. Durchs Fenster schwappte launisches Licht auf Raatikainens Gesicht wie auf einer Heiligenstudie. Gleich darauf milderte ein Schnarchen den Gesamteindruck.

»Lassen wir ihn schlafen«, sagte Kuhala zu Jeri.

Er schaltete die Kaffeemaschine aus und schrieb einen Zettel, auf dem er seine Hilfe anbot. Ein plötzlicher Druck auf der Blase zwang ihn, Ratskus Toilette zu benutzen.

Wenig später verließ er mit seinem Hund das Haus. Freunde des verstorbenen Mika Rentonen hatten neben dem Tor eine Grabkerze aufgestellt und in gotischer Schrift ein paar Abschiedsworte auf einen Zettel gekritzelt. Die Kerze war längst erloschen. Kuhala räumte sie weg und steckte den Zettel in die Tasche.

10

Kuhala beschloss schließlich doch, den Auftrag von Voitto Lost anzunehmen. Zur Feier des Tages ging er am Montagmorgen am Sandsack über die vollen Runden und löffelte anschließend Roggenbrei, weil er glaubte, etwas Abwechslung in die sture, lange Haferbreitradition bringen zu müssen. Er mochte sich nicht mit Löchern in den Strümpfen auf den Weg machen, fand aber kein unversehrtes Paar und wollte auch nicht anfangen zu stopfen. Eine nackte Ferse oder ein hervorlugender großer Zeh konnten jedoch am Beginn einer Ermittlung die Glaubwürdigkeit beeinträchtigen und sogar ein schlechtes Omen sein, auch wenn man nicht abergläubisch war.

Er sah unter Stühlen, unterm Bett, in allen Schränken nach und versuchte, sich Erleichterung zu verschaffen, indem er den Hund beschuldigte, die Socken versteckt zu haben, aber Jeri ließ sich von solchen Behauptungen nicht den Morgen verderben, sondern beobachtete sein Herrchen nur und wunderte sich über dessen Ächzen. Schließlich ging Kuhala jeden Strumpf einzeln durch und fand ein Paar, bei dem der eine Beinling rot-grau gestreift, der andere hingegen durchgehend dunkelblau war. Der Fußteil hatte bei beiden fast den gleichen dunkelblauen Ton, und da die Beinlinge nun mal von den Hosenbeinen verborgen wurden, wenn man beim Betreten einer fremden Wohnung die Schuhe auszog, musste dieses Paar herhalten.

Mit Flecken der Anstrengung im Gesicht zog Kuhala die rot-graue Variante an und fluchte bitter, als mit einem Ratsch das seit Jahren tief in der Schublade mürbe gewordene Gewebe riss. In seiner Hand hing ein Fetzen mercerisierter Baumwolle, der nicht einmal zum Putzen der Brille getaugt hätte. Die Sonne schien hindurch, die einzelnen Fasern repräsentierten die harte Wirklichkeit der Billigproduktion auf eine Weise, die Kuhala in einer anderen Situation vielleicht sogar amüsiert hätte. Er schlüpfte schließlich mit nackten Füßen in die Schuhe und machte sich auf den Weg, mit dem unschönen Bewusstsein, dass er seine Zeit gelegentlich mit ziemlich geringfügigen Themen vergeudete. Wie prächtig er die Hauptrolle in der Tortenwurfkomödie seines Lebens ausfüllte! Leider brachte sie niemanden zum Lachen. Schritt er bereits auf die Pforte des Alters zu? Würde ihn bald nichts anderes mehr interessieren als die Frage, ob die Mücke ihr Summen mit dem Vorder- oder dem Hinterteil produzierte?

Und könnte er sich nicht schlicht und einfach mal genügend Strümpfe auf einen Schlag kaufen, damit so etwas nicht mehr vorkam?

Die Siedlung namens Sippilinna setzte sich aus vier siebenstöckigen Wohnblocks zusammen und lag am Stadtrand an der Straße, die zur Trabantenstadt Asmalampi führte. Parkplätze und im Nieselregen aufweichende Brachflächen fassten die Gebäude ein und trennten sie von den angrenzenden Siedlungen.

Kuhala wusste nicht, wo der Name herkam, aber jeder, der länger in der Stadt wohnte, sprach von Sippilinna in vertraulichem Ton. Man glaubte, dass dort ein wildes Leben geführt wurde, was insofern stimmte, als sich die Kühlergrills der Einsatzfahrzeuge oft in diese Richtung bewegten. Böse Zungen behaupteten, die hundertköpfige Einwohnerschaft führe eher die Festnahme- als die Einkommensstatistik an.

Kuhala konnte sich nicht erinnern, je dort gewesen zu sein. Der Rost, der sich in den Balkonblechen eingenistet hatte, die schwarze Isoliermasse, die aus den Fugen zwischen den Bauelementen sickerte, und der verschwenderische Umgang mit Beton veranlassten ihn, die Entstehung der Häuser in den frühen Siebzigerjahren zu verorten. Ihre Fassaden hatten einiges mitgemacht, wodurch sie wie Riesen wirkten, die sich an einem abgelegenen Ort versammelt hatten, um sich gegenseitig zu erzählen, wo es ihnen wehtat. Sie atmeten den gleichen architektonischen Geist wie die Bürowaben osteuropäischer Geheimpolizeien, und ihre Hässlichkeit führte einen in Gedanken unweigerlich in die Verwaltungszentrale einer Anti-Utopie.

Kuhala wich einer alten Frau mit Rollator aus und bekam ein paar zerstreute und ebenso viele feindselige Blicke ab, als er eine Bushaltestelle passierte, nahm es aber nicht allzu persönlich. Es war Anfang der Woche, die Menschen hatten Widerstände zu überwinden. Jeder musste seinen Existenzkampf mindestens an zwei Fronten austragen, und reichte nicht allein der Morgenregen aus, um jedes Lächeln gefrieren zu lassen?

Jeri traute sich für ein kurzes Beinheben unter den freien Himmel, wollte Kuhala aber nicht begleiten, sondern bat darum, wieder ins Auto und auf seine Wolldecke zu dürfen.

»Entschuldigung, in welchem Block befindet sich noch schnell der Supermarkt?«

Das Pärchen, das sich in Ein-Euro-Regenjacken und bläulich flackernder Säuferliebe eingeigelt hatte, starrte Kuhala an, wie man einen Fremden anstarrte – als hätte der Privatdetektiv ein Auge auf die Tetrapaks mit Wein zu ihren Füßen geworfen. Sie hatten ihr Lager auf einer Bank am Rand der Grünanlage aufgeschlagen. Von diesem mit Graffitis und Messerritzungen verzierten Beobachtungsposten aus planten sie die Zukunft. Der Mann deutete ziellos auf die hinter ihm aufragenden Häuser und entblößte Zähne, die an die Tasten eines Tafelklaviers erinnerten. »In einem von denen.«

»Danke«, rief Kuhala begeistert.

»Da gibt es aber keinen Laden mehr«, sagte die Frau und flüsterte dem Mann etwas ins Ohr.

Die Regenjacken raschelten, im Mülleimer lag eine Injektionsnadel. Ein Bus nahm die Leute an der Haltestelle auf, das schwarz getuschte Hakenkreuz auf dem Fahrplan war von der Parkbank aus zu erkennen.

»Bis zwei Monate nach dem Tod des Mädchens gab es den Laden. Jetzt muss man sich das Essen in Asmalampi oder am Lebensmittelkiosk holen.«

Wieder wurde eine Beratung unter vier Augen geführt. Beide waren unter vierzig, aber wenn sie so weitermachten, verhieß die Prognose kein langes Zusammensein.

Kuhala hatte sich von dem Pärchen bereits einige Meter in Richtung des Wohnblocks gelöst, als er hörte, wie der Mann sich laut darüber wunderte, dass die Polizei den Täter nie gefasst hatte. »Bei so einem verdammt klaren Fall.«

»Wieso?«

»Bist du ein Bulle?«

»Wie bitte? Nein. Ich suche den Laden, weil ich gehört habe, dass daneben Geschäftsräume leer stehen, aber das scheint eine Fehlinformation zu sein. Was meinen Sie mit klarem Fall?«

Der Mann wandte sich Kuhala zu und führte einen Tetrapak an die Lippen. Die Kapuze der Regenjacke rutschte herunter, pennerweicher Schalk schlich sich in seine Augen. »Bist du so ein Scheißpromi, oder was? Meine Lady und ich, wir ham dich irgendwo schon mal gesehen. Hätte die Polizei ein bisschen mehr rumgefragt, hätte sie den Täter längst erwischt. Das ist jetzt aber ein Insidertipp. Weißt du übrigens, was an Insidertipps so wertvoll ist?«

»Nein.«

»Sie stimmen.«

Kuhala lächelte und hob seinen Schirm zum Gruß. Es war klar, dass sich die Zahl der Geschichten, die über das Verbrechen an Ilona Lost in der Gegend im Umlauf waren, dem Astronomischen näherte und dass man über die verschiedenen Varianten eine Trilogie hätte schreiben können, aber ebenso klar war, dass man über den Insidertipp des Pärchens lieber nicht voreilig in Begeisterung ausbrach. Ilona Losts Mörder konnte in dem Haus wohnen, in dem sich der Laden befunden hatte, oder in einem der anderen drei Häuser, oder er hatte dort gewohnt und war inzwischen weggezogen. Die Zahl der Verdächtigen stieg auf diese Weise ebenfalls ins Astronomische.

Die Spuren des abgeschraubten Ladenschilds waren noch als dunkle Umrisse auf dem Wellblechdach zu erkennen. Man hatte die Immobilie mittels einer leichten Zwischenwand geteilt. Die Tür, die vom Windfang aus nach links abging, führte in einen Jugendtreff, während man rechts in den geräumigen Versammlungssaal der lokalen Arbeitslosenvereinigung kam. An keiner der beiden Türen standen Öffnungszeiten, aber Kuhalas Entscheidungsschwierigkeiten hielten sich in Grenzen, denn nur bei den Arbeitslosen waren Lebenszeichen zu erkennen. Er schüttelte seinen Regenschirm über der Gummimatte aus und trat ein.

Auf dem Speiseplan fürs Mittagessen stand Kohl-Hackfleisch-Suppe mit Brot und Hausbier für zwei Euro, und am Abend konnte man sich kostenlos den Vortrag eines Gewerkschaftsjuristen zum Thema »Abschied vom Wohlfahrtsstaat« anhören. Das machte nicht gerade Mut, aber die Überschrift barg wohl einiges an Wahrheit. Aus dem Hinterzimmer drang Kohlsuppenduft.

Kuhala hatte Probleme, seine Augen an das Halbdunkel zu gewöhnen. Trotzdem fasste er den Entschluss, nicht hierherzukommen, falls seine Detektei einmal pleitegehen sollte. Den Mann, der hinter einer Kugelchrysantheme saß, bemerkte er erst, als dieser ein Bein übers andere schlug und eine Seite seiner Illustrierten umblätterte.

»Guten Morgen. Ist denn Personal anwesend?«

Der Mann war wortkarg und langsam in seinen Bewegungen. An einer Hand fehlte der Daumen. Er hatte sich den Platz auf der Kunstledercouch hinter der Chrysantheme in der Hoffnung ausgesucht, in den nächsten zehn Jahren von niemandem gestört zu werden, und als er endlich den Mund aufmachte, um Kuhalas Frage zu beantworten, kam kein Ton heraus. Er trug eine Trainingshose mit Knöpfen, eine grüne Strickjacke und ein T-Shirt, auf dem *Cuba Serenade* stand. Seine Hand zitterte, aber es sah nicht nach einem Kater aus.

»Hallo! Willst du Mitglied werden?«

Kuhala drehte sich um. Eine Frau mit einer Kopfhaube aus Papier, einem weiten Kittel und einer Kelle in der Hand kam mit den forschen Schritten der tüchtigen Aktivistin auf ihn zu und stellte mit ihren hellroten Haaren und ihrer sprühenden Erscheinung so sehr das genaue Gegenteil zu dem Mann auf der Couch dar, dass Kuhala zusammenzuckte.

Sie gab ihm Zeit, sich zu erholen, und sagte zu dem Mann, der Kaffee sei fertig. »Willst du ein Stück Blaubeerkuchen dazu, Matti? Ist zwei Tage alt, du kriegst ihn zum halben Preis.«

Wieder wartete sie die Antwort nicht ab – über die der Mann, seinen Gewohnheiten entsprechend, noch brütete –, sondern deutete mit der Kelle auf Kuhala und redete von einem Formular, das man ausfüllen könne, wodurch man Mitglied der örtlichen Vereinigung werde.

»Diesmal nicht«, sagte Kuhala und fragte die Frau, ob er mit ihr unter vier Augen sprechen könne.

Sie führte ihn in die Küche, wo ein Suppentopf auf dem Herd dampfte. Ringsum sah es nach Geschäftigkeit aus. Auf dem vollgestellten Tisch waren zwischen Gewürzdosen, Schneidebrett und Kohlhobelzubehör zu sehen, Bleistiftstummel, mit Brotkrümeln garnierte Broschüren und auf Rechenpapier skizzierte halb fertige Pläne zu Projekten, deren Ziel darin bestand, Menschen, die ihren Arbeitsplatz verloren hatten, neue Hoffnung einzuflößen. Die Frau kanalisierte ihre Ruhelosigkeit in Aktivitäten, sie gehörte zum impulsiven Stamm derjenigen, die überall mitmischten, und unter anderen Umständen hätte das Feuer, das in ihr brannte, einen äußerst anstrengenden Schwelgeruch verbreiten können.

»Ich bin Privatdetektiv Otto Kuhala und ermittle zum Mord an Ilona Lost, der zwei Jahre zurückliegt. Die Tat wurde hier verübt, soweit ich weiß, in diesen Räumen.«

Die Kelle drosselte auf ihrer planschenden Umlaufbahn im Topf das Tempo, in der lebensbejahenden Mundgegend der Frau bildete sich eine Furche. Sie rückte ihre Kopfbedeckung zurecht und ließ die Kelle los.

»Ja, hier war es. Ich habe Ilona nicht gekannt, außer dass ich eben Kundin im Geschäft war. Eine sympathische junge Frau, und dann stand eines Morgens plötzlich eine Schilderung der Tragödie vor unserer Haustür in der Zeitung.«

»Wohnen Sie hier im Haus?«

»Nein. Ich wohne in Haus C. Direkt an der Straße. Die Polizei hat anscheinend aufgegeben?«

»Die geben bei solchen Fällen nicht auf«, erwiderte Kuhala.

Die Frau sagte, das Geschäft sei einige Monate nach dem Vorfall geschlossen worden, weil es sich nicht mehr rentiert habe. Es sei den Leuten unheimlich gewesen, am Tatort eines Mordes einzukaufen. »Das sind natürlich Gerüchte, aber dadurch sind die Räumlichkeiten frei geworden. Wir müssen uns aber auch die ganze Zeit strecken, weil die Miete anscheinend nie hoch genug sein kann.«

»Bestimmt sind auch Gerüchte über den Mörder im Umlauf?«

»Wollen Sie einen Kaffee?«

Kuhala nickte. Die Frau schob ihm eine Tasse hin und schnitt ein Stück Blaubeerkuchen ab. Die gleiche Portion brachte sie in den Aufenthaltsraum hinüber und gab dabei per Handy Handlungsanweisungen für das Heizen einer Sauna an irgendeinem See. Am Schwarzen Brett in der Küche hingen Zettel im Gesamtgewicht von mindestens einer Tonne, der Kalender zeigte eine Fjälllandschaft in Herbstfarben. Nahezu jeder Septembertag war mit einem farbigen Kreis oder einem Symbol für etwas reserviert. Kuhala probierte den Kuchen und trank einen Schluck heißen Kaffee dazu. In einer Ecke des Schwarzen Bretts hing zwischen zwei veralteten Versammlungsankündigungen das gleiche schlechte Bild der Überwachungskamera, das ihm der Schlosser gezeigt hatte.

Voitto Lost hatte zu verstehen gegeben, die Polizei habe nur ihm und seiner Frau eine solche Kopie ausgehändigt, aber vielleicht wusste er nur nicht, dass sie weitere Verbreitung gefunden hatte. Das Fragezeichen, das jemand auf den Bildrand gemalt hatte, wurde von einer Ansammlung Reißzwecken verdeckt, unter denen sich außerdem eine Kombination aus zwei Buchstaben abzeichnete, aber Kuhala konnte sie nicht genau erkennen.

»Hervorragender Blaubeerkuchen«, sagte er und achtete darauf, dass keine Beeren auf den Fußboden fielen. Das Essen war schwierig, denn es gab keine freie Fläche auf dem Küchentisch, wo er seine Gaben abstellen konnte.

Von der guten Laune der Frau war inzwischen ein weiteres Stückchen abgebröckelt. Während sie sich über den Topf beugte, um den Fortschritt ihres Gebräus zu überprüfen, schien sie über etwas nachzudenken, was nichts mit dem Garungsprozess von Kohlsuppen zu tun hatte. »Ich mache mir Sorgen um Matti ... Sie haben gerade gefragt, ob hier Gerüchte über Ilonas Mörder im Umlauf sind. Ja, und sie hören einfach nicht auf. Der arme Matti hat wahrscheinlich am meisten darunter zu leiden, obwohl er alles andere als ein Übeltäter ist.«

»Matti ist der Mann, der da drüben sitzt? Inwiefern muss er darunter leiden?«

»Die Polizei hat ihn verhaftet und so lange festgehalten, wie es das Gesetz erlaubt, oder sogar ein bisschen länger, nachdem sie herausgefunden hatten, dass Matti am Mordabend der letzte Kunde gewesen war.«

»Wie konnten sie das herausfinden?«, wunderte sich Kuhala.

»Die haben halt ihre Methoden. Als wäre der Mann nicht schon genug gestraft. Jetzt sitzt er tagaus, tagein hier oder bei sich daheim und traut sich nicht, mit jemandem zu reden, außer mit mir. Manchmal nicht mal das. Er bräuchte eine Entziehungskur, aber bin ich vielleicht Suchtberaterin? Ich hab auch so schon alle Hände voll zu tun. Habe ich mich eigentlich vorgestellt?«

Sie stellte sich mit dem Namen Pirjo Vuorimaa vor. Eine beliebte Abwandlung lautete angeblich Pirjo Überall. Sie sagte, sie sei als Näherin nach sechsundzwanzig Arbeitsjahren wegrationiert worden und bekomme hier als Chefin einen kleinen Lohn und dazu einen Kanal für ihre überschüssige Energie. Hier könne man es sich nicht leisten, den Kopf hängen zu lassen. »Ich bin aber sowieso keine, die den Kopf hängen lässt.«

»Glauben Sie, dass es mir gelingen könnte, mit Matti zu reden? Wie heißt er mit Nachnamen?«, fragte Kuhala.

»Forsman. Wohnt zwei Stockwerke oben drüber, aber er wird Ihnen nichts sagen. Er wird Sie nicht mal in die Wohnung lassen. Wenn er nicht muss. Sie haben doch nicht mehr Befugnisse als jeder Otto Normalverbraucher?«

Der Suppendampf stieg wie ein Atompilz aus dem Kochtopf auf. Kuhala sagte, er wisse eigentlich gar nicht genau, über welche Befugnisse Otto Normalverbraucher verfüge oder was ein Otto Normalverbraucher überhaupt sei, aber man habe ihm im Laufe seiner Karriere schon mehr als einmal die Tür vor der Nase zugeschlagen. Irgendwie gewöhne man sich daran. »Manchmal sind die Leute auch wieder sehr kooperationsbereit. Das macht einem dann Mut. Was bin ich schuldig?«

Pirjo Vuorimaa winkte ab und sagte, beim ersten Besuch gäbe es den Kaffee umsonst. »Sogar wenn der Besucher Privatdetektiv ist ... Warten Sie mal, hätten Sie nicht Lust, an irgendeinem Abend mal etwas über Ihren Beruf zu erzählen? Das klingt spannend, da würden bestimmt Leute kommen. Wir haben sogar ein kleines Budget für Vorträge.«

Kuhala lachte und fragte sich, wer etwas über einen so schlecht bezahlten Beruf erfahren wolle. »Am Ende begeistert sich einer und macht sich selbstständig. Und einen Konkurrenten kann ich in dieser Stadt nicht gebrauchen. Bekomme ich Bedenkzeit?«

Er bedankte sich, ging durch den Saal und wischte sich den Blaubeerstreifen aus dem Mundwinkel. Der wortkarge Matti Forsman hatte die abgegriffene Autozeitschrift auf dem Tisch liegen lassen und war verschwunden. Ein Stück Kuchen war vom Teller gerutscht und befleckte die Illustrierte, der Kaffeelöffel lag neben einem Bein der Couch auf dem Fußboden.

Bereits die ersten Begegnungen verrieten, dass man Ilona in Sippilinna nicht vergessen hatte. Irgendjemand musste mehr wissen, irgendein begabter Erzähler hielt sein großes Geheimnis in den turmartigen Häusern versteckt. Nun musste diese Person nur noch ausgegraben werden.

Auf der Jugendtreffseite schien der Dornröschenschlaf weiterzugehen. Wahrscheinlich bot die Nähe der Einrichtungen zueinander die Möglichkeit, zwischen beiden Seiten zu pendeln. Kuhala ging mit dem Gesicht dicht an die Tür heran. Durch das mit Stahldraht verstärkte Glas sah man einen klassischen Billardtisch und ein Carrombrett, an den Wänden standen Bänke, darüber hingen Poster von diversen Bands.

Er richtete den Blick etwas weiter nach links und zuckte einen halben Schritt zurück, als hätte man ihm einen Stich mit der Stricknadel verpasst. An dem Pfeiler neben der Garderobe grimassierte der Mordverdächtige aus der Überwachungskamera in einer vergrößerten Version von noch schlechterer Qualität. Darunter stand »Matti Forsman, *dead or alive*«, dazu die Höhe des Kopfgelds, das die galgenhumorige Jugend mit zahllosen Nullen ergänzt hatte. Waren die Kopien an alle Haushalte verteilt oder gar vom Flugzeug aus über der Siedlung abgeworfen worden?

Auf jeden Fall war der Sündenbock benannt, auch wenn nicht die geringste Gemeinsamkeit zwischen dem Konterfei auf dem Zettel und Forsman bestand.

Wenig später stand Kuhala vor der Wohnungstür des schweigsamen Matti, weil er es für eine etwas schwerfällige Taktik hielt, in der ersten Wohnung im ersten Stock von Haus A anzufangen, und weil er aus purer Hartnäckigkeit glaubte, aus dem Mann mehr als irritierte Mienen mit offenem Mund entlocken zu können.

Es öffnete jedoch niemand auf Kuhalas vorfühlendes Auftaktläuten. Das Warten gab ihm Zeit, die Atmosphäre des Wohnblocks in sich aufzunehmen und die patinierten Spezialaromen zu schnuppern, die der Zeit und der Belüftung trotzend durchs Treppenhaus waberten. Man hörte Poltergeräusche, ein Stück schwachsinnige Radioreklame, einen Fluch, noch einen Fluch, eine Waschmaschine, die beim Schleudern wackelte, und einen Schrei, der in die höchsten Register aufstieg. Dann wurde es still.

Kuhala war mit mentalen Übungen und mit der heilenden Hilfe der Zeit über die Treppenhausangst hinweggekommen, die er sich bei einem früheren Fall zugezogen hatte. Damals war er von einem Sprengsatz, der hinter einer Wohnungstür installiert gewesen war, lebensgefährlich in die Luft geschleudert worden, aber inzwischen atmete er in Wohnblocks schon wieder wie zu Hause und hielt dem Glotzen der Türspione, ohne mit der Wimper zu zucken, stand.

Nach minutenlangem Warten gab Matti Forsman ein Lebenszeichen von sich. Das Schloss knackte. Ein grüner Strickjackenärmel kam zum Vorschein, bereit, die Tür jeden Moment wieder zuzuziehen. Schließlich wagte sich ein misstrauisches Gesicht ins Licht des Treppenhauses. »Was willst du?«

»Reden. Ich bin Otto Kuhala, Privatdetektiv. Ich untersuche den Mord an Ilona Lost.«

»Ich hab nichts zu sagen.«

Die Tür wollte sich schließen, aber Kuhala hatte den Fuß im Spalt. »Sie mussten plötzlich sehr schnell aufbrechen, mitten beim Kaffeetrinken. Sie haben nicht zufällig gehört, worüber ich mich mit Pirjo Vuorimaa unterhalten habe?«

»Geh weg!«

»Macht es Ihnen Spaß, den Rest Ihres Lebens den Spucknapf und Mörderkandidaten für alle möglichen Deppen abzugeben? Wie es aussieht, hat hier jeder ein Bild des Täters zu Hause hängen, mit Ihrem Namen drunter. Sie haben die Tat aber nicht begangen.«

»Stimmt. Das meint die Polizei auch«, hauchte Forsman.

»Solange der Täter auf freiem Fuß ist, sind Sie in den Augen der Leute der Schuldige. Könnte es nicht sein, dass einem Besessenen mal die Nerven versagen oder dass sich irgendwann der Mob zum Lynchen zusammenrottet? So ungewöhnlich wäre das nicht«, übertrieb Kuhala. »Wenn ich den Mörder finde, sind Sie Ihre Last los.«

Er gab Forsman Bedenkzeit und blickte sich um. Dann reichte er ihm seine Visitenkarte, beteuerte seinen guten Willen und fügte hinzu, es könne nicht mehr lange dauern, bis an den Nachbartüren das Ohr des ersten Lauschers im Briefschlitz eingeklemmt würde, und das könne niemand wollen. Es sollte Humor sein, aber Matti Forsman nahm es ernst und ließ Kuhala in die Wohnung. »Was kannst du denn groß erreichen?«

»Erzählen Sie mir von dem Mordabend. Angeblich waren Sie der letzte Kunde, vielleicht haben Sie etwas gesehen.«

Kuhala wollte die Schuhe ausziehen, erinnerte sich aber plötzlich an seine bloßen Füße und nahm von dem Vorhaben Abstand. Würde Forsman auch nur einen Moment den Beteuerungen eines strumpflosen Mannes glauben?

Die Zweizimmerwohnung war sauber, und es roch nicht nach dem schlechten Gewissen eines Mörders. Das schmucklose Gesamtbild aus Polstergarnitur, Regal, Haargarnteppich und Radio mochte bescheiden und etwas ausgebleicht sein, aber es war nicht schäbig und hätte jeder beliebigen Wohnung von der Jahrtausendwende entstammen können, deren Bewohner von Sozialhilfe, Erwerbsunfähigkeitsrente oder dergleichen leben musste. Das Bild über der Couch zeigte einen Wald, der Wind, der durch den Spalt der angelehnten Balkontür kam, ließ die Jalousien klappern.

Die vom Boden bis zur Decke reichende Kollektion im Bücherregal machte Kuhala neugierig. »Sie lesen viel?«

»Ja. Ich trinke nicht mehr, da muss ich mir was anderes einfallen lassen. Das ist alles Zeug für ein paar Münzen aus dem Antiquariat und Ausschuss aus der Bibliothek. Warum?«

Forsman bat Kuhala nicht, Platz zu nehmen, sondern starrte ihn nur mit schmalen Augen an. Im Regal war ein Bord für den Fernseher vorgesehen, doch stand dort keine Glotze, sondern ein Schwarzweißfoto des Schriftstellers Pentti Haanpää, der sich auf ein Fahrrad stützte.

»Ich hab mir bei dem Mädchen mein Abendbier und die Abfederung für den nächsten Morgen geholt, vielleicht auch was zu essen. Wir haben nichts geredet. Ich bin kein Maulheld. Wenn man lange für sich lebt, rostet die Sprechfähigkeit ein. Und Selbstgespräche führe ich noch nicht.«

Forsman räusperte sich in den Ärmel, als bereute er seine

Enthüllung, und stand mit angespannten Schultern vor dem Fenster, bereit, Gleiches mit Gleichem zu vergelten, falls der aufdringliche Kuhala Schwierigkeiten machen würde.

Diesem stand aber gar nicht der Sinn danach. »Waren noch andere Kunden im Laden? Oder ging gerade jemand, als Sie kamen?«

»Nein. Aber sicher bin ich mir nicht, weil der Laden so ein verdammtes Labyrinth war. Außerdem hat es geregnet, und es war dunkel. Ich hab direkt mein Bier und so geholt, weil ich wusste, was ich wollte und wo es steht. Das hat mir die Polizei zuerst auch nicht geglaubt. Die haben mich tagelang gegrillt, aber was hätten sie mir beweisen sollen? Es hat so höllisch geregnet, darum war es sinnlos, mich unter Druck zu setzen. Die Polizei hat gleich beim ersten Checken kapieren müssen, dass ich es nicht gewesen sein kann.«

»Wieso? Das verstehe ich nicht.«

»Der Verrückte ist mit seinen versauten Schuhen um das Mädchen herumgeschwirrt. Meine können das nicht gewesen sein, ich hatte Altmännerpantoffeln mit Gummisohlen an, die sind untersucht worden. Das ist so verdammt einfach. Laufen Mörder vielleicht bei strömendem Regen in Pantoffeln durch die Gegend?«

»Eher nicht«, meinte Kuhala.

»Sehe ich vielleicht aus wie der verfluchte Batman, von dem hier überall das Bild zirkuliert?«

»Nein.«

Forsman nahm seinen Drehtabak vom Fensterbrett und ging auf den Balkon, aufgebracht von den Erinnerungen an die Behandlung durch die Polizei. Kuhala konnte sich gut vorstellen, wie das vor zwei Jahren im Präsidium gelaufen war, vor allem wenn Forsman, der seine Worte so zäh hervorbrachte, einen rücksichtslosen Kerl wie Nevakivi oder den inzwischen verstorbenen Antikainen als Kontrahenten gehabt hatte. Eventuell hatten sie versucht, mit der alten Methode ein Geständnis zu bekommen: am Schlafittchen packen und schütteln.

Kuhala betrachtete den Verfolgten, der sich aufs Balkongeländer stützte und auf den nassen schwarzen Asphalt starrte. Etwas weiter weg überquerte das Pärchen, das seine Informationen preisgegeben hatte, die Straße, blieb mitten auf dem Zebrastreifen stehen, um mit einem kurzen Peilblick sein Ziel zu fokussieren, und setzte sich dann wieder in Bewegung.

Matti Forsman sagte, er habe an dem besagten Abend eine dunkel gekleidete Gestalt hinter dem Laden gesehen. »Hat unter der Laderampe im Trockenen gehockt und hatte eine Kapuze auf. Hat mich nicht gesehen und ich sie auch nicht richtig. Wer treibt sich in so einer Ecke herum? Aber rate mal, ob mir die Polizei geglaubt hat. Sie haben gesagt, wenn es auf der Welt nur halb so viele dunkel gekleidete Gestalten gäbe, wie beim Verhör erfunden werden, würden sämtliche Kontinente wegen Überbelastung im Meer versinken.«

11

Der Unterstand für die Mülltonnen weckte aufgrund seiner Ausmaße Respekt. Die Schar Jugendlicher, die daneben stand, setzte sich aus einem Dutzend Vertreter des männlichen Geschlechts im Pubertätsalter und etwas darüber zusammen, die sich einen Vorschuss von den Herbstferien genommen hatten und die Woche lieber mit lautem Gelächter und die Kiefergelenke mit lockerndem Kraftausdruckstraining in Gang brachten als mit einer Visite in der Lehranstalt. Kuhala musste an ihnen vorbei, sprich er musste den Anblick aus nächster Nähe missbilligen.

Die Jungen machten ihm keinen Platz, im Gegenteil, als sie ihn kommen sahen, versperrten sie ihm den Weg zwischen dem Unterstand und dem zig, wenn nicht hundert Räder fassenden Fahrradständer aus der Großelternzeit. Das war ein alter Trick, wegen dem schüchterne Hausbewohner mit ihrer Mülltüte schon an der Haustür wieder kehrtmachten und einen günstigeren Moment abwarteten.

Kuhala hatte die jungen Leute gar nicht gleich bemerkt, weil er noch in Gedanken war. Was, um Himmels willen, hatte bewirkt, dass Forsmans sein Leben geändert hatte? Warum schmeckte ihm das Bier nicht mehr, dafür aber das Lesen umso mehr? War der wortkarge allein lebende Mann von irgendetwas zutiefst erschüttert worden?

Kuhala blieb stehen, das Lachen brach ab. Speichelpfützen verminten den Asphalt dermaßen, dass es ohnehin ekelhaft gewesen wäre, weiterzugehen. Die vordersten Kerle waren fast so groß und breitschultrig wie Kuhala. Sie bildeten nach einem unausgesprochenen Plan die vorderste Front, die einem normalen Menschen bereits mehr als genug Widerstand bot. Diejenigen, die mit den Händen in den Hosentaschen dahinter standen, begaben sich in eine Art Phalanx und traten unruhig von einem Bein aufs andere. Sie grinsten unter ihren Mützenschirmen, als wollten sie sich gegenseitig Mut machen. Das war keine von den disziplinierten Gangs, mit denen Kuhala Erfahrung hatte, konnte sich aber durchaus zum Siedlungsschreck mausern, wenn sie mit Manövern wie diesem weiter ihr Zusammengehörigkeitsgefühl verstärkte. Ein fremder Mann bot dafür eine bessere Herausforderung als die Käuze aus der Nachbarschaft.

»Macht mal Platz.«

Schon schloss sich die letzte Lücke neben dem Fahrradständer, und Kuhala saß in der Falle, anderthalb Meter vom nächsten Jungen entfernt. Er sah auf die Uhr.

Er sagte, er habe zu viel zu tun, als dass er außen um die Häuser herumlaufen könne, und bat noch einmal darum, ihm den Weg frei zu machen. Auch sei er zu alt, um den Parcours über den Mülltonnenunterstand zu nehmen.

»Versteht ihr nicht, was man euch sagt? Macht Platz!«

»Geht nicht.«

»Der Weg hier kostet.«

»Zwanzig Euro.«

»Für Erwachsene fünfunddreißig.«

»Aber für dich gilt das Angebot des Tages. Fünfzig.«

Derjenige, der den letzten Tarif festgesetzt hatte, stand als Terrier etwas weiter hinten, bereit zu Heldentaten. Er erschrak über seine eigenen Worte und atmete tief durch, als hätte er endlich die schwere Last des Außenseitertums von seinen schmalen Schultern abgeschüttelt und sei in die Gruppe aufgenommen worden.

Der Widerhall des Gelächters und der süßliche Gestank aus den Mülltonnen rahmten die Drohungen der Jugendlichen ein, aber in manchen Augen schimmerte bereits erste Unsicherheit, denn Kuhala machte keine Anstalten, nach seinem Portemonnaie zu greifen, geschweige denn, dass er auch nur ansatzweise ängstlich gewirkt hätte. Er sagte den Jungen kurz und bündig, er gebe ihnen zehn Sekunden Zeit zu verschwinden. »Sinnlos, sich querzustellen. Wenn ihr mir Schwierigkeiten macht, kommt ihr von den Kadi. Ich wette, da sind im Nu zwei Bewährungsstrafen drin. Ihr habt mir übrigens bis jetzt schon so viele Schwierigkeiten gemacht, dass ihr in den zehn Sekunden auch noch zwanzig Euro für mich sammeln dürft, als Entschädigung für die Einschränkung meiner Bewegungsfreiheit. Eins …«

Das Prusten und unterdrückte Fluchen verstummte, als Kuhala »zwei« sagte und den Regenschirm fallen ließ. Der Aufprall klang gedämpft, elektrisierte jedoch die Atmosphäre, und man hörte keinen Mucks mehr. Der Größte in der vordersten Front senkte den Blick auf den Schirm, aber das war keine Demutsgeste, sondern ein Fehler.

Kuhala riss ihn nach vorne, zog ihm die Jacke über den Kopf und drehte ihn um, wobei er ihm die Arme auf den Rücken bog. Damit war das Paket fest verschnürt. Man konnte nicht hineinsehen, und alle Laute waren zu einem bloßen Schnaufen gedämpft.

»Drei, vier … Ich werde dem Kerl den Arm auskugeln, wenn der Weg nicht gleich frei ist und ich keine Entschädigung sehe. Jedermann hat das Recht, diesen versifften Hof zu durchqueren.«

Die Jungen wichen zurück. Der Erste floh bereits, der Zweite fluchte, und der Dritte kramte eine Münze aus der Hosentasche, die nicht einmal als Grundstock für die geforderte Summe reichte und gleich darauf in den Schatten des Fahrradständers rollte. Kuhala zählte weiter, kam aber gerade mal bis acht, dann waren alle verschwunden. Er lockerte den Griff und befreite den Gefangenen aus der eigenhändig gefertigten Zwangsjacke. Der Junge raffte die Überreste seines Stolzes zusammen und flüchtete. Ihm riss ein Saum am Ärmel, er stolperte gegen den Unterstand und krachte mit Schwung gegen einen Plastikbehälter für Metallschrott. Weil dieser etwas rundlich war, kippte er um und ergoss seinen Inhalt mit einem Lärm, der wie ein Omen für das Weltende klang, über den Beton. Der grobe Slapstick erschreckte Kuhala ein bisschen, denn das hatte er nicht beabsichtigt.

Die Polizei war schon aus geringerem Anlass alarmiert worden.

»Fick dich«, sagte der Junge inmitten von Konservenbüchsen.

»Am Mundwerk hast du dich nicht verletzt?«, erkundigte sich Kuhala und bot dem Kontrahenten an, ihm aufzuhelfen, doch der wiederholte nur wie ein Glaubensbekenntnis monoton seine Aufforderung zur Unterleibsvariation.

»Macht in Zukunft nicht mehr so einen Blödsinn. Geht lieber Billard spielen, wo ihr schon einen Jugendtreff und alles habt. Oder Carrom. Oder geht in die Schule, solange sie euch dort noch haben wollen.«

»Fick dich.«

»Wohnst du hier?«

»Ja«, sagte der Junge gefügig und untersuchte den aufgerissenen Ärmelsaum.

Dann riss er ein Stück Faden ab. Die Geste brachte Kuhala seine morgendliche Strumpfsuche in Erinnerung.

Die Jacke war im Eimer, an diesem Tag brauchte man nicht mehr auf ein Wunder zu warten. Der Junge stand auf. Ohne seine Hintermänner wirkte er ratlos und verletzlich. Er hob den Arm, den Kuhala ihm verdreht hatte, und trat ein paar Blechdosen von sich weg. Ein Mundwinkel zuckte, die Tränen konnten nicht mehr weit sein. »Du hast mir den Arm gebrochen.«

»Nicht im Geringsten. Glaub bloß nicht, ich gehe hier weg, bevor du die Büchsen wieder eingeräumt hast.«

»Fick ...«

»Na, na.«

Der Junge schniefte und machte sich an die Arbeit. Kuhala fragte ihn, warum im Jugendtreff ein Zettel am Pfeiler hing, auf dem auf Matti Forsmans Kopf so eine hohe Summe ausgesetzt war. »Wer ist wirklich auf dem Bild drauf? Sieht ziemlich gemein aus. Soll das ein Scherz sein?«

Der Junge nahm eine Schaufel aus der Ecke des Unterstands und kam bei der Arbeit allmählich in Fahrt. Der schwere Metallschrott zwischen den leichten Dosen kratzte so laut auf dem Beton, dass Kuhala die Stimme heben musste. Trotzdem antwortete der Junge nicht. Er hob das Bauelement eines Elektrogerätes hoch und wog es in den Händen. Die halb säuerliche Miene, die sein Gesicht erfasst hatte, kündete vom Versiegen der Kooperationsbereitschaft. Sobald Kuhala verschwunden war, würde der Nächste, der zur Mülltonne kam, für den Rückschlag bezahlen müssen.

»Wirf das Eisen in die Kiste und schmiede keine Pläne, wenn du dich nicht gleich in derselben Kiste wiederfinden willst. Was ist das für ein Bild am Pfeiler?«

»Das ist der, der die Tussi kaltgemacht hat.«

»Ilona Lost?«

»Ja.«

»Warum steht Forsmans Name drunter?«

Der Junge fischte die letzten Dosen und rostigen Bohrer mit der Schaufel auf und schnickte sie in den Behälter. Sein aufkommender Trotz brach schlagartig ab, als Kuhala anständige Antworten forderte, falls der Junge keine Anzeige wegen der kleinen Auseinandersetzung von eben kriegen wollte. »Deine Eltern würden sich bestimmt freuen.«

»Fick dich. Die hältst du raus! Fick dich, der Name von dem Behinderten steht drauf, weil er die Frau umgebracht hat. Die Polizei kann bloß nix beweisen.«

»Warum helft ihr der Polizei dann nicht, wenn ihr den Schuldigen kennt?«

»Fick dich. Weil …«

»Nicht schon wieder. Also warum?«

»Weil es halt nicht ganz sicher ist, wie es passiert ist.«

»Hast du damals auch schon hier gewohnt?«

»Ja. Kann ich jetzt gehen? Dann schaff ich's noch zur nächsten Stunde. Fick dich, die Jacke ist im Arsch.«

Der Deckel des Metallbehälters knallte zu, die Schaufel landete scheppernd in der Ecke. Dem Jungen gefiel das Gesprächsthema nicht. Entweder weil er seine Reden über Forsmans Schuld zurücknehmen musste, oder weil er Angst hatte, Kuhala könnte wieder handgreiflich werden. Der hatte beim ersten Mal nicht gezögert und würde es beim nächsten Mal auch nicht tun. Der miese Trick mit dem Arm war vermutlich nicht viel mehr als eine Aufwärmübung.

»Ihr scheint mir eine ziemlich große Bande zu sein, und ich habe das Gefühl, dass ihr über Ilona Losts Tod mehr wisst als viele andere hier, weil ihr so harte Burschen seid. Ich hab trotzdem keine Lust, jeden einzeln zu befragen. Darum machen wir es so, dass du dich in drei Tagen mit mir in Verbindung setzt. Bis dahin sammelst du alle Informationen zu dem Thema. Am besten haltet ihr gleich heute Abend eine Versammlung ab, dann wird es nicht unnötig aufgeschoben. Wenn du mich anrufst, vereinbaren wir einen Termin und treffen uns. Hier ist meine Karte. Wenn kein Anruf kommt, suche ich dich. Darauf kannst du dich verlassen.«

Der Junge nahm die Karte und starrte sie so ernst an, als wäre es die Broschüre einer Jugendstrafanstalt – und als gebe er sich Mühe, Kuhalas Anweisungen zu sortieren. Seine Lippen öffneten sich einen Spaltbreit, der Schweiß vom Schaufeln bildete Tropfen an den Augenbrauen.

»Wie heißt du?«, fragte Kuhala.

»Jake.«

»Gut. Falls du doch nicht zur nächsten Stunde gehen willst, sondern erst zur übernächsten, hier ist ein Zwanziger. Kauf dir bei Pirjo Vuorimaa einen Kaffee und bitte sie, dir den Ärmel zu nähen. Ich hab bei ihr eine Nähmaschine gesehen. Falls das Geld nicht reicht, sag ihr, ich werde später den Rest bezahlen. Ich habe nämlich vor wiederzukommen, Jake.«

Der Junge versteckte Kuhalas Daten und den Schein in der Innentasche seiner Jacke. Er nickte gefügig, drehte sich um und ging mit immer schnelleren Schritten auf den ehemaligen Supermarkt zu.

Kuhalas Regenschirm war übel mitgespielt worden, und

er weigerte sich aufzugehen. Er warf ihn zum Restmüll und dankte dem Schicksal, dass er Jake nicht verletzt hatte. Noch hatte der Gemeinschaftsgeist der Jungen nicht für die Ausübung von Gruppenjustiz ausgereicht. Mit vereinten Kräften hätten sie ihn in Stücke gerissen, aber noch hatte offenbar die eine oder andere in der Schule oder zu Hause vernommene Maxime einer solchen Tat im Weg gestanden. Er strich sich die Kleider glatt und fand so viel Gefallen an seinem neuen Auftrag, dass er schon wieder von einem Glas Whisky träumte.

In den Fenstern der unteren Etagen zogen sich langsam die Köpfe zurück und verschwanden in den Falten der Vorhänge. Der Nieselregen trübte das Straßenbegleitgestrüpp, das man durch die Lücke zwischen Wand und Dach des Unterstands sehen konnte. Kuhala glaubte, in der Gegend genug Unruhe für einen Tag gesät zu haben. Wenn das so weiterging, würde er Ilona Losts Mörder noch vor den Abendnachrichten schnappen, sofern kein lokaler Desperado wegen Kuhalas schnellem Vorgehen die Nerven verlor. Denn alles würde sich herumsprechen, so viel stand fest.

Er knautschte die bloßen Zehen zusammen und entfernte sich von der Müllsammelstelle. Das Säuferpärchen stand aneinandergelehnt auf der Sommerterrasse des Lebensmittelkiosks, einige der Unruhestifter von eben sprangen über Pfützen. Ein alter Datsun fuhr mit röchelndem Auspuff wie geisteskrank auf einem leeren Gewerbegrundstück im Kreis. Kuhala befürchtete, das von Perspektivlosigkeit verhexte allgemeine Herumgammeln könnte ihn anstecken, darum beschleunigte er seine Schritte.

Man hatte die Laderampe an Ilona Losts letztem Arbeitsplatz im Originalzustand belassen, an der Hintertür des Jugendtreffs stand ein Mann, starrte auf die Spitzen seiner Turnschuhe und rauchte.

»He, ich hab dich vorhin am Eingang vorne gesehen. Gibt's was Wichtiges?«, rief er Kuhala zu.

Dieser schlug den Kragen hoch und wollte die Frage schon mit einer bloßen Handbewegung quittieren, überlegte es sich jedoch anders und stieg die Laderampe hinauf. Dort regnete es nicht hin, von drinnen hörte man das elektronische Stampfen der Musik.

»Sagt dir der Name Ilona Lost etwas?«

Kuhala war sich nicht sicher, ob der Mann zusammenzuckte, aber falls er zusammenzuckte, dann verbarg er es gut, indem er Kuhala die Zigarettenschachtel hinhielt. »Nein. Kann mich jedenfalls nicht erinnern. Wieso?«

»Danke, ich rauche nicht. Ilona wurde vor zwei Jahren in dem Geschäft ermordet, das sich in diesem Gebäude befand. Ich ermittle von Berufs wegen in dem Fall und bin daran interessiert, mit Leuten zu reden, die sie gekannt haben. Mein Name ist Otto Kuhala.«

Der Mann nahm einen Zug und schaute dem Wasser zu, das aus dem Fallrohr rann. Die schwarzen Haare und die etwas dunklere Haut deuteten darauf hin, dass er aus dem Mittelmeerraum stammte, aber es konnte sich auch um einen Einwanderer der zweiten Generation handeln, denn er sprach fehlerfrei Finnisch.

»Arbeitest du hier?«

Er nickte. Dann trat er die halb aufgerauchte Zigarette aus, wiederholte Ilonas Namen und schüttelte den Kopf. Die Gebärde wirkte für Kuhala ein bisschen überzogen, was sich nicht mit dem Kulturunterschied oder etwas in der Art erklären ließ, sondern mit Scheu vor der Wahrheit. Was hatte den Mann außerdem daran gehindert, die Vordertür zu öffnen, wenn er gesehen hatte, dass jemand versucht hatte hereinzukommen?

12

Die Pastelltöne der in Rahmen gezwängten abstrakten Kunst im Wartezimmer beruhigten Kuhala ebenso wenig wie der Fernseher an der Decke, in dem der Anchorman der BBC-Nachrichten gerade das Wort an seinen Korrespondenten auf einem Platz in Bagdad weitergab. Eine Ladung Sprengstoff in einem Tankwagen hatte eine Moschee in einen Steinhaufen verwandelt.

Kuhala änderte die Position und versuchte, einen Artikel über den Kangerdlugssuaqi-Gletscher in Grönland zu lesen, dessen Oberfläche nach vierzig stabilen Jahren mit einer Geschwindigkeit von achtunddreißig Metern am Tag ins Wasser stürzte. Das machte vierzehn Kilometer im Jahr, und wenn man von einer vergleichbaren Lage am Südpol ausging, ergab sich ein so bedrohliches Bild, dass Kuhala nichts anderes übrig blieb, als die Zeitung wegzulegen. Das Regelsystem der Schöpfung war erschüttert, die Schmelzwasser schäumten, und Kuhala fürchtete, das Gleiche gelte auch für sein persönliches Regelsystem. Zwar schäumten seine Wasser nicht, doch rieselten sie – und dies zu oft.

Die Tür ging auf. Er zuckte zusammen, denn die Miene des Mannes, der mit einem Stoß Papier aus dem Behandlungszimmer kam, war schmerzverzerrt. Er war jung, robust gebaut und im Vollbesitz seiner Kräfte, so einer sollte eigentlich keine Not kennen. Die Gefahren lauerten aber überall, und selbst wenn das Leben zufällig mal nach Kakao mit Schlagsahne schmeckte, so fand man sich schon im nächsten Moment im Sumpf diverser Beschwerden wieder.

Am Empfangsschalter standen die Leute Schlange, Personal in Weiß lavierte auf den Fluren. Kuhala wischte sich die feuchten Handflächen am Hosenstoff ab, als sein Name aufgerufen wurde, setzte das Gesicht eines Mannes auf, der schon in allen Tinten gesessen hat, und versuchte, eine Prise Selbstironie darunter zu mixen. Der Arzt war schon etwas älter, ein Guru seines Fachs, wie Kuhala wusste.

»Wo tut's weh?«, fragte der Arzt und wies auf einen Stuhl.

»Der Harndrang hat zugenommen.«

Der Arzt nahm die Information diskret zur Kenntnis. Hinter ihm hing eine anatomische Darstellung der männlichen Geschlechtsorgane. Kuhala versuchte, seine Beschwerden etwas abzumildern, indem er sagte, bei Spaziergängen mit dem Hund müsse er ungefähr ebenso oft das Bein heben wie das Tier, und sein Nachtschlaf werde alle zwei, drei Stunden von einem Marsch aufs Klo unterbrochen. Außer Haus müsse er immerfort fragen, wo sich die Toilette befinde. Und beim Joggen? Daraus werde auch nichts mehr, weil er jeden halben Kilometer in die Büsche springen müsse, sprich immer dann, wenn er gerade den Rhythmus gefunden und sich der Atem eingependelt habe.

»Macht das Leben ein bisschen umständlich«, sagte er, bekam vom Arzt jedoch keinen Trost, denn dieser war für die fachliche Behandlung zuständig und nicht für Duziduzi und hörte die Schilderung solcher Beschwerden seit Jahrzehnten.

»Schmerzen?«

»Nein.«

»Temperatur?«

»Nein.«

»Und der Harnstrahl?«

Kuhala sagte, der Strahl erreiche sein Ziel mit einer Genauigkeit von circa zehn Zentimetern, und auch wenn er sich nicht als Verkörperung des Niagara-Falls sehe, so würde er immerhin den Vergleich mit dem Unterlauf des Flusses Tourujoki im Frühjahr riskieren.

Diese Formulierung machte keinerlei Eindruck auf den

ergrauten Arzt, aber da es sich um eine kapitalkräftige private Sprechstunde handelte, befahl er Kuhala nicht, den Mund weniger voll zu nehmen, sondern zog Schutzpapier von der Rolle über den Behandlungstisch und forderte seinen Patienten auf, sich frei zu machen. »Hosen runter! Hemd kann anbleiben.«

Nach ungefähr fünf Minuten unangenehmer Drückerei befahl er Kuhala, sich auf die Seite zu drehen und die Knie im Neunziggradwinkel anzuziehen. Kurz darauf drang der behandschuhte Finger ein. Kuhala fiel das Atmen schwer. Er hatte das Gefühl, so weit aus der Hülle seiner üblichen Wahrnehmungen und Empfindungen hinausgeschleudert zu werden, dass es ihm das Wasser in die Augen trieb.

»Die Prostata hat etwa dreißig Gramm.«

»Am besten pulen Sie sie gleich heraus.«

»Eventuell leicht vergrößert.«

»Uuh …«

»Und der Harnleiter scheint eine ziemlich scharfe Kurve zu bilden. Das ist bei Männern immer so, aber die hier ist schärfer als normal.«

»Ziehen Sie sie gerade.«

Dann durfte Kuhala aufstehen, und während er die Hose anzog, hatte er das Gefühl, als wäre ein Minenräumfahrzeug durch seine Innereien gefahren. Der Arzt schrieb ihm eine Überweisung zur Laboruntersuchung, wo Entzündungswert und PSA gemessen werden sollten

»Was ist das?«

»Das prostataspezifische Antigen. Damit schließen wir die Möglichkeit von Prostatakrebs aus. Nehmen Sie diese Antibiotika. Wenn die Beschwerden damit nicht weggehen, verordne ich Ihnen weitere Untersuchungen. Am Schalter bekommen Sie einen Telefontermin in zehn Tagen. Ich rufe Sie an. Auf Wiedersehen.«

War das dieselbe Hand, die gerade seine Gedärme durchgefegt hatte? Kuhala schüttelte sie und flüchtete mit seinen Zetteln aus dem Raum. Wegen schmerzhafter Krampfzuckungen in den Nieren musste er mit kleinen Schritten gehen, es war, als hätte der Arzt ein Stück Stacheldraht in seinem Darm installiert.

Nachdem er im Labor im dritten Stock etwas Blut und einen Spritzer Pisse abgegeben hatte, holte sich Kuhala aus der im selben Gebäude untergebrachten Apotheke die Antibiotikakur und verschlang anschließend vorm Klinikeingang die vom Verkehr angedickte Herbstluft. Er legte den Kopf in den Nacken und ließ sich die gelegentlichen Regentropfen aufs Gesicht fallen, bis er kapierte, wie theatralisch er sich aufführte und dass er gerade nicht das Todesurteil, sondern eine Schachtel Medikamente erhalten hatte. Er warf ein paar zusätzliche Münzen in die Parkuhr und ließ Jeri aus dem Auto. »Lass uns ein bisschen spazieren gehen. Kann aber sein, dass ich nicht ganz so schnell bin wie du.«

Wie gern hätte er jetzt Annukka bei sich gehabt, wie gern hätte er von ihr ein paar tröstende Worte gehört!

Er überquerte mit dem Hund die Straße, und dabei gelang es ihm nicht, den übel beleumdeten Nachhall des Wortes Krebs aus dem Kopf zu vertreiben, obwohl er sich Mühe gab, seine Lage zu den Leiden Ratskus oder sonst eines Menschen in Relation zu setzen, denn seine »Lage« war nicht einmal eine Lage. Ein Mann in seinem Alter musste sich eben darauf einstellen, dass die Funktionen, die er stets für selbstverständlich gehalten hatte, nicht mehr selbstverständlich waren. Die Apparatur, die fast ein halbes Jahrhundert lang gedient hatte, fing früher oder später, oben oder unten, vorne oder hinten an, Schwierigkeiten zu machen. Was in den Genen an fatalen Geschehnissen kodiert war, brach irgendwann aus, ob man wollte oder nicht. Dem Arzt zufolge war die Prostata leicht vergrößert. Er hatte die Antibiotikakur doch wohl nicht zum Spaß verschrieben?

Eine Pfütze spiegelte ein Stück Himmel. Jeri schlug sich in ein Hagebuttengebüsch, das von den Herbststürmen gezaust worden war, und brachte sich nach ein paar tastenden Umdrehungen für ein großes Geschäft in Position. Kuhala schaute dem Spaß der Kinder zu, die über den Schulhof nebenan rannten, und wollte schon in wehmütige Gedanken an die glücklichen Zeiten versinken, die mit dem Verlust der Gesundheit nun unwiderruflich vorbei waren, aber es wurde nichts daraus, denn hinter ihm fragte eine Stimme, ob er wirklich die Absicht habe, zur Verschmutzung der Stadt beizutragen, indem er seinen Hund einfach irgendwo hinscheißen ließ.

Es war der Urologe. Er tat so, als kennte er Kuhala nicht, entweder weil er Arbeit und Freizeit trennen wollte, oder weil er in Zivil schlechte Erfahrungen mit seinen Patienten gemacht hatte. Kuhala lächelte, zog eine raschelnde Gassitüte aus der Tasche und zog sie wie einen Handschuh über. »Das habe ich ganz und gar nicht vor.«

Dann bückte er sich und baggerte nach dem Haufen.

Der Arzt war bereits abgezischt.

»Ich glaube, ich werde mir einen anderen als diesen Mengele suchen«, meinte Kuhala und versenkte die Tüte aus drei Metern Abstand im Abfalleimer. »Sieh an. Und jetzt fahren wir in die Cygnaeuksenkatu.«

In der Stadtbibliothek waren die alten Ausgaben der Tageszeitung *Keskisuomalainen* auf Mikrofilm gespeichert. Über den Fall Ilona Lost wurde auf der Titelseite und weiter hinten in ausführlichen Artikeln mit zahlreichen Fotos berichtet. Kuhala spulte die Rolle weiter und wunderte sich, wie viel er von alldem vergessen hatte. Oder hatte er die Berichterstattung vor zwei Jahren einfach ausgelassen, weil er kein eingeschworener Fan von Meldungen über Verbrechen war? Ein mehrere Spalten breites Foto von Sippilinna ließ die vier Wohnblocks im versiegenden Sommerlicht dunkel, unheilvoll und vor Zeiten verlassen erscheinen.

Die Polizei lieferte ihre Kommentare, Ilonas Vorgesetzte und sogar ein paar Kunden und Hausbewohner gaben ihren Senf dazu. Ein verschwundenes Metallteil von einem Regal, das man für die Mordwaffe hielt, wurde an zwei Tagen hintereinander in der Zeitung abgebildet. Insgesamt war die Tragödie schwer zu glauben. Ilona war eine lebensfrohe junge Frau gewesen, immer lächelnd beim Dienst am Kunden. Wer konnte ihr Böses gewollt haben?

In der Zeitung vom Montag der Folgewoche stand dann gar nichts mehr über den Fall. Kuhala ging die weiteren Ausgaben bis zum Freitag durch, fand aber nichts außer einer Kurzmeldung von zwei Sätzen, in der Nevakivi berichtete, die Polizei gehe allen Hinweisen nach und richte ihr Hauptaugenmerk auf besonders interessante Spuren.

Das war Amtssprache, die ein kräftiges Gähnen verdient hatte und vom Gehalt her so dünn war wie eine homöopathische Suppe. Ob der Kommissar eine andere Wahl gehabt hatte, stand auf einem anderen Blatt, weil der Mörder zwar in die Überwachungskamera geglotzt hatte, aber trotzdem nicht identifiziert werden konnte.

Kuhala gab den Mikrofilm zurück und bedankte sich bei der Bibliothekarin, die mit Schweiß auf der Stirn Nutzungszeiten für den Computer verteilte, als handelte es sich um Himmelsanteile. Mitten im Raum stand ein Gestell mit Lyrik. Es bog sich unter der Last der Gedichtbände, aus denen sich niemand etwas zu machen schien, obwohl (oder weil) ein Schild mit der Aufschrift lockte: »Die Dichtung ist der einzige konkrete Beweis für die Existenz des Menschen.« Kuhala blieb stehen und nahm die *Gesammelten Gedichte* von Arto Melleri mit. Er ging nach unten, lieh den Band aus und schob ihn in seine geräumige Tasche, wo bereits die Überweisungen, der Telefonterminzettel und die Quittung für das Antibiotikum raschelten.

Er hörte das beharrliche Solo seines Handys erst, als der Diebstahlalarm an der Treppe im ersten Stock aufhörte und ein Wachmann zur Verfolgungsjagd ansetzte. Der Zwischenfall war geeignet, das halbspöttische Gerede von der grabesstillen Ereignislosigkeit in Bibliotheken ad absurdum zu führen. Ein Spinnenmann, der offenbar schon viel mitgemacht hatte, kam die Treppe heruntergerannt, sauste auf Kuhala und den Ausgang zu und hielt dabei die zweibändige *Pharmaca Fennica* im Arm wie eine Ladung Holzscheite.

Kuhala meldete sich am Handy und stellte gleichzeitig dem Bücherdieb ein Bein. Man hörte einen Fluch, kurz flogen die Medikamentenverzeichnisse durch die Luft, und schließlich packte der Wachmann den gestürzten Spitzbuben am Kragen und stellte ihn wieder auf die Beine. Er hatte sich den Kopf blutig geschlagen und wirkte betäubt. Die Kundschaft aus dem Lesesaal scharte sich als Publikum um ihn.

»Was ist da los?«, kam es aus dem Handy.

»Könnten Sie in fünf Minuten noch einmal anrufen? Hier ist es gerade ein wenig unruhig«, schlug Kuhala vor und unterbrach die Verbindung.

Aus dem Mund des Bücherdiebs kamen Schaum und sonderbare Wörter. Er gehörte zu den Stammvagabunden dieses Stadtviertels und erinnerte die Leute daran, wie schlecht es einem ergehen konnte, wenn man das Geländer des anständigen Lebens aus dem Griff verlor. Kuhala strich sich die Hosen glatt und sagte dem Wachmann, er sei mit heiler Haut davongekommen. Dann wurde auf die Polizei gewartet. Plötzlich sackte der Spinnenmann in sich zusammen und wäre zu Boden gesunken, wenn der Wachmann ihn nicht gestützt hätte. »Der scheint ohnmächtig geworden zu sein. Könnten Sie einen Krankenwagen rufen?«

Fünfzehn Minuten später waren ungefähr so viele Einsatzfahrzeuge vor Ort wie neulich in Ratskus Garten. Die Zahl der Zuschauer vervielfachte sich, und Verwünschungen schossen durch die Luft, denen zufolge Kuhala den Spinnenmann halb tot geprügelt hatte. Erst als der Sanitäter, der erste Hilfe gab, den Bücherdieb als Simulanten entlarvte, indem er ihn mit einer kompetenten Backpfeife aufweckte, konnte Kuhala den Kopf aus der Schlinge ziehen, die Bibliothek verlassen und über die Straße in den Park flüchten. Die Drohungen seines jüngsten Opfers begleiteten ihn, aber das kannte er, die gingen zum einen Ohr rein und zum anderen raus.

Allerdings war er es nicht gewohnt, sich ungewollt in heikle Situationen zu verstricken, die zur Farce ausarteten und sein Ansehen besudelten. Das sägte am Stuhl der schwer zu lokalisierenden Instanz in seinem Innern, die empfahl, die Ruhe zu bewahren, sich mucksmäuschenstill zu verhalten und sich schon gar nicht vor anderen Leuten zum Affen zu machen. Sollte nämlich jemand die Absicht hegen, sein Kunde zu werden, und sah ihn dann zufällig beim Herumkaspern, hatte sich der Fall schnell erledigt.

»Hier ist Otto Kuhala. Ich bin von dieser Nummer gerade angerufen worden«, sagte er ins Handy und sah dabei zu, wie der verpflasterte Bücherdieb in ein Polizeiauto gesteckt wurde.

»Hier spricht Helmi Moisander.«

»Guten Tag. Worum geht es?«

»Ich habe gehört, Sie ziehen Erkundigungen über Ilona Lost ein.«

Die Frau wohnte acht Autominuten entfernt in der Voionmaankatu, in dem Haus, in dem sich früher das legendäre Lokal »Bunker« befunden hatte. Sie ging auf die Achtzig zu und sprach mit warmer Stimme, aber in ihren Gesten und Schritten lag nichts von der Zerbrechlichkeit des Alters, als sie Kuhalas Identität überprüfte und ihn dann in ihre hübsche Zweizimmerwohnung bat. Es roch nach Möbelwachs und Frischgebackenem, aus den Birken vor dem Fenster stoben gelbe Blätter auf.

»Ich habe zwanzig Jahre lang in dem Haus mit dem Supermarkt gewohnt. Erst nach dem Tod meines Mannes bin ich hierher gezogen«, sagte sie und legte die Hände in den Schoß. »Einige meiner Nachbarn dort habe ich gekannt. Das waren Rentner wie ich, manche sind bereits gestorben. Eine von ihnen, Kaisa, hat im Sommer vor mehr als zwei Jahren im Supermarkt von Sippilinna einen jungen Mann gesehen, der Ilona damit gedroht hat, sie umzubringen, weil er von ihr beim Stehlen erwischt worden war.«

Helmi Moisander zählte nicht zu dem Teil der Bevölkerung, der nach Aufmerksamkeit giert. Nachdem sie ihre Aussage gemacht hatte, lauerte sie nicht einmal auf Kuhalas Reaktion, sondern zuckte nur mit den Schultern und lächelte. Dann stand sie auf und holte aus der Küche alles, was man zum Kaffeetrinken brauchte.

Kuhala starrte auf den Jagdhornbläser, der auf die Kuckucksuhr gemalt war, und erkundigte sich, wer Kaisa sei.

Plötzlich überraschte ihn ein Druck in der Blase, der im Nu so unerträglich wurde, dass Kuhala sich krümmte und das Gespräch in der Haltung eines Skifliegers kurz vorm Schanzentisch fortsetzen musste. Der zupackende Urologe hatte die sensible Maschinerie offenbar funktionstüchtig gemacht.

»Kaisa? Kaisa ist schon tot.«

»Hat sie Ihnen Einzelheiten von dem Vorfall erzählt?«

»Der junge Mann wollte Bier oder Zigaretten stehlen, wurde aber erwischt, weil da so eine Kamera hing. Kaisa hat gesagt, die Situation sei sehr beängstigend gewesen.

Es sei laut geworden und fürchterlich geschimpft worden. Noch an der Tür habe der Junge Ilona angeschrien, sie würde dort nicht lebend herauskommen. Das kann man natürlich so und so verstehen, aber als dann der Mord geschah, kam mir der Zwischenfall wieder in den Sinn, und das war schrecklich.«

Kuhala fragte, ob die Polizei etwas davon wisse. Die Frau schüttelte den Kopf. Sie habe jedenfalls nichts erzählt, weil sie nicht gefragt worden sei. »Ich habe dort zwar Polizisten gesehen, aber die konnten anscheinend nicht an jeder Tür klingeln. In den Häusern wohnen ja Hunderte von Menschen.«

Von der Kommode aus schaute das Bild ihres verstorbenen Ehemannes herüber, die Kuckucksuhr schlug zur halben Stunde. Kuhala spürte, wie der Blasendruck in den Lendenbereich und in die Beine ausstrahlte, glaubte aber durchhalten zu können, bis er wieder bei seinem Auto auf dem Besucherparkplatz im Hinterhof war. Er erinnerte sich, dort eine Nische gesehen zu haben, die sich zum Pinkeln eignete. »Kannte Kaisa den jungen Mann?«

»Das ist es ja, was mich so ärgert. Sie hat sogar seinen Namen erwähnt. Er wohnt oder wohnte in den Häusern. Aber ich habe den Namen vergessen. Das hat mit dem Alter zu tun, alles geht verloren. Löst sich in Luft auf. Nehmen Sie noch etwas Kaffee und Gebäck! Geht es Ihnen nicht gut?«, fragte die Frau einfühlsam.

»Ich müsste mal aufs WC.«

»Das ist im Flur.«

Die Kräutersäckchen, die in den Ecken Düfte absonderten, die glänzenden Kacheln und die niedlich beschrifteten Handtuchhalter vermittelten Kuhala das Gefühl, ein Eindringling zu sein. Das Wasserabschlagen wiederum gab ihm das Gefühl, dem Tod geweiht zu sein. Der Urologe hatte ihm mit seiner Neandertaler-Technik die Harnröhre verknotet und die Prostata in eine Position gedrückt, in die sie nicht gehörte.

Der Vorgang dauerte eine Ewigkeit, und Kuhala trat der Schweiß aufs Gesicht. Er wagte es nicht, einen Blick in die Schüssel zu werfen, sondern schloss blind den Deckel und zog ab. Sein ganzer Beckenbereich brannte, als hätte er Schwefelsäure ausgeschieden. Er nahm noch eine Antibiotika-Tablette und wischte sich die Stirn mit einem Papiertuch ab. Wenn das so weiterging, verlangten die Ermittlungen in dem alten Mordfall Energiereserven, die nicht leicht zu mobilisieren waren.

Helmi Moisander hatte inzwischen eine kleine gelbe Schachtel geholt und sortierte die Fotos zwischen Postkarten und Rezepten aus.

»Das sind wir vor Haus C. Ich, Kaisa, Saima, Viivi; an die da kann ich mich nicht erinnern. Das Foto wurde irgendwann Mitte der Achtzigerjahre aufgenommen. Moment … Das ist Sirkka. In meinem Kopf hat sich doch noch nicht alles in Luft aufgelöst.«

Sie brachte weitere zwanzig Jahre alte Fotografien mit verblassenden Farben zum Vorschein und vergaß sich in der Betrachtung ihres Mannes, der im karierten Hemd mit aufgekrempelten Ärmeln vor einem neuen Auto posierte, bereit, mit seiner Frau zur Fahrt ins Blaue aufzubrechen. »Man glaubt es nicht, wie die Zeit rast. Übrig bleibt nur ein Haufen Fotos. Dieses Bild hier hat mein Mann gemacht, als der Supermarkt eröffnet wurde und es kostenlos Kaffee und Kuchen gab. Sehen Sie nur, da stehen mindestens tausend Leute Schlange!«

Für Kuhala war es etwas mühsam, in Nostalgie zu verfallen, weil es erstens nicht seine Nostalgie war und zweitens nicht den Ermittlungen diente. Die schlimmsten Schmerzen im Blasenbereich hatten nachgelassen, aber es graute ihm jetzt schon vor dem nächsten Besuch am Pissoir.

»Und die hier – habe ich die überhaupt schon mal gesehen?«, fragte sich die Frau mit gedämpfter Stimme und legte drei Fotos nebeneinander auf den Tisch. Sie zeigten einen Mann, der vor dem Supermarkt ein Werbeschild aufstellte, Schmutz zusammenkehrte und den ersten Kunden die Tür öffnete.

Es war eine in Vergessenheit geratene banale Bilderfolge. Weder der Mann noch die frühen Brotkäufer schienen das Fotografieren bemerkt zu haben. Offenbar hatte Helmi Moisanders verstorbener Ehemann beim Fotografieren mehr Ehrgeiz an den Tag gelegt als ein gewöhnlicher Sonntagsknipser.

Die Frau sammelte die Bilder wieder ein und legte sie in die Schachtel zurück. »Warum fällt mir bloß nicht ein, wie der Ladeninhaber hieß? Lange kann er dort nicht gewesen sein … Ach Gott, das wird Ihnen jetzt keine große Hilfe gewesen sein. Tut mir leid. Gerade noch waren diese Jahre Gegenwart, dann jüngere Vergangenheit, und jetzt sind sie nur noch Geschichte. Und der werde ich auch bald angehören.«

»Nicht doch, gnädige Frau. Sie sehen blendend aus«, erklärte Kuhala. »Ich wundere mich nur, wie Sie auf die Idee gekommen sind, mich anzurufen. Woher wussten Sie, dass ich in dem Mordfall Ilona Lost ermittle?«

Die Frau wischte sich einige Krümel vom Ärmel und sagte, eine alte Bekannte von ihr, die in Haus B wohne, habe sie angerufen. »Viivi hat in der Cafeteria der Arbeitslosen davon gehört. Dort können auch Rentner hingehen. Wir telefonieren manchmal, dabei hat sie es erwähnt. Also die Tatsache, dass Sie dort gewesen sind und Fragen gestellt haben. Dann haben wir unsere alten Köpfe zusammengesteckt und uns an Kaisas Erzählung erinnert. So in etwa hat die Gerüchtekette der alten Frauen funktioniert, und ich habe mir dann Ihre Nummer besorgt.«

Ein herzliches Lachen begleitete Kuhala in den Flur, brach jedoch ab, als sie sich die Hand gaben.

Helmi Moisander sah Kuhala ernst an. Eine Haarsträhne fiel ihr auf die blasse Stirn. »Wir telefonieren viel zu selten und besuchen uns auch nicht gegenseitig. Kaisa war allein, niemand hat sich um sie gekümmert. Sie lag fast zwei Wochen tot in ihrer Wohnung, bevor man sie gefunden hat.«

Kuhala verabschiedete sich und eilte zu seinem Wagen. Er glaubte, den Mann, der beim Eröffnungsritual des Supermarkts fotografiert worden war, erkannt zu haben, wusste aber nicht recht, was er davon halten sollte.

13

Mit einer schwungvollen Handbewegung setzte Max Kuukunen das Tee-mit-Branntwein-Set ab und schnappte sich noch schwungvoller Kuhalas Geldschein. Das hatte nichts mit Hast zu tun, das war die Koordination schneller Hände, die kurz darauf in einem geschmeidigen Solo auf der Tastatur der Kasse gipfelte. Und schon wurde das Wechselgeld vor Kuhala auf den Tisch geknallt.

Er goss den Branntwein in den Tee und rührte einen halben Löffel Zucker unter. Es war Freitagnachmittag, es regnete wieder einmal, und die Knochen der Leute, die ihre Einkaufstüten am Fenster vorbeitrugen, waren vom Projektschrott der zurückliegenden Arbeitswoche bleischwer.

Kuhala hörte dem Rauschen der Belüftungsanlage und dem Schmatzen von Jeri zu, der neben dem Barhocker seine Restaurantportion verspeiste. Eine Fünftagewoche hatte auch Kuhala hinter sich, aber ihm steckte lediglich der Umstand in den Knochen, dem Mörder noch nicht auf die Spur gekommen zu sein. Der Besuch am Tatort und paar Bekanntschaften im Umfeld der vier Wohnblocks hatten ihn veranlasst, an diversen Theoriefragmenten zu basteln, die sich aber bissen und vorzeitig an Sauerstoffmangel eingingen. Das war nicht unüblich. Kuhala kannte sich und sein sogenanntes Methodensortiment einigermaßen. Außerdem hatte er allen Grund, die Fassung zu bewahren, denn die Polizei untersuchte Ilona Losts Tod immerhin schon seit zwei Jahren ohne Resultat. Was war demgegenüber schon eine Woche?

Derzeit hatte Kuhala nur einen einzigen, dafür aber umso größeren Grund zur Freude: die nachlassenden Beschwerden beim Urinieren. Er betrachtete den Urologen nicht mehr als seinen Feind, ja er war sogar bereit, die Behandlung bei ihm fortzusetzen und ihm den Hundehass zu verzeihen. Das ausstehende Ergebnis der Laboruntersuchung machte ihm zwar Angst, aber hatte er eine andere Wahl, als sie abzuwarten?

»Du siehst besorgt aus«, sagte Max.

»Kein Wunder. Bald müsste ich die Winterreifen aufziehen, aber die streifen die Grenze zum Illegalen, und ich hab keine Lust, neue zu kaufen.«

»Was du hast, sind keine Reifenprobleme. Außerdem wird es noch Wochen dauern, bis das Thema aktuell ist.«

»Na gut, du hast mich durchschaut. Ich suche nach dem Mörder einer jungen Frau, komme aber nicht weiter. Die Spuren des Täters haben sich im Herbst vor zwei Jahren verlaufen.«

Max nahm ein paar Getränkebestellungen entgegen, fütterte erneut die Kasse und wischte die Glasabdrücke vom Tresen wie ein Vollblutwirt. Er sagte, er habe Perttu Kane getroffen und halte dessen Geschäftsidee auf Rädern für durchgedreht. Sie würde den Mann ins Verderben stürzen. Kane würde verrückt werden, wenn er auf Dauer dampfende Fleischpiroggen und Bratwürste in seiner Glasfaserhütte durch die nächtlichen Stadtviertel schleppte. »Wie stellt er es sich eigentlich vor, den Winter zu überstehen? Wenn es bergauf geht, kommt er ins Rutschen und schlittert mitsamt seiner Chaise in die Sch… Na ja, ich hab ihm vorsichtig vorgeschlagen, bei mir ein paar Schichten zu übernehmen. Aber keine Wirkung, obwohl ich ihm einen Lohn als Koch plus soziale Vergünstigungen angeboten habe.«

Kuhala erinnerte sich an seine Begegnung mit Perttu und musste an den Lazarus-Spieß, die Deichsel und den engen Verschlag denken. Die tragische Seite des Ganzen lag auf der Hand, weshalb man keine Witze darüber machen konnte. »Wohnt er wirklich so weit außerhalb, wie er behauptet? Beim Kleintierzoo? Da hat er ganz schön was zu ziehen.«

Max sagte, Perttu fahre einen Pick-up, an den man die Bude anhängen könne. »Er stellt den Wagen mal hier, mal da am Stadtrand ab und taucht dann als Riese, der Sympathie und Verwunderung weckt, im Straßenbild auf. Irgendwann schreibt dann die Zeitung darüber. Er glaubt wohl, seine Besonderheit wäre ein Trumpf. Übrigens will ich nächste Woche von Donnerstag bis Sonntag Urlaub machen und habe Perttu vorgeschlagen, eine Hütte in Viitasaari zu mieten. Dort gibt es einen fischreichen Fluss namens Raattama. Letzten Sommer haben sie da Fische so schwer wie Telefonbücher rausgeholt.«

»Telefonbücher von welcher Stadt?«

»Von Peking. Perttu kommt die Atempause angeblich gelegen. Du bist als dritter Exkursionsteilnehmer in die Planungen einbezogen. Was hältst du davon?«

Max beschrieb die schöne Landschaft, pries den günstigen Preis des Jamborees und malte die Stimmung aus, die dort herrschen werde. Sie würden ihren Fang räuchern, etwas zum Befeuchten des Rachenraums zu sich nehmen, gemütlich in die Sauna gehen und die schiefen Grenzsteine des Daseins wieder fest in die Erde schlagen. Kuhala nahm das Angebot an, denn die Verkaufspräsentation war gelungen und ein kleiner Herbsturlaub ein guter Vorwand, der Arbeit zu entkommen. Er schaute auf die goldene Oberfläche seines Branntweintees und dachte auf einmal an die wunderbaren Wochenenden zurück, die er mit Annukka verbracht hatte. Er konnte unmöglich glauben, dass sie für immer Vergangenheit sein sollten.

»Besonders erfreut siehst du nicht aus«, sagte Max. »Warum erzählst du mir nicht einfach, was du auf dem Herzen hast, Kerl?«

»Ach, nichts. Echt schön, mal rauszukommen.«

Jeri hatte mit seiner Wurst kurzen Prozess gemacht und trank Wasser aus dem Napf. Er schlug mit dem Schwanz gegen ein Bein des Barhockers, um zu signalisieren, dass auch er die Fahrt nach Viitasaari für eine gute Idee hielt. An der Tür drängten sich die Leute, gleich würden sie sich am Tresen drängen. Kuhala bedankte sich bei seinem Freund und stand auf. »Wie ist eigentlich euer Nostalgieabend verlaufen?«

»Ganz gut. Einer der Kumpels ist allerdings am Walkersyndrom im fortgeschrittenen Stadium erkrankt. Das kam etwas überraschend und hat ziemliche Kopfschmerzen bereitet.«

»Walkersyndrom?«

»Johnny-Walker-Syndrom«, sagte Max.

»Wir sehen uns.«

Kuhala fuhr erschrocken auf, als das Handy, das auf dem Buch mit Arto Melleris *Gesammelten Gedichten* auf dem Nachttisch lag, klingelte. Die Scheinwerfer der wenigen Autos, die durch die Hannikaisenkatu fuhren, schimmerten durch die Jalousie, Jeri öffnete ein Auge einen Spaltbreit, bereit, sein Leben für sein Herrchen aufs Spiel zu setzen. Kuhala meldete sich, gab sich aber erst gar keine Mühe, seiner Stimme so weit außerhalb der Dienstzeit einen kundenfreundlichen Klang zu verleihen. Außerdem war er so schläfrig, dass er noch vor dem fünften Schaf wieder in die Bewusstlosigkeit abgekippt wäre.

»Könntest du in einer halben Stunde zum Parkplatz von Prisma in der Seppäläntie kommen? Es ist wichtig.«

»Wer spricht da?«

»Bruno. Wir haben uns vor zwei Tagen am Hintereingang vom Jugendtreff gesehen. Ich arbeite dort halbtags. Früher konnte ich mich nicht melden. Ich mach hier sauber und bin gerade erst rausgekommen. Tut mir leid, dass ich so spät anrufe.«

»Mir auch«, sagte Kuhala. »Vielleicht lüftest du dein Geheimnis so weit, dass ich beurteilen kann, ob es sich lohnt, unter der Decke hervorzukriechen.«

»Willst du was über den Mörder von Ilona Lost wissen?«

Kuhala schüttelte sich, damit sein Blutdruck in Schwung kam, und trank im Licht des Kühlschranks Orangensaft direkt aus der Packung. Die Antibiotikakur wirkte, verursachte jedoch eine merkwürdige Schlaffheit der Muskulatur. Er klaubte seine Kleider auf und befahl Jeri, das Haus zu bewachen. Das Pärchen nebenan zankte sich auch nachts, schien aber noch nicht richtig in Fahrt gekommen zu sein. Warum hatte der dunkelhaarige Bruno auf der Laderampe mit seinen Informationen hinterm Berg gehalten? Hatte er Bedenkzeit gebraucht? Und hatte er nicht behauptet, den Namen Ilona noch nie gehört zu haben?

Die Uhr auf dem Dach des Elektrogeschäfts in der Seppäläntie zeigte fast ein Uhr, als Kuhala auf den verlassenen Parkplatz des Einkaufszentrums Prisma fuhr. Die Krähen vergnügten sich im bläulichen Licht an den Mülltonnen, im Wipfel eines Lichtmastes baumelte ein Paar Schuhe vor sich hin. Die schiefen Reihen der aneinandergeketteten

Einkaufswagen erstreckten sich ins Unermessliche, und weil der Parkplatz so groß war wie ein Flughafen, hätte sich Kuhala einen präziseren Treffpunkt gewünscht.

Vergeblich versuchte er, Bruno anzurufen. Er fuhr um das Einkaufszentrum herum, passierte das turmhohe Monument mit den Geschäftsreklamen und befürchtete allmählich das Schlimmste. Falls der Mann, der sich mit Gelegenheitsjobs über Wasser hielt, mit einem Messer in der Lunge in einem Einkaufswagen lag und Kuhala schon wieder Hilfe holen müsste, würden Polizei und Rettungsdienst ihm als Auftraggeber des Jahres mit Sicherheit einen Blumenstrauß überreichen.

Und wie viele Kameras verewigten gerade das ziellose Cruisen des Renaults auf dem Geschäftsgelände? In was für Falten würde Nevakivis Gesicht sich legen, wenn er alarmiert wurde, worauf alles unweigerlich hinauszulaufen schien?

Das Auto stand an der schmalen Ausfahrt zur Straße. Kuhala hielt neben einer Leuchtreklame an und stellte den Motor ab. Auf der Reklame trabte eine von leichten Brotaufstrichen abhängige Anorektikerin über einen sonnigen Strand. In der Hand hielt sie einen dünn bestrichenen Zwieback.

Zeitpunkt und Ort ließen in Kuhala den Verdacht aufkommen, es könne sich um eine Falle handeln, aber weil es eigentlich keinen vernünftigen Grund gab, ihm eine zu stellen, ging er in normaler Schrittgeschwindigkeit auf den mit altmodischen Blumenmotiven bemalten Hippie-Käfer zu und klopfte an die Seitenscheibe. Der Jugendpfleger von Sippilinna saß am Steuer, die Rückenlehne lässig nach hinten gekippt, aber es steckte kein Messer in seiner Brust, und auch sonst war an seinem Befinden scheinbar nichts auszusetzen. Der lange Arbeitstag hatte ihn so erschöpft, dass er mit den Stöpseln seines MP3-Players im

Ohr in Dämmerschlaf gefallen war. Nicht einmal die Informationen, die ihm auf dem Herzen lagen, schienen ihm das Nickerchen zu erschweren. Kuhala machte die Tür auf und tippte Bruno an die Schulter.

Dieser fuhr hoch, riss sich die Kopfhörer heraus, wischte sich einen Speichelfaden mit dem Ärmel ab und sah Kuhala erschrocken an. »Hallo … sorry … Ich bin wohl eingeschlafen, weil ich dachte, du kommst nicht mehr. Ich dachte, du fährst hier vorbei, aber es hat sich nichts getan.«

»Sag mir, was du auf dem Herzen hast! Ich hab auch schon geschlafen und will so schnell wie möglich ins Bett zurück«, sagte Kuhala und setzte sich auf den Beifahrersitz.

Bruno hieß Bruno Heuberg und stammte weder vom Mittelmeer, wie Kuhala gemutmaßt hatte, noch war er ein Immigrant der zweiten Generation, sondern ein gebürtiger Deutscher, der seit zwanzig Jahren in Finnland lebte und die finnische Staatsbürgerschaft besaß. »Ich bin hergekommen, weil mein Vater hier einen Job gefunden hatte. Mittlerweile lebe ich allein oder versuche es wenigstens. Trotzdem werde ich immer für einen Ausländer gehalten, und das ist in Finnland nicht gerade ein Trumpf.«

»Das glaube ich.«

»Ich hätte dir das alles schon auf der Laderampe erzählt, aber ich hatte Angst, dass uns einer von der Jugendgang sieht oder hört. Das sind keine Nervensägen, sondern richtige Arschlöcher. Drohen einem und versuchen, aus dem Treff eine Art Hauptquartier zu machen. Das lassen wir aber nicht zu.«

Kuhala postierte sich weder im Lager von Bruno Heuberg noch im Lager der Jugendlichen. Er blickte unverwandt durch die Windschutzscheibe auf den Asphalt und das Einkaufszentrum und wartete weiterhin auf die angekündigten Informationen.

Bruno hatte Ilona Lost einige Male in dem Laden getroffen.

»Du willst mir jetzt aber nicht sagen, dass ihr euch angelächelt habt, als du deine Buttermilch bezahlst hast?«

»Sie war eine schöne Frau. Wir haben sie alle angehimmelt.«

»Wer alle?«

»Die Kunden.«

»Was hast du in der Gegend eigentlich gemacht? Den Jugendtreff gab es damals doch noch gar nicht.«

Es fiel Kuhala schwer, Heubergs Alter genau einzuschätzen; das Kindliche seiner Redensweise und der unschuldige Blick seiner braunen Augen ließen ihn vermutlich jünger wirken, als er war. Was den Käfer betraf, so hätte ein Autofreund, der Originalteile zu schätzen weiß, die neonblauen Sitzbezüge, den CD-Spieler und das Lenkrad aus Edelholzimitat nicht akzeptiert. Dennoch hatte das Ganze so etwas wie Stil.

Heuberg sagte, er habe früher in Haus A gewohnt. »Ich hatte einen kurzen Weg zur Arbeit. Zu kurz vielleicht. Als der Laden zumachte und das städtische Jugendamt die Räume mietete, habe ich nicht gezögert, dort nach einem Job zu fragen.«

Er schlug leicht gegen das Lenkrad und sagte, er habe gesehen, wie sich Ilona Lost eine Woche vor dem Mord hinter dem Laden heftig mit ihrem Freund gestritten habe. Es sei fast zur Schlägerei gekommen. Ende August sei das gewesen, an einem regnerischen Abend, wenige Minuten vor Ladenschluss. »Ich bin kein Spanner und will mich nicht in die Angelegenheiten anderer Leute einmischen, aber ich stand zufällig an der Ecke und rauchte eine, als sie auf der Laderampe zu streiten anfingen. Mir ist das nicht aus dem Kopf gegangen. Ilona hat zu Viljami gesagt, sie verlässt ihn, und er hat gesagt, wenn sie das tut, bringt er sie um.

Ursprünglich war Viljami an dem Abend gekommen, um Ilona abholen, aber er ist dann allein weggefahren und hat sie im Regen stehen lassen.«

Kuhala verkniff sich die Frage, ob Heuberg seinen Horchposten danach verlassen und dem armen verlassenen Mädchen seinen Regenschirm angeboten habe.

»Weißt du noch, womit der Streit anfing?«

»Nein. Aber Ilona ließ sich nicht die Butter vom Brot nehmen. Sie nannte Viljami einen Hosenscheißer. Ich hab gehört, wie sie gesagt hat, es wäre besser gewesen, sie hätten sich nie getroffen.«

»Und die Polizei? Weiß die von dem Streit?«

»Ich glaube nicht. Jedenfalls nicht von mir.«

»Na, die weiß auch nicht immer alles«, meinte Kuhala bei sich.

Den Handschuhfachdeckel zierte eine in Sprühtechnik aufgemalte Gitarre, auf der kleine rote Blumen zu erkennen waren. Heubergs anziehendes Aussehen und der milde, leicht geheimnisvolle Duft seines Rasierwassers mochten Ilona durchaus betört haben. Kuhala begriff bloß nicht, welches Motiv Bruno hatte, ihm von dem Streit auf der Laderampe zu erzählen, und auch noch um diese Zeit.

Es war eng im Auto. Kuhala öffnete die Tür und ließ Nachtluft einströmen. Dann setzte er einen Fuß auf den Asphalt. »Ich bin dir dankbar für deine Kooperationsbereitschaft, aber ich bin nicht sicher, ob der Streit hinter dem Laden zu der brutalen Tat geführt hat. Junge Paare haben die Angewohnheit, sich deutlich auszudrücken. Zuerst wird geturtelt, dann mit der Faust gedroht, und es kommt zur Trennung. Oder man versöhnt sich. Du solltest mal meine Nachbarn hören. So geht das halt, jeder von uns hat da schon seine Erfahrungen gemacht. Du scheinst Ilonas Freund zu kennen, sonst hättest du seinen Namen nicht genannt.«

»Ich hab ihm das Auto hier abgekauft.«

»Tatsächlich? Wann?«

»In demselben Herbst vor zwei Jahren. Er war damals gerade in einem der Häuser, um Bekannte zu besuchen oder um Sachen abzuholen, die Ilona gehörten, ich weiß es nicht genau. Jedenfalls stand das Auto auf dem Parkplatz, und am Fenster hing ein Zettel: »Zu verkaufen«. Es ist mir zufällig aufgefallen, und weil ich schon immer so einen wollte, habe ich mich mit Viljami in Verbindung gesetzt, und wir sind ins Geschäft gekommen.«

Heuberg sagte, sein verstorbener Vater habe auch so einen Käfer gehabt. Beim Fahren kämen ihm die sonnigen Erinnerungen an seine Kindheit in der Nähe von München in Erinnerung und natürlich an seinen Vater, den er sehr geliebt habe. »Er war mein Idol. Ich war noch keine zehn Jahre alt, da nahm er mich schon zu Rockfestivals und wer weiß wohin mit.«

Kuhala nickte und fragte sich, wie viele gebürtige Finnen laut sagen würden, ihr Vater sei ihr Idol, geschweige denn, dass sie ihn liebten. Das gehörte nicht zur nationalen Mentalität, ein solcher Sprachgebrauch war unpassend und auch in Kuhalas Generation mit Stumpf und Stiel ausgerissen worden, spätestens in der Schule, bei der regelmäßigen Morgenandacht, wo die Schüler auf die Tugend des sparsamen Umgangs mit Worten gedrillt wurden. Kuhala war durchaus von seinem Vater im Auto mitgenommen worden, allerdings nicht zum Rockkonzert, sondern zur Oma.

»Ich werde mal mit diesem Viljami reden. Wie heißt er mit Nachnamen?«

»Levanto.«

»Erinnerst du dich an seine Adresse?«

»Nein. Er wohnt irgendwo in Richtung Keljo. In einem alten Holzhaus.«

»Es wird Zeit, sich wieder hinzulegen. Ciao, wir bleiben in Kontakt, falls sich was ergibt.«

Kuhala dachte, Bruno Heuberg beuge sich auf die Beifahrerseite herüber, um die Tür zuziehen, aber er wollte noch etwas sagen, nämlich dass er in einer Ecke von Viljami Levantos Garage in einem halboffenen Karton Metallelemente von einem Verkaufsregal gesehen habe.

Kuhala drehte sich zu Heuberg um und meinte, es sei vielleicht lehrbuchgemäß, sich die spannungstechnisch mitreißendsten Aspekte bis zum Höhepunkt aufzuheben, aber er frage sich, was das jetzt für einen Sinn habe, in einer Situation, in der sie beide endlich schlafen wollten. »Du geizt mit Informationen. Wieso sind dir die Metallteile aufgefallen?«

»Viljami holte die Ersatzschlüssel für den Wagen, da habe ich mich ein bisschen umgesehen.«

»Hast du eines von den Elementen in die Hand genommen?«

»Nein, aber ich hab den Karton aufgemacht und sie deswegen gut sehen können. Der Karton stand auf einem Haufen Schrott. Eines der Eisen lag ein bisschen getrennt von den anderen.«

»Jetzt sag bloß noch, dass Blut dran war!«

»Nein. Ich glaube nicht. Es war dunkel gestrichen, ich konnte nichts erkennen.«

»Und danach bist du immer noch nicht zur Polizei gegangen?«

Heuberg beugte sich so weit zur offenen Beifahrertür, dass der Schein der Straßenbeleuchtung auf sein Gesicht fiel. Auf dem Rücken der Hand, mit der er sich am Sitz aufstützte, konnte man die Adern erkennen. Er sagte, er habe Angst vor der Polizei, weil sie auf seinen fremden Namen und sein unfinnisches Aussehen immer mit Abneigung reagiere.

»Hast du Erfahrung mit der Abneigung der Polizei?«

»Ja. Aus der Zeit, als ich fünfzehn, sechzehn und in der Innenstadt mit anderen Jungs unterwegs war. Außerdem dachte ich, die finden die Eisen sowieso, wenn sie zu Viljami gehen. Einer wie ich hält sich von der Polizei möglichst fern.«

»Ich war früher Polizist«, sagte Kuhala.

»Ich kann freundliche Menschen von anderen unterscheiden.«

Kuhala fiel auf die Schmeichelei nicht herein, denn der Zeitpunkt war dafür nicht der richtige. Außerdem klang die Regalelemente-Theorie idiotisch und schien eher der verzweifelte Versuch zu sein, Ilonas Freund als den Schuldigen hinzustellen. Warum sollte jemand die Mordwaffe so sichtbar aufbewahren? Solche Teile gab es weiß Gott wie viele, vielleicht hatte Viljami Levanto mit Ilonas Hilfe ein paar der Dinger aus dem Laden an der Bestandsbuchhaltung vorbei für sich abgezweigt.

Kuhala behielt all das für sich, ließ aber doch noch eine letzte Frage für diese Nacht vom Stapel, bevor Heuberg die Tür zuzog. »Hast du eine Meinung zu der Fotokopie, die in Sippilinna und sogar darüber hinaus Verbreitung gefunden hat? Das Blatt hängt ja auch im Jugendtreff an der Garderobe, samt der Spezialinterpretation von Matti Forsmans Schuld. Der Mann wohnt im selben Haus, falls du das nicht weißt.«

»Zu dem Zettel kann ich nichts sagen. Alle behaupten, da wäre der Mörder drauf. Stammt das Bild nicht von der Überwachungskamera? Forsman zeigt es jedenfalls nicht.«

»Dann reiß es ab.«

»Hab ich gemacht. Da haben sie ein neues aufgehängt.«

»Wer?«

»Die Jugendlichen.«

Die Tür schlug zu, und gleich darauf entfernte sich das

tuckernde Motorgeräusch des Käfers in der Nacht. Eine fünfköpfige Gesellschaft, die aus der Innenstadt kam, rief Kuhala etwas zu, was er nicht verstand, wonach er sich aber auch nicht näher erkundigen mochte.

Eine Nachtwolke schwebte am Mond vorbei und verschmolz mit der Dunkelheit, eine Signalrakete, die offenbar über dem See abgeschossen worden war, färbte den Horizont rötlich.

Kuhala ging zu seinem Auto und wurde vom grellen Licht der Reklame für den leichten Brotaufstrich so sehr geblendet, dass er mit dem Schlüssel am Schloss vorbeistocherte, worauf ihm der Schlüssel aus der Hand rutschte und klimpernd auf den Asphalt fiel. Er bückte sich und hörte im selben Moment ein sausendes Geräusch aus undefinierbarer Richtung. Es klang, als rauschte eine Fledermaus über seinen Kopf hinweg.

»Scheiße!«

Mit einem Schlag hatte die strategische Konstellation der Nacht ihre Haut abgeworfen – oder genauer gesagt mit einem Schuss. Das Margarinemannequin am Strand ging in der Dünung unter, die Sonne erlosch, und das Meer wurde schwarz, weil das Glas der Leuchtreklame mit einem höllischen Knall zersprang und die Splitter vor Kuhala auf den Parkplatz regneten. Er hielt den Atem an und wartete auf eine Druckwelle, einen Brand, auf schwarzen Niederschlag, aber nichts dergleichen war im Angebot.

»Bleib stehen! Stehen bleiben, verdammt!«

Ein Typ, der seinen Kopf mit einer Kapuze verhüllte, rannte auf dünnen Beinen um die Ecke des Einkaufszentrums und schwang sich über den Zaun auf das Niemandsland vor einem Autohändler. Dort war es dunkel, Kuhala wollte gar nicht erst hin, seine Hände zitterten, als er sich am Zaun abstützte.

Im Kasten der Leuchtreklame lag zwischen Neonröhrensplittern eine Stahlkugel, die im Falle eines Treffers ein Loch in Kuhalas Kopf geschlagen hätte. Er knipste die Taschenlampe aus und setzte sich ins Auto. Das Zittern der Hände breitete sich bis in die unteren Gliedmaßen aus. Um so eine Riesenkugel auf ihre Flugbahn zu schicken, brauchte man eine schwere Pistole oder eine Schleuder oder so etwas. Egal, der Besitzer hatte jedenfalls vergessen, die Warnung in der Gebrauchsanweisung zu lesen, dass man damit nicht auf lebende Ziele schießen dürfe.

14

Raatikainen saß am Küchenfenster und knetete seine Baskenmütze. Es war ein klassisches Künstlermodell vom Seine-Ufer, wie es im Krieg auch die Männer aus dem Widerstand bevorzugt hatten. Er hatte es vor zwanzig Jahren auf einem Flohmarkt in Helsinki entdeckt. Kuhala erschrak beim Anblick der Pillendosenkollektion auf dem Kühlschrank. Er fragte sich, ob er nicht sein schwammiges Zweitausend-Euro-Kleinsparerprofil ein bisschen schärfen sollte, indem er sich für ein paar Groschen Pharma-Aktien kaufte. Wenn es ihm gelang, allein Ratsku eine solche Menge Medizin anzudrehen, dann musste irgendwo irgendjemand sitzen, der ordentliche Gewinne einstrich.

»Nimmst du die wirklich alle?«, hauchte Kuhala.

»Wie es aussieht, bin ich von den Kurpfuschern abhängig. Da hilft nichts, als die Pillen einzuwerfen und das Beste zu hoffen. Das Mittel ganz links verdünnt das Blut, und eines von denen weiter hinten hat unter anderem die Eigenschaft, das Blut zu verdicken. Aber was willst du machen?«

Ratskus Lächeln verblasste schnell. Es folgte das Seufzen eines kranken Mannes. Jeri spürte die Melancholie des Freundes seines Herrchens und beeilte sich, ihm die Hand zu lecken. Kuhala hatte keine Lust, von seinem unangenehmen Besuch beim Urologen zu berichten, denn die unangenehme Erfahrung kam ihm im Vergleich zu den Belastungen des Freundes allzu geringfügig vor. Außerdem waren Krankheiten ein Thema, das alte Leute wiederkäuen sollten und nicht kräftige Mannsbilder, wie sie es waren.

Stattdessen grub Kuhala die Stahlkugel aus der Tasche und klopfte damit vor Ratsku auf den Tisch. »Meine Ermittlungen kommen gut voran. So gut sogar, dass jemand nervös geworden ist und versucht hat, damit meine Birne zu durchbohren.«

»Leck mich«, stieß Raatikainen aus und nahm die Kugel in die Hand. »Das riecht nach dem widerlichen Versuch, was Besonderes sein zu wollen. Mit was für einer Waffe schießt man so etwas ab?«

»Die kann man notfalls werfen. Wenn man trifft, hat das schon seine Wirkung. Ich hab aber das Gefühl, dass die Kugel aus einer Schleuder kam und dass diese Schleuder dem Mistkerl gehört, der hier im Haus gewütet und seinen Kumpel umgebracht hat. Ich bin ihm ein Stück hinterher und habe seinen Laufstil wiedererkannt. Erwischt habe ich ihn allerdings nicht. Du hast nicht zufällig mit den Nachbarn gesprochen, bei denen die beiden am Tor gestanden und herumgeschrien haben?«

Raatikainen schüttelte den Kopf. Er kegelte mit der Kugel eine Streichholzschachtel um und sagte, allein das Einkaufen raube ihm so gründlich die Kräfte, dass ihm für Besuche in der Nachbarschaft oder gar für Schnüffeleien einfach der Schwung fehle. Seine nächsten Nachbarn hatte er so weit kennengelernt, wie er glaubte, dass man seine Nachbarn im Schnitt kennenlernen sollte, und je weiter man ging, desto fremder waren ihm die Leute. Die Anwesenheit der Polizeikarawane habe in der Gegend eine angespannte Stimmung hinterlassen, meinte er. »Der Tod ist ein Gast, der einen zum Schweigen bringt. Auch dann, wenn man nicht selbst betroffen ist. Und ein gewalttätiger Tod – na, das weißt du ja selbst. Die Leute starren mich an, und einige grüßen mich nicht mehr. Sie wenden sich ab, als hätte ich den Frieden in ihrer Siedlung erschüttert.«

»Am besten, du feierst ein Erntedankfest und schüttelst den Argwohn ab.«

»Ein Erntedankfest des Todes.«

»Kamen die jungen Kerle damals von dieser Seite der Straße aus zu deinem Haus?«, fragte Kuhala und nahm die Kugel wieder an sich.

Raatikainen streckte sich, um einen Zettel von der Kühlschranktür zu lösen und Kuhala zu geben: »Hier sind die Adressen, falls du nachfragen willst, was die Scheißkerle da gerufen haben.«

»Wo hast du die her?«

Ratsku lächelte rätselhaft, aber Kuhala begriff schnell, dass sein Freund über Informationsquellen im Präsidium verfügte, die noch nicht versiegt waren. Außerdem war der Spürhund, der in Raatikaisen steckte, nun offenbar doch aus seiner Hundehütte gekrochen. Ratsku war daran interessiert, den Ruhestörer und Mörder zu finden, und würde sich sofort ans Werk machen, wenn es seine Gesundheit erlaubte.

»Hausnummer acht ist genauso ein Holzhäuschen wie das hier. Dort wohnt ein älteres Ehepaar mit einem bösen Hund. Sei vorsichtig. Nicht in die Augen schauen! Und die Zwölf ist das hellgrüne Einfamilienhaus, wo die Kerle am Tor Unflätigkeiten gebrüllt haben, bevor sie dann hierhergekommen sind und den größeren Gang einlegt haben.«

Kuhala faltete den Zettel zusammen und steckte ihn ins Portemonnaie. Er vermutete, dass die jungen Kerle kein spezielles Ziel gehabt hatten, abgesehen von ein bisschen Randalieren beziehungsweise unterklassigem Terrorismus. »Vielleicht wurden sie immer gereizter, je länger ihre Tour dauerte. Vielleicht kam der Kulminationspunkt hier in deinem Haus, und dann ist alles komplett außer Kontrolle geraten. Ich glaube, ich suche diese Adressen gleich jetzt auf. Jeri lasse ich hier, wegen des bösen Hundes.«

Ratsku nickte. Jeri, der unterm Tisch lag, schien den Plan verstanden zu haben, denn er machte keinerlei Anstalten, Kuhala zu folgen, als dieser zur Tür ging.

»Ach ja – als du die Adressen von deinem *Deep Throat* im Präsidium gekriegt hast, hast du ihn bestimmt auch gefragt, ob man den Nachbarn ein Foto von Rentonen gezeigt hat? Oder andere Bilder.«

»Ich hab nur die Adressen gekriegt.«

»Alles klar. Schon verdammt seltsam, dass der Kapuzenkopf nirgendwo mit Rentonen zusammen gesehen worden ist und dass man ihn nicht identifizieren kann«, sagte Kuhala und machte sich auf den Weg.

Die Geschichte vom bösen Hund war schwer übertrieben. Jeri hätte in dem übergewichtigen großen Tier mit den Hängeohren, das schlapp hinter einer umgekippten Schubkarre und einer Regentonne auf der Erde lag, einen hervorragenden Gefährten gefunden. Auf Kuhalas Kommen reagierte er, indem er ein Auge einen Spaltbreit öffnete, bevor er es schnell wieder schloss und in Gedanken versank.

Ein kleiner Mann hämmerte an der Regenrinne herum. Er hielt mitten im Schlag inne, als er das Wimmern des Gartentors hörte, und hängte den Hammer in seinen Werkzeuggürtel. Er richtete den misstrauischen Blick des Hausbesitzers auf Kuhala und hatte dafür allen Grund: Seine Heizölrechnung würde in astronomische Höhen klettern, jetzt, da die sonnigen Sommertage im üppigen Gartengrün bald der Vergangenheit angehörten. Danach kam nur noch die Aussicht aufs Schneeräumen. Und der Fremde da, wollte der etwas verkaufen?

»Guten Tag, ich bin Privatdetektiv Otto Kuhala.«

Das verbeulte untere Ende der Regenrinne hing schief. Hinter der Schwarzäugigen Susanne, die an der Stirnseite des Hauses dominierte, tauchte der Kopf einer Frau auf. Der Mann fragte Kuhala, ob er wegen dem Katzenproblem komme, das die Siedlung plage, und erklärte, ohne eine Antwort abzuwarten, er sei bereit, seinen Namen auf jedes Blatt Papier zu setzen, auf dem verlangt wurde, die Katzenbesitzer zur Verantwortung und die Katzen aus dem Verkehr zu ziehen.

»Es tut mir leid, aber davon weiß ich nichts. Meine Detektei ist nicht auf Katzen spezialisiert. Aber in Ihrer Nachbarschaft ist vor einiger Zeit eine brutale Bluttat begangen worden, wie Sie bestimmt wissen. Davor waren der Täter und das Opfer bei Ihnen am Tor und haben herumgebrüllt, bevor sie zum Haus von Heikki Raatikainen weitergingen. Ich ermittle in dem Fall. Wissen Sie noch, was die jungen Kerle gerufen haben? Ich bin an allem interessiert, was mit ihrem Besuch in der Gegend hier zu tun hat.«

Der Mann musterte die Bestückung seines Werkzeuggürtels, als suchte er etwas, mit dem er Kuhala vom Hof jagen könnte, aber er begnügte sich damit, einen verächtlichen Ton von sich zu geben und den Sitz seiner Mütze zu korrigieren. »Die Kerle waren nicht ganz klar im Kopf. Vor allem der, der dann draufgegangen ist. Wie hieß er noch? Rentonen? Ich hab ihnen gesagt, wenn sie auch nur annähernd kapieren, was gut für sie ist, machen sie sich schleunigst aus dem Staub. Dieser Rentonen ist dann frech geworden. Der mit der Kapuze und dem Tuch vor der Visage hat seinen Kumpel beruhigt und einen auf versöhnlich gemacht. Rentonen hat dann nach Raatikainens Haus gefragt, weil er nicht genau wusste, wo es steht. Und da ist Lutvik nervös geworden.«

»Lutvik?«

»Der Hund.«

»Können Sie den mit der Kapuze beschreiben?«

»Es war dunkel und schon ziemlich spät, ich stand auf der Treppe. Ist schwer, weil der Lappen das halbe Gesicht verdeckt hat. Schmales Gesicht und ziemlich dürr. Nie zuvor gesehen. Waren das Bekannte von Raatikainen? Das haben meine Frau und ich uns gefragt.«

Die Frau regte sich am Fenster. Es musste einen Spalt offen stehen, sodass sie hören konnte, was draußen gesprochen wurde. Im Garten wuchsen weniger Pflaumenbäume als bei Ratsku, und sie wirkten nicht gepflegt. Auch das Haus konnte ein paar Ausbesserungsmaßnahmen vertragen, aber vielleicht nahm bei dem alten Ehepaar die Energie ab und der Mann brachte nicht viel mehr zustande als kraftloses Klopfen an der Regenrinne, auch wenn er einen Werkzeuggürtel trug. Sie zählten zur spärlicher werdenden Generation derjenigen, die noch den Krieg erlebt hatten. Wenn sie das Zeitliche segneten, würden die Immobilienmakler einen astronomischen Preis in die Zeitung setzen und dazu das Foto von einem Haus, das man »mit wenig Geld zum Traumhaus umbauen« könne.

Die Frau verschwand vom Fenster, tauchte aber einen Moment später an der Haustür auf. Sie war doppelt so kräftig wie ihr Mann und besorgt, weil dieser sich zum Plaudern hinreißen ließ. Sie band sich ein Tuch um und stützte sich aufs Verandageländer. »Ich habe alles gehört, was die zwei gerufen haben. Mein Niilo hört ja nichts.«

Sie hielt es nicht der Mühe wert zu erwähnen, dass sie auch jedes Wort zwischen ihrem Mann und Kuhala verstanden hatte. »Der eine, dieser Rentonen, lehnte sich übers Tor und fluchte schamlos. Seinem Kumpel schien das nicht zu gefallen, der wollte nicht, dass er so laut grölte.«

Das Verandageländer knackte, hielt aber stand. Der Hund fuhr auf und starrte auf sein Frauchen, weil es das Wort an sich gerissen hatte, aber nicht, um dessen Botschaft zu verstehen, sondern weil er auf den Moment lauerte, in dem es mit dem Geländer in den Garten stürzte.

»Der Kapuzenkopf befahl ihm, die Schnauze zu halten. Er hatte so eine helle Stimme, wie ein Junge, aber ich hörte gleich was Unheilvolles heraus. Und dann riss ihm der Rentonen einen Zettel aus der Hand und fragte noch mal, wo Raatikainen wohnt. Wir haben es ihnen nicht gesagt, sondern ihnen befohlen zu verschwinden, bevor wir die Polizei rufen. Und genau das habe ich auch der Polizei erzählt, als die hier war.«

Niilo war im Schatten der Regenrinne erstarrt und stierte vor sich hin. Er schien sich ergeben zu haben, wie ein Mann, dessen Einfluss in achtundvierzig Jahren Ehe auf ein halbes Federgewicht geschrumpft war.

»Würden Sie den mit der Kapuze auf einem Foto wiedererkennen?«

»Nein. Und Niilo auch nicht. Der sieht noch schlechter als ich. Die Kapuze hat das halbe Gesicht verdeckt, das Tuch den Rest. Wären wir schlauer gewesen, hätten wir gleich die Polizei gerufen. Aber wer denkt schon daran, was alles passieren kann, man will ja nur seine Ruhe haben.«

Kuhala bedankte sich für die Auskünfte und verabschiedete sich. Rentonen und der Kapuzenmann hatten also doch ein Ziel gehabt, nämlich Ratskus Haus, und Rentonen hatte das ohne Scheu preisgegeben. Andererseits hatte Ratsku den Kerl nie zuvor gesehen und auch nicht die geringste Ahnung, wer der Kapuzenkopf sein mochte.

Kuhala schloss das Gartentor, der Hund versank wieder im Halbschlaf, und der Alte fing erneut an, die Regenrinne zu bearbeiten.

Kuhala spähte nach dem Haus mit der Nummer zwölf aus, wobei er einer Pfütze auf dem Bürgersteig auswich. Was nahm da jetzt wieder für eine Gleichung Gestalt an? Wieso fand das Duo nicht den direkten Weg zu Ratsku, obwohl in dessen Garten alte Abdrücke von Rentonens Schuhen geortet worden waren?

Im Garten von Nummer zwölf war niemand, und es machte auch keiner die Haustür auf. Die Heckscheibe und der Behälter für den Ersatzreifen am Geländewagen, der vor der Garage stand, waren mit einem Spektrum bunter Blätter gesprenkelt. Hier musste eine Familie mit Kindern wohnen, denn auf dem Rand des Sandkastens stand ein Plastikroboter und erwiderte unverwandt Kuhalas Blick. Kuhala machte auf dem Absatz kehrt. Er fühlte sich beobachtet, und das war nicht angenehm. Der Kapuzenmann hatte eventuell noch mehr Stahlkugeln auf Lager und würde nicht zögern, damit in der Gegend herumzuschießen.

Die Sonne, die hinter dem Ahornbaum hervorblitzte, blendete, die Matschhosen an der Wäscheleine raschelten. Dann wurde es still, und plötzlich geriet der halb blinde Kuhala in primitive Panik. Um ein Haar hätte er sich auf die Erde geworfen, um einer Salve tödlicher Stahlkugeln auszuweichen. Er rieb sich die Augen im Versuch, die Fassung zu bewahren. Eventuell war er in seiner Laufbahn früher schon einmal in eine ähnliche Situation geraten, die sich als Ruhe vor dem Sturm entpuppt hatte, oder es handelte sich um die leicht amüsante Privatdetektivvariante des klassischen Konditioniertwerdens, aber es war so elend, dass er nichts anderes mehr wahrnehmen konnte als seinen fliegenden Puls.

Die goldene Laserpistole des Plastikroboters blitzte im Licht.

»Die sind wahrscheinlich arbeiten. Und die Kinder bei der Tagesmutter.«

Kuhala, der noch mit der Vertreibung seiner Gespenster beschäftigt war, fuhr herum und schluckte mit trockenem Mund. »Aha. Das habe ich mir auch schon gedacht.«

Er sah noch immer niemanden, aber das Schlimmste war, dass er seine eigene Stimme wie von ferne hörte, mit einem seltsamen Hall. Er drehte sich erneut nach allen Seiten um und kam sich schon wie eine durchgedrehte Marionette vor, die von unbekannten Kräften hin- und hergeschleudert wurde.

»Hier, Nein, hier.«

Kuhala lächelte, schüttelte den Kopf und kam langsam wieder zu sich. Der Rufer war der gute alte Nachbar. Er stand hinter dem niedrigen Heckenzaun und grinste über Kuhalas Tanzeinlage. Das karierte Hemd, das ihm schon viele Jahre gedient hatte, die Kartoffelerntehosen und die Schildmütze, die für eine längst vom Markt genommene Zigarettenmarke warb, gaben zu verstehen, dass hier nicht auf den Mehrwert gesetzt wurde, den Eleganz verleihen konnte. »Ich habe Sie in der Nacht in Raatikainens Garten gesehen, als der junge Mann umgebracht wurde.«

Kuhala ging zu dem Mann hinüber und bestätigte dessen Beobachtung. »Da hatte sich tatsächlich eine repräsentative Schar Hiesiger versammelt gehabt. Ich verkaufe übrigens keine Brandschutzversicherungen, auch wenn es vielleicht so aussieht. Ich ermittle in dem Fall.«

»Polizei? Na, spielt keine Rolle. Jedenfalls wenden Sie sich jetzt an den Richtigen«, verkündete der Mann gut gelaunt und zog einen Fäustling von der Hand.

Er sagte, er habe den langen Dünnen mit der Kapuze eine Woche vor dem Mord bei Raatikainen hier in seinem Garten gesehen. »Ich saß beim Kaffeetrinken am Küchenfenster, da huschte der Lulatsch hinter der Garage hervor und zum Zaun hinüber. Von dort bewegte er sich dann geduckt in Richtung Raatikainens Grundstück.«

Der Mann sagte, er habe die Apfelbäume und die Johannisbeersträucher in seinem Garten so gut im Auge, dass sich zumindest tagsüber keiner daran gütlich tun könne. An eine Verminung des Geländes habe er bislang noch nicht gedacht. »Ich bin gleich nach draußen gerannt … Ganz ohne Bewaffnung und ohne besonderen Plan, um Haus und Hof zu schützen. Normalerweise reicht es ja, wenn man sich bemerkbar macht. Der Kerl blieb auch stehen und kam dann auf mich zu, verdammt, mit etwas in der Hand, das ich als Messer deutete. Das war unheimlich. Plötzlich rannte er dann doch weiter, und ich bin wieder rein, den Kaffee zu Ende trinken.«

»Haben Sie das Gesicht unter der Kapuze gesehen?«

»Ziemlich schlecht, aber vielleicht doch ein bisschen. Der hatte nämlich so ein Tuch mit Sternmuster vor Mund und Nase. Trotzdem habe ich gezeichnet, was ich gesehen habe.«

»Gezeichnet?«

»Ich gebe Mal- und Zeichenkurse an der Volkshochschule. Ich habe halt solche Neigungen. Und bin in Rente. Kommen Sie, ich zeig's Ihnen. Sie sehen blass aus, es tut Ihnen doch nichts weh?«

Sein Tonfall brachte echte Sorge zum Ausdruck. Der Mann war an die zwanzig Jahre älter als Kuhala und hatte womöglich selbst gesundheitliche Krisen durchgemacht, die ihn auch bei anderen zur Neugier veranlassten. Kuhala räusperte sich irritiert und fragte sich, ob er so zerzaust wirkte, dass der andere sich gezwungen sah, nach dem Befinden zu fragen. Er sagte, er habe sich nie besser gefühlt und sein Akku sei nach dem Sommer vollgeladen.

»So ist das immer.«

Kuhala ging auf das Grundstück des Nachbarn hinüber. Sie gaben sich die Hand und stellten sich gegenseitig vor. Der Mann strahlte ungezwungene Freundlichkeit aus und brachte Kuhalas gesundheitlichen Zustand nicht mehr zur Sprache, geschweige denn, dass er über die Vorzüge von Möhrensaft gepredigt hätte. Sein Haus war voller Kunst, und Kuhala musste seine Schritte mit Bedacht setzen, um nicht gegen die Staffelei zu stoßen, witzige Wichtelmännchen mit dünnen Extremitäten umzuwerfen oder die an die Wand gelehnten Leinwände aus der Ordnung zu bringen, auf denen mit so furiosen Pinselstrichen Kompositionen und Motive hingeworfen worden waren, dass man es nur schwer mit dem gelassenen Rentnerwesen des Mannes in Einklang bringen konnte.

»Irgendwo hier ist es. Moment …«

Er bückte sich hier und da in dem zum Atelier umfunktionierten Wohnzimmer, pflückte schließlich einen Skizzenblock aus dem Chaos und brachte ihn in die Küche.

»Ich hatte ein paar Bestellungen für Porträts, sogar an jenen Tagen. In die muss man Zeit und Geduld investieren. Unser Kamerad hier wollte aber nicht Modell stehen. Die Bilder sind aus dem Gedächtnis gemacht.«

Er breitete vor Kuhala eine Serie von drei Zeichnungen aus, die eine menschliche Figur zeigten. Sie hatten Charakter und Gefühl. Die unaufdringliche Dramatik der Schattierungen schuf eine Atmosphäre, die sich auf dem letzten Bild verdichtete. Dort war nämlich ein Messer hinzugefügt worden.

»Unglaublich!«

»Wie man es nimmt«, sagte der Mann.

»Hat die Polizei das gesehen?«

»Nein.«

Kuhala nahm das Messerbild und hielt es ins Licht. Die Erinnerung an die Horrorszene in Ratskus Küche ließ ihn ernst werden.

15

Pirjo Vuorimaa, die Aktivistin der Arbeitslosenvereinigung in Sippilinna, rief Kuhala am nächsten Morgen vor halb acht an und klang so vital, als hätte sie zum Geburtstag einen ganzen Satz Eigenschaften eines Perpetuum Mobiles geschenkt bekommen. Sie redete ein bisschen zu vertraulich mit dem morgendlich heiseren Kuhala, aber das war einfach ihre Art. Sie bat ihn, noch einmal über den Vortrag zum Beruf des Privatdetektivs nachzudenken. Erste Erkundigungen hätten Interesse an dem Thema erwiesen, weshalb mit Publikum zu rechnen wäre. Kuhala müsse nichts aufschreiben, er könne im plaudernden, zum Gespräch ermunternden Stil auftreten und die Geschichte vielleicht mit ein paar Fallbeispielen lebendiger gestalten. Außer hundert Euro Honorar gäbe es eine Fahrtkostenentschädigung sowie einen Kaffee.

Jeri lauschte dem Telefonat auf der Schwelle zum Schlafzimmer, nahm unvermittelt Anlauf und sprang sein Herrchen so heftig an, dass das Kopfende des Bettes gegen die Wand krachte. Frau Vuorimaa fragte, ob Kuhala gestürzt sei.

»Ja. Aus dem Schlaf in die grausame Realität.«

»Mein Gott! Habe ich Sie geweckt?«

»Nein. In meinem Beruf steht man um fünf Uhr auf, um den Staub von der Lupe zu wischen. Und dann muss man auch schon das Pulver für die Fingerabdrücke im Mörser zerstoßen.«

»Klingt mehr als interessant.«

Jeri leckte Kuhala das Ohr, im Versuch, ihm Leben einzuhauchen. Er schob den Hund von sich, wobei ihm ein Laut entfuhr, den die Frau als Zusage deutete. »Großartig! Das genaue Programm und den Zeitplan schicke ich in einer Woche!«

Kuhala trat die Zudecke auf den Fußboden und ließ den Kopf aufs Kissen zurücksinken. Der erste Satz des Vortrags nahm Gestalt an, ja rückte förmlich ins Rampenlicht: Für die wichtigsten Eigenschaften eines Menschen, der den Beruf des Privatdetektivs ausübt, halte ich blanke Selbstironie, die Fähigkeit, mit wenig Geld und allen möglichen Bevölkerungsschichten auszukommen, sowie den Glauben an Sprüche wie: »Auch die dunkelste Wolke hat einen silbernen Rand.«

Er hatte sich von dem alten Künstler die Kapuzenkopfbilderserie geliehen, sie kopiert und in der Küche unter dem Gewürzregal aufgehängt, für den Fall, dass ihm einfiele, wo er den Kerl schon mal gesehen hatte. Die fast fünfzig Jahre alte Nervenzellengruppe im Gedächtniszentrum seines Gehirns schlug jedoch keine Funken, und es wäre ja auch zu leicht gewesen, denn dann hätte er den verdammten Fall auf der Stelle gelöst. Außerdem waren die Kopien von schlechter Qualität. Kuhala stand in der Küche, fuhr sich mit der Hand durch die Mähne, öffnete den Mund zum Gähnen und bereitete sich dann ein Frühstück aus zwei Spiegeleiern mit Roggenbrot und Kaffee zu, eine Kombination, die am ehesten für Menschen mit Blechmägen geeignet war. Es fand sich sonst aber nichts im Schrank. Allmählich ärgerte er sich ernsthaft darüber, immer wieder den Einkauf von Breiflocken zu vergessen. Er war besorgt über die gestrige Szene im Garten von Ratskus Nachbarn, wo er plötzlich erstarrt gewesen war. Hatte das mit einer Durchblutungsstörung im Kopf zu tun gehabt? War es eine Panikattacke gewesen, ein Hinterkopfkatarrh, eine Stressreaktion oder das Symptom von etwas, das er sich nicht einmal vorstellen mochte? Zum Arzt mochte er deswegen nicht gleich gehen, dafür waren die Erfahrungen mit dem Urologen noch zu frisch. Aber wenn das so weiterging, würde er bald die Kühlschranktür vergrößern müssen, um alle Arzttermine darauf unterzubringen. Wenn das so weiterging, wäre er bald der größte Zipperleinsammler aller Zeiten.

Jeri stand breitbeinig wie ein Kerl vor seinem Napf, konzentrierte sich auf seine Portion und mampfte sie so flott, als bestünde die Gefahr, dass sich jeden Moment ein Wolfsrudel darauf stürzen könnte.

»Dir scheint's zu schmecken«, stellte Kuhala fest.

Jeri wedelte mit dem Schwanz. Durch die dünnen Wände drang die Lamentierphase im Streit des Nachbarpärchens, aber der Verkehrslärm auf der Hannikaisenkatu verschonte Kuhala vor den Einzelheiten. Er stellte seinen Teller und Jeris Napf ins Spülbecken und betrieb anschließend ein bisschen Heimgymnastik gegen das schlechte Gewissen. Die große Stahlkugel auf dem Bücherregal blinkte als unheimliche Erinnerung an die zurückliegenden Ereignisse, auch wenn sie mehr aus Versehen an diese Stelle geraten war und nicht weil Kuhala die Angewohnheit hatte, Devotionalien, die mit seinen Aufträgen zu tun hatten, in der Wohnung zu verteilen. Er schlug einen George-Forman-Haken gegen den Sandsack und versuchte, den zweiten Satz für seinen Vortrag zu finden, jedoch ohne Erfolg.

Die Kanone auf dem Satteldach war auf die Innenstadt von Jyväskylä gerichtet, als spielerischer Hinweis darauf, wo der Feind saß. Vom Boden aus konnte man nicht erkennen, ob das Geschütz aus Pappe oder gar aus Gusseisen bestand. Kuhala hatte die fünf Kilometer mit dem alten

Monark-Fahrrad seines Sohnes Tatu zurückgelegt, weil er sich nach ruhigem, stressfreiem Strampeln gesehnt hatte und weil der Benzinpreis wieder einmal auf einen Spitzenwert geklettert war, wegen irgendeiner Spekulation, einer internationalen Krise oder weil gerade ein Hurrikan ein paar Ölbohrplattformen durch die Gegend schleuderte.

Wie viel Spaß machte es hingegen, zuzuschauen, wie Jeri neben dem Fahrrad her tollte, und ihn für seine Munterkeit zu loben.

Er lehnte das Eingang-Rad ans Fallrohr der Dachrinne, wo es aussah wie ein Säufer, der in Selbstmitleid versunken war. Der bärtige Mann auf der Holztreppe des Hauses schnitzte lange Späne von einem Holzscheit und hob den Kopf mit einem Raskolnikow-Blick, der nicht leicht zu erwidern war. Kuhala versuchte es trotzdem und schaffte es sogar, sich ein Lächeln abzuringen. Die Situation bot ihm Anlass zu dem Gedanken, wie vielen unterschiedlichen Menschen er in seiner Laufbahn schon begegnet war. Wäre das auch ein Thema für seinen Vortrag?

Der Mann trug einen Alltagsanzug, Krawatte und mit Leder verstärkte Gummistiefel. Am Schweißband des Zylinders hing eine Chrysantheme aus Plastik. Er war dünn, wettergegerbt und hatte das Rätsel seiner inneren Welt bereits vor guter Zeit gelöst.

»Wohnt hier ein Mann namens Viljami Levanto?«

Ein Stiefel klatschte auf die Holzstufe. Die Messerklinge ließ einen Span fliegen, dann schwang sie in die Höhe und zeigte auf ein Nebengebäude. Auf dem Balkon im ersten Stock hatte sich ein Grüppchen Leute versammelt. Sie unterbrachen ihr Morgenpalaver und beugten sich einträchtig übers Geländer, um zu verfolgen, was der Ankömmling im Schilde führte, dann hörte man das Geräusch zweier aneinandergestoßener Flaschen. Kuhala lächelte der in Zigarettenrauch gehüllten Männergesellschaft zu. Der von einer hausgemachten Konstruktion abgestützte Balkon sah lebensgefährlich aus. Jeri schaute zuerst auf den Schnitzer und dann zu den Männern hinauf.

»Ist das dein Hund?«

»Ja. Wieso?«

»Wo hast du den her?«

»Den hab ich aus einem Wurf von fünf Welpen rausgekauft.«

»Helppo hatte genau so einen. Ist aber abgehauen. In der Stadt geht das Gerücht um, er wär im Hundeheim Tuomiojärvi gewesen und entweder eingeschläfert oder gestohlen worden.«

»Ach ja? Der hier heißt Jeri. Aber wer ist Helppo?«

»Osku Helpponen, genannt Helppo. Ist gestorben. Im See ertrunken. Der Verlust des Hundes war ein schwerer Schlag für ihn, obwohl man manchmal dazwischengehen musste, wenn er ihn im Suff würgte. Der hatte genau so einen weißen Fleck am Hinterbein.«

»Das ist Farbe. Ich hab renoviert, und der Hund hat ungebeten als Handlanger mitgemischt.«

Kuhala bückte sich, um Jeri zu tätscheln, der den Kopf schief hielt, als verstünde er den Wortwechsel. Wahrscheinlich reagierte er immer, wenn der Name seines Ex-Herrchens genannt wurde. Kuhala nickte den Männern zu, traute sich aber nicht, sie nach dem Namen von Helppos Hund zu fragen, denn das hätte eine unerwünschte Reaktion bei Jeri und anschließend bei den morgendlich beschwipsten Männern auslösen können.

Die überraschenden Enthüllungen über Jeris schwere Jugend riefen bei Kuhala jedoch nur noch tiefere Zuneigung hervor und ließen ihn den Beschluss fassen, dafür zu sorgen, dass sich dergleichen nie wiederholen werde.

Er schlüpfte durch das Tor in den ehemaligen Stall und grüßte den jungen Mann, der gerade den unteren Blechrand eines per Wagenheber aufgebockten VW-Käfers spachtelte. Viljami Levanto war markentreu, auch wenn diesem Auto hier die Verzierung aus der Hippie-Zeit fehlte.

Auf dem Winterreifenstapel stand ein Kassettenrekorder, der ein minutenlanges Gitarrensolo aus den tiefen Sechzigerjahren leierte.

»Hallo, ich bin Otto Kuhala und ermittle in dem Mord, der vor zwei Jahren an Ilona Lost begangen wurde. Sind Sie Viljami Levanto, der ehemalige Freund von Ilona?«

Der junge Mann lag mit dem Rücken auf dem Fußboden, das Licht der Arbeitslampe brachte sein Gesicht zum Leuchten. Er war schlank und groß und taugte von allen, die Kuhala bisher begegnet waren, mit Abstand am ehesten zum Kapuzenmann, aber diese Schlussfolgerung wäre verfrüht gewesen, weshalb Kuhala vorläufig nicht die Nummer der Polizei wählte. Der junge Mann legte die Spachtel auf eine Zeitung und setzte sich auf. In seinen Augen stand Verwirrung durch die unvermutete Information. Er schützte seinen dichten Haarschopf mit einem roten Tuch. Ein paar wohl überlegte Piercings und ein Tattoo komplettierten das Gesamtbild, das Kuhala mit seinen mangelhaften Modekenntnissen als leicht obsolet einstufte, vor allem wenn man es zum Alter des Jungen in Beziehung setzte. Genau genommen war er ja kein Junge mehr, sondern ein Mann, wahrscheinlich bereits fünfundzwanzig.

»Ja, ich kannte Ilona. Aber in dem Fall ermittelt keiner mehr.«

»Ach ja?«

»Was soll denn da noch nicht untersucht worden sein? Hier sind alle möglichen Scouts aufgetaucht, aber Sie nicht. Sind Sie so was wie das letzte Ass?«

Kuhala sagte, er sei Privatdetektiv. Viljami Levantos überpuderter Trotz war als Anspannung zu erkennen, die

die Haut unter dem Stirntuch glänzen ließ. Er las Kuhalas Dienstausweis wie ein Tombolalos und blies sich die Haare, die über das Tuch fielen, aus den Augen. »Yeah.«

»Wie bitte?«

»Mit meiner Beziehung zu Ilona sah es in dem Herbst vor zwei Jahren nicht besonders gut aus. Wir trafen uns nur noch selten. Ich wollte Schluss machen. Sie hatte einen Studienplatz gekriegt, da wäre unserem Projekt sowieso die Luft ausgegangen. Aber dann kam es, wie es kam. Scheiße. Hier, Ihre Karte.«

»Ich habe erfahren, dass Ilona die Beziehung beenden wollte. Sie waren dagegen. Und haben getobt und ihr gedroht.«

»Wer behauptet so was? Das stimmt nicht.«

Die Gitarre jammerte, vom Dach tropfte es in einen Emailkübel. Levanto warf einen Blick auf die gespachtelte Stelle und griff nach dem Tabak auf der Zeitung, wo er sein Werkzeug sorgfältig wie Operationsbesteck angeordnet hatte. Er glaubte an die heilige Dreifaltigkeit von Jimi Hendrix, Jim Morrison und Janis Joplin, aber falls er sich einbildete, Kuhala das Bild eines Mannes zu vermitteln, der seinen eigenen Weg ging, irrte er sich.

Die Selbstgedrehte brannte, der Qualm schwebte Kuhala entgegen. »Yeah.«

»In ihrem letzten Sommer arbeitete Ilona in dem Supermarkt, in dem sie ermordet wurde.«

»Ja. Ich weiß.«

»Waren Sie oft dort?«

»Eher selten. Wenn wir es ausgemacht hatten oder wenn wir anschließend irgendwo hinwollten. War ein ziemlich kleiner Laden, man konnte sich kaum umdrehen. Ich hab lieber draußen gewartet.«

An einem Nagel an der Wand hingen ein Schmiedehammer und das Gitterwerk eines Kühlers. Der Kranz aus

Gänseblümchen, der an einem Holzzapfen daneben vergessen worden war, schuf ein Gegengewicht zu all dem übrigen männlichen Zubehör. Kuhala fragte sich, ob der Kranz einst Ilonas Haar geziert hatte.

Er fragte, ob Ilona je über ihre Arbeit gesprochen habe, denn er wollte Viljami dazu bringen, sich an die letzten Tage und Wochen seiner Freundin im Lebensmittelladen in Sippilinna zu erinnern und mit allem herauszurücken, was ihm von damals im Gedächtnis geblieben war. Levanto hatte alle Mühe, seine besorgte Miene im Zaum zu halten. Ob der Grund dafür bei dem auseinanderfallenden Auto oder bei der heraufbeschworenen Tragödie lag, konnte Kuhala nicht mit Sicherheit sagen. Was Voitto Lost über Viljamis Halbstarkentum gesagt hatte, mochte stimmen, vor allem wenn damit gemeint war, dass er am helllichten Tag im Takt eines Gitarrensolos ein uraltes Auto flickte, aber musste denn jeder mit dreißig einen Kredit fürs Eigenheim aufnehmen, sich ein japanisches Heimkino-System und ein von langweiligen Arbeitstagen in den Rädchen des Produktionsgetriebes ausgewaschenes Gesicht zulegen, bevor er akzeptiert wurde? Bevor sein Erwachsensein besiegelt war?

»Versuchen Sie, sich zu erinnern! Sie haben noch keine meiner Fragen beantwortet.«

»Sie hat nicht besonders viel über ihre Arbeit geredet. War immer das Gleiche. Rumräumen und auf der Kasse herumhacken. Bölkstoff verkaufen. Und lauter durchgeknallte Kunden.«

»Wie zum Beispiel?«

»Ladendiebe, Leute, die reif für die Irrenanstalt waren, Säufer, Klatschtanten, ewige Junggesellen, die noch bei der Mama wohnen. Solche Typen. Yeah. Ilona hatte einen kleinen Kerl beim Klauen erwischt; der wollte Schokolade oder so mitgehen lassen und hat prompt gedroht, sie umzubringen. Und dann kommt ein Scheißkerl und bringt sie wirklich um.«

Viljami bückte sich und kurbelte am Wagenheber. »Ilona hatte aber keine Angst. Es war ihr Ferienjob.«

»Wann haben Sie Ilona zum letzten Mal gesehen?«

Die kurzfingrigen Kinderhände streiften die Kittstelle am Käfer, ein kurzer Blick wischte über Kuhala hinweg. »Wieso? Spielt das noch eine Rolle? Den Täter wird man nie erwischen, und Ilona kommt nicht zurück. Finito. Was ich gesagt habe, steht im Vernehmungsprotokoll, oder wie das heißt. Die Polizei wollte mich zum Mörder machen, bis ihnen dämmerte, dass da nichts ans Tageslicht kommt.«

»Waren Sie am Tag von Ilonas Tod im Laden?«

»Ja.«

»Worum ging es bei dem Besuch?«

»Um nichts. Ich kann mich nicht erinnern. Ich glaub, ich hab sie zur Arbeit gebracht. Erinnern Sie sich an jede Begegnung von vor zwei Jahren?«

»Wenn es die letzte gewesen wäre, schon.«

»Scheiße.«

»Sie haben eine Bewährungsvorstrafe wegen Hehlerei und leichter Körperverletzung. Fünf Monate nach Ilonas Tod hat man Sie deswegen drangekriegt.«

Levanto zuckte mit den Schultern und ging die Kassette wechseln. Man hörte ein Knacken und Rauschen und schließlich ein Schlagzeugsolo, das er punktgenau imitierte. Er ging auf Kuhala zu und fuchtelte in der Luft herum. »Das Urteil war falsch. Außerdem war ich ein bisschen durch den Wind. Ginger Baker. Kennen Sie den?«

Jeri, der nahe beim Tor saß, wurde von Levantos Gefuchtel nervös. Kuhala packte den Luftschlagzeug spielenden Mann genau in dem Moment am Handgelenk, als das Solo abklang und im Hintergrund der Dialog von Bass und Gitarre lauter wurde.

»Übertreib's nicht. Eine junge Frau ist gestorben, und du zappelst hier rum, als würde dich das alles nicht interessieren. Pass auf. Ich habe einen Auftrag erhalten, und da ich ihn angenommen habe, verpflichtet mich das. Ich bluffe nicht mit Spachtelmasse, falls du weißt, was ich meine.«

Kuhala lockerte den Griff, Levanto zog eine Grimasse.

»Yeah«, sagte er.

»Ich bin vorangekommen«, machte Kuhala weiter. »Eine Person hat behauptet, hier ein Regalteil aus Metall gesehen zu haben, das die Polizei sucht. Dasjenige, mit dem Ilona geschlagen wurde.«

»Völliger Scheißdreck. Wer will das Eisenstück hier gesehen haben?«

»Reg dich ab!«

»Was machst du mit unserem Viljami? Lass ihn in Ruhe!«

Kuhala drehte sich um. Ein vierschrötiger Nahkampftyp hatte sich von der Balkongesellschaft getrennt. Außer Betrunkenheit strahlte er eine gewalthaltige Biografie mit Überfällen und Messerstechereien aus. Anscheinend sehnte er sich nach etwas Abwechslung. Eine Fahrradluftpumpe, die er zum Teleskopschlagstock umfunktioniert hatte, schnippelte Achten in die feuchte Luft im Stall, die scharfen Geräusche ließen Jeri Gefahr wittern und sich vor Kuhala stellen.

»Und Helppos Hund hat der Kerl auch geklaut. He, Vinkkeli, komm her! Verdammt noch mal, das ist Vinkkeli!«

Jeri sträubte das Fell und reagierte nicht auf seinen alten Namen, sondern behielt die Bewegungen des Pumpknüppels im Auge, bereit, die Zähne hineinzuschlagen.

Levanto pickte einen Schraubenschlüssel von der Zeitung, schien aber zu zögern, sich der Front des Ankömmlings anzuschließen. Dann ginge nämlich die Bewährung flöten. Wollte er sich wirklich darauf verlassen, dass man ihm im Knast einen Job als Kfz-Mechaniker anbot?

Wieder keine Edelsteine, keine Abendrobeneleganz, keine Verhandlungen in Büros, die mit Mahagoni und Leder ausgekleidet waren, keine Jagd auf Gentlemen-Gangster und schon gar keine anständigen Honorare. Kuhala spürte die Müdigkeit auf den Schultern lasten. Wie unsagbar weit entfernt war die Arbeit als Detektiv in Jyväskylä von jeglicher kontinentalen Noblesse. Alles ein einziges Stapfen durch Dreck, ein und dasselbe Herumfuhrwerken mit minderbemittelten, aber mehrfach beschränkten Mischkonsumenten, von denen sich immer einer prügeln wollte.

Der Teleskopschlagstock tanzte, die selbst gestrickten Ninja-Serien nahmen Fahrt auf und verrieten, dass dieses Problem nicht mit Worten allein zu lösen war.

»Der Hund ist nicht geimpft. Wenn du nicht aufhörst, ziehst du dir eine üble Wunde zu«, sagte Kuhala.

Dabei machte er einen Schritt zurück und stieß gegen den Wagenheber. Dieser gab nach, der Käfer krachte scheppernd herunter. Levanto fluchte, der Typ mit dem Schlagstock fluchte ebenfalls, und Jeri spielte mit dem Gedanken, auf Kuhalas Arm zu springen. Der Kassettenrekorder fiel vom Reifenstapel, wodurch das Band hängen blieb und wie ein Rudel Schakale zu jaulen begann.

Kuhala hielt sich nicht länger mit Staunen auf und wollte auch nicht zum Prügeln bleiben, sondern machte sich das kleine Durcheinander zunutze, um Jeri aus dem Stall zu führen. Die Bande, die über dem Balkongeländer hing, rief ihm Schmähungen hinterher. Das abstürzende Auto hätte um ein Haar seinen Wadenknochen gestreift.

»Du hörst noch von mir, du Arsch!«

Kuhala blieb stehen und drehte sich um. Viljami Levanto kam mit erhobenem Schraubenschlüssel und flatterndem Kamikaze-Tuch angerannt, kapierte aber schlagartig, dass er den Kürzeren ziehen würde, und blieb wie angewurzelt unter dem Balkon stehen. Vielleicht hatte er etwas zu verbergen. Kuhalas Stocherversuche hatten ihn nervös gemacht, und jetzt wusste er immerhin, dass wieder Ermittlungen in dem Fall liefen.

»Ich schick dir eine Rechnung, du Wichser! Du hast mein Auto kaputtgemacht.«

»Hör mit den Kraftausdrücken auf!

»Arschloch!«

Kuhala machte einen Schritt auf Viljami zu, der daraufhin in den Stall flitzte, als wollte er den Schlagstockschwinger, der seine Lust aufs Rampenlicht verloren hatte, zu Hilfe holen.

Durch die Regenfälle hatten sich die in einer Ecke des Hofes gestapelten Plakate für den Hanfmarsch im Frühjahr gewellt, hinterm Gebüsch hörte man einen Bach rauschen.

Tatus Fahrrad war weg.

»Herrschaftszeiten«, sagte Kuhala.

Bei einem früheren Fall hatte man schon einmal versucht, ihm das Rad zu klauen, und Kuhala wollte damals wie jetzt sein Eigentum wiederhaben. Er blickte zur Kanone auf dem Dach, drehte sich um und rannte mit Jeri in Richtung Stadt.

Der Mann mit dem Zylinder stand unter der alten Eisenbahnbrücke und spähte zum Himmel hinauf, als überlegte er, auf welcher Wellenlänge er am besten Kontakt zu einer fremden Zivilisation aufnahm. Das Monark-Rad lehnte an einem Steinbrocken. Das Lenkrad war mit zwei Plastiktüten leerer Flaschen und Dosen beladen, aus dem Karton, der auf den Gepäckträger geschnallt war, ragte gleichartiges Pfandgut.

»Ich glaube, du bist mit meinem Fahrrad unterwegs.«

»Das Leben ist ein Zirkelschluss. Das Leben ist ein Kreis. Der Kreis ist Licht.«

»Pass auf, du helles Köpfchen. Dein Leben wird innerhalb von einer halben Minute ziemlich kompliziert, wenn du nicht die Tüten und den Karton abladst und mir das Rad zurückgibst.«

»Du kriegst zehn Prozent vom Gewinn. Ich kaufe Sardinen und Buttermilch.«

»Einen Knochen für den Hund?«

»Einverstanden«, sagte der Zylindermann.

Sie wanderten an der Straße entlang, bis sie den ersten Lebensmittelladen erreichten. Kuhala wartete draußen. Endlich kam der Zylindermann zurück und gab Jeri einen Knochen. Er hatte im letzten Moment den Inhalt seiner Einkaufsliste geändert und anstatt der Sardinen und der Buttermilch eine Tüte Bier geholt. Sie verabschiedeten sich voneinander.

Stolz trug Jeri seinen Knochen ins Büro, und Kuhala fragte sie, wie sehr sich der Laufstil von Viljami Levanto und der des Kapuzenmanns eigentlich ähnelten.

16

Mika Rentonens Mutter starrte Kuhala aus dem sicherheitskettenbreiten Türspalt an. Auf ihrem Gesicht lag der Schatten der Trauer. Die Lampe unter dem Vordach der Haustür beleuchtete ihre Augenringe. In dem eingezäunten Vorgarten im Stadtteil Pupuhuhta leuchtete ein flammenroter Blutahorn, aus der Ferne hörte man das Brüllen eines Laubgebläses. Kuhala nannte seinen Namen. Er hatte angerufen und einen Termin vereinbart. Darauf löste die Frau die Kette und bat ihn herein. Ihre Stimme war heiser und ausdruckslos, als hätte sie auch an diesem Morgen zig Beileidsanrufe entgegennehmen müssen. »Hier sieht es schlimm aus, aber ich habe keine Lust aufzuräumen.«

Kuhala hatte sich einige Tage zuvor zwei Handvoll hochwertige Socken gekauft und war nun mit warmen Füßen auf Tour. Während der Autofahrt hatte er sich gewundert, wie viel Freude und Selbstsicherheit einem ein Paar Strümpfe ohne Loch bescheren konnten.

Im Shopping-TV-Kanal präsentierte ein Mann ein Haarteil und lächelte dazu, als hätte er es selbst skalpiert. Mika Rentonens Mutter rückte den Träger ihres Unterkleids zurecht und griff nach der Fernbedienung. Sie schaltete in dem Moment aus, als glückliche Toupetkäufer die Anschaffung als Wendepunkt ihres Lebens priesen. Die Frau war vielleicht fünfundvierzig und eine von der direkten Sorte, die es nicht der Mühe wert fand, etwas vorzuspielen. Dennoch legte sie eine andere Art von Direktheit an den Tag als Pirjo Vuorimaa von der Arbeitslosenvereinigung. Sie hatte mehr Stil und strahlte Sinnlichkeit aus, wenn auch von der Trauer gedämpft. »Setzen Sie sich. Ich könnte Ihnen einen Kaffee anbieten.«

»Nein, danke.«

»Die Beerdigung ist Anfang nächster Woche. Ich bin nicht in der besten Stimmung zum Reden, aber wenn ich irgendwie helfen kann, den Wahnsinnigen zu schnappen, werde ich mein Bestes tun.«

Sie stand an der Schlafzimmertür und sah kurz so aus, als würde sie gleich anfangen zu weinen, kniff aber plötzlich den Mund zu und schnippte die Asche ihrer Zigarette in eine leere Blumenvase auf dem Beistelltisch. Die Vase war schmal und aus grobem Glas, wie ein Lampengeist stieg der Rauch daraus auf. »Mika war ein anständiger Junge. Und jetzt muss ich ihn beerdigen.«

»Mein Beileid«, sagte Kuhala.

»In letzter Zeit war er ein bisschen unstet und trieb sich herum. Das hat mir Sorgen gemacht. Aber ich konnte mich ja nicht einmischen. Er war ja volljährig. Ich muss arbeiten, muss das machen und dieses erledigen und so weiter. Der ganze Alltag halt.«

»Mit wem hat er sich rumgetrieben?«

Wieder korrigierte sie den rutschenden Träger unter der Bluse und verschwand im Schlafzimmer. »Manche nennen diese Typen sozial schwach, andere bezeichnen sie als Opfer der Wettbewerbsgesellschaft und wieder andere als Gammler. Es hängt wahrscheinlich davon ab, aus welcher Entfernung man es betrachtet. Sicher ist nur, dass die Anzahl solcher Typen ständig wächst.«

Sie kam ins Wohnzimmer zurück und ging mit einer hellgelben Schachtel in der Hand an Kuhala vorbei. Sie stellte sie auf den Tisch, nahm den Deckel ab und nahm ein zusammengelegtes schwarzes Trauerkleid heraus. »Der Typ bewegt sich am Rand der Bagage, dort, wo das Licht nicht hinfällt.«

»Entschuldigung, wer?«

»Mikas Mörder. Ich bin sicher, dass Mika zufällig in die Gesellschaft des Kerls geraten ist und dass sie sich kaum gekannt haben. Die Polizei behauptet, Mika hätte Alkohol und andere Sachen im Blut gehabt. Er hat sich an seinen Mörder gehängt, weil er durcheinander war. Und ich hatte Spätschicht. Und Mikas Schutzengel wahrscheinlich gerade die Flügel bei der Inspektion, denn so läuft das ja immer.«

»Sie wissen sicher, dass ich am Tatort gewesen bin«, sagte Kuhala. »Ich will nicht ins Detail gehen, aber die Situation geriet außer Kontrolle, und dann kam es, wie es kam. Bestimmt hat Ihnen die Polizei den Kerl, mit dem Mika dort war, beschrieben. Groß, schmal, mit Kapuzenpulli. Tuch vorm Gesicht.«

»Diese Beschreibung hat mir die Polizei gegeben. Sie haben mir sogar ein Foto gezeigt. Mein Sohn war nicht böswillig, nur leicht zu verführen. Hätte ich ein bisschen mehr Zeit für ihn gehabt, wäre einem diese Hölle erspart geblieben. Er ist zu jung in schlechte Gesellschaft geraten. Aber ich konnte ihm ja nicht ständig hinterher sein, ich musste ja zusehen, dass wir Brot im Schrank hatten.«

»Es tut mir leid«, sagte Kuhala.

»Und der Herr Pfarrer trinkt seinen Kaffee …«

Kuhala schlug ein Bein über das andere und fragte sich, ob die Frau nicht doch etwas Chemisches zu sich genommen hatte, um ihre Direktheit zu würzen, etwas, das gerade zu wirken begann und half, Distanz zu den unschönen Vorfällen herzustellen. Der gestickte Hirsch auf dem Sofakissen war mitten im Sprung erstarrt, an den Filtern im Aschenbecher konnte man Lippenstift erkennen.

Kuhala hatte im Lauf seiner Karriere die Nase in unzählige solcher Wohnungen gesteckt. Jedes Mal war er sich wie ein Eindringling vorgekommen, und auch wenn noch nie Einrichtungstipps für ihn abgefallen waren, hatte er es sich zur Gewohnheit gemacht, alle Einzelheiten zu betrachten – Hirsche, Aschenbecher, Nippes und Krimskrams –, als würde ihn das näher an das schwer zu lösende Mysterium heranbringen.

Die Frau hob das Kleid in die Höhe. Sie starrte es an und richtete den Blick dann auf Kuhala. »Ziemlich elegant, wie? Mika würde das akzeptieren, er wäre stolz auf seine Mutter. Die Polizei war gestern zuletzt hier. Zwei junge Polizisten, eine Frau und ein Mann. Haatainen und … Tuomela. Ich kann mich über ihr Benehmen nicht beschweren, aber als sie nebeneinander auf der Schwelle zu Mikas Zimmer standen, sodass man nicht hineinsehen konnte, da begriff ich, dass Mika nicht mehr zurückkommt.«

»Hatte Mika eine Freundin?«

»Er war ein hübscher Junge. Der hatte Mädchen genug.«

»Und eine etwas engere Freundin, die zum Beispiel mal hier gewesen wäre?«

»Nein. Mika schämte sich ein bisschen und war enttäuscht, weil er vor einem halben Jahr sein Apartment aufgeben und wieder nach Hause ziehen musste. Glauben Sie mir, wenn ich Ihnen sage, dass in seiner Brust ein gutes Herz schlug und dass er wieder auf die Beine gekommen wäre?«

Kuhala erinnerte sich an das Brecheisen, das durch die Luft gesaust und im Türrahmen eingeschlagen war. Ihm sträubten sich die Nackenhaare, und er musste unweigerlich daran denken, mit welcher Intensität Mika Rentonen versucht hatte, ihm den Schädel zu zertrümmern. »Das glaube ich. Es war nur die Summe ungünstiger Zufälle … Haben Sie Ihren Sohn an dem Tag … zuletzt gesehen?«

Sie legte das Kleid zusammen und ging wieder ins Schlafzimmer. »Mika kam am Abend zuvor so spät nach Hause, dass ich schon schlief. Am nächsten Morgen musste ich früh raus, weil ich vor der Arbeit etwas zu erledigen hatte. Da lag er noch im Bett. Wenn Sie einen Blick in sein Zimmer werfen wollen, es ist im Flur links.«

Kuhala drückte die Klinke zum Zimmer des Sohnes und musste sich zuerst an das Halbdunkel gewöhnen. Die Jalousie hing auf Halbmast, das Licht schwappte durch einen schmalen Streifen herein und verbreiterte sich auf Tagesdecke und Fußboden zu einem Keil. Zwischen Schreibtisch und Schrank war ein riesiger hellgrüner Tiger eingequetscht, dessen Kopf auf der Leselampe ruhte. Es sah aus, als trauerte er über Mikas Ableben. An der Wand hingen die üblichen Band-Poster und ein Kalender.

Mit Sicherheit hatte die Frau hier aufgeräumt. Auf den ersten Blick gehörte das Zimmer eher einem Fünfzehnjährigen als einem Dreiundzwanzigjährigen. Es sah jedenfalls überhaupt nicht nach dem Nachtquartier eines gewalttätigen Mischkonsumenten aus. Das Kummergesicht des Tigers rührte Kuhala. Er mochte nicht weiter ins Zimmer eintreten. Seine Gedanken gingen zu seinem Sohn Tatu, der in Helsinki studierte, und er verspürte plötzlich das zwanghafte Bedürfnis, ihn anzurufen und zu fragen, ob alles in Ordnung war, ob seine Kindheit wenigstens zeitweise so verlaufen war, dass sie ihm etwas für die künftigen Jahre mit auf den Weg gab.

»Würden Sie mir kurz helfen?«

Die Frau stand hinter Kuhala und drehte sich um, damit er den Reißverschluss ihres Kleides schließen konnte. Seine Fingerknöchel berührten die warme, weiche Haut. Er zog die Hand weg, als hätte er sie in kochendes Wasser getaucht, als hätte er mit seiner Berührung die Trauer der Frau beleidigt. Wie lange war es her, dass er zuletzt die Haut einer Frau berührt hatte? Was mochte Annukka gerade tun? Was für ein Ausdruck lag auf ihrem Gesicht? Vermisste sie ihn? Sehnte sie sich nach ihm?

»Danke. Ich habe es zwar im Geschäft anprobiert, aber da war es mir nicht so eng vorgekommen.«

Mit der Hand strich sie das Kleid glatt. »Mikas Vater und ich haben uns getrennt, als Mika fünf war. Wir haben uns nicht offiziell scheiden lassen, weil wir auch nicht offiziell verheiratet waren. So war das nun mal. Seitdem hat der Kerl nicht besonders viel von sich hören lassen. Ich bin nicht einmal sicher, wo er wohnt. In der untersten Schreibtischschublade sind ein paar Fotos. Die können Sie anschauen, wenn Sie wollen. Ich bin nicht auf die Idee gekommen, sie den Polizisten zu zeigen, und ich weiß auch nicht genau, was die hier wollten. Er wirkte ein bisschen lasch, ihr Besuch.«

Noch im Flur hatte die Stimme der Frau schleppend und angespannt geklungen, aber jetzt, da das Beruhigungsmittel zu wirken begann, klang etwas in der Stimme mit, das Kuhala als Leichtigkeit interpretierte, ja fast schon als leichte Heiterkeit. Das passte nicht sonderlich gut zu dem Trauerkleid. Fehlte nur noch, dass sich die Frau, die ihren Sohn verloren hatte, vor dem Spiegel drehte. »Ich habe letzte Nacht von Mika geträumt. Er hat mir gesagt, es wäre alles gut.«

Sie machte Licht im Zimmer, stand blass und zerbrechlich neben Kuhala, holte dann Luft, wie um Mut zu schöpfen, und ging zum Schreibtisch.

»Die Fotos sind vor ein oder zwei Jahren gemacht worden. Ich kenne keinen darauf, aber es sieht nach einem Clubraum oder so aus.«

Es waren an die zwanzig Fotos, und sie hätten von jedem beliebigen, mit Bier, stärkeren Getränken und frivolen Witzen angereicherten Trinkgelage junger Männer stammen können. Mika umarmte seine Freunde, verzog das Gesicht und zeigte mit der Zigarette im Mund seinen Bizeps wie einer, der nicht nur flüssigen Freudenspender intus, sondern die Zweieinhalb-Promille-Partykultur des neuen Jahrtausends mit Haut und Haar internalisiert hatte und für den die Vorgehensweise eines Mannes wie Kuhala die Steinzeit repräsentierte.

Die Wände des Versammlungsraums waren hellblau gestrichen, auf den Postern kokettierten knapp gekleidete Mädels. Auf den Gesichtern der Feiernden brannte dank steigender Betrunkenheit die gute Laune, und warum auch nicht, denn sie hatten noch wer weiß wie viele solcher von zischenden Kronkorken beflügelter Wochenenden und überhaupt die ganze Jugend vor sich. Neben den Mädels posierten die Gitarrenhelden von Hurriganes, Motörhead und Iron Maiden auf bettlakengroßen Plakaten. Kuhala betrachtete die Fotos in der Reihenfolge, in der die Frau sie ihm in die Hand drückte. »Sie haben gesagt, die wären vor ein oder zwei Jahren aufgenommen worden. Was ist denn näher dran?«

»Ich glaube, die sind erst ein Jahr alt. Dieses Hemd habe ich Mika vorletztes Weihnachten geschenkt«, sagte sie. »Warum?«

»Ich frage nur.«

»Ist die Bestie da mit drauf?«

»Der Mörder Ihres Sohnes? Nein. Tut mir leid. Ich habe sicher schon erwähnt, dass er sein Gesicht verhüllt hatte und dass alles sehr schnell ging. Ehrlich gesagt musste ich auch ein bisschen meine Haut retten«, gestand Kuhala und bereute seine Geschwätzigkeit, denn Mika war genau dies nicht gelungen.

Eines der Fotos zeigte einen mit gotischen Buchstaben schief hingekritzelten, mit Funken und Sternen gerahmten Slogan, den man aus Zusammenhängen kannte, die einen Hauch heldenhafter waren als ein Wochenendbesäufnis: »Freiheit oder Tod!« Es war kaum davon auszugehen, dass in dem Clubraum eine revolutionäre Zelle aktiv war, aber vielleicht legten sich die Jungs den Aphorismus für ihre jeweils eigenen Bedürfnisse zurecht.

Kuhala gab Mika Rentonens Mutter den Stoß Fotos zurück. Sie starrte eine Weile unverwandt darauf, dann legte sie ihn in die Schreibtischschublade. Der Stoff ihres neuen Kleides raschelte. Sie stieß mit einer Schulter gegen die Lampe, auf deren Schirm der Tigerkopf ruhte. Er fiel nach hinten, und auf einmal kippte das ganze Stofftier, das nur wenig kleiner als Kuhala war, der Frau entgegen. Kuhala erschrak und wollte sich schon dazwischenwerfen, aber die Frau fing den Tiger auf und drückte ihn an sich. Die Stahlfeder der Schreibtischlampe schnarrte metallisch; das Geräusch lief durch alle Ecken und erlosch allmählich. Mit dem Tiger im Arm tanzte die Frau aus dem Zimmer.

Der Mann mit dem Laubgebläse war inzwischen bis vor das Haus der Rentonens vorgedrungen und richtete das Rohr auf den Fuß des Blutahorns, wodurch ein herbstroter Fächer aufgewirbelt wurde. Mit dem Apparat auf dem Rücken, den Ohrschützern und der Maske gegen den Straßenstaub erinnerte der Mann an einen Spezialagenten, der einen gefährlichen Auftrag ausführte. Kuhala unterdrückte seinen Drang, die Fotos einzustecken, mochte aber auch nicht darum bitten, weil er sich nicht mit der Frau anlegen und schon gar keine falschen Hoffnungen in ihr wecken wollte.

Sie wiegte sich im Wohnzimmer hin und her und hielt dabei weiterhin den Tiger im Arm. Sein Kopf lag an ihrem Hals, und für einen Moment hatte Kuhala das Gefühl, als würde das Tier mit den Augen blinzeln. Er fragte die Frau, ob sie Hilfe brauche.

»Auf dem CD-Spieler liegt eine Platte. Legen Sie die auf!«

»Wo …?

»Legen Sie sie auf!«

Für Kuhala waren Hits, die für die Panflöte verzuckert wurden, die abstoßendste Form, Musik kaputt zu machen, aber wie hätte er vor der traurigen, mit dem Tiger tanzenden Frau eine entsprechende Bemerkung wagen können? Die Melodie kam ihm bekannt vor, der Titel fiel ihm allerdings nicht ein.

Er drehte die Lautstärke etwas herunter und sagte, er müsse jetzt gehen. »Sie können jederzeit Kontakt mit mir aufnehmen. Ich bin sicher, der Täter wird gefasst. Wenn nicht von mir, dann von der Polizei …«

Er lächelte die Frau an. Daraufhin stieß sie den Tiger auf die Couch und klammerte sich an Kuhala, der erschrak und einige Mühe hatte, nicht das Gleichgewicht zu verlieren und ins Bücherregal zu stürzen. Eine Weile stand er wie erstarrt mit hängenden Armen da, wie eine geschnitzte Holzfigur am Opferstock einer Kirche, weil er solche Situationen nicht gewohnt war und weil im Leitfaden für Privatdetektive nicht die Grundschritte des Trauertanzes erläutert wurden. Dann legte er eine Hand leicht auf die Hüfte der Frau.

Die Panflöte übertönte das Knattern des Laubgebläses.

Kuhala brachte kein Wort heraus, aber vielleicht war das auch nicht nötig. Die Haare der Frau dufteten nach Nelken. Sie umklammerte Kuhalas Arm, und wenn es so weiterging, würde sie die Beerdigung nicht überstehen, nicht die langen Herbstwochen danach und auch sonst nichts mehr, falls ihr nicht jemand half. Doch dieser Jemand war nicht Kuhala.

Ihre Nähe erinnerte ihn erneut so stark an Annukka, dass er befürchtete, auch noch die letzten Reste von Realitätssinn zu verlieren. Es war nicht der beste Moment, einer zurückliegenden Beziehung nachzuhängen. Die Trennung war ohnehin noch so frisch, dass Kuhala sich tagaus, tagein abstrampeln und sämtliche Verdrängungsmethoden einsetzen musste. Wenn sonst nichts half, weigerte er sich einfach, an Annukkas Brief zu denken, der ihm fast die Lust am Leben geraubt hatte.

Im Flur löste er sich aus dem Tanz und nickte. In ihrem schwarzen Kleid verschmolz die Frau mit dem Halbdunkel, dann schloss sich hinter Kuhala die Tür.

Der Laubbläser stand mit hochgeklapptem Plexiglasvisier neben dem Renault und rauchte. Jeri wachte auf dem Rücksitz, in den Benzinflecken auf der Fahrbahn schillerte die Herbstsonne.

»Aufgeweckter Hund«, meinte der Mann und lächelte. »Der wäre fast durch die Scheibe gesprungen, um mich Mores zu lehren, als ich mit meiner Maschine ein bisschen zu nah herankam.«

Kuhala stand noch so sehr unter dem Bann des Trauertanzes, dass er sich nur mühsam auf die Stimmungslage des Mannes einstellen konnte. »Eine halbe Minute noch, und ich wäre zu spät gekommen. Der Hund kann nämlich die Tür aufmachen. Er hat die Angewohnheit, Rauchern in den Hintern zu beißen. Dazu kommt seine Abscheu gegen Laubbläser, und wenn man all das zusammennimmt, würden Sie jetzt mit zerrissenen Hosen da drüben den Hang hochflitzen.«

Diese Vorstellung brachte den Mann dazu, die Mundwinkel fallen zu lassen. Die mitten im Mund schwelende Pausenzigarette folgte dem Beispiel, aber er rächte sich trotzdem nicht für Kuhalas Scherz, indem er den Rüssel seiner Höllenmaschine auf ihn richtete, sondern begnügte sich mit Schweigen. Indessen übernahm das Laubgebläse des Himmels die Arbeit, und plötzlich schob sich hinter dem Haus eine rot geränderte Wolkenformation hervor, die mit einem peitschenartigen Schwall ihre Hagelladung abwarf.

Kuhala ging im Wagen in Deckung und zog die Tür zu, der Mann trabte zu dem Laster, der etwas weiter weg geparkt war.

Nachdem er losgefahren war, summte Kuhala noch zwei Straßenabschnitte lang das Panflötenstück, kam aber noch immer nicht auf den Namen. Beim Halten an der Ampel starrte er ungläubig auf die vom Hagel bombardierte Windschutzscheibe. Erst der Klingelton des Handys unterbrach sein Staunen.

Der Urologe klang trocken, professionell und so, als wäre er lediglich zu einem äußerst kurzen Telefonat bereit. Kuhala bekam den Gang nicht rein, und als es ihm schließlich gelang, verstand er dank der Arschgeige, die hinter ihm auf die Hupe drückte, nichts von seinem Urteil.

»Könnten Sie das noch einmal wiederholen? Es ist hier gerade ziemlich laut.«

Er hatte den verdammten Telefontermin vollkommen vergessen, weil er so viel zu tun hatte und weil die Beschwerden abzuklingen schienen.

»PSA eins Punkt drei.«

»Was bedeutet das?«

»Der Wert ist normal.«

»Super.«

»Nein, normal.«

Der Urologe gratulierte Kuhala nicht, erkundigte sich aber, ob bei ihm Anzeichen von Besserung aufgetreten seien. Kuhala stellte sich vor, wie der Arzt an seinem Tisch saß, und er erinnerte sich, wie der behandschuhte Finger sich seinen Weg ins Hinterland gebahnt hatte. Es kam ihm vor, als habe er eine Verlängerung erhalten: haufenweise sonnige, gnadenreiche Privatdetektivtage. Er erzitterte bei dem Gedanken, während die Arschgeige erneut hupte. Wie himmlisch der Alltag nun wieder anmutete, derselbe Alltag, dessen Bürde einen so zermürben konnte. »Das Medikament scheint zu wirken, jedenfalls muss ich nicht mehr ständig an die Rinne rennen.«

»Wenn die Beschwerden wiederkommen, setzen Sie sich direkt mit mir in Verbindung. Dann schauen wir, was für weitere Untersuchungen nötig sind.«

»Genau. Vielen Dank!«

In der Leitung knackte es. Gleich würde der Arzt einen Namen durch den Türspalt rufen, gleich würde ein Unglücklicher die Hosen fallen lassen und ein sorgfältig gefetteter Spezialhandschuh sich am Knust des Unglücklichen zu schaffen machen. Kuhala wischte sich den Schweiß der Erleichterung von der Stirn, wobei er auf die Nebenspur abdriftete, was die Arschgeige veranlasste, ein drittes Mal Laut zu geben. Es war ein heiseres Aufjaulen, eher ein jazzig groovendes als ein aggressives Hupen, und erinnerte an einen Trawler, der in einen Hafen einfuhr. Dann schloss der Arschgeiger seitlich auf und zeigte den Mittelfinger. Kuhala lächelte. Der Arschgeiger gab fuchtelnd den Befehl zum Anhalten, damit er Kuhala die Eselsmiene auf Normalstellung schlagen konnte.

»Du hast nicht das ganze Telefonat hören können, Jeri, aber meine Prostata kann es mit jeder anderen Prostata aufnehmen. Sie ist so niedlich wie eine Walnuss, bei einem Prostatawettbewerb würde sie Preise gewinnen, sie glänzt wie eine Stahlkugel.«

Der Hund verstand die Freude seines Herrchens und nahm daran Anteil, indem er ihm eine Pfote auf die Schulter legte und die Schnauze in den Nacken stubste.

Sie fuhren bei einem Hamburgerimbiss vor. Die Hagelwolke zog inzwischen in Richtung Oulu weiter. Kuhala bestellte sich ein Riesen-Doppelmenü mit allem und versuchte, mit der Drive-in-Verkäuferin zu scherzen, doch diese begnügte sich mit einem vorzeitig versiegenden Lächeln. Sie war jung und rückte ihr Pappkäppchen mit der Clownverzierung zurecht.

»Und dann hätte ich gern noch zwei normale Cheeseburger für den Hund. Als Getränk reicht Wasser.«

Kuhala und Jeri fuhren auf den Parkplatz und vertieften sich in ihre Schnellmahlzeit. Man hörte gieriges Kauen, das Röcheln des Strohhalms am Becherboden und schließlich den Satz: »Die Fotos machen das ganze Wirrwarr so reizend, dass es schon nicht mehr wahr sein kann.«

17

Rauchiges Nachmittagslicht verzinnte die Balkonbleche der Wohntürme von Sippilinna, die Schatten der schwankenden Birken bürsteten über die Wände. Kuhala wich dem Müllauto aus und rülpste. Das Essen vertrug sich nicht mit seinem Magen, er sollte in Zukunft vorsichtiger mit so etwas sein. Warum, um Himmels willen, hatte er die Neuigkeit des Urologen mit einem Humbugmenü feiern müssen, als hätte er seine besten Jahre zurückbekommen sowie die Lizenz, so wild einen draufzumachen, wie es ihm gefiel.

Auch Jeri rülpste.

»Dazu lassen wir uns nicht mehr hinreißen. Heute Abend koche ich uns Kräutertee, und du kriegst nur Trockenfutter.«

Er tätschelte dem Hund den Kopf und stieg aus dem Wagen. Der Bratfettfilm am Gaumen schmeckte ranzig, inzwischen bereute Kuhala den Riesen-Doppelunfug ernsthaft.

»Haste ma'n Euro?«

Der Mann mit den Tafelklavierzähnen hatte sich seit der letzten Begegnung das Bein verletzt. Er saß auf dem Pflaster hinter der Graffitibank, als wollte er sich vor Blicken verbergen. Auf dem versauten Gips, der bis übers Knie reichte, stand »Jore«, die Krücken schepperten gegeneinander.

Hätte Kuhala erraten können, dass der Mann Jore hieß? Ja, weil Männer wie er zum Standardmobiliar solcher gottverlassenen, abrissbedrohten Siedlungen gehörten und immer Jore oder Eki hießen und betrunken waren und einen anflohten, und wenn sie nicht gerade das taten, sich lautstark an ihre glänzende Vergangenheit zurückerinnerten und am Wendepunkt angelangt laut fluchend die Namen der Schuldigen aufzählten.

»Ich hab dich schon mal gesehen, verflucht.«

»Brauchst du Hilfe? Wie bist du dahingeraten?«, fragte Kuhala.

»Verflucht, ich …«

Kuhala streckte die Hand über die Bank hinweg aus und half dem grimassierenden, fluchenden Mann auf. Die zugehörige Dame hatte offenbar von Jore die Nase voll oder holte gerade Getränkenachschub. Jore saß auf dem Rand der Bank, streckte sich nach einer staubigen Rispe am Apfelbeerenstrauch nebenan und mümmelte sie, als wäre es sein Hauptnahrungsmittel.

Loser Müll, der sich in den Zweigen verfangen hatte, raschelte, der Mann verfiel in einen Geisterbahnmonolog, spuckte die Kerne aus und kam gerade zu sich, als Kuhala seinen Weg fortsetzen wollte.

»Suchst du immer noch diesen Killer?«

»Killer? Ich suche keinen Killer.«

»Alle suchen ihn, aber ich nicht, weil ich weiß, wer es ist. Kapierst du? Das Problem ist nur, dass die Information was kostet.«

»Was kostet, rostet. Ciao.«

»Haste ma'n Euro? Interessiert dich die Info nicht? Was soll der Scheiß?«

Ein Stück Beerenhaut, die zwischen den Zähnen hängen geblieben war, verlieh der Grimasse zwar eine Prise Grausamkeit, aber Kuhala knickte trotzdem nicht ein. Er überquerte den Gehweg, kürzte über den halbkreisförmigen, gepflasterten Platz zur Laderampe ab und ging von dort zur Vordertür des Jugendtreffs. Der hoch aufragende Häuserriese sah wacklig aus. Der Flor der Wolken, die über den Dachrand zogen, schluckte Licht. Diesmal gab die Tür nach, und das Überwachungskamerafoto mit dem Namen Matti Forsman grüßte vom Pfeiler aus. Die trillionen Trillionen, die dem Kopfgeldjäger versprochen wurden, schlangen sich als zittrige Kette von Nullen um das Gesicht und hielten sich nur mit Mühe und Not auf dem Papier.

Das Duo, das am Billardtisch die Bewegungsbahnen der Kugeln abmaß, warf Kuhala unter den Mützenschildern heraus einen schläfrigen Blick zu und spielte weiter, als hätte es ihn gar nicht bemerkt. Kuhala hatte einen von ihnen in der Bande gesehen, die ihn am Mülltonnenunterstand am Weitergehen gehindert hatte. Zwei Kugeln klackten, auf dem Gang, der zur Toilette führte, hüstelte jemand.

»Servus.«

»Hallo.«

»Ich wollte Jake treffen. Hat er sich hier blicken lassen?«

Einer der beiden schüttelte den Kopf. Der aus der Mülltonnengang hielt sich zurück, verbarg aber nur schlecht sein ängstliches Gesicht. Er erinnerte sich an Kuhalas Widerstand. Kuhala fragte, ob sie Jake kannten, und ging näher an den Tisch heran. Der Barren Frittierfett von der Fast-Food-Portion schwappte in seinem Magen hin und her und ließ ihn gereizter aussehen, als er war. »Einer von euch wird ihn doch kennen? Jake hat versprochen, mich schon vor Tagen anzurufen, hat es aber nicht getan.«

Kuhala beschrieb Jake, trumpfte aber nicht mit seinen Bravourschlägen auf, sondern verzog nur das Gesicht zu den kneifenden Ablagerungen in seinem Magen. Er sagte den beiden Jungen, er werde ihnen einen Finger nach dem anderen brechen, vom kleinen bis zum Daumen, sodass sie anschließend sogar zum Schwarzer-Peter-Spielen einen persönlichen Assistenten bräuchten, falls er nicht die gewollte Information erhielt. Das war bärbeißige Gangsterfilmrhetorik, aber hätte die Drohung, die Queues zu zerbrechen, denn gewirkt? Er deutete auf den Schweigenden. »Wie heißt du? Du hast doch vor ein paar Tagen bei den Mülltonnen in der ersten Reihe gestanden und Probleme gemacht.«

Der Junge erbleichte und schob die Mütze nach hinten. »Jake ist nicht hier gewesen. Echt wahr.«

»Ich weiß, dass er hier wohnt, aber ich weiß nicht, in welchem Haus.«

Der Junge zeigte mit dem Billardstock zur Decke. »Oberstes Stockwerk. Aber sag nicht, dass ich das gesagt hab.«

»Was steht auf der Briefklappe?«

»Moisio. Der ist bestimmt nicht daheim.«

»Du weißt also doch, wo er ist? Wer hat da gerade auf dem Klo gehustet?«

»Niemand. Das waren die Rohre.«

»Ja, ja.«

Kuhala ging am Billardtisch vorbei und trat in den Gang, der zur Toilette führte. Die Kombination aus einem Drachen und irgendeinem Meeresbodennichtsnutz, die dort an die Wand gemalt war, reckte ihre Fangarme und spuckte feurige Steinbrocken aus. Das Randgewebe des Teppichs verlief in Form von Fäden in alle Richtungen, die Leistung der nackten Glühbirne reichte hinten und vorne nicht. Anscheinend kümmerten sich Bruno Heuberg und seine Kollegen nicht um jede Kleinigkeit, oder aber das Budget für dieses Jahr war aufgebraucht.

Aus dem Saal hörte man das Klappern von Billardkugeln. Kuhala schlüpfte in die Männertoilette und bückte sich, um zu kontrollieren, ob in den Kabinen Jakes Hosenbeine zu sehen waren. Doch da war niemand. Sogar vom Spiegel konnte man nur noch einen Nagel in der Kachelfuge und rostige Umrisse als Erinnerung erkennen. Der Uringeruch gehörte in die Kategorie des Pissoirs in dem türkischen Bahnhof, wo Kuhala vor fast dreißig Jahren eine der einprägsamsten Nächte seiner Interrailtour verbracht hatte.

Er hielt sich jedoch nicht länger in nostalgischen Erinnerungen an seine Jugend auf, sondern trat wieder auf den Flur. Das Wandungeheuer grinste. Um ein Haar hätte die auffliegende Tür der Damentoilette Kuhala die Nase gebrochen, wenn er nicht einen Sekundenbruchteil lang stehen geblieben wäre, um das lebendige Gesicht der Bestie zu betrachten. Jake oder sonst einer mit schlechtem Gewissen rannte in die hinteren Räume, brachte mit einem Satz die Laderampe hinter sich und lief bereits durch die Schlucht zwischen den Häusern B und C, als Kuhala in Sichtweite auftauchte. Er trat die Verfolgung nicht an, denn er hatte genug von Verfolgungsjagden. Außerdem wusste er, dass der andere ihn in der heimischen Umgebung leicht abschütteln würde.

Er sah nicht einmal den Laufstil des Schurken, obwohl er daran so interessiert war. Nicht einmal die Tatsache, dass der Flüchtige einen Kapuzenpulli trug, weckte Kuhalas Eifer. Alle trugen Kapuzenpullis, alle hatten Jeans an, alle hatten etwas zu verbergen. Er verschnaufte auf der Laderampe, schob die Hände in die Taschen und dachte kurz über die Mysterien des geschlossenen Universums von Sippilinna nach, bevor er umkehrte. Wo trieb sich eigentlich das Personal herum? War tagsüber niemand für die Räume verantwortlich?

Die Jungs hatten die Beine unter die Arme genommen. Ein Queue lag auf dem Boden, der andere auf dem Tisch.

Kuhala musste auf die Arbeitslosenseite hinübergehen, obwohl ihm vor der Begegnung mit Pirjo Vuorimaa graute. Die Frau hatte Energie wie eine Dampflok und wahrscheinlich schon Vierfarbplakate für den Privatdetektivvortrag drucken lassen. Die Zutaten der Tagessuppe rochen bis in den Eingangsbereich: Lauch, Sellerie, Karotten, Kartoffeln, Fleischstücke – eine Geruchserinnerung direkt aus der Volksschulenkantine. Die Arbeitslosen schienen von ihren Räumlichkeiten genug zu haben, es war niemand zu sehen. Schließlich bemerkte Kuhala aber doch Matti Forsman, der reglos und stumm auf seinem alten Platz saß wie das Modell eines Bildhauers.

»Hallo«, sagte Kuhala und stufte seine eigene Energiemenge auf einen Teelöffelvoll ein. Sie nahm jedoch sofort ab bei dem Versuch, dem Literaturfreund eine Stimmprobe zu entlocken.

Forsman nickte, drehte aber nicht den Kopf. Auf seinem ungepflegten Gesicht wohnte immer dieselbe Miene, und Kuhala überlegte, ob hinter der sparsamen Mimik eventuell etwas Organisches steckte. Hatte der stille Matti das Todesstille-Gen geerbt?

»Sie nehmen es mir doch nicht krumm, wenn ich mich kurz hierher setze?«, formulierte Kuhala und nahm auf der Bank gegenüber Platz. »Eigentlich wollte ich Sie auch was fragen. Sie wissen, dass ich im Mord an Ilona Lost ermittle. Davon war ja schon die Rede.«

Kuhala lehnte sich zurück und machte eine Pause. Forsman blickte noch immer nicht von der aufgeschlagenen Zeitschrift auf. Er starrte darauf, als lernte er den Inhalt der Doppelseite auswendig, als stünde dort der Ursprung seiner inneren Missbildungen geschrieben. Pirjo Überall schien in irgendwelchen anderen Gassen Dampf abzulassen, denn aus der Küche kam jetzt kein Laut mehr.

Weder die Pause noch Kuhalas durchdringender Blick machten Forsman nervös.

»Standen Sie am Anfang in dem Supermarkt am Ruder?«

Die Zeitschrift erzitterte. Forsmans Augäpfel bewegten sich wie bei einem Olm. Im schiefen Blick, der Kuhala galt, schimmerte Groll. Forsman liebte sein *Cuba-Serenade*-Shirt, das fadenscheinig und verschossen unter der Strickjacke hervorblitzte. »Ich? Welcher Supermarkt?«

Kuhala sagte, ihm seien in den letzten Tagen mehrere interessante, wenngleich private Fotosammlungen in die Hände gefallen. Eine mehrere Jahre alte Aufnahme habe den Supermarkt und einen vorm Eingang tätigen Mann gezeigt. »Der sah Ihnen schwer ähnlich. War natürlich jünger, als Sie jetzt sind. Und hatte einen Kittel von der Ladenkette an, soweit ich was davon verstehe. So einen halblangen grünen. Schön frisch. Warum haben Sie mir nicht von Ihrer beruflichen Laufbahn erzählt?«

»Geht dich nichts an.«

»Ich kann mir die Informationen auch anderweitig beschaffen, aber so wäre es einfacher.«

Die Zeitschrift in Forsmans Händen fing nun an zu zittern. Er legte sie auf den Tisch und geriet in eine mühsam zu kontrollierende Gemütsregung, als bereitete ihm das Anrühren der Vergangenheit übermächtige Schmerzen. Er legte die daumenlose Hand auf die Tischplatte. »Ich war hier und da eine Zeit lang Pächter, aber dann ist ein schlimmer Unfall passiert.«

»Sie haben den Daumen verloren?«

»Ja.«

»Darüber kann man aber hinwegkommen. Über den Verlust eines Daumens«, schlug Kuhala vor und blickte kurz auf den Stumpf.

»Kann man nicht. Man kommt nicht über alles hinweg.«

Forsman bekam sein Schlottern in den Griff und zog die verkrüppelte Hand weg. Er hatte alle Prüfungen und Kurse absolviert, und Sippilinna war der Beginn seiner Kaufmannskarriere gewesen, aber dann war er mit dem Daumen in den Wurstschneider geraten. Damit änderte sich sein ganzes Leben. »Ich bekam eine Blutvergiftung und wäre fast gestorben. Ich war wochenlang krankgeschrieben und verlor irgendwie die Nerven, weil der verdammte Daumen bei dem Durcheinander verloren ging und Tage später im Hackfleischpaket eines Kunden wieder auftauchte.«

»Wie bitte?«

Forsman senkte den Kopf und biss sich auf die Unterlippe. Der Daumen war in den Fleischwolf gesprungen und so weiter. »Wenn das Pech einmal zuschlägt, nimmt es kein Ende mehr. Der Kunde drohte mit einer Klage und hätte die Überreste meines Daumens samt Nagelstück als Beweis in die Redaktion eines Revolverblatts gebracht, wenn sich die Handelskette nicht freigekauft hätte. Für mich bedeutete das Ausgaben.«

»Wie konnte der Daumen in den Fleischwolf springen?«

»Das hab ich mich auch gefragt. Ich war alleine, die

Schmerzen waren höllisch, ich konnte nicht vernünftig denken. Mit einem Handtuch um die Faust bin ich auf allen vieren über den Boden gekrochen und hab den verfluchten Daumen gesucht. Ich dachte, den kann man wieder annähen. Schließlich ist mir dann schwarz vor Augen geworden. Wahrscheinlich hat die Klinge vom Wurstschneider den Daumen so schnell abgerissen, dass ich der Flugbahn nicht folgen konnte.«

»Das tut mir leid.«

»Einmal beim Wurstsägen geschludert und schon arbeitsunfähig. Und hier sitze ich jetzt. Aber das macht keinen Mörder aus mir.«

Kuhala sagte, das habe er auch nicht geglaubt. Dennoch sei er daran interessiert, etwas über Forsmans Händlerlaufbahn zu erfahren, weil er zufällig darauf gestoßen sei und weil sich so viele Dinge um den ehemaligen Supermarkt von Sipilinna rankten. »Das muss die reinste Hölle gewesen sein. Trotzdem sind Sie am Ort Ihrer schmerzhaften Erfahrungen geblieben und waren sogar fähig, in demselben Laden einzukaufen? Manch einer hätte sich aus dem Staub gemacht.«

Forsman sagte, in der schlimmsten Zeit habe er mal bei diesem und bei jenem gewohnt, aber dann habe die Stadt ihm eine Wohnung in Sippilinna zugewiesen. »Konnte man da was tun? Nein. Außerdem dachte ich, ich werde den Albtraum schultern, und das hab ich ja auch. Aber jetzt halten sie mich für den Mörder. Was willst du da machen.«

Er kratzte sich die Bartstoppeln und warf Kuhala den Blick eines Mannes zu, der mit seinem Nebengleisschicksal schon so lange von einer Tragödie in die andere schlitterte, dass es keine allzu große Rolle mehr spielte. »Es hätte auch Schlimmeres in den Fleischwolf springen können. Denke ich mir manchmal.«

Obwohl Kuhala das männlich-witzige Gedankenspiel auf

Anhieb kapierte, kommentierte er es nicht. Er erwiderte nicht einmal Forsmans scheues Lächeln, vermutlich das erste seit vielen Tagen.

»Danke, dass Sie mir das erzählt haben. Ich würde Sie ja zu einem Kaffee einladen, aber es scheint niemand da zu sein, der welchen verkauft.«

»Pirjo ist Plakate aufhängen gegangen. Ich hab ihr versprochen, solange aufzupassen«, sagte Matti.

»Wer hat denn drüben im Jugendtreff die Aufsicht?«

»Ich glaube, Pirjo wirft tagsüber ein Auge drauf.«

»Was sind das für Plakate, von denen Sie gerade gesprochen haben?«

»Die haben mir dir zu tun. Ich hab gehört, du willst hier auftreten.«

»Leck mich doch«, stöhnte Kuhala. »So sollte das aber nicht laufen. Na gut, sieht so aus, als würde ich hier auftreten, aber ohne Go-go-Girls, falls Sie verstehen, was ich meine. Sind zufällig noch welche von den Annoncen hier?«

»Sieh mal in der Küche nach«, sagte Matti und vertiefte sich nach dem Geschwätzigkeitsanfall erschöpft wieder in seine Illustrierte.

Neben der Spüle lagen einige Flugblätter, und Kuhala musste sich eine ganze Weile mental vorbereiten, bevor er sich traute, das oberste in die Hand zu nehmen und zu lesen. Der auf ein rotes Blatt im DIN-A4-Format gedruckte Schattenriss von Sherlock Holmes mit Pfeife ließ ihn erneut aufstöhnen, aber das Schlimmste war der Text aus der Feder der eifrigen Pirjo Überall: »Willst du deinem Leben eine neue Richtung geben? Warum wirst du nicht Privatdetektiv? Komm zum Vortrag von Otto Kuhala und höre, wie temporeich und spannend die Arbeit eines geheimen Ermittlers in Jyväskylä sein kann!«

»Geheimer Ermitter! Verdammt!«

Die Frau handelte entsprechend der »Gedanken«, die

ihr so in den Kopf schossen, und übersprang die Bedenkzeit, die zwischen Idee und Umsetzung gehörte, ohne Bedenken. Kuhala faltete das Blatt zusammen, steckte es ein und spielte mit dem Gedanken, auf die Rückseite einen Abschiedsbrief zu schreiben. Der Zettel wäre groß genug, und Gründe schienen sich auch ausreichend zu ergeben. Das Bild des Maskenmanns hing noch immer an seinem Platz am Schwarzen Brett. Kuhala verstand nicht recht, warum die Frau es dort hängen ließ, obwohl sie Forsman die Stange hielt und ihn nicht für den Mörder hielt.

Vielleicht hatte sie einfach so viel zu tun, dass sie nicht dazu kam, das Schwarze Brett auszujäten. Kuhala grinste über das Chaos in der Küche. Er spürte die Versuchung, auch die übrigen Flugblätter verschwinden zu lassen, ließ es aber bleiben.

Stattdessen verließ er den Raum, ging ins Freie und von dort ins Treppenhaus. Während er auf den Lift wartete, sah er sich noch einmal Pirjo Vuorimaas Werk an und fand am schlimmsten, dass sie das alles ernst meinte.

Bei Jake Moisio öffnete niemand die Tür, und es reagierte auch niemand auf Kuhalas Hu-hu-Rufe durch den Briefschlitz. Er ging ein halbes Stockwerk nach unten und betrachtete von der Glastür zum Lüftungsbalkon aus eine Weile die herbstliche Aussicht über die Stadt. Dabei wurde er von einer diffusen Melancholie erfasst – nicht so sehr wegen des eher traurigen Panoramas, sondern wegen Matti Forsmans Geschichte. Ein verdammt kleiner Anlass genügte, um ein Leben unhaltbar abstürzen zu lassen. Das Leben des kleinen Däumlings auf seiner Reise durch die harte Welt.

Unvermittelt kam ein Kleinflugzeug aus einer Wolkenlücke heraus, kippte zur Seite, verlor an Höhe und flog seltsam zitternd auf Sippilinna zu. Schon waren die erstarrten Gesichtszüge eines Amateurpiloten bei seinem ersten Flug zu erkennen. Das Flugzeug schien direkt das Fenster anzusteuern, an dem Kuhala stand. Er ballte die Fäuste und war kurz davor, sich auf den Boden zu werfen, da zog die Maschine nach oben und verschwand.

18

Kuhala beschloss zu verschwinden. Lief beim hiesigen Fliegerverein gerade ein Wettbewerb mit dem Thema »Wer traut sich näher ran«? Oder war der Pilot einfach bloß ein Trottel gewesen?

Kuhala ging zu seinem Auto und sah am Rand des Parkplatzes Jake Moisio aus einem olivgrünen Ford Capri mit dumpf dröhnendem Motor steigen. Er trug schwarze Jeans, ein schwarzes Baseballcap und eine schwarze Jacke, auf deren Rücken ein Monster aus derselben Serie zu erkennen war, wie im Toilettengang des Jugendtreffs. Er beugte sich nach vorn, um etwas zum Fahrer des Wagens zu sagen, dann schlug er die Tür so heftig zu, dass sämtliche Passanten die Köpfe drehten. Der folgende, gegen das Auto gerichtete Zweikampftritt ging knapp vorbei, verlieh Jakes Rückkehr auf heimischen Boden aber einen schönen Effekt. Der Capri beschleunigte mit quietschenden Reifen, worüber Kuhala nur ungläubig den Kopf schütteln konnte.

Kurz vor dem Zebrastreifen holte er den schlurfenden Jake ein und legte ihm eine Hand auf die Schulter. Erschrocken drehte sich der Junge um. Kuhala grinste. »Hallo. Ich habe auf deinen Anruf gewartet. Wenn ich mich recht erinnere, war von drei Tagen die Rede gewesen. Inzwischen sind deutlich mehr verstrichen, und ich habe so langsam das Gefühl, dass du mir aus dem Weg gehst. Noch schlimmer wäre es, wenn du unsere Abmachung komplett vergessen hättest.«

»Fick dich.«

Diese Antwort vermochte Kuhala nicht zu überraschen, aber er sagte, seine Geduld sei vom Warten ziemlich strapaziert worden. Ein einziger weiterer Kommentar dieser Art würde dazu führen, dass er Jake wegen des Zwischenfalls bei den Mülltonnen anzeigte. »Und sag dem Capri-Fahrer, er soll den Fuß vom Gas nehmen, sonst sitzt er auch bald in der Scheiße. Unterhalten wir uns in meinem Wagen, oder fällt dir ein besserer Ort ein?«

Der Junge zuckte mit den Schultern und fügte sich Kuhalas Exerziermaßnahme, auch wenn er kurz mit Wehmut dem Capri hinterherschaute. Der war jedoch verschwunden. Stattdessen sah man Jore mit seinem Gipsbein und seiner Freundin auf der Graffitibank sitzen. Sie prosteten sich zu und lachten übers ganze Gesicht. Ihre Lebenseinstellung stimmte.

Jake hingegen schmollte mit hängendem Kopf und dachte fieberhaft darüber nach, wie er aus der Situation herauskam. Die Sherlock-Holmes-Silhouette auf rotem Grund, die im A4-Format an einem Laternenmast hing, versetzte Kuhala einen Stich im ohnehin schon durch das Hamburgermenü malträtierten Magen. »Es ist der Renault da drüben. Was macht dein Arm?«

»Da ist nix.«

»Hat Pirjo den Ärmel genäht?«

»Ja.«

»Hat Matti Forsman Ilona umgebracht?«

Der Junge drehte sich um und sah Kuhala, der die Tür des Renaults öffnete, ratlos an. »Vor dem Hund braucht man keine Angst zu haben, aber er wittert sofort, wenn du Gemeinheiten ausbrütest. Wir unterhalten uns jetzt in aller Ruhe.«

Jake zog die Mütze tiefer ins Gesicht und verschränkte die Arme, legte dann aber eine Hand aufs Armaturenbrett und fummelte mit der anderen an der Mütze herum. Ein Jogger näherte sich dem südlichen Rand des Parkplatzes, rückte seine Ohrenstöpsel zurecht und sprang von einem Betonhindernis zum anderen, um etwas Abwechslung beim öden Rennen auf Asphalt zu bekommen.

»Wir wissen nicht, wer sie umgebracht hat«, brummte Jake.

»Redest du jetzt nur für dich, oder hast du die anderen gefragt, wie wir es besprochen hatten?«

»Die wissen auch nicht mehr. Dieser Forsman ist ein Scheißfreak, aber vielleicht doch kein Mörder.«

»Ihr quält ihn zum Spaß und verbreitet falsche Informationen über ihn. Lass mich mal raten: Einer von euch hat damals das Foto von der Überwachungskamera in die Finger gekriegt, das mit dem Maskenmann. Er hat in der Schule einen Stapel Kopien gemacht, die dann verteilt und mit Matti Forsmans Namen beschriftet wurden. Und mit sonstigem kindischen Zeug. Lasst den Mann in Ruhe!«

Jake nickte. Kuhala fragte ihn, ob er einen Ersatzkandidaten als Täter habe. Jeri, der auf der Rückbank seine Cheeseburger verdaute, wechselte die Position und leckte zum Zeitvertreib an Kuhalas Ohr, wie um zu zeigen, in welches Lager er gehörte.

»Lass es raus! So ein extremes Verbrechen interessiert Leute in deinem Alter genauso wie Leute in meinem. Und dann ist es auch noch hier passiert. Ich habe gehört, unter der Laderampe wäre in der Mordnacht ein dunkel gekleideter Kerl gesichtet worden. Ziemlich jung. Brauchst nicht zu erschrecken, ich habe dich nicht in Verdacht. Wie es scheint, laufen hier noch mehr in schwarzen Klamotten herum.«

Jake drehte sein gerötetes, glattes Jünglingsgesicht in Kuhalas Richtung. In den Augen schimmerte schlecht kaschierte Panik, oder aber Kuhala deutete es falsch, weil das Mützenschild des Jungen so tief saß.

»Mehr weiß ich nicht. Echt wahr. Fick …«

»Was habe ich vorhin gesagt?«

»Sorry. Die Bullen wissen das alles am besten. Die hätten den Täter längst geschnappt. Das ist die Wahrheit. Ich weiß nicht mehr … und meine Kumpels auch nicht«, sagte Jake und bildete sich wohl ein, das wäre ein treffender Schlusspunkt für die Beratungen.

Eine Hand legte sich auf den Türgriff, ein Bein bewegte sich in Bereitschaftsposition, für den Fall, dass gerannt werden müsste.

»Kennst du Mika Rentonen?«

Der rote Bereich auf Jakes Wangen weitete sich aus und reichte nun bereits bis zum Hals. Er sagte nichts, schüttelte aber den Kopf und machte die Tür auf. Kuhala streckte sich und zog sie wieder zu. »Schön langsam. Da habe ich dich nach langem Suchen endlich zufällig gefunden, und jetzt willst du schon wieder verschwinden. Hast du den Namen Rentonen schon mal gehört?«

Jake schien zu überlegen. Kuhala fragte ihn, ob es in Sippilinna noch andere Jugendräume gebe.

»Nein.«

»Auch früher nicht?«

»Na ja, irgendwann mal. Die sind dichtgemacht worden, weil sich Leute beschwert haben, und wir haben jetzt ja den Jugendtreff von der Stadt.«

Kuhala bat Jake, ihm in die Augen zu schauen, und nahm ihm die Mütze vom Kopf. Der Junge hätte ihn wegen Freiheitsberaubung anzeigen können, so wie Kuhala ihn wegen des Zwischenfalls bei den Mülltonnen, aber er war so erschrocken, dass er die Möglichkeit gar nicht in Betracht zog. Der Name des jungen Mannes, der an der Schwelle zu Ratskus Küche gestorben war, hatte einen langen Riss in Jakes Verteidigung geschlagen.

»Mika Rentonen wurde im Haus eines Freundes von mir erstochen. Ich war zufällig vor Ort, aber der Mörder konnte fliehen. Es war keine angenehme Begegnung, und ehrlich gesagt bin ich selbst so stark persönlich betroffen, dass ich an der Angelegenheit mehr interessiert bin, als du glaubst. Vor ein paar Stunden habe ich Fotos gesehen, auf denen Mika Rentonen und die gesamte verlorene Jugend von Sippilinna in vollen Zügen das Leben genießt. Du bist auch drauf. Leicht zu erkennen. An den Wänden hängen Poster von diversen Bands, aber auf einem Foto sieht man auch das berühmte Bild von der Überwachungskamera.«

»Ich weiß nichts.«

»Versuch dich zu erinnern!«

»Manchmal trinken wir was. Bei den Feten hängen seltsame Typen rum. Meine Kumpels waren das jedenfalls nicht.«

»Wessen sonst?«

»Fick …«

»Jake!«

»Echt wahr. Null Ahnung. Klar, alle haben das in der Zeitung gelesen, aber wir wissen nix.«

»Nichts davon und nichts über Ilona«, höhnte Kuhala. »Da muss ich also doch deine Kumpels einzeln befragen, weil sich das Ganze in eine ziemlich sonderbare Richtung ausdehnt. Und dabei muss ich allen von unserer kleinen Plauderei hier erzählen.«

Jake schabte sich mit den Zähnen einen Hautfetzen von der Unterlippe. Ein Blutstropfen fiel ihm auf den Oberschenkel. Er starrte vor sich hin und schwitzte. Er war gerade erst erwachsen geworden, die Welt hatte ihn noch nicht abgehärtet, und weil ihn Kuhala nicht fluchen ließ, gingen ihm allmählich die Tricks aus.

In dem Moment stieg ein halbes Dutzend von Jakes Freunden aus dem Bus und überquerte die Straße in Richtung Wohntürme. Keiner bemerkte den Renault, obwohl sich Jake aufrecht hinsetzte.

»Da gehen sie. Zusammen könntet ihr das Auto hier umschmeißen, aber du musst jetzt alleine zurechtkommen. Ich brauche nur den Namen des Typen, der Mika Rentonen zu euren Partys eingeladen hat. Oder der sein engster Freund war.«

Jake schloss die Augen und rutschte tief in den Sitz, als hätte er das Bewusstsein verloren. Er hob die Hände und hielt sich die Ohren zu. War das ein improvisiertes Mittel aus der Kindheit, mit dem man in der Not schlimme Neuigkeiten von sich fernhielt? Hatte sich Jake als kleiner Junge die Decke über den Kopf gezogen, wenn die Eltern zu streiten anfingen?

»Geh nach Hause. Und denk ein bisschen nach. Ich komme nämlich wieder, das steht fest. Und das da sieht bescheuert aus.«

Eine große Träne drang unter den Wimpern hervor. Jake kam erst durch Jeris Aufjaulen wieder zu sich. Er sammelte kurz seine Kräfte, bevor es ihm gelang, die Tür zu öffnen und sich davonzumachen. Der Wind riss ihm die nachlässig aufgesetzte Mütze vom Kopf. Jake musste ein paar Schritte laufen, bis er sie eingefangen hatte. Er richtete sich auf und schickte Kuhala einen Mittelfingergruß. Darin lag die gleiche Inbrunst wie bei einer Neonaziversammlung, aber es reichte nicht, um den ganzen Druck abzubauen. Darum holte er zu einem Tritt gegen den Abfalleimer neben einer Bank aus und traf. Der Behälter löste sich aus der Halterung und flog auf die Fahrbahn.

Kuhala war nicht sonderlich stolz auf sich, stapfte

jedoch schon so lange über das Felsenmeer des Privatdetektivdaseins, dass er für die Anwendung taktvoller psychologischer Methoden nicht mehr der Richtige war – nicht einmal im Umgang mit Jugendlichen. Mit Fokussierung und klaren Worten kam man schneller zur Lösung und manchmal auch zur Honorarzahlung. Falls Jakes Benehmen Schlussfolgerungen zuließ, dann wusste er mehr, als er verraten hatte. Alle hier wussten mehr, aber keiner hatte Lust, sich zu öffnen.

Düster und leicht bedrohlich zeichnete sich Sippilinna vor dem herbstabendlichen Himmel ab. Die Leute kamen von der Arbeit nach Hause, im Labyrinth zwischen den Wohnblocks lag der Smogteppich der Stoßzeit.

»Dann wollen wir mal wieder«, sagte Kuhala halblaut und ließ die Kupplung kommen.

An diesem Tag war er auf den Geschmack an der Arbeit gekommen. Außerdem freute er sich noch immer über den Anruf des Urologen, weshalb er nicht die üblichen Weltuntergangsanfälle bekam, wenn er vor den Ampeln in mehrere hundert Meter langen Schlangen stehen musste, in denen es so bereichernd war, mit kreidebleichem Gesicht am Schuldgefühl der westlichen Welt zu leiden, über Megatsunamis zu lamentieren, über die UV-Strahlung, die durch das Ozonloch brannte, über das Verschwinden der Arten, die Zerstörung des Regenwalds, über die Dummheit und Gier der Menschheit, über den Weltuntergang.

Ihn quälte nicht einmal der Abschiedsbrief von Annukka.

Jeri schlüpfte auf den Beifahrersitz, begab sich in Eichhörnchenstellung und hielt nach Artgenossen Ausschau. Unter Kuhalas gutem Zureden legte er die Ohren an und lächelte mit blitzenden Zähnen, bellte aber plötzlich wütend, weil er vor der ehemaligen Gewehrfabrik eine Troika von drei Golden Retrievern strawanzen sah.

»Kumpels von dir, oder was?«

Am Seitenfenster rann Hundespeichel herab, Jeri wedelte mit dem Schwanz.

»Ich gebe dir mein Wort: Wenn ich diesen Fall gelöst habe, werde ich dir ein Schäferstündchen organisieren. Und ich werde ihn lösen.«

Mit der Lesebrille auf der Nase machte Voitto Lost gerade die Kasse, als Kuhala hereinkam. Er sah ihn an wie einen Fremden, entweder weil er nicht richtig sah oder weil der Kasseninhalt sogar den Eifer fürs Guten-Tag-Sagen erlöschen ließ. Kuhala ergriff die Initiative und nickte, worauf Lost lächelte, als hätte er einen Giftpfeil zwischen die Schulterblätter bekommen.

»Für diesen Tag ist der Stress vorbei, was?«

»Wenn das so weitergeht, muss ich mir zusätzliche Löcher in den Gürtel machen, aber ich hab ja Werkzeug genug. Um Löcher zu stechen.«

»Hätten Sie kurz Zeit für ein paar Fragen?«

Lost knallte die Kasse zu und breitete die Arme aus, wie um anzudeuten, dass kein Gedränge herrschte. Durchaus möglich, dass an diesem Tag die Pappfrau auf der Bierkiste seine einzige Gefährtin gewesen war. Einen Moment lang stellte sich Kuhala tatsächlich vor, wie Lost in der Einsamkeit seines Ladens der Brünetten sein Herz ausschüttete. Es war keine tröstliche Vorstellung.

Sie gingen ins Hinterzimmer. Dem gedeckten Tisch nach zu schließen hatte sich Lost, um am Leben zu bleiben, mit einem puertoricanischen Mittagessen begnügt: Kaffee und Zigaretten. Er bot Kuhala einen Stuhl an und setzte sich selbst in die Nähe von Ilonas Foto. Auf seinem Gesicht kreuzten sich die Furchen, es war schwierig, darauf auch nur einen Hauch der Willenskraft eines Mannes ausfindig zu machen, der den Mörder seiner Tochter suchte.

Der Abiturrosenstrauß schien seit dem letzten Besuch um einige weitere Blütenblätter ausgedünnt worden zu sein.

»Wie sieht es aus, haben Sie etwas herausgefunden?«, fragte Lost.

Kuhala berichtete von seinen Erlebnissen, ersparte dem Schlosser jedoch die Einzelheiten. Den gewalttätigen Teil seines Besuchs bei Viljami Levanto sonderte er vollständig aus, und er hatte auch keine Lust, dessen Autogeschäfte mit Jugendbetreuer Bruno Heuberg zur Sprache zu bringen. Er sagte, er habe das Überwachungskamerabild von dem Maskenmann so oft gesehen, dass die Wirkung allmählich nachlasse. »Und es hilft uns leider auch nicht weiter. Das Bild scheint in Sippilinna so eine Art Ikone zu sein. Haben Sie je den Namen Matti Forsman gehört?«

Das Zellophan einer leeren Zigarettenschachtel knisterte in Losts Faust. Er gab sich Bedenkzeit von der Länge des Anzünderituals, schüttelte dann aber den Kopf. »Nein. Forsman? Nicht dass ich wüsste. Wer ist das?«

»Keine bedeutende Persönlichkeit. Und Mika Rentonen?«

»Moment mal. Den habe ich schon mal gehört. Oder gelesen. Nein, sondern …«

»Und Jake Moisio?«

Lost sank in sich zusammen und stützte die Ellbogen auf den Tisch. Der Rauch, der aus den Nasenlöchern drang, hüllte das Gesicht ein. Seine Grimasse entblößte eine gelbliche untere Zahnreihe, das Atmen fiel ihm irgendwie schwer. Der Eindruck, dass Losts Kräfte schwanden, den Kuhala bei der ersten Begegnung gewonnen hatte, wurde dadurch nicht schwächer. Wie überstand der Mann nur die beruflichen Hausbesuche, die bei einem Schlüsseldienst anfielen? Bei der Ernährung würde er über kurz oder lang hinter der Ladentheke zusammenbrechen.

»Ziemlich viele Namen, die ich noch nie gehört habe«, meinte Lost heiser. »Man wird direkt neugierig.«

»Vielleicht ist es besser, wenn ich vorerst nichts mehr über diese Leute sage. Ich wollte nur wissen, ob Ihnen die Namen irgendwie bekannt vorkommen. Das ist alles … Sie haben nichts mit dem Verbrechen zu tun …«, milderte Kuhala ab.

»Womit haben sie dann zu tun?«, wollte Lost mit verschlagener Miene wissen.

Kuhala rechtfertigte seine Schweigsamkeit mit ermittlungstechnischen Gründen, versicherte Lost jedoch, ihn auf dem Laufenden zu halten, falls etwas Entscheidendes passiere. Er sagte, das alles gehöre zu den Arbeitsmethoden, die sich im Lauf der Jahre eingeschliffen hätten und mit denen er hin und wieder sogar Resultate erzielt habe. Der Schlosser nickte, sah Kuhala aber so schief an, als glaubte er ihm kein Wort. Es war kein Blick, der Vertrauen festigte, und das veranlasste Kuhala, die Zweckmäßigkeit seiner Arbeitsmethoden zu überdenken.

Er fuhr das kurze Stück zu seinem Büro in der Vaasankatu, lavierte den Renault in die weiß eingefasste Parkbox und sah beim Blick in den Rückspiegel zufällig seine Augen. Sie waren von kleinen Falten umgeben, und es hatte sich in ihnen der schale, abwesende Blick eingenistet, der immer erschien, wenn ein Fall keine Gestalt annahm. Zwar war er kein unförmiger Brocken mehr, aber die Bestandteile waren noch nicht richtig zu erkennen, geschweige denn, dass Kuhala sich getraut hätte, sie zusammenzusetzen.

Keine neuen Aufträge, keine Nachrichten auf dem Anrufbeantworter, keine E-Mails. Das Schlussviertel Hadding House schwappte verführerisch in der Flasche, aber Kuhala beschloss, es sich für härtere Tage aufzusparen.

Er führte seinen Hund auf der Trimm-dich-Strecke

Gassi und machte den Joggern Platz, indem er mit Jeri zur Seite trat. Dass Mika Rentonen mit Leuten aus Sippilinna Kontakt gehabt hatte, konnte bedeuten, dass der Mörder auch zu der Bagage gehörte, und wenn man diese Theorie genügend dehnte, konnte derselbe Mann auch Ilona umgebracht haben. Nach dem ersten Kapitalverbrechen ging einem das zweite rasch von der Hand, und warum nicht auch ein drittes, wenn es eng wurde. Die Polizei konnte nicht mehr alle ihre Ressourcen auf Ilonas Fall verschwenden, weil er bereits zwei Jahre zurücklag. Sollte Rentonens Kontakt mit Sippilinna in Nevakivis zentralem Nervensystem nicht zünden, würde die Akte Ilona in Frieden ruhen dürfen.

Der Daumen im Fleischwolf, die Stahlkugel in der Leuchtreklame, Verfolgungsjagden, eine Eingreiftruppe, Jore, der sich auf seiner Graffitibank wohlfühlte, Ratskus versiegende Herzschläge. Nein, verdammt, die harten Tage fanden hier und jetzt statt, diagnostizierte Kuhala und bedachte das Whiskyviertel erneut mit einem sehnsüchtigen Gedanken.

Plötzlich erstarrte Jeri auf der Stelle. Die Schwanzspitze bog sich bis zum Rückgrat, und die Nackenhaare sträubten sich. Dann trat der gläserne Blick des Straßenschlägers in seine Augen. Kuhala ahnte, was kommen würde, konnte aber nichts dagegen tun. Jeri bot sich mit gefletschten Zähnen einem schwarzen Monsterhund, der zweieinhalbmal so groß war wie er und hinter einem Busch hervortrottete, zum Duell an. Es war zu spät, um einen Bogen zu schlagen. Die Kreatur war bedrohlich, roch kilometerweit nach Rüde und begriff nicht, dass der Trimm-dich-Pfad zu Jeris Privatgelände gehörte. Kuhala hielt die Leine mit beiden Händen, in dicken Brocken flog die Erde unter Jeris Pfoten auf. Der Krach brachte sogar die Leute auf der Yliopistonkatu dazu, sich umzudrehen. Die Gegenseite gab sich nicht leicht geschlagen. Man hätte glauben sollen, dass die Kriegserklärung, die in Form von dröhnendem Gebell seinem Brustkorb entwich, und die beiden einschüchternden Eckzähne Jeris Eifer bändigen würden, aber nein.

Jetzt mussten die Jogger ausweichen.

Kuhalas Überlegungen pausierten. In solchen Situationen gerieten auch Hundebesitzer in Rage; es hätte nicht viel gefehlt, und die beiden hätten sich ebenfalls angegiftet.

»Nein!«, rief Kuhala.

»Nein!«, rief die Gegenseite.

»Jeri!«, brüllte Kuhala.

»Bormann!«, brüllte der Kontrahent.

Der Radau dauerte weniger als eine halbe Minute. Als beide ihre Lieblinge weggerissen hatten, tadelte Kuhala Jeri, obwohl er wusste, wie sinnlos das war. Es würde ihm nicht gelingen, dem erwachsenen Hund seine Gewohnheiten auszutreiben, vielleicht sollte er lieber darauf achten, dass die Leine hielt. Jeri quittierte den Tadel, indem er mit dem Schwanz wedelte und genau gezielte Serien in die Spuren des Provokateurs pinkelte, als Warnung vor den Folgen einer neuerlichen Begegnung.

Kurz vor den Spätnachrichten und dem Zubettgehen war Kuhala aber wieder so weit beschwichtigt, dass er seinem Freund ein halbes Dutzend Fertig-Hackfleischbällchen ins Abendbrot schnippelte.

Er selbst aß den Rest aus einem Gurkenglas, samt Lake, und hörte ein bisschen Radio. Es wurde gerade über die Sintflutmythologie unterschiedlicher Religionen diskutiert. Na also, da kam es ja: Würde das nördliche Polareis schmelzen und der Plot einer neuen Mythologie Gestalt annehmen, wäre es das Beste, Schnorchel und Flossen vom Speicher zu holen. Sämtliche Medien überzogen einen mit Schreckensszenarien. Hatte es nicht gerade erst geheißen, wissenschaftliche Untersuchungen hätten erwiesen, dass der Golfstrom innerhalb von zwölf Jahren um dreißig Prozent langsamer geworden sei? Wenn er stehen bliebe, waren die warmen Sommer im Norden Europas Vergangenheit. Man würde zu ewigem Winter übergehen. Und was sollte man von dem achtzig Kilometer langen Vulkankrater im Yellowstone-Nationalpark halten, der alle sechshunderttausend Jahre ausbrach und dessen letzter Ausbruch sechshundertzwanzigtausend Jahre zurücklag? Wissenschaftler sahen in solchen Umwälzungen das Ende der Menschheit voraus.

Der Geschmack der Fleischbällchen widerte Kuhala an. Er stellte sich eine Beschattung vor, während am Horizont plötzlich eine riesige Aschewolke aufstieg.

Die Straßenlampe, die auf der Hannikaisenkatu in ihren letzten Zügen flackerte, lieferte auf dem Vorhang den passenden Lichteffekt zu seiner apokalyptischen Vision. Das war der passende Augenblick, um Annukkas Brief hervorzuholen. Vom zigfachen Lesen war dessen Papier in Kuhalas Händen brüchig geworden, er sah aus, als wäre er in einer Flasche über den Ozean zu ihm gekommen.

Lieber Otto,
du magst mich für feige halten, und das bin ich wohl auch, weil ich Dir einen Brief schreibe und kein Treffen vorschlage. Es war wunderbar mit Dir, und ich glaube, dass ich an Deiner Seite die besten Stunden meines Lebens verbracht habe. Du bist charmant, Du bist rücksichtsvoll, Du bist zärtlich, und Du hast etwas in mir freigesetzt, von dem ich gar nicht wusste, dass ich es in mir habe.
Dass Du eine andere, traurige und irgendwie düstere Seite hast, ist menschlich. Es

gibt in Dir außerdem etwas Geheimes, zu dem niemand Zutritt hat. Auch darüber beklage ich mich nicht. Du bist der Mann meines Lebens.
Trotzdem kann ich nicht mit Dir zusammenleben. Nach allem, was ich gesagt habe, ist das ein bisschen schwer zu erklären, aber ich bin sicher, wir tun uns nichts Gutes, wenn wir diese Beziehung fortsetzen. Es geht nicht darum, dass Du so weit weg wohnst, auch nicht darum, dass meine Karriere darunter leiden würde, dass wir zusammen sind. Ich muss einfach sagen, lieber Otto, dass die Trennung unumgänglich ist. Wir wären nicht glücklich. Eines Tages würden wir merken, dass es sich nicht lohnt weiterzumachen, und auf diesen Tag will ich nicht warten. Ich will nur, dass Du meine Entscheidung verstehst. Vergiss mich, so ist es am besten. Versuche, keinen Kontakt mit mir aufzunehmen. Sollten wir uns irgendwann begegnen, betrachte mich als eine Freundin von Dir.
Annukka

Obwohl Kuhala den Brief auswendig kannte, verstand er kein Wort davon, geschweige denn, dass er ihn akzeptierte. Was für eine traurige und düstere Seite sollte er denn, bitte schön, haben? Und wenn doch, dann hatte es ihm bei Annukka nicht die geringste Mühe bereitet, sie im Hintergrund zu halten. Dass Annukka das Ende der glücklichen Tage prophezeite, war ungerecht, aber es war der einzige

Grund, an den sich Kuhala klammern konnte. Annukka musste eine Beziehung hinter sich haben, bei der die Trennung unerträglich gewesen war. Und diese Erfahrung wollte sie nicht noch einmal machen. Obwohl Kuhala der Mann ihres Lebens war. Warum hatte sie kein einziges Mal auf diese alte Beziehung angespielt? Was hatte es damit auf sich? Hatte sie kein Vertrauen zu Kuhala? Hatte sie Angst vor etwas?

Kuhala litt seit dem Erhalt des Briefes unter Schlaflosigkeit, die er nur mit Schlaftabletten loswurde. Zahllose Male hatte er sich hingesetzt, um per Brief oder E-Mail eine Antwort zu verfassen, war jedoch nicht fähig gewesen, auch nur ein Wort zu schreiben. Genauso oft war er drauf und dran gewesen, Annukkas Nummer zu wählen, hatte es aber dann doch bleiben lassen, weil der Ton des Briefes so unwiderruflich war wie ein Hilferuf.

Kuhala trauerte, spielte den Märtyrer, erwog, sich vom Aussichtsturm zu stürzen, war nachtragend, spürte die Krämpfe der Eifersucht, wollte seinen Schmerz in Whisky ertränken, hasste das ganze weibliche Geschlecht, hasste sich selbst, zeigte allem den Mittelfinger, dachte über seine Fehler nach, hegte den Verdacht, Annukka sei durchgedreht, gelobte, im Zölibat zu leben, verschlang kohlehydrathaltige Nahrung und Süßigkeiten gegen seine Qual und führte Selbstgespräche.

Und liebte Annukka.

Und hörte nicht auf, sie zu lieben, auch wenn die Wochen vergingen und die Sonnenglut des Spätsommers vom Herbstregen abgelöst wurde.

Gerade als er den Brief aus der Hand gelegt hatte und anfing, die Zahnpastatube aufzuschneiden, um die letzten Reste herauszuschaben, rief Voitto Lost an.

Mika Rentonen war Ilonas Freund gewesen, kurz bevor Viljami Levanto sich dazwischendrängte. »Oder zur gleichen Zeit. Der Junge war vielleicht sogar mal bei uns, ich bin nicht ganz sicher. Und jetzt ist er im Haus eines ehemaligen Polizisten erstochen worden. Hab ich in der Zeitung gelesen.«

ZWEI

19

Perttu Kane verband die Bretter, die er unter der Verandatreppe gefunden hatte, mit Isolierband und heftete den Lachs mit angespitzten Hölzchen daran fest. Damit war der fast zwei Kilo schwere Fisch gekreuzigt – als hätte der Ermüdungskampf zuvor nicht gereicht.

Seit dem Morgen hatten sie am Fluss gefischt, an Meriten aber lediglich ein paar Büschel Wasserpflanzen sammeln können. Außerdem hatte sich ab und zu ein Haken an einem Stein verfangen, worauf der Blinker weg war. Gerade als sich die ersten Frustgefühle mit Bemerkungen wie »Wir hätten eh keinen Fisch gewollt« Luft machten, bog sich Maxim Kuukunens Angelrute. Alle Mann wurden zu Hilfe gerufen, die Spule trällerte, die Bremse quietschte, und die Beinarbeit des ehemaligen Boxers wurde auf den glitschigen Ufersteinen einem ernsthaften Test unterzogen. Kane reichte mit dem Kescher fast bis ans andere Ufer, weshalb er nützlicher war als Kuhala mit seiner Norwegermütze, der bloß auf der Stelle hüpfte und die anderen anfeuerte. Schließlich bekamen sie den Fisch aufs Trockene, und dann beendete ein Schlag in den Nacken die irdische Wasserwanderung des Tiers. Jeri, der alle Maßnahmen unermüdlich begleitet hatte, starrte die leblose Beute an, als überlegte er, wo er am besten die Zähne hineinschlagen sollte. An den Aktivitäten des Tages hatte sich der Hund beteiligt, indem er über den Uferkies getobt war und Stöckchen hin- und hergeschleppt hatte. Während der Pausen postierte er sich neben Kuhala und dessen Tasche mit den Leckerbissen.

Dann wurden auch schon die Flaschen zum Begießen des Anglerglücks ausgepackt, die Zigarren und die Digikameras, mit denen das breite Grinsen des Wirts verewigt wurde. Und bald wurde auch in die Witzkiste gegriffen und Gutgelauntes, männlich Herbes hervorgekramt: Was ist der Unterschied zwischen Viagra und Lenor … he, he, he …

Die Stromschnelle schäumte, das Wasser spritzte auf die bemoosten Steine, aus dem Strudel des Gegenstroms am anderen Ufer stieg abendkühler Dunst auf.

Max Kuukunen hatte ein Feuer gemacht, dessen Schein sich schalkhaft schillernd in der Strömung spiegelte. Am Firmament glänzte der Mond.

Kane platzierte den Lachs in passendem Abstand zu den Flammen und quittierte alle Befürchtungen, das Isolierband werde mit dem Fisch verschmelzen, mit der Behauptung, das sei nicht möglich. »Denkt euch halt eine bessere Methode aus! Aber ich sag euch, das funktioniert.«

Er befeuchtete einen kleinen Wacholderzweig mit Salzwasser und besprengte damit den Lachs. Max hatte aus saurer Sahne, Zitrone, Dill, Salzgurke und Knoblauch eine Soße gezaubert, Roggenbrot und Tomaten geschnitten sowie einen Aperitif gemixt, mit dem nun in der Wärme des Feuers auf das Leben an sich und das Anglerglück im Besonderen angestoßen wurde.

»Hui, was hast du da reingetan?«, rief Kuhala, nachdem er den Fehler gemacht hatte, das Glas auf einmal zu leeren.

»Janitscharenschnaps und eine Prise Schwarzpulverefeuwurzel. Die Preiselbeeren müsstest du eigentlich erkannt haben, die habe ich da drüben gesammelt.« Max grinste beim Anblick von Kuhala, der sich die Tränen aus den Augen wischte.

Der Aperitif trug den Namen *Big Bang*. Er war schlimmer als Haddington House, und dabei hatte Kuhala geglaubt, nichts auf der Welt komme gegen seinen Lieblingswhisky an. Weder er noch Kane hatten je etwas von Janitscharenschnaps noch von Schwarzpulverefeu gehört. Sie hatten den Verdacht, beides sei auf Maxens Mist gewachsen, aber der Freund sagte, ohne mit der Wimper zu zucken, die erste Zutat belebe den Stoffwechsel, die zweite rege den Appetit an. »Die Gesamtwirkung reicht aus, um eine Trägerrakete zum Mars zu starten.«

Dann erlosch das letzte Licht des Tages hinter dem Waldrand, der aus den Kratern aufsteigende Nebel hüllte den Mond ein, und die Männer warteten mit hungrigen Blicken, dass der Lachs gar wurde. Eile wäre jedoch nicht angebracht gewesen. Die Salzwasserspritzer vom Wacholderzweig zischten auf und vermischten sich mit den Säften des Fisches. Bisweilen rückte Kane seine Konstruktion etwas vom Feuer weg, dann wieder näher heran. Als sie mit dem kameradschaftlich-flachsenden Vergleich der Spulen, Ruten, Stirnlampen, Messer, gefütterten Gummistiefel und sonstigen Ausrüstungsgegenstände durch waren, lauschten sie eine Weile schweigend dem Knistern des Feuers und dem Rauschen des Flusses. Schließlich stellte Kuhala die Bierdose zwischen seinen Füßen ab und wagte es, Max um einen zweiten Urknall zu bitten, da der erste noch keinen neuen Kosmos in seinem Inneren zum Leben erweckt habe.

»Nichts leichter als das, aber pass auf, dass du nicht bald platt im Moos liegst.«

»Keine Sorge. Ich will bloß mal ausprobieren, ob das Zeug wirklich so schlimm ist.«

Max hantierte an der Arzttasche, die er zur tragbaren Bar umfunktioniert hatte, und reichte Kuhala sein Getränk. Perttu mochte kein zweites. Er sagte, er halte sich an Maxens Warnung und habe Angst, sich nicht bloß mit der Schnauze im Moos, sondern im schlimmsten Fall mit dem ganzen Gesicht im Fluss wiederzufinden. »Außerdem fällt einer wie ich aus so großer Höhe, dass es richtig wehtut.«

Beim zweiten Glas musste sich Kuhala nicht mehr vor Ekel schütteln, aber der Drink ging ihm schlagartig in den Kopf und ließ ihn auf etwas tastende Weise philosophisch werden. Mit rotem Gesicht starrte er in die Flammen, dann suchte er am Sternenhimmel, der sich über ihnen wölbte, nach Vergleichsparametern für die Kleinheit des Menschen. »Vor Jahren hat die NASA eine Sonde ins All geschossen, die zweieinhalb Milliarden Kilometer absolviert hat. Die Höchstgeschwindigkeit betrug bis zu 80 000 Kilometer pro Stunde, wenn sie auf den Umlaufbahnen verschiedener Planeten Schwung holte. Ihr Ziel war Saturn, und in der Gegend treibt sie sich wahrscheinlich auch noch herum, aber wenn man sich so ein Ding in der Unendlichkeit des Universums vorstellt, wird einem unsere Hilflosigkeit und Einsamkeit als Menschheit und als Individuen irgendwie erst so richtig bewusst. Und trotzdem ist unser unerträgliches Dasein unerträglich kurz. Das ist meiner Meinung nach paradox; darüber könnte man tagelang reden. Ich zum Beispiel jage für ein Minihonorar einen Mörder, der sich, wenn er gefunden wird, wahrscheinlich als jämmerlicher Wicht entpuppt.«

»Falls er gefunden wird.«

»Na. Ich bin dicht dran. Ich muss ihn bloß aus einer größeren Bande von jungen Kerlen aussieben, sobald ich dazu komme.«

»Wie kommt das eigentlich, dass du ständig mit Kapitalverbrechen zu tun hast? Wenn ich es richtig verstanden habe, kann das gefährlich werden«, wunderte sich Max.

Kuhala erklärte ernst, er könne sich seine Aufträge nicht aussuchen. Dem aktuellen Fall habe er aus dem Weg gehen wollen, aber dann sei er doch bis zur Halskrause hineingezogen worden. »Furchtbare Szenen gibt es mehr als genug, daran ist nicht zu rütteln. Mit zunehmendem Alter steckt man die nicht mehr so leicht weg, aber unter uns:

Irgendwie bin ich auch abgehärtet. Der Mensch ist nicht nur klein, sondern auch ein Scheusal. Die Tugenden des Sokrates sind nicht in Mode. Warum bringt jemand eine junge Frau im Frühling ihres Lebens um?«

»Also, ich fühle mich auch klein, auch wenn das keiner glaubt«, pflichtete Perttu Kane bei, ohne auf die Scheusalhaftigkeit des Menschen einzugehen. »Allmählich rentiert es sich aber, den Imbiss durch die Gegend zu ziehen. Bloß die Nachtarbeit ist nichts für mich. Außerdem habe ich von den Sprüchen der Leute die Nase voll. Die haben einen sitzen, glotzen mich morgens um drei schief an und fragen, ob ich noch beim Freiwurf treffe.«

Kane regte sich so sehr auf, dass er aus Versehen seinen Gummistiefel in Größe 54 in die falsche Richtung bewegte und gegen den Lachs stieß, der daraufhin bedrohlich den Flammen entgegenkippte. Im letzten Moment konnte er ihn mit der Hand stoppen. Die Flüche, die er dabei ausstieß, kamen in einem dampfenden Schwall aus seinem Mund. »Der ist langsam so weit, Jungs. Holt eure Teller!«

Der Fisch wurde in drei gleich große Stücke geschnitten, er wurde mit Soße begossen, und den Kopf ließ man etwas abkühlen, bevor man ihn Jeri hinwarf, der dem Geplauder der Männer mit etwas Abstand zuhörte, die Schnauze zwischen den Pfoten.

»Großartig!«

»Hervorragende Soße!«

»Himmlisches Brot! Aus Sysmä?«

Aus dem Drei-Liter-Fässchen blubberte Weißwein in die Gläser, und als wieder angestoßen wurde, war Kuhala, der den Mund voll Lachs hatte, bereit, seine These von der Kleinheit des Menschen zurückzuziehen. Er schluckte und räusperte sich. »Solche Stunden wie diese sind ja auch in gewisser Weise klein, und gleichzeitig auch groß, sozusagen, aber was ich eigentlich sagen wollte …«

»Vielleicht konzentrierst du dich jetzt erst mal aufs Essen«, schlug Kane vor.

»Kommt in gut einer Woche nach Sippilinna, Jungs, und hört euch meinen Vortrag über den Beruf des Privatdetektivs an. Wer weiß, am Ende begeistert ihr euch noch dafür.«

»Hör bloß auf! Willst du wirklich so einen Vortrag halten? Und wenn der Mörder, den du jagst, im Publikum sitzt?«, überlegte Max.

Kuhala trank einen Schnaps, leerte sein Weißweinglas und füllte es wieder. Mit der Brotrinde wischte er die restliche Soße vom Tellerrand und blickte auf den Schein der Glut, der sich in den Pupillen des ehemaligen Boxers spiegelte. »Sollte das der Fall sein, werde ich das auch bei hundert Anwesenden spüren und mir den Mistkerl schnappen.«

»Kommen da so viele Leute hin?«

»Natürlich nicht, außer du sponserst die Veranstaltung.«

»Was soll das denn heißen?«, lachte Max und spießte eine Tomate auf.

So viel man wusste, war es ihm gelungen, seine Kneipe rentabel zu machen, auch wenn er es nicht an die große Glocke hängte. Wie wäre es ihm sonst möglich gewesen, zu einer solchen Angeltour aufzubrechen und anzubieten, die Miete für die Hütte aus eigener Tasche zu bezahlen? Wie hätte er sonst seine Freunde mit einem aus dem Hut gezauberten SUV nach Viittasaari chauffieren können, über dessen Eigenschaften während der Fahrt eine gründliche Unterhaltung geführt worden war?

Jeri brachte den Fischkopf zwischen zwei Steinen am Ufer in Sicherheit und widmete sich dem Genuss. Die Stirnlampen der Männer schnitten in die Dunkelheit, und als sie ihre Teller blitzblank sauber gewischt hatten, kochte Maxim Kuukunen Milch im Topf, gab Kakaopulver hinzu und zauberte mit der Geschicklichkeit des Fachmanns ein

Rumgetränk, das angenehm wärmte und half, die Zungen noch mehr zu lösen.

Die Männer vergaßen ihre Alltagssorgen und die Tatsache, dass sie mehr gelebtes Leben hinter sich als vor sich hatten, dass der Umhang des Sensenmannes womöglich schon hinter der nächsten Kurve flatterte. Sie lachten laut und rauchten Zigarren, priesen die Umgebung und erklärten sich sogar bereit, für die letzten Jahre ihres Lebens dort zu wohnen. Aus den Tiefen eines Rucksacks tauchte eine Kognakflasche auf und ging von Hand zu Hand – es wäre schon nett, hier am Fluss zu leben und den in der Stadt verdorbenen Rhythmus wieder auf den gemächlichen Lauf der Jahreszeiten einzustellen.

»Fisch aus dem Fluss, Wild aus dem Wald, Wasser aus der Quelle und dazu Beeren wegen der Vitamine.«

»Genau. Im Frühjahr Moosbeeren, falls die Zähne anfangen zu wackeln.«

»Es gibt ein Moos, aus dem man einen guten Hustensaft machen kann, wenn man es in heißem Wasser ziehen lässt.«

»Auf euch! Ich will ja nichts sagen, aber ihr seid einfach verdammt gute Kerle«, ereiferte sich Kuhala und vergaß, dass er eine Zigarre im Mund hatte.

Sie fiel ihm in den Stiefel und sengte den Wollstrumpf an, bevor er seine Schusseligkeit bemerkte. Max und Perttu holten aus dem Schaden alles heraus und lachten, was das Zeug hielt. Jeri dachte bereits daran einzugreifen, als er sah, wie sein Herrchen unterm Hosenbein nach dem Havannarest suchte.

Zwischendurch legte Perttu Holz im Saunaofen nach und Kuhala holte seine Gitarre. Auf den betrunkenen Gesichtern machten sich melancholische Mienen breit, und gleich darauf erklang »Der Brief des Seemanns« von Gennadi Podelsky: »... wie der Stern in der Nacht leuchtet der Blick der Liebsten, und sein Glanz erwärmt im kalten Wind.«

Max trommelte den Latinorhythmus auf dem Milchkochtopf, und Perttu blies auf der Kognakflasche in falscher Tonart das Nebelhorn. In den letzten Zeilen der zweiten Strophe versagte Kuhala die Stimme, denn darin war die Rede von der Sehnsucht, und Annukka erschien vor seinem inneren Auge. Gleichzeitig vergaß er die Akkorde. Gerührt bat er um einen Schnaps, und nachdem er ihn bekommen hatte, hackte er eine Weile auf e-Moll herum, bis er anfing, »Sixteen Tons« von M. Travis zu heulen, in das der Basschor von Max und Perttu mit schelmisch synkopiertem Doobidoo einstimmte.

Jeri sprang neben Kuhala auf die Bank und fing an zu jaulen. Er richtete die Schnauze zum Mond, seine Barthaare, die er nach der Fischdelikatesse sorgfältig geleckt hatte, standen drollig ab.

»Die Sauna ist so weit, Jungs. Über hundert Grad«, sagte Kane.

Wenig später verfolgte Jeri, wie sich die Stirnlampenprozession der drei unbeugsamen Ks mit Handtüchern um die Hüften und der Größe nach zur Sauna bewegte. Der über zwei Meter große Kane an der Spitze erinnerte an eine Giraffe, Kuhala schmetterte »Penttis Serenade« aus dem Singspiel »Der Dorftanz«, und der kleine Kuukunen am Schluss tänzelte zu imaginären Schlagfolgen, wobei er an die Höhepunkte seiner Karriere zurückdachte.

Im Nachhinein waren die Männer nicht mehr sicher, welchem Mund der Vorschlag, schwimmen zu gehen, entwichen war. Aber die Hitze im Dampf der zischenden Steine war so gnadenlos, dass es alle für vernünftig hielten, sich im Fluss abzukühlen.

»Die Strömung ist stark«, sagte Kane, als sie mit dampfender Haut vor der Sauna saßen und die Stirnlampen einträchtig dorthin richteten, wo tosend die Stromschnelle schäumte.

»Die reißt einen mit, wenn man sich nicht etwas einfallen lässt.«

»Gibt es keine ruhigere Stelle am Ufer?«

»Im Umkleideraum hängt ein starkes Kunststoffseil am Haken. Zwei halten fest, einer planscht«, schlug Kuhala vor.

»Und wo wird das Seil festgebunden?«

Sie warfen sich Blicke zu und prusteten los, wurden aber schnell wieder ernst, denn sie verstanden, dass sie jetzt keinen Rückzieher mehr machen konnten, es aber immer kälter werden würde, je länger sie warteten.

Kurz darauf verfolgte Jeri die Prozession dreier nackter Männer, die sich nun zum Fluss bewegte, mit Max an der Spitze. Man hatte ihm bereits das Lasso umgeschlungen, und er schützte sein Gemächt und seinen Hintern mit zwei Styroporteilen, die sie in der Kommode des Umkleideraums gefunden hatten, vor scharfen Steinen. Max war ausgewählt worden, weil er der Kleinste war und somit leicht aus dem Wasser gezogen werden konnte. Außerdem war seine Natur in den Jahren als Boxer so gefestigt worden, dass er das Ganze für einen Klacks hielt. »Ich werde meinen Part schon erledigen, wenn ihr nur an der Schnur hängt und zieht, sobald ich ein Zeichen gebe.«

Kuhalas und Kanes Lampen richteten sich auf die festgeknoteten, von Mäusen angenagten Styroporteile, als Max das Handtuch von den Schultern nahm und die Arme lockerte, als stiege er in den Ring.

»Beeilen wir uns«, sagte er und riet Kuhala und Kane, an den zwei Wacholdern und dem großen Stein, die sich fünf Meter vom Ufer entfernt abzeichneten, Halt zu suchen.

»Mach dich nur kurz nass. Keine Sperenzchen.«

»Probier erst mal, bevor du reingehst. Das Wasser kann eiskalt sein.«

»Deine Mutter war eiskalt«, lachte Max und befeuchtete sich den Mund mit einem Schluck Janitscharenschnaps, bevor er sich auf dem abschüssigen Felsen auf das Wasser zubewegte.

Kana und Kuhala gaben Schnur, Jeri saß im Mondlicht und konnte nicht verstehen, was die Männer da trieben. Dennoch hielt er es für das Beste, sich nicht einzumischen, und sperrte die Kiefer zum Gähnen auf. Der Fischkopf, die Rückengräte, die so schön zwischen den Zähnen geknirscht hatte, und das eine oder andere Stück Brot hatten ihm den Magen gefüllt, jetzt fühlte er sich angenehm matt.

Maxens gedrungener Körper neigte sich nach vorne, dann verschwand er unter einem Felsvorsprung auf dem flachen Stein, von dem aus er sich ins Wasser gleiten lassen wollte. Er sagte, er halte das Lasso auch mit den Händen fest, weil der Knoten nur eine Notvorrichtung sei und außerdem so in die Haut schneide, dass er keine Luft bekomme. Kuhala und Kane warfen sich einen Blick zu und spannten die Arme an, um die sie mehrfach das Seil geschlungen hatten. Max würde gegen die Strömung nicht ankommen und ab dem ersten Ruck am Seil hängen wie ein Astronaut, der seine Kapsel für einen Weltraumspaziergang verließ.

»Wir haben ihn gar nicht gefragt, wie viel er wiegt«, meinte Kane.

»Ich würde auf siebzig Kilo tippen. Wenn du den ganzen Tag an den Töpfen stehst, kannst du dein Kampfgewicht nicht halten.«

»Der soll endlich reingehen. Was trödelt er so?«

Sie sahen Max die Stirnlampe auf den Felsvorsprung legen. Ihr Licht leckte am nassen Stein, und dann spannte sich die Schnur, als hätte am anderen Ende ein Hai angebissen. Kuhala stemmte die Zehen gegen den Wacholderstamm, Kanes Maibaumgestalt geriet ins Schwanken.

Die fünf Sekunden nach dem Reißen des Seils kamen

Kuhala und Kane wie eine Ewigkeit vor, denn sie begriffen einfach nicht, was schiefgegangen war. Sie holten das Seil ein, als hofften sie, Max würde am anderen Ende zappeln. Und sie unternahmen nichts. Bis sie endlich kapierten, dass der Wirt nicht dran war, verbrauchten sie drei Sekunden für fruchtlosen Leerlauf und das Empfinden der tiefen Erschütterung, weil der gute Freund nun für immer fort war.

Innerhalb von acht Sekunden hatte der Fluss den Freund in unerreichbare Ferne gespült. Der Rausch im Kopf verflog im Nu.

»MAX!«

Kuhala stürzte über die Wacholder hinweg, gefolgt von Kane und Jeri, rutschte natürlich aus und knallte mit dem Schinken auf einen Stein, sodass er um ein Haar selbst in die Stromschnelle geschlittert wäre.

»MAAAAXXX!«

Unheil verkündend schimmerte das Mondlicht in den Strudeln. Die schwarzen Felsen am anderen Ufer sahen aus wie Waldwesen aus alten Zeiten, die gekommen waren, um sich an der Tragödie zu ergötzen. Die flinksten von ihnen eilten bereits zum Unterlauf des Flusses, um sich über den leblosen Max herzumachen. Kuhala lauschte auf das Rauschen des Wassers. Sein Gesäßmuskel kam ihm wie gelähmt vor. Im Brustbereich brannte es, weil das Seil dort eine blutige Strieme einschnitt.

»Scheiße. Ich ziehe mir die Hose an und gehe zum Unterlauf. Mehr kann man nicht tun. Wer weiß, wie weit er abgetrieben ist. Wie kann so ein verdammtes daumendickes Plastikseil reißen?«, schimpfte Perttu.

Kuhala stand auf und verzog das Gesicht vor Schmerzen. Plötzlich hörten die beiden Männer einen Schrei, konnten jedoch nicht ausmachen, aus welcher Richtung er kam, und wollten ihn auch nicht so recht für wahr halten. Jeri bellte und rannte zum Ufer, wo er von Stein zu Stein sprang, bis er vom Licht der Stirnlampen nicht mehr erfasst wurde. Kuhala glaubte, nun auch seinen Hund zu verlieren.

»MAAAXXX! Jeri hinterher!«, brüllte Kane.

Und schon verschwand er in der Dunkelheit. Kuhala erschauerte vor Kälte und war sicher, dass auch der Imbissbetreiber dem Untergang geweiht war.

Er war bereits nahe daran, in einen schockähnlichen Zustand zu geraten, und begnügte sich damit, sein Glied vor dem Nachtwind zu schützen, als er die kleine Flasche Janitscharenschnaps neben einem Stein entdeckte.

»Otto! Komm her, schnell! Max steht im Gegenstrom! Bring das Seil mit!«

Kuhala ließ die Flasche ins Moos fallen. Jetzt hatte er wieder Leben in den Knochen. Mit hüpfendem Hüftspeck wetzte er zu dem Gebüsch, hinter dem Perttus Stirnlampe blinkte. Rufe und Hundegebell durchdrangen die Nacht, am Waldrand krächzte ein Kolkrabe.

Max hatte im Eifer des Gefechts seine Stirnlampe verloren, aber sie war wasserdicht und ging nicht unter; sie trieb an ihnen vorbei wie ein Zacken, der von einem Stern abgebrochen war.

»Wenn ihr Schwachköpfe mich nicht auf der Stelle hier rausangelt, friere ich mich zu Tode«, brüllte Max in der schäumenden Strömung und umarmte im Überlebenskampf einen Stein.

Es war letztlich unklar, wie Max gerettet wurde, aber als die Männer mehrere Minuten später nebeneinander auf der Saunapritsche saßen, wurden sie von Dankbarkeit überwältigt und verringerten die Alkoholvorräte mit beiden Händen. Der Ofen zischte, die herrliche Wärme brachte den Kreislauf wieder in Gang. Kane sprach für den Rest der Nacht kein einziges Mal über die Schattenseiten seines Gewerbes, und Kuhala vergaß seine Trennungsschmerzen und seinen Mordfall. Man klopfte Max, der ein zweites Leben geschenkt bekommen hatte, auf die Schulter und sprach zu seinen Ehren Toasts in sämtlichen Sprachen aus, sogar auf Latein: *Laudo te* – ich preise Euch!

20

In den Stunden vor dem Morgengrauen hatten leichte Minusgrade das Gras mit einer dünnen Reifschicht überzogen, das Wasser schoss wie eh und je durch die Stromschnelle, vollkommen unberührt von der nächtlichen Spinnerei der Männer. Kuhala saß im falsch herum angezogenen Unterhemd und in Trainingshosen auf der Treppe und fuhr sich durch die Haare. Er probierte die Methode des ruhigen Ausatmens, maß seinen Puls und massierte sich mit sanften Bewegungen vom Nacken her den Hinterkopf. Danach wandte er die bei besonders schwerem Kater beliebte Autosuggestionsmethode an, die darauf beruhte, dass man sich immer wieder laut oder leise vorsagte, wie schön der Abend gewesen war, verdammt klasse, wie er die Freundschaft gefestigt habe und so weiter. Warum auch jammern? Der große Zeh, der gegen den Wacholder gestoßen war, schimmerte blau, im Mund hielt sich der Geschmack von Knoblauch und Zigarre. Die schwer zu kontrollierenden Signale, die das zentrale Nervensystem aussandte, machten es fast unmöglich, ruhig auf der Stelle zu sitzen.

Es half alles nichts. Es gab nur einen Weg: den Weg des Leidens.

Fuchs und Kolkraben hatten an der Feuerstelle, deren Glut lange erloschen war, gewütet. Sie hatten die Teller durch die Gegend gezerrt und dem Lachsbrett schwer zugesetzt. Das Klebeband hing in Fetzen, das Holz war beim

Lecken nach Fischsäften zerhackt worden und hatte das Ende seines Weges erreicht. Zum Glück war Kuhala auf die Idee gekommen, seine Gitarre in Sicherheit zu bringen, auch wenn er nicht mehr wusste, wo.

Er beschloss, nie mehr Alkohol zu trinken – koste es was es wolle –, und geriet aufgrund seines elenden Zustands in ein solches Selbstmitleid, dass ihm die Tränen kamen. Aber auch das half nichts, im Gegenteil, es steigerte die Kopfschmerzen. Er hielt sich am Geländer fest, um auf die Beine zu kommen, und taperte zum Spucken hinter das Häuschen. Die Kognakflasche, die neben dem Brett zum Ausnehmen der Fische lag, brachte ihn fast zum Schreien. Dann steckte er sich den Finger in den Hals.

Jeri hatte in der Nacht gut zu Kuhalas Füßen geruht. Er hielt die Bewegungsabläufe seines Herrchens für eine Einladung zum Spielen und drückte sich mit wedelndem Schwanz auf den Boden, um sogleich loszuschießen und in wahnsinnigem Tempo um die Hütte herumzurennen. Jedes Mal, wenn er an Kuhala vorbeikam, vollführte er einen seitlichen Purzelbaum und ahmte knurrend und bellend dessen Röcheln und Würgen nach.

»Lass mich doch mal in Ruhe«, jammerte Kuhala mit grauem Gesicht und schickte ein stilles Gebet nach oben, damit er wieder zu Kraft käme.

Von dort kam jedoch keine Antwort; das Gebet prallte am dicken Herbstpanzer der Wolken ab. Kuhala richtete sich aus der Klappmesserhaltung auf und gestand, ein schlechter Mensch, ein schlechter Privatdetektiv und ein schlechter Frauenversteher zu sein. Die Erde unter den nackten Füßen kam ihm grabeskalt vor. Annukka hatte ihn verstoßen, er hätte ihren Abschiedsbrief ad hoc auswendig aufsagen können. Es war seine letzte Beziehung. Nie mehr würde er nach anderen Frauen schauen. Auch das Geschäft siechte dahin. Nur ein Idiot wie er ließ die

Ermittlungen genau am Wendepunkt liegen, bloß um sich volllaufen zu lassen.

»Was hampelst du denn hier herum?«

»Ich mach Gymnastik.«

»Wir haben uns ganz schön die Kante gegeben.«

Max Kuukunen grinste und wirkte kein bisschen verkatert. Nur in Unterwäsche tänzelte er schattenboxend um einen Wacholderbusch herum. Über seine zähen Arme und muskulösen Beine liefen Schrammen, die beim Umarmen des Steins entstanden waren. Kuhala schluckte und sah seinen Freund einen Moment lang doppelt, bis er seinen Blick fokussiert hatte. Max machte nicht den Eindruck, als wäre er fast ertrunken. Er war der geborene Kämpfer und zählte zu einer bestimmten, schon von Weitem erkennbaren, hartfaserigen Menschengattung. Kuhala erinnerte sich an einen Jungen namens Eino Kärpänen, der mit ihm in die Volksschule von Havuvaara gegangen war. Der hatte genau solche Eigenschaften wie Max gehabt, bis hin zum Aussehen. Eino war in der Pause des Ringertrainings im Bauernverein in den Mistkübel gefallen, hatte aber nicht geheult. Als Catcher beim Baseball hatte er einen Schlag des Lehrers an den Kopf bekommen, war aber nicht zu Boden gegangen und hatte wieder nicht geheult. Und was tat Kuhala? Ein ausgewachsener Mann? Heulte über seinen Katzenjammer und über Annukka.

»Wie hast du es aus der Strömung herausgeschafft?«, fragte er, in der Hoffnung, dass ihn niemand flennen gesehen hatte.

»Ich bin nicht ganz sicher, aber ich glaube, ein besonders starker Schwall in der Stromschnelle hat mich mit dem Kopf voran in die Flachstelle geschleudert. War reines Glück. Dann musste ich nur noch mit den Beinen strampeln. Den Rest kennst du ja.«

»Wieso konnte das verdammte Seil reißen?«

»Habe ich das nicht schon in der Sauna erklärt? Ein scharfer Stein hat die Fasern mit einem Schnitt durchtrennt. Hast du dir das Gedächtnis weggetrunken? Du siehst krank aus.«

Kuhala nickte und gestand, unter dem schlimmsten Kater seit zehn Jahren zu leiden. Er brachte den Satz gerade zu Ende, da musste er schon wieder sein schlechtes Leben ausspucken. Jeri erschrak vor der Eruption und flüchtete.

»Dagegen hilft nur eins«, sagte Max.

»Dass mich die Frau wieder zurücknimmt …«

»Ach, mein Junge. Da helfen keine Frauen.«

»Annukka war aus reinem Gold. Du weißt nicht, was ich verloren habe. Immer wenn wir uns trafen, staunte ich, wie großartig das Leben ist«, sagte Kuhala und wischte sich eine Träne aus dem Augenwinkel. Die Elster, die auf dem Dachfirst des Plumpsklos an einem Fichtenzapfen pickte, interessierte sich für den frischen Placken und wartete, dass die Männer verschwanden.

»Du wirst noch genug Frauen haben«, sagte Max und klopfte seinem Freund auf die Schulter.

Kuhala zog die Nase hoch und wischte sich über den Mund. »Was hilft denn nun? Mir ist alles recht.«

Max führte Kuhala am Arm in die Nähe der Stromschnelle und befahl ihm, sich auszuziehen. Weiter weg, wo der Strom sich beruhigte und in einem Bogen in der Wildnis verschwand, stieg Nebel auf. Am gegenüberliegenden Ufer stand zwischen roten Preiselbeerbüschen ein Schild, das Fliegenfischen verbot. Kuhala starrte seinen Freund ungläubig an, war aber so schwach auf der Brust, dass er sich nicht wehren konnte, oder er glaubte, der Wirt werde ihn gleich auffordern, sich im bereiften Gras zu wälzen.

»Geh ins Wasser!«, sagte Max.

»Ich?«

»Du bist dran.«

»Ich kann nicht. Das macht mein Herz nicht mit.«

»Du hast einen ganz schwarzen Arsch«, sagte Max. »Dem tut die Kälte gut. Gleichzeitig zieht der Dampf aus dem Kopf ab. Also, auf geht's. Du hast doch gerade gesagt, dir ist alles recht.«

Kuhala schaute auf seinen ramponierten Hintern und dann auf Max, an dessen Gesichtsausdruck es nichts zu deuteln gab. Max war *Mad Max* und würde ihn gleich mit schwingenden Fäusten vor sich hertreiben – die Luft zwischen ihnen flimmerte bedrohlich.

»Bist du wirklich der Meinung … glaubst du, ich …«

»Verdammt noch mal!«

Jeri, der am Lagerfeuer geschnuppert hatte, kam und stubste Kuhala zur Ermunterung am Bein an. Dieser schlang sich die Arme um den Leib, holte Luft und wünschte sich für seine Beerdigung Moosröschen und das Nocturne in c-Moll von Sibelius. »Ich möchte eingeäschert werden, vorausgesetzt meine aufgeschwemmte Wasserleiche passt ins Krematorium.«

»Kuhala, nun mach endlich hin!«

»Eine Frage noch, falls es gestattet ist. Soll ich ohne Sicherungsseil da rein? Ohne Polsterung?«

»Die Seile reißen, und die Kissen nützen nichts. Ich kann dich aber an der Hand halten, damit du nicht so hin- und hergeschleudert wirst. Dein Arsch ist wirklich furchtbar schwarz.«

Kuhalas Zahnreihen schlugen aufeinander, sobald er einen Zeh ins Wasser hielt. Es war eisig, es würde ihn gnadenlos in die Tiefe ziehen, ihn dem Verzeichnis der Lebenden entreißen, aber je länger er wartete, umso schlimmer wurde es, und außerdem: Spielte denn irgendetwas eine Rolle, wenn einem der Kater die Eingeweide auswrang wie einen Spüllappen?

Spielte überhaupt noch etwas eine Rolle, seitdem Annukka ihn verlassen hatte?

Max suchte in einem gletschermühlenartigen Loch im Uferfels Halt und hielt Kuhalas Hand fest im Griff, während dieser sich in den Fluss hinabließ. Der Ruck durch die Strömung war so stark, dass es sich anfühlte, als wäre das Schultergelenk ausgekugelt. Dann geriet Kuhalas Kopf in der Kristallquelle unter die Oberfläche, in Ultima Thule, dort, wo das silberne Wasser sprudelte. Er hörte seine Herzschläge und zappelte, bis er es wagte, die Augen zu öffnen.

Und was tat sich ihm da für ein wundersamer Anblick auf!

Eine Holzpuppe, die an einer Wäscheleine über der Wiege hing und sich bei jeder Berührung um die eigene Achse drehte. Das war es, was er sah. Seine Mutter hatte ihr eine grüne Hose und einen roten Mund gemalt. Die blaue Jacke der Puppe zierten weiße Blumen.

Bei der nächsten Umdrehung bekam die Holzpuppe plötzlich das Gesicht seiner Mutter, die sich über die Wiege beugt und dem kleinen Otto zärtlich über die Stirn streicht. Sie lächelt ihn an, und viele Jahre vergehen. Schon liegt die Mutter mit gefalteten Händen still in der kleinen Krankenhauskapelle, auf dem Gesicht das gleiche sanfte Lächeln.

Wieder dreht sich die Puppe – und mein Gott! Jetzt trägt sie Vaters schmales Gesicht! Der wortkarge Mann steht im Schulhof und liest nach der Schuljahresabschlussfeier Kuhalas Vierte-Klasse-Zeugnis. Bilden Vaters Mundwinkel ein Lächeln? Jetzt zieht er sein Portemonnaie heraus und entnimmt ihm Geldscheine, fünf Mal Taschengeld auf einen Schlag: Schmeiß nicht gleich alles zum Fenster raus; bis Ende des Sommers hast du dir das Geld für Spikes zusammengespart.

Otto versetzt der Puppe einen vierten Klaps, sie dreht sich und hat Armis Gesicht! Otto fährt mit Vollgas auf einem Forstweg zum Treffpunkt und wäre bei sechzig Sachen fast vom Sattel seines Solifer-Mopeds geflogen. Armi winkt, sie ist also doch gekommen, Armi trägt ein Tuch, das sie im Indien-Basar in Oulu gekauft hat, und sie hat eine Schachtel Kent dabei, aus dem Handschuhfach ihres Vaters geklaut! Bei der Show-Bremsung fliegt Häcksel durch die Gegend, unter dem durchsichtigen Tuch zeichnet sich die Furche zwischen den Brüsten ab. *Sweet child in time*; Armis Lippen schmecken nach Bronchialpastillen und Zigaretten.

Die kalte Hand, noch einmal. Otto berührt die Puppe, die rotiert und schließlich stoppt. Das Gesicht seiner Ehefrau. In der Hochzeitsnacht die türkise Bettwäsche über ihrem Po, und sie ist so schön, dass er am liebsten heulen würde vor Glück! Wir sind füreinander geschaffen; auf dem Fußboden das Bündel der heruntergerissenen festlichen Kleidungsstücke und eine Sektflasche, bis zu der die Hand nicht reicht, denn das kostet Kraft, und die Puppe muss ja auch angestoßen werden.

Und Otto versetzt ihr einen Stoß und sieht Tatus lachendes Gesicht auf der Holzpuppe. In seiner Zebrastrampelhose tappt er davon, nagt an einem Stück Hefewecken und erstickt fast vor Lachen. Zwei Tage zuvor hat er laufen gelernt, und jetzt hat er es eilig, Legosteine in der Toilette zu versenken.

Kuhala will nicht weg, auch wenn sich alle Gliedmaßen schwer anfühlen und die Lunge leer wird. Noch mehr Fahrt für die Puppe, mehr Gesichter, alte Bekannte, schöne Erinnerungen aus dem Lauf der Jahre. Er rafft alle verbliebenen Kräfte zusammen und schafft es, die Puppe noch einmal zum Rotieren zu bringen. Schon starrt er Annukka ins Gesicht. Ihr Ausdruck ist nicht zu deuten, aber etwas

Schöneres hat er noch nie gesehen. Warum hast du mich verlassen?

Und er weiß, dass er nach der nächsten Umdrehung das Gesicht von Ilonas Losts Mörder sehen wird, aber er hat nicht mehr die Kraft, die Hand zu bewegen.

21

Die Frau, die Kuhala die Tür geöffnet hatte, gönnte ihm keinen Blick, sondern las in ihrem Buch und aß einen Apfel. Die kurzen, weiß gefärbten Haare umrahmten ein hübsches Gesicht. Sie war etwas über zwanzig, groß und schlank, und wenn sie ein Bein über das andere schlug, wirkte es katzenhaft anmutig. Vielleicht wartete sie auf einen anderen, vielleicht war sie in Gedanken oder in die Lektüre versunken, sodass sie dem Ankömmling keine Aufmerksamkeit schenken mochte. Jung und unschuldig, jung und künstlerisch angehaucht, dachte Kuhala. Drinnen hörte man streicherlastige Salonorchestermusik.

Er versuchte, durch Räuspern auf seine Existenz aufmerksam zu machen, und stellte sich vor. Sie klappte das Buch zu, und auf dem Gesicht machte sich eine ablehnende Miene breit. »Ja?«

»Entschuldigung. Ich dachte, hier wohnt Seppo Mannonen.«

»Mein Vater macht gerade das Boot winterfertig.«

»Können Sie mir sagen, wann er zu erreichen ist?«

Die Frau in dem eng anliegenden Shirt und der weiten olivgrünen Hose blickte zuerst auf den halb gegessenen Apfel und dann auf das Buch. Anschließend richtete sie den Blick wieder auf Kuhala. Ihr Lächeln war vorbehaltlos und in seiner Selbstgewissheit dem Abiturfotolächeln von

Ilona Lost verwandt. Für einen Moment irritierte Kuhala die Assoziation, noch mehr aber die Tatsache, dass die junge Frau ihn erkannte. »Du bist Kuhala, der Privatdetektiv.«

»Stimmt.«

»Irgendwie denkt man immer, euch gibt's gar nicht. Also in Wirklichkeit.«

»Oft fühle ich mich auch so«, grinste Kuhala und erinnerte sich an den eisigen, aufschäumenden Moment, als Max ihn an Land gezogen und er am Ufer nach Luft geschnappt hatte. Seinen Kater war er los gewesen. »Glaubst du, ich kann deinen Vater finden, oder ist er irgendwo weit weg?«

»Ich hab an einem Mast ein Flugblatt hängen gesehen. Du hältst in Sippilinna einen Vortrag über deinen Beruf.«

»Kannst ja zuhören kommen. Aber was ist nun mit deinem Vater?«

»Er ist in einer Bucht namens Rauhalahti. Kennst du das?«

Kuhala nickte. Er war nicht sonderlich geschmeichelt von seinem Bekanntheitsgrad, zumal es sich nicht in der Menge seiner Aufträge niederschlug. Pirjo Vuorimaa hatte tatsächlich im weiten Radius Plakate aufgehängt – bildete sie sich wirklich ein, den Saal vollzukriegen? Die Zeit verging für alles Mögliche, Kuhala war bei der Vorbereitung seines Auftritts noch immer nicht über den ersten Satz hinausgekommen.

Eine neugierige Nebenlinie verirrte sich ins Lächeln der jungen Frau, trotzdem verkniff sie es sich zu fragen, was ihr Vater mit einem Privatdetektiv zu tun hatte. Stattdessen hob sie die Arme zu einem matten Strecken. Dabei rutschte ihr das Buch aus der Hand und fiel Kuhala vor die Füße, dass es klatschte.

»Italienisch. Studierst du das?«, fragte er und hob das Buch von der Türschwelle auf.

Die Ränder waren mit Bleistift beschrieben, in einer außergewöhnlich schwer lesbaren Handschrift.

»Ein bisschen.«

»Das ist ein Roman. Für mich ist das mehr als ein bisschen. Ich kann gerade mal ein paar Touristensätze. Wovon handelt das Buch?«

»Von den Abenteuern eines Privatdetektivs in Parma«, lachte die Frau.

Das flach einfallende Herbstlicht bestickte den Himmel mit einer Kombination aus Grau und Lila, was nichts anderes als Schnee verhieß. Auf dem Parkplatz des Gartencenters nördlich des Jyväsjärvi-Sees war es ruhig, auch auf den Wegen des Märchenparks für Kinder, der neben dem Torfkraftwerk angelegt worden war, zeigte sich niemand. Am nackten Gerüst eines Indianerzeltes hatte sich eine schwarze Plastiktüte verfangen und zappelte im Wind wie ein lebendiges Wesen.

Kuhala ließ das Auto am Rand des Parkplatzes stehen und beschloss, Jeri bei den Booten auszuführen. Der Hund interessierte sich für die Plastiktüte am Tipi so weit, dass er sie mit einem ungehaltenen Bellen bedachte. Der Nächste, der sich aufregte, war Kuhala, der ein rotes Plakat an einem Laternenmast entdeckte. Allmählich zeichnete sich ab, welche Größenordnung der Übereifer der Arbeitslosenaktivistin hatte. Sie hatte hunderttausend Plakate drucken lassen und lockte das Personal des Torfkraftwerks, die Spaziergänger und letzten Endes wohl sämtliche Einwohner Jyväskyläs in ihre Räumlichkeiten. Die fahrlässige Werbekampagne erhöhte den Druck auf Kuhala dermaßen, dass er den Zettel vom Laternenmast riss. Niemand sah es. Außerdem war er nur primitiv mit zwei Tesa-Krepp-Streifen befestigt, die beim nächsten Regen ohnehin aufgeweicht wären.

Kuhala ließ Jeri von der Leine. Der Hund kostete die Freiheit aus und rannte den Gerüchen hinterher ans Ufer, während Kuhala durch das Labyrinth der für den Winter aufgebockten Boote ging. Planen flatterten im Wind. Unter den Füßen knirschten Glasscherben, Verpackungsmüll, rostige Eisenteile und sonstige menschliche Hinterlassenschaften. All das brachte die vom Werbezettel angestimmte Aggression erneut in Fahrt. Waren das die Bootseigentümer oder irgendwelche Randalierer gewesen? Egal, alle lebten in Saus und Braus, und keiner scherte sich um nichts.

Früher war das nicht so gewesen, wenigstens nicht in Havuvaara. Herrschaftszeiten und pfui Teufel! Jemand hatte zwischen den Booten seine Notdurft verrichtet! Kuhala änderte die Richtung und rief nach Jeri, weil er befürchtete, dieser könnte in eine Glasscherbe treten.

Seppo Mannonen saß auf einem Autoreifen am Rand eines Weidengebüschs und betrachtete sein aufgebocktes Boot. Es war ein Kahn für Sonntagssegler, er reichte, um zu den näher gelegenen Inseln auf dem Päijänne-See zu kommen, aber die Saison war nun einmal um, und bald würde beißender Frost herrschen.

Mannonen war in Gedanken versunken. Vielleicht sinnierte er wie Kuhala darüber, wie die Zeit raste. Kuhala erkannte den Mann, obwohl er lediglich im Zusammenhang mit dem Mordfall ein zwei Jahre altes Foto von ihm in der Zeitung gesehen hatte. Mannonen trug einen Bürstenschnitt, und auf seinem groben, kantigen Gesicht lag noch ein Hauch von Seglerbräune. Er war ungefähr so alt wie Kuhala und schien sich einen lässigen Kleidungsstil angeeignet zu haben, der sich aus verwaschenen Jeans, Pullover mit Kragen, dunkelroter Jacke und Wanderschuhen zusammensetzte.

»Hallo. Sind Sie Seppo Mannonen?«

Der Mann nickte. Er ließ sich von der Frage nicht in seiner Gemütsruhe stören, sondern sah Kuhala an wie jemand, der Menschen und menschliche Überraschungen gewöhnt ist. Das konnte jedoch Bluff sein. Kuhala hatte gelernt, dem ersten Eindruck genau den Wert beizumessen, den er verdient hatte, nicht mehr, nicht weniger, und wenn die nächsten Eindrücke kamen, sollte man auch wegen diesen nicht aus dem Häuschen geraten.

»Ich bin Otto Kuhala. Ich ermittle im Fall der vor zwei Jahren ermordeten Ilona Lost. Sie waren ihr Vorgesetzter. Hätten Sie Zeit für eine kurze Unterhaltung?«

»Warum nicht? Wenn es nicht zu lange dauert. Ich hab mein Boot winterfest gemacht. Jetzt fange ich an, auf den Frühling zu warten.«

Mannonens Stimme entsprach der Gelassenheit seiner Miene, und er machte sich nicht die Mühe, sich aus seiner gebückten Haltung aufzurichten. Jeri lief unter dem Boot hindurch, warf einen flüchtigen Blick darauf und beeilte sich, in Kuhalas Obhut zu kommen.

»Der Fall ist nie aufgeklärt worden. Sie kannten Ilona wahrscheinlich gut?«

»Man kennt die Angestellten als Kollegen.«

»Sie war eine Sommeraushilfe, nicht wahr?«

»Ja. Ein schockierender Fall, ganz entsetzlich«, sagte Mannonen mit gedämpfter Stimme und stand abrupt auf, um abblätternde Lackspelzen vom Boot zu kratzen, als wollte er andeuten, dass er nun nicht mehr schockiert und entsetzt war und das Pulen an losem Lack für wichtiger hielt als ein uraltes Kapitalverbrechen.

An seiner Mütze steckte eine Feder, und trotz seines kräftigen Körperbaus hatten seine Bewegungen die gleiche Geschmeidigkeit wie die seiner Tochter. Im offenen Kofferraum des Volvos, der am Rand des Fahrradwegs geparkt war, konnte man einen Werkzeugkasten erkennen, im Schatten des Bootstrailers lagen Gummistiefel. Der maskuline Charakter der Idylle zeugte von Geschäftigkeit, aber Kuhala zögerte kein bisschen, trotzdem unangenehme Dinge zur Sprache zu bringen.

»Sie sind nicht mehr in der Branche tätig«, sagte er.

»Der Mensch muss fähig sein, sich auch mal was Neues zu suchen. Warum fragen Sie, wenn Sie es ohnehin wissen?«

»Ich habe den Eindruck, dass man Sie gezwungen hat, etwas Neues zu suchen. Sie haben sich selbst in Schwierigkeiten gebracht. Die Handelskette konnte keinen Bezirksleiter gebrauchen, der den Ruf hatte, Mitarbeiterinnen zu bedrängen. Nach meinen Informationen entsprach Ihre Art, mit dürftig entlohnten Teilzeitkräften Bekanntschaft zu schließen, nicht im Geringsten den Anforderungen der Gleichberechtigung. Sie sind angezeigt worden. Ist die Bewährung schon abgelaufen?«

Die Kraft des im frischen Herbstwind hingelegten Sturmangriffs versiegte in der künstlichen Gasse zwischen den aufgebockten Booten, doch der Effekt reichte immerhin, um Mannonen zum weiteren Zupfen an Lackresten zu bewegen. Er stieg auf das Gestell und streckte sich, um die Plane über das Boot zu ziehen. Das Gestell geriet ins Wanken. Die Stimmung war unwiderruflich im Eimer, was immer auch geschehen mochte, von nun an würde jede zufällige Begegnung zwischen Mannonen und Kuhala auf den Straßen von Jyväskylä separatistisch ausfallen.

»Sinnlos, in der Vergangenheit zu stochern«, sagte Mannonen.

»Es wird auch darüber geredet, Sie hätten versucht, sich von den Anschuldigungen freizukaufen.«

Mannonen seufzte und unterbrach das Zerren am vorderen Zipfel der Plane. Er sprang vom Gestell und trat bis auf eine Armlänge an Kuhala heran. Am Kragen seines Pullovers löste sich ein Faden. Aus der Nähe betrachtet erkannte man die Härte in seinen Pupillen und dazu einen bestimmten, von Empathiemangel geschwärzten matten Schimmer, dem Kuhala im Lauf seiner Karriere hin und wieder begegnet war und den er darum identifizieren konnte. Eine Schuld war damit jedoch noch nicht bewiesen. Kuhala wusste um seine beschränkte Menschenkenntnis und konnte seine küchenpsychologischen Schlussfolgerungen im Zaum halten.

»Es wird geredet und geredet. Würde man alles glauben, was die Leute reden, dann wäre die Welt im Lot. Diese Nutten haben wer weiß was versucht, nachdem sie kapiert haben, dass die Polizei jede Lüge schluckt. Das war ihre Methode, sich zum miserablen Kassiererinnenlohn etwas dazu zu verdienen.«

»Hätten Sie die Frauen besser bezahlt, müssten Sie sie nicht auch noch im Nachhinein verächtlich machen.«

»Für die Lohnzahlung war ich nicht zuständig.«

»Für die Vorwürfe gab es aber Zeugen.«

»Zeugen beherrschen auch die Kunst des Scheißdreckredens. Das war eine Verschwörung, man wollte mich aus der Firma raushaben, mit irgendeinem Mittel. Und das haben sie dann gefunden.«

»Ilona Losts Vater hat mir einen ganzen Karton voll Material gegeben. Darin habe ich Tagebuchaufzeichnungen seiner Tochter gefunden, in denen sie berichtet, sie sei am Arbeitsplatz das Objekt von Übergriffen geworden. Der Name des Drangsalierers war mit den Buchstaben S. M. abgekürzt.«

Eine Furche an Mannonens Mundwinkel zuckte. Er stemmte die Hände in die Hüften, wandte sich wieder dem Boot zu, deutete aber noch mit dem Finger auf Kuhala. »Lächerlich.«

»Wollen Sie, dass ich das Tagebuch der Polizei zeige? Ich glaube, die hat es noch nicht kennengelernt. Sobald sie die Initialen interpretiert hat, wird sie den großen Gang einlegen. Sie haben doch sicher schon mal gehört, dass Mord nicht verjährt?«

Mannonen füllte den Brustkorb mit Luft und blickte zu

Boden, als suchte er nach etwas, mit dem er Kuhala den Mund stopfen könnte, begnügte sich aber damit, einige Kabelbinder aus der Jackentasche zu ziehen, die er durch die mit Metall verstärkten Löcher am Rand der Plane schob. Er spannte die Kabelbinder am Gestellgestänge, worauf sich die Plane spannte wie ein Trommelfell. Jeri witterte die gesunkene Stimmung und untersuchte nicht aus der Nähe, was der Mann trieb, sondern beobachtete es aus der Deckung hinter Kuhala heraus.

Der See drückte Schaumkronen ans Ufer, am Teppichwaschplatz waren menschliche Gestalten zu erkennen.

»Ich habe alles gelesen, was die Zeitungen über das Verbrechen geschrieben haben. So eine Tragödie produziert in den Spalten jede Menge Quatsch, aber eine Aussage ist mir ins Auge gesprungen. Sie stammt von einer Person, die in Sippilinna wohnt. Sie hat an dem Abend einen blauen Escort in der Nähe des Geschäfts gesehen. Und Sie hatten vor zwei Jahren einen Escort.«

Mannonen ging auf die andere Seite des Boots und setzte seine Arbeit fort. Er hatte die Taktik des Schweigens gewählt oder beabsichtigte, sich durch seine Geschäftigkeit Bedenkzeit zu verschaffen, weil er Kuhalas Sturheit erkannt hatte und glaubte, dieser werde nicht so leicht das Feld räumen. Als die Plane befestigt war, zündete sich Mannonen einen Zigarillo an und kehrte zum Autoreifen zurück, um ein Bündel mit Bootszubehör zu holen. Er knotete das Bündel zu, wobei er einen Blick auf Kuhala warf, als wunderte er sich, dass der Detektiv noch immer da stand. Genau genommen hatte Kuhala seinen Standort so gewählt, dass er Mannonen den Weg zum Auto versperrte. In der guten alten Zeit hätte man das als Aufforderung zum Duell interpretiert.

Der Rauch des Zigarillos verflog im Wind. Mannonen wollte keinen Umweg um das Boot herum machen, sondern warf sich das Bündel über die Schulter und ging auf Kuhala zu. »Können Sie mal aus dem Weg gehen? Ich muss weiter. Ich hatte einen Escort, aber einen schwarzen. Einmal schlug ich Ilona in meiner Gedankenlosigkeit vor, essen zu gehen, aber sie hat abgelehnt. Das war alles. Ich hatte mich kurz zuvor scheiden lassen, ich war außer mir und Ilona eine attraktive Frau.«

»Allerdings auch mehr als zwanzig Jahre jünger als Sie.«

»Aber nicht minderjährig. Glauben Sie wirklich, die Polizei hätte mich wegen des Autos und allem anderen nicht verhört? Die wissen über die Tagebücher und die Papiere in Ihrem Karton Bescheid. Ich wäre ein leichtes Angriffsziel gewesen, aber zufällig ist es nun mal so, dass ich mit Ilonas Tod nichts zu tun habe. Ich bringe doch niemanden um, wenn ich einen Korb kriege. Und wie gesagt, ich bin das Opfer einer Verschwörung. Wenn sich Frauen zusammentun und Anzeige erstatten, hat einer wie ich keine Chance.«

Mannonen wurde nicht laut und ereiferte sich nicht. Er erinnerte Kuhala daran, dass die Kriminalermittlung schon vor zwei Jahren weit entwickelt gewesen war. »Der Polizei standen technische Hilfsmittel für wer weiß was für Funde zur Verfügung. Aber nichts hat mich mit dem Fall in Verbindung gebracht. Ich habe das berühmte Bild der Überwachungskamera gesehen. Darauf erkenne ich mich nicht wieder.«

Kuhala trat zur Seite. Die Information, die Ratsku von seinem *Deep Throat* im Polizeirevier bekommen hatte, war erstklassig gewesen und hatte Hoffnungen geweckt. Doch nun hatte der ehemalige Bezirksleiter Kuhalas Offensive Punkt für Punkt abgeschossen. Er hatte sich in den Polizeivernehmungen zum naseweisen Widerständler gemausert und sich vermutlich auf alle möglichen Fragen Antworten zurechtgeschneidert.

Mannonen fuhr davon, der Trailer polterte jedes Mal, wenn die Reifen durch Schlaglöcher rollten.

Der Mann hatte eine harte Schale und war skrupellos. Sogar seine Annäherungsversuche wusste er umzudeuten, indem er sie entweder als harmlose Einladung zum Essen oder als Verschwörung der Frauen deklarierte oder sie einfach leugnete. Er besaß im Gewerbegebiet in der Laukaantie eine Zuliefererfirma, die auf die Schalldämpfung von schweren Fahrzeugen spezialisiert war und drei Personen beschäftigte. Sein Gewissen hatte er ebenfalls mit einer Schalldämpfung ausgerüstet, damit es nicht bei jeder Kleinigkeit Laut gab.

Noch am selben Abend ging Kuhala in seinem Büro erneut Ilonas Papiere durch. Der Schlosser hatte einige Monate lang auf eigene Faust den Fall untersucht, dann aber offenbar aufgegeben. Er hatte Zeitungsartikel gesammelt und Aussagen von Bewohnern Sippilinnas notiert. Sie enthielten nichts Neues, und wie üblich waren in der Nähe des Ladens außer einem blauen Escort auch ein roter, ein hellgrüner und ein silberner Pkw gesehen worden. Ilonas Tagebucheintragungen waren Schilderungen von Ereignissen in wenigen Sätzen, sie verrieten nicht, wovon sie träumte oder gar was sie im Innersten bewegte. Eifriges Unterstreichen und der Gebrauch von Ausrufezeichen ersetzten die Adjektive, die Handschrift erinnerte an die ihres Vaters. Am meisten wurmte Kuhala die Liaison zwischen Mika Rentonen und Ilona. Sie wurde nirgendwo erwähnt, aber wenn es stimmte, erschien die Bluttat in Ratskus Küche in einem Licht, dem sich Kuhala aus keiner Richtung zu nähern wusste. Hatte Voitto Lost in seinem schlechten Zustand geträumt? Vielleicht vermengte er bloß alte und neue Gräueltaten, weil er alt war und durcheinander vor Trauer und Einsamkeit hinter dem Verkaufstresen seines Schlüsselladens.

Oder das Verhältnis hatte gerade mal ein paar Wochen gedauert. Eventuell war es gar kein Verhältnis gewesen, sondern nur ein Balztanz, den Rentonen aufführte, wenn er im Supermarkt von Sippilinna hereinschaute, um seine Biervorräte aufzustocken.

Kuhala lehnte sich auf dem Stuhl zurück und seufzte. Jeri saß auf dem Klientenstuhl auf der anderen Seite des Schreibtischs und legte eine Pfote auf die Armlehne. Und seufzte ebenfalls.

»Manchmal habe ich das Gefühl, dicht an der Lösung dran zu sein. Dann denke ich wieder, dass ich es ganz und gar nicht bin. Ich glaube, ich nähre nur sinnlose Hoffnungen und bilde mir zu viel auf mich ein, bloß weil ich in den Spitzenzeiten ein paar Kapitalverbrechen aufgeklärt habe. Was verlangt wird, ist brutale Arbeit.«

Der Hund lauschte den Worten seines Herrchens und fiepte. Kuhala lächelte. Er wollte schon in seinem therapeutischen Selbstgespräch fortfahren, als ihm aufging, dass Jeri kein bisschen an seinen Worten interessiert war, sondern an dem halben Keks, den er neben der Kaffeetasse vergessen hatte. Kuhala warf ihn in die Luft. Der Hund fing ihn auf.

22

Die Wettervorhersagen aller Fernsehsender versprachen, die nahende Schneefront werde im Lauf der Nacht bei Kuusamo auf die russische Seite wechseln, und es wäre ja auch verrückt gewesen, wenn die eine Vorhersage dies und die andere das versprochen hätte. Der einzige Nachteil an der Angelegenheit bestand darin, dass sämtliche Kanäle mit ihren Prophezeiungen falschlagen.

Das Land war weiß.

»Das Land ist weiß, und damit war's das dann auch mit dem Herbst«, sagte Kuhala zu seinem Hund mit einem Blick nach schräg oben, von wo immer mehr Schnee herabwirbelte.

Die Flocken schmolzen auf dem Fensterbrett, das Thermometer draußen hatte einen spitzen weißen Hut bekommen. Jeri stellte sich am Balkonfenster auf die Hinterpfoten, aber an seinem Gesichtsausdruck konnte man nicht ablesen, ob er mehr an den Herbst oder eher an winterliche Vergnügungen dachte. Kuhala tat es jedenfalls nicht. Er ließ seine Stimmung nicht allzu sehr von den Jahreszeiten ins Schwanken bringen, aber wenn man ihn danach fragte, sagte er immer, auf den Winter könnte er auch verzichten. Als Kind ging es mit dem Winter noch, und eine seiner goldensten Erinnerungen war ein mit Hundehinterlassenschaften vergifteter Schneeball, mit dem er einen Volltreffer gegen den Hut des gemeinen Hausmeisters der Schule von Havuvaara gelandet hatte. Der Mann hatte nie erfahren, wer der Schuldige war.

Für einen Erwachsenen bedeutete Winter hauptsächlich Dunkelheit, Kälte und Reifenwechsel. Kuhala drosch auf den Sandsack ein und schloss eine Serie Übungen an, die vor allem der Dehnung und der Behändigkeit dienten. Bei jeder Wiederholung machte er ein Fünftel mehr, weil er wusste, dass er sich die nächsten anderthalb Stunden draußen in der Kälte mit den Winterreifen krumm machen musste. Das ging auf die Lendenwirbel. Jedes Mal gab es eine widerspenstige Mutter, an der man drehte, bis einem schwarz vor Augen wurde.

Nachdem er seinen Morgenbrei gegessen und Jeri Gassi geführt hatte, holte Kuhala seine Sechzehn-Zoll-Schlappen aus dem Drahtverhau im Keller. Er beschloss, nicht allzu kritisch mit den Spikes umzugehen; einige von ihnen prasselten schon auf den Betonboden, wenn man sie nur anschaute.

Die Tatsache, dass plötzlich der Wagenheber streikte, rückte Kuhalas Gesichtsausdruck in den Minusbereich. Das Ding klemmte, und er bekam den Renault nicht hoch genug.

In der Hofschlucht wirbelte der Schnee wie ein trombischer Gruß aus Sibirien und drang jedes Mal unter die Jacke, wenn Kuhala in die Hocke ging, um zu überlegen, was mit dem Wagenheber nicht stimmte.

»Das ist wieder mal typisch für mich.«

Nach einigem Kopfzerbrechen holte er sich aus einer Hofecke ein paar Ziegelsteine, die vom Mauern des Gemeinschaftsgrills übrig geblieben waren, und baute sich daraus ein Podest für den Wagenheber. Der hornissenartige Bobcat eines Hausmeisterdienstes räumte den ersten Schnee weg. Der Schizophrene aus Eingang B trug blaue Handschuhe, Mütze und Schal, bot Kuhala einen medikamententrunkenen Guten Morgen und stand eine geschlagene Viertelstunde schweigend hinter ihm, bis er die Nase voll hatte und seinen Weg in die Innenstadt fortsetzte.

Kuhala entfernte die Radkappe rechts hinten und löste die Muttern. Die Ziegelsteine knirschten unter dem Druck von Asphalt und Wagenheber, das Auto hob sich. Bei unerwarteten Problemen brauchte man einen gesunden Menschenverstand und dann die entsprechende Umsetzung. Mehr nicht.

Vielleicht war die Umsetzung doch nicht ganz erstklassig, und vielleicht hatte Kuhala nicht berücksichtigt, dass die Festigkeit der Ziegel vom Nachtfrost auf den Prüfstein gestellt worden war. Jedenfalls brach vom untersten Ziegel ein Drittel ab. Er kreischte auf und schlitterte unter das Auto. Kuhala starrte besorgt auf seine Konstruktion, aber weil der Wagenheber sich keinen Deut verrenkte, musste man noch nicht aufgeben. Aus reiner Gedankenlosigkeit streckte er sich unter den Wagen, um das abgesprungene Stück Ziegel hervorzuholen.

»Kuhala.«

Jemand trat ihm gegen den Knöchel und klemmte ihm dann die Beine ein, sodass er sie nicht mehr bewegen konnte. War der Schizophrene zurückgekehrt und hatte einen Anfall bekommen?

Ein anderer ging in die Hocke und guckte unters Auto. Ein Lederhandschuh hielt ein Stück Papier. »Das ist er. Der Privatdetektiv. Grüß dich, Kuhala!«

Die wackelige Konstruktion aus Ziegelsteinen und Wagenheber sah aus dieser Perspektive nach lebensgefährlicher Spinnerei aus, und tatsächlich hatte Kuhala jedes Frühjahr und jeden Herbst kleine traurige Meldungen in der Zeitung gelesen, die berichteten, wie jemand zerquetscht wurde, weil eine selbst gebastelte Konstruktion nicht gehalten hatte.

Ein Überraschungsbesuch der Sägewerkbrüder gehörte absolut nicht zu Kuhalas Plänen. Falls sie nach Somero gezogen und ins Reifengeschäft eingestiegen waren, wie es geheißen hatte, müssten sie um diese Jahreszeit eigentlich am Arbeitsplatz gebraucht werden, sollte man meinen.

»Du hast uns eine Rechnung geschickt. Ziemlich hohe Summe, obwohl du nichts rausgekriegt hast. Dreitausendfünfhundert Euro.«

Der hundert Kilo schwere Bruder, der die Rede hielt, ächzte in der Hocke. Sein Gesicht war vom Nullgradwetter gerötet. Er hatte seine Haare mit Herrenbrillantine eingeschmiert, ein Goldzahn blitzte auf. »Wir hatten in Jyväskylä zu tun und dachten, wir schauen mal kurz bei dir vorbei. Mein Bruderherz und ich, wir hätten gern, dass du die Rechnung zerreißt und aus deiner Buchhaltung entfernst.

Und danach wollen wir nichts mehr von dir hören. Was sagst du dazu?«

»Das hier ist der allerletzte Ort, um über meine Buchhaltung zu reden. Könntest du dein Bruderherz mal kurz darauf hinweisen, dass er auf meinen Beinen steht?«

»Das sind die Alternativen: Entweder die Rechnung wird zerrissen und vergessen, oder der Wagenheber versagt, und du liegst drunter. Man muss nur pusten, dann kracht's schon.«

»In den Fenstern ringsum lauert ein Dutzend alter Männer und Frauen. Das sind routinierte Späher, die werden euch wiedererkennen, wenn mir was zustößt«, erwiderte Kuhala.

Der fürs Reden zuständige Bruder blickte schräg nach oben und korrigierte seine Haltung. Kuhala sah unter dem Hosenbein einen geäderten Unterschenkel zum Vorschein kommen, außerdem sah er fallenden Schneeflaum und einen Streifen vom Sockel des Hauses. Sollte das seine letzte Wahrnehmung sein? Würde ihm gleich das Gewicht seines Renaults den Schädel zertrümmern? Der Gedanke jagte ihm einen Schauer über den Rücken, eine gewaltige Adrenalinausschüttung machte die Herzschläge scheu. Sollten es die letzten sein? Der Auftrag der Sägewerkbrüder hatte von Anfang an einen Haken gehabt, aber es überraschte Kuhala trotzdem, nun so mit den beiden in den Clinch zu geraten.

»Auf den ersten Blick sieht man in den Fenstern bloß eine Katze und hier und da einen Kaktus. Vielleicht stellen wir einen davon auf dein Grab. Meiner Meinung nach ist die Abmachung gut. Du musst sie bloß akzeptieren, dann kommt es auch nicht zum Wagenheberunfall.«

Der wortkarge Bruder, der Kuhalas Beine blockierte, lockerte den Griff, und man hörte eine Streichholzschachtel rascheln. Man hörte die jammernden Reifen eines Busses, die auf der glatten Straße durchdrehten, bis in den Hof, was Kuhalas Panik zusätzlich steigerte. Er versuchte, sich zu beruhigen und in all den üblen Situationen, die er während seiner Laufbahn überstanden hatte, Kraft zu finden. Die hier konnte auch nicht schlimmer sein. Die fadenscheinige Taktik und die zwanghafte Leichtfertigkeit der Brüder bewiesen nur, dass sie das harte Spiel nicht beherrschten und in ihren rutschigen Halbschuhen und den schlecht sitzenden Bügelfaltenhosen die Bande der halbkriminellen Schwachköpfe repräsentierten, die Gewerbeverbote und Gefängnisstrafen sammelten und denen Kuhala bei seiner Arbeit nur allzu oft begegnete.

Er umklammerte den Ziegelsteinbrocken und sagte, das mit den ergebnislosen Ermittlungen treffe nicht zu.

»Ich kenne die Schuldigen. Zahlt mir mein Honorar, dann vergessen wir die Angelegenheit.«

»Ach, du kennst sie!«

»Es sind zwei: du und dein Bruder. Mortti und Vertti, die Bröselhirne des Sägewerkwesens. Ihr wolltet einen Versicherungsbetrug probieren und habt mich engagiert, um die Staatsgewalt und sonst wen zu täuschen. Ich mache aber nichts umsonst. Steht eure Reifenfirma auch schon in Flammen?«

Es kostete Kuhala Kraft, diese Gemeinheiten unter dem Auto herauszuschleudern. Außerdem konnte er sich nicht einmal sicher sein, ob man ihn überhaupt hörte.

Der verhandlungsführende Bruder hatte ihn jedoch gehört. Er bückte sich. Sein Gesicht war inzwischen tizianrot angelaufen. Dann verschwand es wieder. Es wurde still, auch das Jaulen des Busses hörte auf. Eine Hand näherte sich dem Wagenheber und legte sich auf die Ziegelsteine. Die Finger der Hand trommelten auf den Stein. An einem Finger funkelte ein Halbedelstein. »Waren das deine letzten Worte?«

Noch einmal schob sich das Gesicht in Kuhalas Blickfeld. Trotz seiner schwierigen Wurfposition schleuderte er dem anderen den Steinbrocken mitten auf die Nase, befreite dabei seine Beine und beförderte den schweigsamen, aufs Rauchen konzentrierten Bruder durch einen in der Not improvisierten Zangentritt in die Horizontale.

Der Bewegungsablauf barg Gefahren, denn er musste schnell und effektiv vonstatten gehen, und das, obwohl Kuhala ihn nie trainiert hatte. Doch es klappte. Der Bruder, der geredet hatte, heulte auf und hielt sich beide Hände vors Gesicht. Der Rauchende landete eine Elle neben dem Renault auf der Seite.

Kuhala ließ seinen Angriff darin gipfeln, dass er sich am Wagenheber festhielt und unter dem Fahrzeug hervor ans Tageslicht rutschte. Das war eine mutige Entscheidung, aber vielleicht glaubte er einfach unbewusst, dass mit dem Zwischenfall in Viljami Levantos Werkstattgarage die Quote für versagende Wagenheber pro Ermittlungsfall erfüllt sei.

Mit Schnee beflocktes Nasenblut verschmierte die Rechnung, die Kuhala verschickt hatte. Er hob sie auf und entfernte sich von den zuckenden Brüdern. Sie waren voller Siegeswillen zu ihm gekommen und hatten eine Konstellation angetroffen, die ihnen sogar noch die Gelegenheit zu grausamen Spielchen bot, aber nun war alles vorbei.

Der eine hielt sich die rote Nase, der andere rappelte sich ächzend auf. Die fetten Jahre der Durchtriebenheit und all die Stümpertricks, deren Zweck darin bestanden hatte, die schnelle Geldgier zu befriedigen, brachten nur noch schlechte Resultate.

Kuhala wedelte auf der Höhe seines Gesichts mit der Rechnung. »Ich glaube, wir werden die Zahlungsbedingungen neu formulieren müssen, Jungs. Ihr werdet mir nämlich die ganze Summe heute bar auf die Hand zahlen. Einschließlich tausend Euro Schockzulage. Am Abend fahrt ihr dann nach Somero und lasst euch nie mehr bei mir blicken. Ich zeige euch dafür nicht wegen Mordversuchs an. Auch über den Versicherungsbetrug kann ich schweigen, aber ich weiß natürlich nicht, was andere Instanzen bereits darüber wissen.«

»Scheiße«, sagte der, der sich die Nase hielt.

»Du kriegst keinen Cent; das wird Folgen haben«, brabbelte der Gefallene.

»Wird es auch. Ihr dürft entscheiden, wer von euch beiden den Reifenwechsel zu Ende führt und wer das Geld holen geht.«

Die Brüder sahen sich an. War das der gleiche Blick, den sie schon als Fünfjährige im Sandkasten getauscht hatten, bevor sie dazu übergingen, einen Regenwurm zu foltern, oder sich auf den Nachbarsjungen stürzten, um ihm Dreckwasser in den Mund zu schaufeln? Kuhala tastete nach seinem Handy.

»Ich kann im Nu fünf Zeugen aus dem Vorstand der Wohnungseigentümergemeinschaft zusammentrommeln. Das sind Rentner, die scharf darauf sind, beachtet zu werden, und sie haben nichts Besseres zu tun, als Augenzeugen zu spielen. Dann kenne ich ein paar willige Polizisten, die alles dafür tun werden, damit dieser Zwischenfall hier genau und wahrheitsgemäß in dic Ermittlungsprotokolle aufgenommen wird.«

Derjenige, der den Ziegelstein abbekommen hatte, raffte mit der Pranke Schnee zusammen und hielt ihn sich an die Nasenwurzel. Nach seinem mehrfachen Rotanlaufen war er nun blass geworden und schlotterte im sparsamen Vormittagslicht, als wollte er jeden Moment anfangen zu heulen. Dann blickte er auf Kuhala und konnte noch immer nicht glauben, dass der sich aus der Falle gewunden hatte. »Ich kann keine Reifen wechseln. Das macht mein Rücken nicht mit. Und außerdem blutet mir die Nase.«

»Dann hol das Geld. Aber versau es mir nicht.«

Der Gestürzte säuberte seine Hose. Sein Gesichtsteig befand sich im Zustand der Ratlosigkeit. Er hörte sich Kuhalas Anweisungen an und wandte sich seinem Bruder zu, als wollte er von dem eine Bestätigung haben. Die langsam fallenden Schneeflocken schmolzen auf seinen geölten Haaren. »Haben wir dreieinhalbtausend?«

»Leck mich doch am Arsch«, entgegnete sein Bruder.

»Der nächste Automat ist ein paar hundert Meter entfernt, an der Ecke der Fußgängerzone. Du brauchst hin und zurück höchstens eine halbe Stunde«, sagte Kuhala.

Derjenige, der den Stein abgekriegt hatte, warf den rot gewordenen Schnee weg und bewegte tatsächlich seine Gelenke in Richtung Hoftor. Von hinten hatte sein schaukelnder Teddybärgang fast etwas Sympathisches, aber das konnte Kuhala nicht erweichen. »Und keine Sperenzchen. Denk dran, wie es dir gerade ergangen ist!«

Er räumte dem Gestürzten ebenso viel Zeit zum Reifenwechseln ein. »Das muss reichen. Ihr habt euch in Somero ja bestimmt Routine erworben. Ich werde mich zwischendurch ein bisschen aufwärmen. Und pass auf den Wagenheber auf. Am besten holst du dir einen neuen Ziegelstein.«

»Leck mich doch …«

»Hast du was gesagt?«

Der Gestürzte zog gerade die letzten Muttern an, als Kuhala mit Jeri zurückkam. Der Hund wusste nicht, wie er sich gegenüber dem Mann, der sich am Auto seines Herrchens zu schaffen machte, verhalten sollte, und gab sich damit zufrieden, sich seiner Natur gemäß neben Kuhala in Beobachtungsposition niederzulassen. Es hatte inzwischen aufgehört zu schneien, aus den Kanaldeckeln stieg Dampf auf wie aus Perttu Kanes Wurstkessel.

Zum Schluss knallte der Gestürzte mit der flachen Hand die Radkappe fest und stand auf. Seine Wut hatte von Mutter zu Mutter zugenommen, aber ohne seinen Bruder verfügte er nur über blutarme Initiative und Mittel, weshalb er Kuhala lediglich finstere Blicke zuwarf. Sie verfinsterten sich noch mehr, als Kuhala eine Radkappe losstemmte und prüfte, ob die Muttern fest saßen. »Die hier kann man mit der Hand losdrehen. Hast du vergessen, sie anzuziehen?«

Er prüfte noch ein paar Muttern an jedem Rad und seufzte. »Ich hab das Gefühl, du hast da was ganz Altmodisches probiert. Das ist zwar kein Drehmomentschlüssel, aber man müsste es damit trotzdem besser hinkriegen.«

Der Bruder kam in die Hofeinfahrt zurück. Er hatte sich Watte in die Nasenlöcher gestopft, der geschwollene Nasenrücken schimmerte bläulich. Durch den Fußweg und die Anstrengungen des Zwischenfalls hatten sich rote Flecken auf seinen Backen gebildet, die Nähte seines Schweinslederportemonnaies grinsten wegen der Menge der hineingezwängten Scheine. Jeri knurrte.

»Du hast die Frist um eine Viertelstunde überschritten«, sagte Kuhala.

»Ich musste mir für die Nasenlöcher was zum Stopfen besorgen.«

»Dein Bruder hat versucht, mich in Lebensgefahr zu bringen, indem er acht Muttern nicht angezogen hat. Acht! Das geht nicht aufs Konto des Vergessens, schon gar nicht weil ihr aus der Reifenbranche seid. Eine Mutter macht zwanzig Euro, zusammen hundertsechzig. Ihr schuldet mir also viertausendsechshundertsechzig, Jungs. Aber ich habe heute meinen fairen Tag und rund die Summe auf viertausendsiebenhundert auf.«

Derjenige, der den Stein abgekriegt hatte, formte etwas mit den Lippen, was Kuhala nicht deuten, aber erraten konnte. Er hielt die Hand hin, und die raschelnde Schönheit des Geldes brachte alle zum Schweigen.

»Uns bleiben dreihundert«, sagte der, der den Ziegel abbekommen hatte, und blickte ins Portemonnaie, das kaum dünner geworden war.

Er stopfte es in die Gesäßtasche.

»Ich hätte fast Lust, die auch noch zu nehmen, so ärgere ich mich über den Reifenwechsel«, meinte Kuhala. »Aber belassen wir es dabei. Ihr dürft mich nach Sippilinna bringen, weil ich nicht wissen kann, was du noch mit den Reifen angestellt hast. Ich sag euch, wo es langgeht.«

Auf der protzigen Heckflosse des cremegelben Buicks mit schwarzem Dach prangte der neue Firmenname: Südfinnischer Reifenservice. Darunter die Homepage. Kuhala beschloss, sie sich nicht zu merken. Der Wagen stand in der Nähe des Theaters in der Kilpisenkatu und war gepflegt, aber zwischen dem diffusen Klopfen unter der Motorhaube und dem niedrigen Wert auf dem Kilometerzähler lag ein gewisser Widerspruch. Kuhala hatte keine Lust, das Thema anzusprechen, sondern ließ sich mit Jeri auf die Rückbank fallen und fragte, ob die beiden je von Sippilinna gehört hätten.

Der Gestürzte setzte sich ans Steuer, legte die vom Reifenwechsel schmutzigen Hände aufs Lenkrad und warf einen Blick auf seinen Bruder, als wartete er auf einen Tipp für die richtige Antwort. Der Buick rollte los und zog die Blicke der Passanten auf sich, Jeri richtete sich auf, um die Ideallinie im Blick behalten zu können. Derjenige, der den Ziegel abbekommen hatte, musterte seinen Zinken im Schminkspiegel und richtete bei der Gelegenheit mordgierige Blicke auf Kuhala. »Du glaubst, du bist uns überlegen, aber der Wind wird sich wieder drehen. Eines Tages machst du einen Fehler, und dann landest du als Verlängerung im Gummimehl aus Altreifen. Das Zeug wird beim Straßenbau benutzt, als Unterlage für den Asphalt.«

Sein Bruder nickte, aber Kuhala begnügte sich damit, Fahranweisungen zu geben. »Die nächste links und dann zwei Kilometer geradeaus. Die Karre hier nimmt ja so viel Platz weg wie ein Omnibus. Was schluckt so einer? Fünfundzwanzig Liter?«

23

In Sippilinna sah der erste Schnee rußiger aus als anderswo. Es schien, als verdichtete sich bei jedem Besuch die unerklärliche Bedrohlichkeit, die die Hochhäuser umgab, ein bisschen mehr. Oder war das nur auf das schwachbrüstige Spätherbstlicht zurückzuführen?

»Wartet hier. Wenn ihr versucht abzuhauen, schicke ich euch die Polizei hinterher.«

Kuhala grinste die Brüder an und zog den Zündschlüssel. Dann strich er sich die Jacke glatt und stieg aus. »Jeri, komm!«

Er war nicht sicher, ob er die beiden noch länger quälen sollte, aber der Zwischenfall mit dem Wagenheber hatte ihn so wütend gemacht, dass er ihm einfach nicht aus dem Kopf ging. Der mit der verletzten Nase schien die Situation ehrlich genossen zu haben, sein Eifer hätte gereicht, um den Wagenheber zu befreien und die Aufführung zum Abschluss zu bringen.

Das Alkoholikerpärchen auf der Graffitibank begrüßte Kuhala wie einen alten Bekannten. Beide sahen aufgedunsen aus, schienen in ihren Flohmarktmänteln, aus deren Kragen heraus sie den Lauf der Welt beobachteten, aber nicht zu frieren.

»Dürfen wir uns deinen Vortrag anhören kommen?«

»Was für einen Vortrag?«, fragte Kuhala gut gelaunt zurück.

»Du weißt schon. Du bist doch Kuhala, der Privatschnüffler.«

»Ihr müsst mich mit jemandem verwechseln.«

»Drolliger Hund. Haste ma zwei Euro?«

Kuhala schickte die Münze in die Luft. Die Blicke der beiden schärften sich und folgten der Flugbahn, dann schlug die Hand der Frau wie eine Schlange zu und schnappte sich das Geld. Der Mann versuchte, Kuhala noch etwas abzuzapfen, indem er mit bereits mehrfach gehörten Anspielungen auf Ilona Losts Mörder daherkam, aber Kuhala wollte es noch immer nicht genau wissen. Es machte ihm keinen Spaß, zu leicht davonzukommen, er hatte seine Mordkandidaten sortiert und aus kleinen Teilen Zusammenhänge gebildet, die er dann am Schreibtisch zusammensetzen würde, wenn die Zeit dafür gekommen war. Außerdem hatte er das Gefühl, dass ihn Sessions wie der Schädelzertrümmerungsvorfall dieses Vormittags belebten. Wie peinlich wäre es da gewesen, die Wahrheit aus dem Mund eines ausgedienten Penners zu erfahren.

Matti Forsman öffnete nach den gleichen zeitraubenden Ritualen wie beim letzten Mal die Tür. Die schwammige Visage, die sich aus dem dunklen Flur schob, erschreckte Jeri dermaßen, dass er knurrte und sich an Kuhalas Bein drückte.

»Hallo, mal wieder. Haben Sie Zeit, um ein paar Worte mit mir zu wechseln? Der Hund hat gute Manieren. Sie sind doch nicht allergisch?«

Forsman sagte nichts, aber Kuhala meinte, in den abgespannten Augen einen Lebensfunken zu entdecken. Die Türkette rasselte. »Komm rein.«

In der Wohnung duftete es nach Muff, der Staub, der

im Lichtkreis der Leselampe tanzte, war durch viele geschwänzte Putztage angedickt. Lediglich eine Tüte Studentenfutter und ein aufgeschlagenes Buch, das auf dem Gesicht lag, brachen die Katakombenatmosphäre auf.

»Lesestündchen, wie?«

»Ja. Ich glaub, ich bin eingenickt.«

Forsman baggerte in seinen Haaren und tappte wie ein Riesenfaultier auf Strümpfen zum Bild des Schriftstellers Haanpää. Er hatte es über sich gebracht, sein *Cuba-Serenade*-Shirt abzulegen, und gab sich diesmal mit einer Homedress-Kombination zufrieden, wie sie im vorigen Jahrhundert beliebt gewesen war. Sie bestand aus derart schlabberigen Hosen und einem so weiten Oberteil, dass es nicht einmal geholfen hätte, sie in ein Barrel Stärke einzutauchen. Forsman gähnte. Der anschließende Blick irrte von der Fensteraussicht zu Hund und Kuhala zurück.

Dieser sagte, er setze die Mordermittlungen unablässig fort. »Sie haben aber noch nichts Weltbewegendes ergeben. Wissen Sie, ich bin ziemlich auf Grund gelaufen. Ich musste mir lange alles durch den Kopf gehen lassen, was man mir erzählt hat und worauf ich gestoßen bin. Dann habe ich den Glaubwürdigkeitskoeffizient angewendet und die eine oder andere Geschichte miteinander verglichen. Für Sie ist kein besonders hoher Wert abgefallen.«

»Hä?«

»Was lesen Sie?«

»Dostojewski.«

»Und aus welchem Buch haben Sie die Geschichte mit dem Daumen, der über den Fleischwolf ins Hackfleisch eines Kunden gelangt ist? War bestimmt kein Klassiker. Nicht mal als Verarschung ist Ihre Story ein Klassiker, aber einen Moment lang war ich bereit, sie zu glauben.«

»Alles ist wahr.«

Forsman ging mit seinen hängenden Schultern ans Fenster, um dort zu erstarren. Die Nackenhaare standen nach allen Seiten ab, die Hände wanderten in die Taschen der Schlabberhosen, durch die Jalousieschlitze fiel Licht auf sein Gesicht. Die tiefsinnige Antwort – alles ist wahr – war sicherlich universal und durchdringend, aber Kuhala war sie nicht gut genug.

»Ich will von allem die richtige Version hören. Ich kann die Wahrheit natürlich mithilfe meiner Bekannten bei der Polizei herausfinden, aber irgendwie habe ich das Gefühl, es könnte auch so gehen.«

Forsman drehte sich um. Er kehrte zur Couch zurück und erwies mit einer halben Schweigeminute dem befleckten Ruf seiner Fleischwolfgeschichte die Ehre. Dann holte er Luft und sah Kuhala an.

Der Daumen war viel später abhandengekommen, Jahre nach der Einzelhändlerlaufbahn. Forsman hatte seinen Arbeitsplatz verloren, weil er getrunken hatte, und den Daumen später aus dem gleichen Grund. »Ich bin in schlechte Gesellschaft geraten und war furchtbar besoffen. Der eine Kumpel ist auf einer Seite das Augenlicht losgeworden und wäre fast verblutet, nachdem er mir den Daumen mit dem Beil abgehackt hatte. Wir hatten Streit.«

»Danach hört es sich an. Sind Sie verurteilt worden?«

»Vom Gericht in Iisalmi. Zwei Jahre auf Bewährung, weil mein Fingerstochern als Notwehr durchgegangen ist.«

»Das erhöht Ihren Glaubwürdigkeitswert schon erheblich.«

»Ich brauche deine Werte nicht.«

»Bestimmt nicht. Aber die Polizei dürfte im Zusammenhang mit Ilonas Fall an Ihnen interessiert gewesen sein. Sie waren der letzte Kunde, und Sie sind vorbestraft.«

»Klar. Die wollten mich mit aller Macht zum Schuldigen machen, weil ich angeblich so jähzornig bin. Aber da ist nichts draus geworden.«

Kuhala wollte wissen, warum Forsman ihn belogen hatte.

»Ich habe keine Lust, in der Vergangenheit zu wühlen, im früheren Leben. Ich will meine Ruhe haben.«

Das hofften viele, aber die Wenigsten waren bei der Verwirklichung so weit gekommen wie Forsman: lange ereignislose Lesestunden auf der Wohnzimmercouch, lange ereignislose Kaffeestündchen auf der Couch hinter dem Pfeiler im Arbeitslosentreff, einmal im Monat eine kleine Frührente aufs Konto. Kuhala rief Jeri, der sich an das Studentenfutter herangewagt hatte, zu sich und dankte Forsman für die Zusammenarbeit. »Ich werde Sie nicht länger belästigen. Aber sagen Sie, kommt man von diesem Treppenhaus in den Keller?«

»Natürlich. Ist ein ziemlich verschlungenes Gängenetz da unten. Oder ein Hauptgang, von dem man in die Gänge der einzelnen Häuser kommt. Die kreuzen und verzweigen sich, ein Unkundiger verirrt sich da leicht. Da willst du doch nicht hin? Du hast ja nicht mal einen Schlüssel.«

»Ich glaube nicht, dass ich mich verirre. Jeri ist auf Gänge trainiert. Übrigens, wo haben Sie die Idee mit dem Daumen im Fleischwolf eigentlich her?«

»Lesen erweitert das Weltbild.«

Nur wenig später steckte Kuhala im Kellergeschoss sein Dietrich-Set in die Jackentasche und drückte den Lichtschalter. Die Reaktion kam mit Verzögerung und beschränkte sich auf ein paar Lampen, die hinter Rohren und Ventilhähnen angebracht waren und deren Leistung eher die Schatten betonte als den Weg wies. In der Luft lag ein unaustilgbarer Geruch nach Schimmel und Gipsstaub.

Kuhala knipste die Taschenlampe an und war froh, Jeri mitgenommen zu haben. Der Hund hätte sich auf der Rückbank des Buicks bei den Brüdern aus Somerjoki ohnehin nicht wohlgefühlt. Kuhala ging an Kellerabteilen vorbei, die mit Maschendraht voneinander getrennt waren, er passierte die Türen zu Schaltraum, Waschküche, Kühlkeller und Atombunker. Außerdem fuhr das Licht der Taschenlampe über Türen, deren Geheimnisse man nur raten konnte, denn Hooligans hatten die Schilder abgeschraubt, falls es welche gegeben hatte. Im Budget der Mietervereinigung Sippilinna gab es offenbar nicht genügend Spielraum für die Instandsetzung der unterirdischen Räumlichkeiten. Es hatte den Anschein, als wartete alles auf den Moment in naher Zukunft, in dem die Türme gesprengt würden.

Kuhala las die Grüße an der Wand. Die Ältesten waren vor fast dreißig Jahren hingekritzelt worden und besaßen fast schon kulturhistorischen Wert.

Auf dem Fußboden erfasste der Lichtkegel vergessene Ameisengiftschachteln, Zigarettenkippen und vor Zeiten getrocknete Flecken. Es sah aus, als hätte jemand seinen alten, selbst eingekochten Preiselbeersaft ausgeschüttet.

Das Schloss an der Tür zum Hauptkorridor gab nach einem Stoß nach, der Lichtschalter funktionierte nicht. Kuhala suchte nach einem zweiten. Nun lag auch Kanalgeruch in der Luft.

»Jeri, hierher!«

Grün glänzten die Hundeaugen in der Ferne. Plötzlich hörte man ein Bellen, dann ein Zischen und ein saloppes Klopfen, als trommelte jemand mit den Fingerspitzen auf einer Conga. Kuhala rief erneut nach Jeri und heftete dann gebannt den Blick auf das Bild, das sich im Licht der Taschenlampe abzeichnete. Das rhythmische Klopfen, das sich unter das Zischen mischte, hatte nichts mit einer Latino-Session zu tun, sondern stammte vom Schwanz einer Ratte, die damit auf den Betonboden peitschte. Die Ratte entsprach von ihrer Größe her jenen Mutanten, die in den Hafenbecken der Küstenstädte lebten und von denen Kuhala etliche Geschichten gelesen hatte.

Der Lichtschalter beschloss nun doch zu funktionieren – im richtigen Moment. Lampen flackerten auf, einige erloschen gleich wieder, aber die Ratte saß im Licht ihres ureigenen Spots, als wollte sie Kuhala den Auftakt ihrer Nager-Show in vollen Zügen genießen lassen. Dieser war ein eher furchtloser Mensch, der sich traute, auch größere Gegner herauszufordern, und der schwierigen Situationen nicht aus dem Weg ging, wenn ein Auftrag es verlangte.

Ratten standen auf seiner Ekelliste jedoch ganz oben. Das dreieinhalb Kilo schwere Biest im Keller von Sippilinna witterte die Scheu des kräftig gebauten Mannes und schien sich daran zu ergötzen. Die Ratte war so groß wie ein Industriestaubsauger, ihr Fell glänzte und die verschlagenen Augen verengten sich, als taxierte sie die Schlemmermahlzeit, die nach dem Zusammenstoß mit dem Menschen anstehen würde. Der Kellergang war ihr Reich, und sie wirkte so selbstsicher und mit Meriten versehen, dass über sie aller Wahrscheinlichkeit nach schon in National Geographic berichtet worden war.

Der Rhythmuswechsel des Schwanzes kündigte die Attacke an.

Kuhala wurde schwindlig. Der Vorfall mit dem Wagenheber war nichts gegen das hier. Er konnte nicht fliehen und Jeri opfern, ihm blieb keine andere Möglichkeit, als zu warten und zuzutreten, wenn das Ungeheuer in Reichweite kam. Und dann wäre ein Volltreffer äußerst wünschenswert.

Die Ratte strich sich über die Barthaare und versetzte der Betonwand zwei Peitschenhiebe mit dem Schwanz. Dann spannte sie die Muskeln an und machte mit kratzenden Krallen einen Rattenschritt auf Kuhala zu, wobei sie aus dem Spotlight trat. Der Abstand zwischen den Kontrahenten betrug gut fünf Meter. Das Licht aus Kuhalas Taschenlampe traf die schwarzen Killeraugen des Nagetiers. Wieder hörte man das Zischen. Die Ratte fletschte die Zähne und entblößte dabei ihre gut und gern einen Zoll großen Zähne, die sie beim Nagen am Beton gestählt hatte.

Jeri, der die Entwicklung der Lage aus der Distanz beobachtet hatte, besaß keine eigene Ekelliste, wenn man vom Einschäumen des Fells mit Hundeshampoo einmal absah. Er belauerte die Ratte und sprang genau im richtigen Moment dazwischen, um den Angriffsweg zu blockieren. Sein Fell sträubte sich, der Schwanz krümmte sich, und der Hundekörper drückte sich fast ganz auf den Fußboden. Der löwenhafte Brustton, mit dem Jeri dem Rattenzischen begegnete, klang so urtümlich, dass Kuhala nicht mehr wusste, wovor er mehr Angst haben sollte.

Die Tiere fixierten sich gegenseitig. Kuhala wagte es nicht mehr zu atmen. Er sah bereits eine comicartige Keilerei vor sich, bei der die Tierhaare nur so staubten und nach der die Ratte ihren Angriff fortsetzte.

Es war die falsche Vision. Seit Kuhala Jeri nach dessen Flucht aus dem Hundeheim aus dem Wasser gerettet und ins Boot geholt hatte, konnte er sich vorstellen, wie hart die Jugendjahre des Tiers gewesen sein mussten. Trotzdem hätte er nicht geglaubt, dass sich Jeri gegen einen Gegner wie diesen behaupten konnte.

Im Blickduell nahm die Bedrohlichkeit der Königsratte ab. Ihre Instinkte warnten sie vor Jeris Verwegenheit, sie schrumpfte auf die Maße einer Waldmaus zusammen und huschte davon. Kuhala wischte sich mit dem Ärmel den Schweiß von der Stirn. »Du hast dir eine Mahlzeit verdient, Kumpel.«

Jeri nahm das Lob gleichmütig entgegen. Er kratzte sich, als wäre nichts gewesen. Der starke Rüdengeruch, der im Kanalgestank des Kellers wahrzunehmen war, verriet jedoch, dass sich Jeris Organismus auf den größten Krieg aller Zeiten eingestellt und den inneren Kampfhund geweckt hatte.

»Wenn du schon so unersetzlich bist, kannst du mich auch gleich zum ehemaligen Jugendraum führen. Das Herumlaufen in diesem stinkigen Labyrinth strapaziert allmählich mein Herz«, meinte Kuhala zu seinem Hund.

Jeri putzte sich noch die Achseln, dann setzte er sich in Bewegung und trottete voran, ohne Notiz von Kuhalas Sticheleien bezüglich der großen Brüder der Ratte, die jeden Moment den Weg blockieren könnten, Notiz zu nehmen.

Das Gewicht des Schwerverkehrs auf der Straße sorgte für ein leichtes Vibrieren von Decken und Wänden. Über Kuhala und seinem Hund lag die erdrückende Masse der Wohntürme. Die Schatten von Spinnweben, das ferne Tropfen und die provisorische Bretterkonstruktion an der Decke ließen Kuhala vermuten, dass sie sich in eine aufgelassene Kupfermine verirrt hatten. Er war nicht mehr sicher, ob er wieder hinausfinden würde, und empfand an Rührung grenzende Dankbarkeit, weil er Jeri mitgenommen hatte.

Die Tür zum Clubraum befand sich in einer Abzweigung des Ganges, die in eine Sackgasse mündete. Auf der Abschlusswand grüßte ein Totenschädel den Besucher. Auf einem selbst gemachten Plakat stand »Jugendclub Sippilinna«, vom Children-of-Bodom-Poster an der Tür war die Hälfte erschlafft.

»Warte«, sagte Kuhala zu Jeri und griff nach dem Dietrich.

Das Schloss ging auf, Kuhala tastete nach einem Lichtschalter. Für diesen Tag hatte er genug von unangenehmen Überraschungen und spürte bereits das vertraute Verlangen nach einem Haddington House mit Eis, aber da der Jugendclub nun mal das eigentliche Ziel seines Besuchs war, wollte er sich dort auch umsehen.

Mika Rentonens Partyfotos waren zweifellos hier aufgenommen worden. Niemand hatte sich die Mühe gemacht, die Bandposter und die Bilder spärlich bekleideter Frauen von den hellblauen Wänden zu nehmen, nachdem die Eiferer der Mietergemeinschaft die Jugendlichen vertrieben und die Tür abgesperrt hatten. Sogar das Bild aus der Überwachungskamera hielt noch die Stellung.

Das Mobiliar, das aus Kunstlederbänken, zwei Spinden und einem ramponierten Tisch bestand, war ebenfalls unangetastet geblieben. Den Lampenschirm hatte jemand aus dem Maschendraht der Kellerabteile zurechtgebogen, die Blütezeit des Flickenteppichs lag in der fernen Vergangenheit. Trotzdem war die Zeit nicht stehen geblieben, und nachdem Kuhala eine Weile die Atmosphäre im Raum beschnuppert hatte, begriff er, dass er nicht in einem versiegelten Jugendmausoleum stand.

Es war jemand hier gewesen, es roch nach einem kosmetischen Produkt.

»Sehen wir uns ein bisschen um«, sagte er zu seinem Hund, noch immer stolz auf dessen Tapferkeit.

In den Spinden fanden sich leere Bierflaschen, billige Turnschuhe, eine bunte Reihe Carromspielsteine, die auf eine Metallstange geschoben waren, und eine ungeöffnete Packung Kondome. Jeri setzte sich mitten auf den Teppich. Kuhala ging auf alle viere, um die Staubmäuse und Bonbonpapiere unter den Sofas einer Razzia zu unterziehen. Den Parfumduft konnte man nur noch als Hauch wahrnehmen, als Vorstellung – der sechste Sinn war im Begriff einzuschlummern.

»Rück mal ein Stück zur Seite.«

Er rollte den Teppich auf und öffnete mithilfe eines Kleiderbügels den viereckigen gusseisernen Deckel, unter dem eine Leiter ins Kanalsystem führte. Dort unten lag das Allerheiligste der Ratten, und Kuhala spürte keinerlei

Verlockung, sein Ermittlungsfeld in diese Richtung auszudehnen. Er starrte in die dichte Dunkelheit der Kloake und wollte den Deckel schon wieder auf seinen Platz hieven, als er auf der Höhe der fünften oder sechsten Leitersprosse einen mit der Dunkelheit verschmelzenden rundlichen Gegenstand bemerkte.

»Mach noch ein bisschen mehr Platz«, meinte er zu Jeri, der in die Tiefe schnupperte.

Kuhala legte den Deckel zur Seite und beleuchtete die Leiter. Der rundliche Gegenstand hing an einer Angelschnur. Es war ein zugebundenes Stoffbündel, und als er mit dem Haken des Kleiderbügels danach angelte, gingen ihm mehrere Inhaltsvarianten durch den Kopf, von der gut geölten Waffe bis zu Amphetaminen.

Plötzlich wich Jeri von der Öffnung zurück und legte die Ohren an. Die Augen schienen ihm aus den Höhlen treten zu wollen, als man in der Ferne einen hallenden Knall hörte, als hätte jemand einer ganzen Rattenarmee mit einem Startschuss das Zeichen zum Sturmangriff gegeben.

Kuhala zog das Bündel hoch und löschte das Licht im Raum. Er öffnete die Tür einen Spaltbreit. In diesem Gang befanden sich keine Kellerabteile von Hausbewohnern. Auf dem rauen Zementboden näherten sich knirschende Schritte, aber Kuhala konnte die Entfernung absolut nicht einschätzen. Er hoffte nur, der Hund werde den Mund halten.

Wen immer der Ankömmling auch repräsentierte und was immer seine Absichten sein mochten, er beschloss, stehen zu bleiben. Kuhala hatte für diesen Tag nicht nur genug von Überraschungen, sondern auch vom Luftanhalten. Es blieb ihm aber nichts anderes übrig, als sie anzuhalten, denn man hörte nichts. Jeri behielt den Türspalt im Auge. Das Underground-Abenteuer war ihm ins Blut gegangen.

Der Schrei, der auf das scharf zuschlagende Geräusch folgte, zerschnitt die Luft im Gang in einer derartigen Lautstärke, dass Kuhala um ein Haar ebenfalls einen ausgestoßen hätte. Er ließ das Stoffbündel fallen. Jeri stieß die Tür auf und lief in den Hauptgang.

Kuhala fluchte. Er hob das Bündel auf und rannte Jeri hinterher. Die Lichter flackerten, in beiden Richtungen war niemand zu sehen.

»Jeri!«

Das Geräusch rennender Schritte entfernte sich, wieder fiel eine Tür zu.

Der Hund stand zwanzig Meter weiter auf der Stelle, als zögerte er weiterzulaufen. Seine Haltung drückte keine Angriffsabsichten aus, obwohl sich das Fell sträubte. Kuhala richtete die Taschenlampe auf den Punkt, den Jeri anstarrte, und schluckte. Der Rattenkönig lag mausetot an der Wand. Sein Kopf war zertrümmert, der Peitschenschwanz für immer erschlafft.

Jeri warf einen Blick auf Kuhala. Der Lichtkegel der Taschenlampe fuhr über verspritztes Blut und an der gegenüberliegenden Wand über die Spur eines Querschlägers, die von einer großen Stahlkugel stammte.

24

Frische Luft und Licht umfingen Kuhala und seinen Hund, als sie wieder an die Erdoberfläche stiegen. Das erbärmliche Ende der Königsratte nagte schwer an Kuhala. Obwohl sie abstoßend gewesen war, hatte die Kreatur doch eine ehrenvolle Karriere im Kellergeschoss hingelegt, und auch wenn ihr Ruf unter Jeris Eingreifen gelitten hatte, so schien ihr Ende durch eine Stahlkugel doch allzu schäbig.

Was ebenfalls an ihm nagte, war die Tatsache, dass der Schütze derselbe Verrückte gewesen sein musste, der auf dem nächtlichen Parkplatz seinen Kopf anvisiert hatte und dem er zuvor bereits in Ratskus Küche begegnet war. Mika Rentonens Mörder. Auch Ilonas Mörder?

Eine Verfolgung hatte er dennoch nicht in Betracht gezogen. Der Schütze kannte die Fluchtwege. Wäre Kuhala durch die schlecht beleuchteten unterirdischen Gänge von Sippilinna gerannt, hätte er sich garantiert verirrt. Außerdem reizte es ihn auch nicht, erneut unter Stahlkugelbeschuss zu geraten. Dass der andere ihm im Nacken saß und wusste, wo er sich aufhielt, war widerwärtig und beängstigend.

Vom Schnee am Vormittag waren nur noch vereinzelte Reste übrig, das Taxi, das mit überhöhter Geschwindigkeit an Haus C vorbeiraste, schleuderte eiskalten Matsch in den Säulengang vor der Haustür. Der Buick aus Somero stand noch immer dort, wo er sein sollte, sogar die Brüder saßen noch auf ihren Plätzen, mit einer ordentlichen Portion Missmut in der Jacke. Kuhala versuchte, sie aufzuheitern, indem er mit dem Schlüssel klimperte. Er öffnete die Tür. »Es hat sich ein bisschen hingezogen, aber ihr habt euch doch sicher zwischendurch die Beine vertreten, um warm zu bleiben?«

Die Brüder reagierten nicht auf seinen Hohn. Wortlos blieben sie sitzen und starrten nach vorn, als hätten sie gerade die Trauerbotschaft über ihre eigene Mittelmäßigkeit empfangen und außerdem erfahren, dass ihre schwerfällige Berechenbarkeit der Gegenseite – ob Polizei, Kunde oder ein Quälgeist wie Kuhala – einen äußerst schwer einholbaren Vorsprung gab.

»Vaasankatu 18. Danach könnt ihr fahren, wohin ihr wollt.«

Kuhala ließ Jeri auf die Rückbank springen und stieg

ebenfalls ein. Er schlug die Tür zu, legte das Stoffbündel auf seinen Schoß, brachte aber genügend Geduld auf, um die Untersuchung des Inhalts auf später zu verschieben. »Könnten wir dann langsam mal losfahren?«

Keiner konnte fahren, wohin er wollte, nicht einmal Kuhala, denn ein schwarzer Skoda mit Stufenheck glitt neben den Buick. Die verdunkelte Heckscheibe reflektierte ein Hochhaus. Der Weg war versperrt. Ein synchroner Fluch der Brüder erfüllte den Innenraum, gab aber nicht genügend Schwung, um den Motor zu starten und zu versuchen, sich mit der schieren Masse des Buick den Weg frei zu räumen.

Kriminalkommissar Nevakivi entstieg dem Fond des Skodas und kratzte sich hinterm aufgestellten Mantelkragen den Kinnbart. Er strotzte vor Entschlossenheit, wie es sich für einen Beamten auf Beförderungskurs gehörte, konnte aber eine gewisse Verblüffung nicht verbergen, die sich einstellte, als Kuhala und Jeri zum Vorschein kamen. Ein Schauder wanderte über Nevakivis Gesicht, es sah aus, als hätte er pures Meskalin getrunken.

»Kuhala!«

»Hallo, Nevakivi.«

»Was, zum Teufel, tust du hier?«

»Nichts mehr. Die Jungs wollten mich gerade ins Büro bringen.«

So erreichten sie wenig später die Innenstadt mit einer Zivileskorte der Polizei, und Kuhala stieg nicht in der Vaasankatu aus, sondern in der Urhonkatu, wo sich das Polizeipräsidium befand. Der Buick kam in eine Ecke der Tiefgarage, wo er zwei Autos den Platz wegnahm und protzig und verdächtig aussah. Kriminalhauptmeister Tuomela, der am Steuer des Skodas gesessen hatte, begrüßte Kuhala und warf einen Blick auf den hüstelnden Buick, bevor er die Brüder aus Somero mitnahm.

Etwa fünf Minuten später saßen Kuhala und Jeri in Nevakivis Büro. Der Kommissar rückte mit seinem Stuhl ganz dicht an den Tisch heran und faltete die Hände auf der Schreibunterlage. Das rote Error-Lämpchen am Laserdrucker verhieß Unannehmlichkeiten.

»Was hast du in Sippilinna zu tun?«

»Ich ermittle im Mordfall Ilona Lost.«

»Was hast du mit den Brüdern zu tun?«

»Ich ermittle in der Brandstiftung eines Sägewerks.«

»Wieso, verdammt noch mal, sitzt du mit dem Hund da bei den Kerlen auf dem Rücksitz?«

»Das ist eine längere Geschichte. Der Hund heißt Jeri.«

Nevakivi ließ die Daumen kreisen. Dann legte er die Hände in den Nacken und richtete den Blick auf Jeri in der Ecke, als wollte er ihm die gleichen Fragen stellen. Der wedelte mit dem Schwanz, schmeichelte sich jedoch nicht bei dem Kommissar ein, sondern sank in sich zusammen und schloss genervt die Augen. Er hielt das Büro für tödlich langweilig im Vergleich zu den Kellergängen von vorhin.

»Was weißt du über den Fall Ilona Lost?«

»Nichts.«

»Über Mika Rentonens Tod?«

»Nichts.«

»Und über die Brandstiftung?«

»Die Kerle haben ihr Sägewerk selbst angesteckt.«

»Willst du hören, was ich von dir halte?«

»Das ist bereits deutlich geworden, aber warum nicht, wenn du Lust hast, meine Erinnerung aufzufrischen.«

»Das bleibt aber unter uns.«

»In Ordnung.«

Nevakivis Wutanfall erreichte mehrere Grad auf der Richterskala. Er brachte seine Haut zum Blühen und zeigte ihn als unvorstellbaren Meister des Vulgärstils. Zog man die Schimpfwörter ab und gab sich mit dem Kern des Ausbruchs zufrieden, so kam heraus, dass Kuhala mit seinen Aktivitäten eine Gefahr für die geordneten gesellschaftlichen Verhältnisse mit ihren rechtsgültigen Strukturen darstelle, weil er Jahr für Jahr einem der zuverlässigsten Sicherheitsorgane, nämlich der Polizei, auf die Füße trete. Zwar kämen die dürftigen Sabotageakte eines winzigen Schnüfflers über Versuche nicht hinaus, aber alles habe seine Grenzen.

Der Kommissar schnürte zwischen Fenster und Regal hin und her wie ein hospitalisierter Tiger im Zoo, blieb zwischendurch stehen, um auf Kuhala zu deuten, und machte mit sprühendem Speichel seinem Ärger Luft. Der Anfall konnte nicht allein Kuhalas Schuld sein, zwang diesen jedoch aufgrund des Ausmaßes, auf der Hut zu sein. Das wortreiche Feuerwerk entsprang dem Druck und den Enttäuschungen dieses Herbstes, es bezog seine Antriebskraft aus Frustration und gut durchgebratenen Ressentiments. Und es war nicht zuletzt deshalb anstrengend anzuhören, weil Kuhala begriff, dass Nevakivi ihn zum Erschießen in den Keller bringen würde, wenn sie in einer Gesellschaft lebten, die großzügiger mit den demokratischen Spielregeln umginge.

Die Detektei in der Vaasankatu sei ein übler Krankheitsherd, nicht anders als das Hauptquartier einer kriminellen Vereinigung, und an dem Tag, an dem er, Nevakivi, die entsprechenden Befugnisse erhalte, werde er es dort aus allen Arsenalen krachen lassen. Dann werde Kuhala zu nichts und niemandem mehr ermitteln, und die Härte der Züchtigung werde ihn den Moment seiner Geburt bereuen lassen.

Jeri fletschte die Zähne und rückte unmerklich an sein Herrchen heran.

»Bist du endlich fertig?«, fragte Kuhala.

»Du wirst in den nächsten Tagen Besuch von uns bekommen. Das Finanzamt und die Zentralkripo wissen über dich Bescheid.«

»Das Finanzamt?«

»Ich sage dir, wenn die erst mal loslegen …«

»Dann hast du bestimmt auch die Instanzen für ansteckende Krankheiten angerufen.«

»Verschwinde!«

Das Pochen der Halsschlagader und die anschwellenden Bizepse unter den Hemdsärmeln gaben zu verstehen, dass Nevakivi den Rest des Tages darauf verwenden würde, sich zu beruhigen. Wenn hier jemand etwas zu bereuen hatte, dann er seinen Stilbruch; außerdem war Nevakivi derjenige, der nur hoffen konnte, dass sich die Nachwellen dieser Sitzung nicht zu weit verbreiteten.

Kuhala drehte sich an der Tür noch einmal um. Das Bündel aus der Kanalisation hielt er fest im Griff. »Sollte ich nicht zu Hause sein, wenn ihr kommt, dann macht die Tür nicht kaputt. Der Ersatzschlüssel fürs Büro liegt unter der Fußmatte. Der Wohnungsschlüssel steckt in der Türdekoration. Das ist so ein herzförmiges Gestrüpp.«

»Kuhala!«

»Was denn noch?«

»Wenn ich will, kann ich dir das Leben dermaßen zur Hölle machen, dass …«

»… ein Fünf-Sterne-Sudoku nichts dagegen ist. So long!«

Diesmal fand er auf Anhieb hinaus und schlug schnurstracks den Weg zu Maxens Kneipe ein. Der Schmutzeimer, den Nevakivi über ihm ausgegossen hatte, war bald vergessen, wobei allerdings eine Portion Branntwein mithalf. Ermittelte der Kommissar auch im Fall Ilona? Hatte er in Sippilinna, wo er am allerwenigsten auf Kuhala stoßen wollte, Fortschritte erzielt?

Die Gemächlichkeit des Nachmittags und *How Many More Years* von Howlin' Wolf im Radio schufen ein willkommenes Gegengewicht zu Nevakivis Ausbruch. Wie gut, dass es irgendwo einen Ort zum Ausruhen gab! Kuhala saß auf dem Barhocker und bestellte. Er hatte Max seit dem gemeinsamen Wochenende nicht gesehen und war ein bisschen reserviert, als er sich an die urtümliche Anti-Kater-Methode seines Freundes erinnerte, die allerdings geholfen hatte.

»War übrigens schön neulich. Gibt's was Gutes für Jeri? Er hat mir heute gleich mehrfach aus der Patsche geholfen.«

»Einen halben Ochsenschwanz. Nicht ganz 1A, aber umso aromatischer.«

Jeri leckte sich die Lippen und sprang ohne Anlauf auf den Barhocker neben Kuhala. Dieser erzählte Max von seinem Abenteuer und äußerte die Vermutung, er könne sein Leben wegwerfen, falls dieser Tag auch nur eine weitere Prüfung bringe. »Ich werde mich auf dem Heimweg an den Wänden entlangdrücken und mir dann die Decke über den Kopf ziehen.«

»Was für einen Dreck hast du eigentlich in dem Bündel da? Das stinkt vielleicht.«

»Weiß ich selbst nicht. Ich mache es erst zu Hause auf.«

»Könntest du es eventuell auf dem Boden abstellen?«

Kuhala tat Max den Gefallen und trank einen Schluck aus seinem Glas. Nevakivi musste Beweise gegen die Brüder aus Somero haben, und deshalb kam es zur Festnahme, als ihr unauffälliger Buick in Jyväskylä auftauchte. Womöglich hatten die beiden mehr als Versicherungsbetrug auf dem Kerbholz, trotzdem verspürte Kuhala wenig Lust, die Last ihrer Vergehen um einen Mordversuch zu erhöhen. Zwar würde er schweißtreibende Wagenheber- und Rattenalbträume haben, aber die würden irgendwann von neuen Albträumen verdrängt werden.

Jeri reckte sich auf dem Barhocker nach vorne und nahm den Ochsenschwanz, der auf der Kirchenzeitung lag, in die Vorderpfotenzange. Er machte sich über die Leckerei her, ohne seinen Kopf mit Albträumen zu belasten. Von dieser Fähigkeit, sich aufs Substanzielle zu konzentrieren, konnte sich jeder eine Scheibe abschneiden.

Auf einmal füllte sich der »Haudegen« mit Gästen. Max servierte Essen, trank auf die Schnelle einen Schluck Mineralwasser, verkaufte an eine Frauenrunde ein Glas Hauswein nach dem anderen und fütterte die Kasse, wobei sein Gesicht von der Geschäftigkeit des selbstständigen Unternehmers glühte. Kuhala fand das beneidenswert, und er konnte sich auf Anhieb nicht erinnern, bei seinen eigenen Bemühungen je eine ähnliche Freude gehabt zu haben, geschweige denn ein ähnlich getaktetes Einkommen. Sein Metier erforderte Ausdauer, und wenn überhaupt eine Entschädigung oder eine Art Befriedigung in Aussicht stand, dann zeichnete sie sich in weiter Ferne ab. Bis man sie erreichte, musste man einen Survival-Parcours absolvieren, der mit Mutantenratten, halb durchgedrehten Kriminalkommissaren und mit Stahlkugeln um sich schießenden Mördern gespickt war. Bisweilen musste man sich derart ins Zeug legen, dass man nicht mal dazu kam, sich Socken zu kaufen. Warum bat Max ihn nicht, als Türsteher oder Spüler bei ihm anzufangen? Kuhala hätte das Angebot sofort angenommen.

»Du hast Sorgen«, sagte Max bei aller Eile. »Trink noch einen. Du bist ja ganz grau.«

»Nein, danke. Das ist der Herbst. Der wischt einem die Farbe aus dem Gesicht, da kann man nichts machen.«

»Hör zu, wenn du Hilfe brauchst, dann sag es. Ich muss nur zwei Mal telefonieren, dann komme ich hier raus. Ich weiß, dass du mir nicht alles über deine aktuellen Fälle erzählst, und das muss auch nicht sein, aber sei vorsichtig!«

»Ich weiß dein Angebot zu schätzen. Aber ich werde schon klarkommen.«

Jeri trank zum Runterspülen einen halben Liter Wasser und saß anschließend kerzengerade auf seinem Barhocker. Die Reste des Ochsenschwanzes wurden ihm eingepackt, und jedes Mal, wenn Max ihn ansah, gab er einen dankbaren Blick zurück.

25

In der Hofschlucht in der Vaasankatu lag kein bisschen Schnee mehr. Die Zyklopenaugen der Schmelzwasserpfützen spiegelten den Himmel und die kahlen Birkenzweige, auf einem Balkon ganz oben schlug der Teppichklopfer im Gleichtakt mit den Herzschlägen der Stadt. Kuhala war so in Gedanken, dass er fast gegen die im Hof wartende Frau geprallt wäre und sie die Treppe zum Büro hinuntergestoßen hätte.

»Entschuldigung!«

»Macht nichts. Sind Sie Otto Kuhala? In der Zeitung ist ein Foto von einem Mann gewesen, der so aussah wie Sie.«

Kuhala nickte. Die Frau gab ihm die Hand und stellte sich als Eila Salmela vor. Sie war vielleicht fünfzig, trug schwarze Jeans und eine hellbraune Wildlederjacke und machte den Eindruck einer Person, die man gemeinhin als »unkompliziert« bezeichnete.

Ihr normaler Gesichtsausdruck war gut gelaunt, und als sie Kuhala mit ihren grünlichen, zum Schal passenden Augen musterte, blitzte darin etwas aus dem Zwischenbereich von Humor und spielerischem Flirt auf. »Hätten Sie eine Minute für mich? Der Hund scheint Sie gernzuhaben.«

»Ja, ja, wir haben uns aneinander gewöhnt. Aber vor allem mag er dieses Päckchen hier«, antwortete Kuhala und hob die Hand, die sowohl Jeris Ochsenschwanzmitbringsel als auch den Fund aus der Kanalisation hielt. »Gehen wir rein.«

Er half der Frau aus der Jacke und führte sie ins Büro. Ein Foto der in die ewigen Jagdgründe eingegangenen Geckos grüßte jeden Besucher als Erstes. Die Frau schaute sich das Bild an und zog ihre Ärmel gerade. »Gemütliches Büro.«

»Geht so. Ich hab schon mal nach anderen Räumen gesucht. Mit Seeblick und so, aber aus irgendeinem Grund bin ich immer noch hier.«

»Ich habe letzte Woche Voitto Lost getroffen. Ab und zu gehe ich in seinen Laden, und im Zusammenhang mit dem schrecklichen Ereignis haben wir uns ein bisschen besser kennengelernt. Wie ich höre, haben Sie Ilonas Fall übernommen.«

Kuhala nickte. Er war noch immer nicht dazu gekommen, einen Blick in das Stoffbündel zu werfen, und verstaute es in der Whiskyschublade seines Schreibtischs, damit es nicht weiter die Luft verpestete. Aus dem Plan, sich die Decke über den Kopf zu ziehen, schien vorläufig auch nichts zu werden.

Eila Salmela sagte, sie habe in jenem Sommer mit Ilona in demselben Lebensmittelladen gearbeitet. »Als Filialleiterin. Ilona war fleißig und sehr hilfsbereit. Dann kam ein Anruf am frühen Morgen, und Ilona war nicht mehr da. Das ist jetzt zwei Jahre her. Auch wenn ich nicht mit ihr verwandt bin und ich sie nur wenige Monate kannte, denke ich oft an sie und will nicht glauben, was passiert ist. Ich kann mich immer noch an den Strauß aus Sonnenblumen, Heidelbeerzweigen und Moosröschen erinnern, den sie mir zum Abschied geschenkt hat. Ich hätte ihn gern als Erinnerung behalten, aber er wurde mit der kaputten Vase auf dem Fußboden gefunden. Die Polizei brauchte ihn. Ich weiß nicht, wofür.«

Ihr Gesicht strahlte, als sie an Ilonas Lebenslust zurückdachte und daran, wie ihr die junge Frau um den Hals gefallen war, als sie den Studienplatz bekommen hatte. »Und dann der Anruf. Alles ausradiert, als wäre nichts gewesen. Ich habe versucht, der Polizei so gut es ging zu helfen, aber damals war alles irgendwie so chaotisch. Man war durcheinander und konnte nicht klar denken.«

»Was denken?«

»Wer es getan haben könnte. Wer der Schuldige ist.«

»Sind Sie denn später zum Denken gekommen?«

Sie nahm ihren Schal ab und strich sich die Haare glatt. »In gewisser Weise. Ich weiß nicht, ob meine Erfahrungen etwas wert sind, aber als ich Voitto Lost sah und von Ihnen erfuhr, musste ich einfach herkommen.«

Eila Salmela erzählte, sie habe einige Wochen nach dem Mord halb versehentlich ein Gespräch mit angehört, das bestimmt nicht für ihre Ohren bestimmt gewesen sei. »Das muss Mitte September gewesen sein. Das Geschäft hatte im Keller einen kleinen Lagerraum, so groß wie eine Putzkammer, wo mal diese und jene haltbaren Produkte aufbewahrt wurden. Es war fürchterlich, nach alldem in das Labyrinth hinunterzugehen, wo nicht einmal das Licht richtig funktionierte. Außerdem ging das Gerücht um, dass sich dort eine riesige Ratte verborgen hielt.«

Die Stimme der Frau wurde leiser, ihr Gesichtsausdruck ernst.

»Was haben Sie dort gehört?«

Sie zog einen Zettel aus der Tasche ihrer Jeans und gab ihn Kuhala. »Ich habe alles so gut ich mich erinnern konnte notiert. Viele Fehler sind nicht drin. Es kommt mir unwirklich und unheimlich vor.«

Kuhala sah sie kurz an, dann strich er den Zettel glatt und las den Dialog:

»Die Hure hat bekommen, was sie verdient hat.«
»Sie werden dich drankriegen.«
»Von wegen. Du hättest sehen sollen, wie ich ihr eine verpasst habe. Keine Gnade, obwohl sie gebrüllt hat wie die Sau und der ganze Boden voller Blut und Scherben von dem Blumentopf und der ganzen Scheiße war. Auf mich kommen die nie.«
»Sei dir da mal nicht so sicher.«
»Ich hab ihr die Hose ausgezogen und ein bisschen die Oberschenkel zerkratzt. Willst du mehr hören?«
»Du bist wahnsinnig.«
»Eine Scherbe hab ich bis ganz nach oben geschoben. Als Täuschung.«
»Scheiße, du hast sie nicht mehr alle.«
»Genau bis dahin. Und du hältst das Maul, wenn du keinen Stress haben willst.«

Kuhala las den maschinegeschriebenen Text noch einmal durch und spürte ein Zittern im Nacken, das sich nicht unter Kontrolle bringen ließ. »Also ... ein entsetzlicher Text, auch nach den Maßstäben der Jugend von heute. Ziemlich lang. Sie haben sich alles gut gemerkt.«

»Der hat sich mir eingebrannt«, sagte Eila Salmela und berührte ihre Brust. »Ich kann ihn auswendig, aber es macht nicht gerade Spaß, ihn aufzusagen. Jetzt wollen Sie natürlich wissen, wer da geredet hat und wo das alles vor sich ging.«

Kuhala nickte und gab den Zettel zurück. Die Frau bat um Wasser und streichelte Jeri, der sich wie ein tüchtiger Bürogehilfe in ihrer Nähe niedergelassen hatte, oder auch nur, weil er sich um das Schicksal des im Kühlschrank verschwundenen Ochsenschwanzpäckchens Sorgen machte.

»Unser Lager befand sich nicht in den eigentlichen Kellerräumen. Es lag in einem langen Gang, von dem aus man in alle Häuser kommt. Vorausgesetzt natürlich, man hat den passenden Schlüssel. Ich weiß nicht, woher die Stimmen kamen, aber ich stand in dem verdammten Verschlag und hatte einen Karton mit Weichspüler auf dem Arm. Ich hätte wahrscheinlich gar nicht zugehört, aber dann gingen die Lichter aus. Ich musste warten, bis sie wieder angingen. Und ich hatte Angst vor der Ratte. Plötzlich fing jemand im Dunkeln zu reden an.«

»Glauben Sie, Sie würden die Stimmen wiedererkennen?«

Sie schüttelte den Kopf. Sie beschrieb sie als eine Art Flüstern. »Ich bin mir ja nicht mal sicher, ob es Frauen oder Männer oder sowohl als auch waren.«

»Junge Frauen und Männer?«

»Auch das weiß ich nicht. Vielleicht aber eher Stimmen von jungen Leuten.«

»Wie kann es sein, dass Sie nicht wissen, aus welcher Richtung die Stimmen kamen?«

Sie vermutete, der Dialog sei über die Belüftungskanäle an ihr Ohr gedrungen, denn sobald das Licht wieder anging, hatte sie sich auf den Gang gewagt, dort aber niemanden gesehen und auch keine Schritte oder so etwas gehört. »Damals gab es da zumindest noch diesen Jugendraum.«

»Weit weg vom Lagerraum?«

»Sehr viele Meter sind das nicht. Der Jugendraum lag in so einem kurzen Nebengang, der an einer Mauer endet.«

»Sie sind aber nicht hingegangen?«

»Um dem Mörder Guten Tag zu sagen? Es war entsetzlich. Hätte ich mich mit Weichspüler gegen Wahnsinnige verteidigen sollen? Gut, dass ich mich nicht in dem Verschlag eingesperrt habe.«

»Entschuldigung. Ich wollte Sie nicht kritisieren.«

Eila Salmela sagte, sie habe zwei Tage lang allen Mut zusammengenommen und sei dann zum Jugendraum gegangen, aber die Tür sei abgesperrt gewesen, und sie habe auch nicht gewusst, was sie darin hätte feststellen sollen. »Da hingen bloß Poster an der Wand. Kann sein, dass die

Stimmen anderswoher kamen. Aus dem Versammlungsraum der Mietergemeinschaft, oder was es da alles gibt. Aus dem Erdgeschoss oder so, aber sicher ist, dass sie nicht zwischen meinen Ohren entstanden sind.«

Kuhala nickte erneut. Er hatte nicht das Bedürfnis, sein wenige Stunden zurückliegendes Umherschleichen in ebenjenen Räumlichkeiten preiszugeben. Die Frau schien bei Trost zu sein und war auch nach dem Mord an Ilona wohl nicht so schreckhaft gewesen, dass sie innere Stimmen gehört hatte. All das bedeutete, dass es außer dem Mörder noch jemanden gab, der Bescheid wusste. Kuhala fragte Eila Salmela, ob sie ihr Erlebnis auch der Polizei mitgeteilt habe.

»Selbstverständlich. Sie haben mir am Telefon höflich zugehört und versprochen, den Verlauf des Gesprächs aufzunehmen. Bis auf den heutigen Tag sind sie nicht bei mir aufgetaucht.«

»Vielleicht hat es im Präsidium eine Unterbrechung des Informationsflusses gegeben«, meinte Kuhala.

»Kann sein. Dann ging das Jahr zu Ende, und der Lebensmittelladen wurde geschlossen. Die Menschen hatten Angst. Sie holten ihre Sachen in den großen Märkten, und der Verkauf beschränkte sich auf die Milch für die Rentnerinnen. Zum Glück habe ich eine Stelle an der Kasse in einer anderen Filiale gefunden. In unserer Branche wachsen die Arbeitsplätze nicht auf den Bäumen.«

»Haben Sie sonst jemandem erzählt, was Sie gehört haben?«

»Meinem Mann.«

Sie fragte Kuhala, ob er den Zettel mit dem widerlichen Dialog behalten wolle. Es sei nicht die einzige Version.

»Danke, aber ich glaube, das behalte ich im Kopf. Sagen Sie, gibt es jemanden, den Sie verdächtigen, oder ist im Laden damals etwas passiert, was Sie beschäftigt hat? Vor oder nach dem Mord.«

»Dieser Forsman war ein komischer Kerl. Ich kann mich an seinen Vornamen nicht erinnern, aber ich meine den Mann, den die Polizei festgenommen hatte.«

»Inwiefern komisch?«

»Der hat Ilona aufgelauert und immer stundenlang vor der Tür gestanden, ohne etwas zu tun. Manchmal habe ich ihn auch auf der Laderampe erwischt, aber er hat nie viel geredet und sich mit Glotzen zufriedengegeben. Ist auch Kunde gewesen. Ich weiß nicht, das war ein Spinner.«

»Könnte Matti Forsman einer der beiden Männer aus dem belauschten Dialog sein?«

»Schwer zu sagen. Natürlich habe ich der Polizei alles erzählt, aber wie gesagt, die Geschichte im Keller fand erst nach dem Mord und der Befragung statt. Vielleicht ist die Polizei nicht mehr daran interessiert, weil sie Forsman für den Täter hält.«

»Weiß Ilonas Vater von dem, was Sie gehört haben?«

»Ja. Ich glaube, das hat seinen Schmerz noch verstärkt. Der Mann ist am Ende.«

Sie sagte, sie führe ein normales Leben, zu dem ein fünfzigjähriger Mann mit fester Arbeit und Kinder, die flügge wurden, gehörten. Ihre Träume hielten sich im Rahmen, die Kredite waren abbezahlt, und der einzige Grund zur Sorge neben dem Erhalt des Arbeitsplatzes seien die Wehwehchen am eigenen Körper. Die schienen mit zunehmendem Alter nämlich mehr zu werden. Kapitalverbrechen brauche sie keine. »Ein halbes Jahr lang hab ich Schlaftabletten nehmen müssen.«

»Das tut mir leid. Ihr Vorgesetzter war Seppo Mannonen. Ich weiß, was für einen schmierigen Ruf er unter seinen Mitarbeitern hat. Man hat ihm sogar schon vor dem Kadi die Ohren langgezogen.«

»Na ja, so ist er halt, der Sepi. Ein kleiner Trottel, der sich Gott weiß was auf sich einbildet und Schwierigkeiten hat, das im Zaum zu halten, was bei euch Gaunern nun mal in der Hose hängt«, formulierte Eila Salmela amüsiert, als hielte sie den Skandal für übertrieben.

Oder als wäre sie durchaus zufrieden mit den Führungsqualitäten ihres Vorgesetzten, wie Kuhala boshaft bei sich konstatierte. Er fragte sie nach Viljami Levanto. Den kannte sie nur vom Sehen.

»Sagt Ihnen der Name Mika Rentonen etwas?«

»Nein … Oder warten Sie … Ist nicht vor Kurzem einer, der so heißt, in der Zeitung gewesen? Ich kann mich nicht erinnern.«

»Macht nichts«, sagte Kuhala.

»Jetzt muss ich dann mal los, meinem Alten Suppe kochen, weil der nicht mal den Herd heiß kriegt. Ich bin Ihnen wahrscheinlich keine Hilfe gewesen, aber falls der Täter irgendwann geschnappt werden sollte, wird so mancher seine Ruhe finden.«

»Ich danke Ihnen. Was Sie mir erzählt haben, gibt schon Anlass zum Nachdenken«, meinte Kuhala und streckte die Hand aus. »Ich habe gehört, Ilona hätte einen Ladendieb erwischt. Wissen Sie davon etwas?«

Sie drehte sich auf der Schwelle um. »Das war bei uns alltäglich. Die meisten sind allerdings mir ins Netz gegangen. Morddrohungen hat es nur so gehagelt. Ich hab die nie ernst genommen.«

Sie sagte, sie habe über jeden Fall mit Ilona gesprochen, sei aber nicht auf die Idee gekommen, es könne einmal lebensgefährlich werden. Ein Teil der Bewohner Sippilinnas gehöre zur Garde der verzweifelten Wirrköpfe, und hin und wieder habe sich einer im schlechten Zustand in den Laden verirrt, in der Hoffnung auf leichte Beute.

»Ich hatte keine Angst vor denen. Und Ilona auch nicht. Wenn mir einer nicht aus dem Kopf geht, dann Forsman. Der war an dem besagten Abend Ilonas letzter Kunde.«

Das Stoffbündel war mit einem Lederriemen zugebunden, der möglicherweise mal ein Schnürsenkel gewesen war. Kuhala linste vorsichtig hinein, bevor er das Tuch ausbreitete und nacheinander eine Sonnenbrille, eine schwarze, mit Druckknöpfen zu befestigende Kapuze und ein billiges Schmuckkästchen, das ein Haarbüschel enthielt, in die Finger im Einweghandschuh nahm. Das Haarbüschel war ausgerissen worden, und an den Wurzeln konnte man einen braunen Fetzen erkennen. Kuhala vermutete, dass es sich dabei um ein Stück menschliche Kopfhaut handelte.

26

Ausstaffiert mit Blaumann, Handschuhen und Arbeitsbaskenmütze stand Ratsku in seinem Garten und ruckelte mithilfe eines Spatens Steinplatten an ihren Platz. Auf seine Wangen war die Farbe zurückgekehrt, sein Atem beschlug in der Kühle des Herbsttages. Jeri war vom Wiedersehen so begeistert, dass er nicht abwartete, bis Kuhala das Gartentor aufmachte, sondern darüber hinwegflog und mehrere Wahnsinnsrunden um das Haus drehte, nachdem er Ratsku eine feuchte Begrüßung ins Gesicht geschleckt hatte.

Ratsku lachte und wischte sich den Hundekuss mit dem Handschuh ab. »Munteres Kerlchen.«

»Wie sieht's aus? Bringst du die Gartenwege in Ordnung, damit im Frühjahr alles tipptopp ist?«, fragte Kuhala und bemühte sich, jede Warnung vor den Risiken körperlicher Arbeit für sich zu behalten.

Rasku rammte den Spaten in einen Kieshaufen. Er sagte, er habe darauf gewartet, dass die Polizei das Pflaster und den Rasen, die sie bei ihrem Einsatz neulich ruiniert hatte, wieder in Ordnung bringe, aber da aus irgendeinem seltsamen Grund keiner aufgetaucht sei, müsse er eben selbst aktiv werden. »Vielleicht haben die kein Budget für so was, oder es ist ihnen scheißegal.«

»Wie geht's dir?«, erkundigte sich Kuhala.

»Von Tag zu Tag besser. Ich kann schon wieder alles Mögliche machen. Und wenn ich müde werde, dann begebe ich mich eben in die Horizontale.«

Nachdem er das Haus fünf Mal umrundet hatte, nahm Jeri mit schlammtriefendem Bauchfell die Pflaumenbäume als Slalomstangen und sauste in die äußerste Ecke des Grundstücks, wo er so lange bellte, bis er den schlimmsten Dampf abgelassen hatte und zu den beiden Männern trabte. Ratsku schob eine Steinplatte mit der Schuhspitze zurecht und streute Sand auf die Ränder. Ein rot-gelber Pointillismus herabgefallener Blätter zierte das Hausdach.

»Rate mal, ob ich mir Gedanken darüber gemacht habe, was die unglücklichen Kerle hier wollten. Ob es bloß ein Zufall war oder was.«

»Was hätte es sonst sein sollen? Du bist doch der Letzte, der eine Gefahr für andere Leute darstellt, sollte man meinen.«

»Diese Pflaumendiebe gehen mir nicht aus dem Kopf. Die hab ich, glaube ich, schon mal erwähnt. Der eine, den ich erwischt und ein bisschen gezaust habe, hat gedroht, mich umzubringen. Mehr nicht«, sagte Ratsku.

»Aber das war nicht Rentonen. Und der andere wohl auch nicht.«

»Stimmt. Ich dachte nur, ob das vielleicht so eine Art gekaufte Rache gewesen sein könnte.«

»Da gehst du mit deinen Überlegungen jetzt aber ziemlich weit. Pflaumendiebe sollen jemanden engagiert haben, dich in die Mangel zu nehmen, weil du ein bisschen genauer als sonst auf deine Obsternte aufgepasst hast? Du hast dem Kameraden doch nicht mal eine Ohrfeige verpasst. Oder doch?«

»Nein. Ich habe ihn am Schlafittchen gepackt und meiner Meinung Ausdruck verliehen.«

»Rache passt als Maßnahme eher zur Unterwelt, aber wegen Pflaumen … Und dann auch noch Halbwüchsige zu schicken …«, meinte Kuhala skeptisch.

Ratsku sah ihn an und lächelte. »Stimmt. Nicht sonderlich glaubwürdig. Aber wir leben in einer kranken Welt, und vielen Kindern ist weder Kindheit noch Jugend vergönnt. Für Geld wird alles getan, und unter den jungen Leuten treibt sich Volk herum, das bereit ist, bei der erstbesten Gelegenheit die Methoden der Erwachsenen und alles, was sie aus Filmen kennen, nachzuäffen. Da wird dann eben auch eine Rachefirma aufgemacht. Das spricht sich herum, und Kundschaft gibt es genug. Vielleicht hat der Stolz des Burschen eine Delle abgekriegt, weil ich ihn erwischt habe, vielleicht ist er zum Objekt des Spotts geworden und kann sich davon nur befreien, indem er jemanden dafür bezahlt, mir eins auf den Sehsinn zu geben.«

»Mit welchem Geld?«

»Frag mich nicht. So viel kriegt man immer zusammen. Aber das ist jetzt schon ziemliche Spekulation.«

Ratsku bückte sich. Ein Medikamentendöschen fiel ihm aus der Brusttasche und sprang vom Stein auf den Rasen. Die Leidensfurche im Mundwinkel und die kurze Sorge in den Augen waren so schnell wieder weg, wie sie gekommen waren, aber sie blieben Kuhala nicht verborgen. Das Röhrchen mit dem Herzmedikament lag wenige Schritte von ihm entfernt – als tragische Erinnerung daran, mit welcher Hilfe Ratskus Lebensflämmchen flackerte.

Kuhala hob das Röhrchen auf und gab es seinem Freund. Dieser sagte nichts, sondern schüttelte es und grinste, als versuchte er, das Ganze ins Witzige zu kehren.

Schließlich gingen sie in die Küche. Ratsku zog die Handschuhe aus und goss Saft aus schwarzen Johannisbeeren ein. Jeri schnappte sich ein Schweinsohr aus der Luft, und gleich darauf hörte man von der Tür her emsiges Knuspern. Kuhala griff in die Plastiktüte, die er bei sich hatte, stellte das Schmuckkästchen auf den Tisch und legte die Sonnenbrille und die Kapuze daneben.

»Was sind das denn für Mitbringsel?«

»Das sind keine Mitbringsel. Aber wenn ich nicht total auf der falschen Spur bin, dann sind hier Ilona Losts Haare drin, und die Sonnenbrille und die Kapuze sind dieselben, mit denen der Mörder auf der zwei Jahre alten Aufnahme der Überwachungskamera posiert.«

»Verflucht … wie bist du da rangekommen?«

Kuhala berichtete. Ratsku schluckte mit dem Saft eine Tablette aus seiner Kollektion auf dem Kühlschrank und leckte sich die Lippen. Kuhala erzählte noch ein bisschen mehr, warf ein paar Sätze über den Zwischenfall mit dem Wagenheber ein, schilderte das Ende der armen Ratte und baute die Geschichte so weit aus, dass sich vor seinem alten Freund ein prickelndes Abenteuer auftat, bei dem einem das Blut in den Adern gefror.

»Zum Teufel noch mal.«

»Genau. Da ist tatsächlich der Teufel los«, grinste Kuhala.

»Wenn du recht hast, was den Plunder hier betrifft, dann stellt sich die Frage, warum der Typ ihn aufbewahrt hat und warum an so einem unsicheren Ort.«

Kuhala starrte auf seinen Fund wie auf einen Unglücksbringer und sagte, das habe er sich auch schon gefragt. Aus dem Schlafzimmer grüßte die Wanduhr mit Zwölf-Uhr-Schlägen, aber es war nicht alles gut, ganz und gar nicht. Auch wenn sich die Fälle Mika Rentonen und Ilona Lost verbinden ließen, so waren in dem Strang zu viele Theorien verwickelt, zu viele menschliche Schicksale und

Geschichten, die aus der dunklen Vergangenheit in die ebenso dunkle Zukunft trieben und das Bild der großen Erzählung trübten.

»So unsicher war der Ort gar nicht. Vielleicht hing das Bündel erst seit Kurzem an der Leiter. Vielleicht hat der Mörder das Zeug aufbewahrt, damit er es ausgraben kann, wenn ihm langweilig wird, um sich an seiner Heldentat zu ergötzen.«

»Sind das Haare von dem armen Mädchen?«

»Ich glaube schon. Sie sind brutal ausgerissen worden.«

»Du müsstest das zur Polizei bringen, bevor es Unannehmlichkeiten gibt. Wenn sie das im Labor der Zentralkripo analysieren, kommt ein Ordner voll Material heraus.«

»Ich werde es hinbringen, aber noch nicht gleich. Unannehmlichkeiten hat es schon gegeben. Nevakivi hat damit gedroht, mir den Teppich unter den Füßen wegzuziehen. Ich hätte nie geglaubt, was der für einen Müll ausspucken kann. Aber dieser Fall ist ebenso gut mein Fall, und für mich steht mehr auf dem Spiel, als man auf den ersten Blick meinen könnte.«

»Wenn der Täter merkt, dass seine Kostbarkeiten verschwunden sind, blockiert er sofort.«

»Schwer zu sagen. Er kennt mich und ahnt, dass ich ihm auf den Fersen bin. Ich glaube, ich werde mir einen Helm zulegen.«

»Hast du die Kugel, die die Ratte getötet hat, eingesteckt?«

Kuhala nickte. Jeri ließ sich die letzten knusprigen Reste des Schweinsohrs schmecken und war dabei so in sein Hundeamt vertieft, dass er nicht mitfühlend den Kopf schief legte, wie sonst, wenn Kuhala ernste Gespräche führte.

Kuhala verstaute seine Fundstücke aus dem Clubraum wieder im Plastikbeutel und trank den Saft aus. »Ich glaube, ich müsste bei ein paar Typen die Daumenschrauben etwas anziehen, aber heutzutage haben sich alle immer so. Und wischen mit einem wie mir den Boden auf.«

»Nicht nur freche Jugendliche?«

»Absolut.«

»Das ist jetzt die berühmte Kuhala-Apathie«, lachte Ratsku und sagte, die sei ihm früher schon begegnet. »Vor allem dann, wenn du kurz vor der Aufklärung eines Falles stehst. Mach dich nicht kleiner, als du bist!«

»Ich nehme anderen die Mühe ab. Du weißt nicht zufällig, ob dein Künstlernachbar zu Hause ist? Ich hätte was mit ihm zu besprechen und könnte das jetzt gerade mit demselben Benzin erledigen.«

Er versprach, noch einmal vorbeizukommen, bevor er in die Innenstadt zurückfuhr, und spazierte mit Jeri zum Nachbarhaus. Wieder juckte ihn der Traum vom eigenen Häuschen, und was war auch schon dabei, sich so etwas auszumalen. Es müsste nicht mal ein Palast sein. Auf der einen Seite die Wohnräume, auf der anderen das Büro, im Garten vielleicht so eine Pflaumen- oder Apfelbaumidylle wie bei Ratsku. Per Postversand Tisch und Stuhl für die Veranda, damit man einen Platz hatte, wo man seinen Haddington House genießen konnte. Und unterm Dach könnte man Balladen üben. Nur ein Wunder aus heiterem Himmel wie eine Erbschaft vom reichen Onkel aus Amerika konnte den Marsch zur Kreditabteilung der Bank Wirklichkeit werden lassen, aber soweit er wusste, war der Pioniergeist in seiner Sippschaft so zurückhaltend gewesen, dass sich sogar die wagemutigsten Auswanderer mit Schweden zufriedengegeben hatten. Die meisten waren außerdem wieder zurückgekommen, und diejenigen, die in Trollhättan am Fließband geblieben waren, würden keine Erbschaften hinterlassen.

Der Traum erlosch, auf Kuhalas Gesicht machte sich Neidgrün breit, je länger er die pompösen Häuser in Hanglage anschaute. Er trat in einen schleimigen Brei aus nassen Ahornblättern und rutschte aus, worauf er beschloss, sich für den Rest des Weges aufs aufrechte Gehen anstatt aufs Bauen von Luftschlössern zu konzentrieren.

Der Mann stand im selben karierten Hemd und in denselben Kartoffelerntehosen im Garten wie zuletzt. Auf einem Hackklotz stand eine formenreiche Tonfigur, die Kuhala an einen Fruchtbarkeitskult erinnerte, aber er behielt diese Interpretation für sich und begnügte sich mit einem Gruß. Der Mann begutachtete den Torso von allen Seiten und lächelte. »Was sagen Sie?«

»Interessant.«

»Das wird ein Geburtstagsgeschenk für eine Dame.«

»Stellt es sie dar?«

»Das war meine Absicht. Ich muss die Arbeiten ans Tageslicht bringen, weil man drinnen nicht gut sieht und auch kein Platz ist.«

Kuhala sagte, er komme von Raatikainen und habe den Künstler fragen wollen, ob er sich noch an die Zeichnungen von dem Schleicher, den er im Garten überrascht habe, erinnere. Der Mann nickte, schien sich als Vollblutbildhauer jedoch so auf die Büste auf dem Hackklotz zu konzentrieren, dass er kein Bedürfnis verspürte, seine Antennen auf die Themen des Besuchers einzustellen. Jeri drückte seinen Hintern in einen Haufen Sägemehl und betrachtete das Kunstwerk, als bewertete er als Juror dessen Eigenschaften als Beinhebepfosten.

»Entschuldigen Sie bitte, aber könnte ich die Zeichnungen noch einmal sehen? Ich habe zu Hause Kopien davon, wie Sie sicher noch wissen. Aber wenn ich mir die ansehe, komme ich nicht so richtig in Stimmung, die Qualität ist nicht so gut.«

»Ja, natürlich. Sie können sie holen. Die Tür ist offen.«

»Wo …«

»Irgendwo in der Küche. Wenn Sie sie nicht finden, komme ich und helfe Ihnen.«

Im Haus duftete es nach frischem Kaffee, rosinensüßem Pfeifentabak und einem Cocktail aus Lösungsmitteln, wie sie bei der künstlerischen Arbeit gebraucht wurden. Kuhala bewunderte die gekonnt angefertigte pralle Katzenskulptur auf der Mikrowellenofenbank und erschrak leicht, als das Werk plötzlich aufwachte und schläfrig maunzte, um zum Ausdruck zu bringen, in welchem Maß es den Besucher für interessant hielt.

Die Zeichnungen waren nahe beim Tisch zwischen zwei verrußten Backblechen und dem Heizkörper eingeklemmt. Eines der von Katzenkrallen zerkratzten Tischbeine wurde von einem Stapel alter Illustrierten gestützt. Kuhala hielt es fast für ein Wunder, dass er fand, was er suchte. Offenbar hatte er doch eine gewisse Begabung für den Beruf des Detektivs. Er rappelte sich auf und machte auf dem Tisch Platz für die Zeichnungen. Der pensionierte Lehrer hatte der Messerskizze eine separate Porträtstudie hinzugefügt.

Kuhala hielt das Blatt ins Licht, das durchs Fenster fiel, und spürte einen Schauder, denn für einen flüchtigen Moment brachte er die Züge, die unter der Kapuze hervorschimmerten, mit einem Gesicht in Verbindung, von dem wusste, dass es ihm während der letzten Wochen begegnet war. Es war ein Moment der Erleuchtung, aber ein verdammt kurzer. Das Katzenvieh verdarb ihm einen neuerlichen Versuch, und schon zerfiel das Bild in einzelne Atome. Mit einem Satz sprang das Tier auf den Tisch, um Bekanntschaft zu schließen, indem es sich an Kuhalas Oberschenkel rieb.

»Geh weg da!«

»Ah, Sie haben sie gefunden«, sagte der Maler.

Bärtig und lächelnd stellte er hinter Kuhala den Torso auf dem Fußboden ab und warf einen irgendwie amüsierten

Blick auf die Messerzeichnung. Kuhala fragte ihn, was der Anlass gewesen sei, nachträglich ein Gesicht hinzuzufügen.

»Ihr Besuch. Und falls sich der Kerl eines schweren Verbrechens schuldig gemacht haben sollte, dann muss man ihn zur Verantwortung ziehen. Schade, dass die Kapuze genau die entscheidende Gesichtszone verschattet.«

»Glauben Sie, Sie bekämen den fehlenden Teil hin? Ich weiß, dass es Computerprogramme gibt, in die man eingeben könnte, was da ist, und die den Rest dann nach bestimmten anatomischen Modellen vervollständigen würden. Aber ich glaube nicht daran. Da würde der persönliche Charakter Ihrer Arbeit auf der Stelle verschwinden. Das Ergebnis könnte irgendetwas sein.«

»Ich kann es versuchen. Aber nicht jetzt, und ich garantiere nicht für das Resultat. Sollte ich etwas zustande kriegen, bringe ich es Raatikainen. Dem habe ich übrigens beim Aufräumen geholfen.«

Kuhala bedankte sich und hielt die Messerskizze noch einmal auf die Höhe, wo ihm das Gesicht kurz bekannt vorgekommen war. »Das wird wohl nichts.«

»Was?«

»Gerade kam es mir so vor, als könnte ich sagen, wer das ist. Einfach so. Es war ein toller Moment, aber vermutlich nur Einbildung.«

»Rapsu, brav!«

Die Katze hörte nicht, sondern zischte vom Tischrand aus Jeri an, der an der Tür hockte. Kuhala fragte den Mann, ob jemand von der Nachbarfamilie anzutreffen wäre. »Soweit ich weiß, war das Duo auch bei denen im Garten, bevor es zu Raatikainen weiterzog. Beim letzten Mal haben sie mir die Tür nicht aufgemacht.«

»Es ist jemand zu Hause.«

Kuhala drehte sich auf der Treppe noch einmal um, weil der Mann seinen Namen rief.

»Ich wollte nur sagen, dass der mit der Kapuze auch weiblichen Geschlechts sein könnte. Als er hier durch den Garten ging, bewegte er sich ziemlich geschmeidig, um nicht zu sagen anmutig. Trotz des Messers.«

Kuhala lächelte und winkte. Bei den Nachbarn hielt ihn die junge Frau für den Monteur, der den Wäschetrockner reparieren sollte, und schaffte es nicht ganz, die Züge der Ungeduld in ihrem Gesicht zu tilgen, zumal sie gleichzeitig das weinende Kind auf ihrem Arm trösten musste. Sie erinnerte sich an das Duo, das am Tor aufgetaucht war, aber das sei nur eine wirre, unbegreifliche und zum Glück kurze Stippvisite gewesen. »Mein Mann hat sie davongejagt. Den Mund hat nur der aufgemacht, der umgekommen ist, über den die Zeitungen geschrieben haben.«

27

Nachdem der erste Schnee gekommen und gegangen war, stand kein neuer in Aussicht. Eine undurchdringliche Wolkendecke lag über der Stadt, die Temperatur bewegte sich um die zehn Grad, und dünner Nieselregen ließ die Menschen die Köpfe einziehen, als wären sie damit beschäftigt, den sonnigsten Tag des zurückliegenden Sommers aus den Schätzen ihres Gedächtnisses zu graben und sich in diesem Traumbild zu wiegen. Mit dem Zukunftsglauben war es so eine Sache, denn die Prüfungen des Winters standen noch bevor. Und dann erst der Frühling, wenn die Vogelgrippe zuschlagen würde …

In der Zeitung war vom Abbau sozialer Leistungen, vom Sparen und von Prioritäten die Rede. Man versuchte, den Leuten einzutrichtern, dass die Opfer, die auf dem Altar der Wettbewerbsfähigkeit dargebracht werden mussten, keine Obergrenze kannten. Aber auch wenn es am Anfang ein bisschen wehtat, so kam am Ende doch alles dem Vaterland zugute.

In einer kleinen Meldung, die von vielen unbeachtet blieb, hieß es, die Wohntürme von Sippilinna verschandelten die Landschaft und seien darum am Ende ihres Weges angelangt. Ihr Abriss und die Neubebauung des Areals könnten das umfassendste Bauprojekt des Jahrzehnts in Jyväskylä werden. Nicht das geringste Problem bestand darin, wo die jetzigen Bewohner ein neues Dach über dem Kopf finden würden.

Kuhala begann diese Oktoberwoche mit seinen guten alten Gewichts- und Haaransatzkontrollmanövern sowie mit Gymnastik- und Breiverzehrritualen, aber alles wurde von Fahlheit und einer gewissen Gezwungenheit beeinträchtigt. Die Mordermittlungen traten gerade in dem Moment auf der Stelle, als die Lösung schon fast in Reichweite zu sein schien. Neue Aufträge kamen nicht herein, bald wäre es nötig, ein neues Loch in den Gürtel zu stanzen.

Er hatte Polizeihauptmeisterin Outi Haatainen den Fund aus dem Clubraum übergeben und erklärt, er sei durch einen anonymen Hinweis darauf aufmerksam geworden. Was er nicht sagte, war, dass er den Inhalt des Bündels tagelang bei sich aufbewahrt hatte, und auch sonst bemühte er sich, jeden Eindruck von Aktivität im Fall Ilona Lost zu vermeiden. Bei Nevakivi mochte Kuhala nicht vorbeischauen, und der Kommissar setzte ihm wegen des Fundes erstaunlicherweise auch nicht zu, geschweige denn, dass er seine Drohung wahr gemacht hätte, Kuhala das Leben schwer zu machen. Es war offensichtlich, dass das Haarbüschel, die Sonnenbrille und die Kapuze weitergeleitet wurden, doch Kuhala kam darüber nichts zu Ohren.

Der Zauber der langsamen, halbdunklen Tage hätte der

Fuchsräude, die sich Jeri bei einem Gassigang gefangen hatte, gar nicht mehr bedurft. Zuerst fingen die Ohrenränder an zu jucken, dann griff die Krätze weiter um sich, bis ein Besuch beim Tierarzt unvermeidlich wurde. Dieser spürte die Erregerzecke auf und sagte, es sei kein Wunder, denn in unmittelbarer Umgebung der Innenstadt seien Füchse unterwegs. Jeri konnte sich die Infektion durch bloßes Schnuppern am Schlafplatz eines urbanen Reinekes eingefangen haben.

Der Besuch kostete hundertfünfzig Euro plus Medikamente, eine Summe, die Kuhala um Atem ringen ließ, aber nachdem er eine Weile die sauerstoffreiche Stadtluft inhaliert und einen Blick auf Jeris braune Augen geworfen hatte, legte sich seine Erschütterung. »Keine Sorge, manchmal fragt man sich einfach, warum so viele Institutionen auf mein bisschen Geld scharf sind. Das erfüllt den Tatbestand des Blutsaugens.«

Er parkte den Renault beim Kirchenpark und läutete wenig später an der Tür von Bruno Heuberg, dem Teilzeitjugendbetreuer von Sippilinna. Er wohnte im dritten Stock eines braungrau gestrichenen Hauses in der Keskustie und kam mit abstehenden Haaren und nacktem Oberkörper an die Tür.

»Kuhala. Hallo.«

»Entschuldigung. Ich hab dich geweckt.«

»Macht nichts. Ich war mich amüsieren, da ist es ein bisschen spät geworden. Komm rein.«

Er hatte keine Fahne und roch nicht mal nach Zigaretten, aber vielleicht hatte er noch nicht die grundfinnischen Sitten verinnerlicht, obwohl er schon seit Jahren im Land lebte. Er öffnete die Jalousie und zog sich ein T-Shirt über. »Kaffee?«

»Wenn du auch einen trinkst, würde ich ein Tässchen nehmen.«

Bruno rieb sich erstaunlich schnell die Schlafreste aus den Augenwinkeln, aber Kuhala wunderte sich nicht weiter darüber, denn der Mann war noch jung und im Vollbesitz seiner Kräfte und kein Veteran, der auf die Fünfzig zuging, nicht genau wusste, was mit »amüsieren« gemeint war, und nach der Tagesschau ins Bett ging.

»Ich ermittle immer noch im Fall Ilona Lost und möchte dich um ein paar genauere Angaben bitten.«

»Was willst du wissen?«

Hielt die Hand, die den Kaffee abmaß, kurz inne? Rieselte da etwas Kaffeepulver auf den Fußboden?

In dem großen Apartment roch es nach einem geheimnisvollen Herrenduft, die lässigen innenarchitektonischen Lösungen atmeten kontinentale Eleganz, die einiges an Anstrengung erfordert hatte. Kuhala ließ den Blick schweifen: von der stählern blinkenden Unterhaltungselektronikecke zur verlockenden Design-Kombination aus Couch und Polstersessel, aber das war nicht nur Bewunderung. Vielmehr zog er das Schweigen bewusst in die Länge. Wenn Bruno etwas zu verheimlichen hatte, würde die Stille nicht dazu beitragen, seine Selbstsicherheit zu festigen.

»Du hast mir beim letzten Mal von einem Streit zwischen Ilona und Viljami erzählt.«

»Ja.«

»Dann hast du erzählt, es hätte geregnet. Aber wenn du wirklich rauchend an der Ecke gestanden hast und die beiden auf der Laderampe gewesen sind, dann ist es ein Wunder, dass du etwas gehört hast. Die Laderampe war nämlich mit Brettern in fünf, sechs Meter breite Boxen aufgeteilt, die nicht nur Hörschutz, sondern auch Sichtschutz boten. Mittlerweile gibt es die Trennwände nicht mehr, aber ich habe auf Mikrofilm ein zwei Jahre altes Zeitungsfoto gesehen. Da gab es sie noch. Der Regen hat das Hören zusätzlich erschwert. Von beiden Ecken des

Gebäudes sind es mehrere Meter bis zum Hintereingang des Geschäfts.«

Heuberg beugte sich nach vorne, um die industrielle Formsprache der Kaffeemaschine zu bewundern. Er wartete auf die ersten Tropfen aus dem Filter wie auf die Erlösung. »Ich sage die Wahrheit. Sie haben geschrien.«

»Viljami Levanto leugnet den Streit.«

»Er lügt.«

»Einer lügt hier garantiert. Und man ist baff, dass du plötzlich dem Ex-Freund der ermordeten Frau das Auto abkaufst.«

»Ich hab doch schon gesagt, dass mein Vater auch so einen hatte. Ich wollte ihn haben. Das Geschäft hat nichts mit Ilona zu tun. Willst du Fotos sehen, auf denen ich neben meinem Vater vor fast genau so einem Käfer stehe?«

»Nicht nötig.«

»Jeder will ein Stück von seiner Kindheit zurück, wenn es nur möglich ist. Vorausgesetzt, die Kindheit war glücklich.«

»Du wolltest einen Blechhaufen von einer Tonne Gewicht.«

»So kann man es auch sagen.«

»Warum wollte Levanto den Käfer loswerden?«

»Frag ihn selbst!«

Bruno Heuberg beschloss, sich von den harschen Meinungsäußerungen seines Überraschungsgastes nicht provozieren zu lassen, sei es aus reiner Unschuld oder weil die Fesseln seiner guten Erziehung ihn daran hinderten, Kuhala heißen Kaffee ins Gesicht zu schütten. Er bot ihn stattdessen in der Tasse an. »Ich habe Ilona angehimmelt, aber viele andere Frauen haben mich mehr interessiert.«

»Ach, viele sogar. Schwarz, bitte. Du scheinst nicht zu wissen, dass man versucht hat, mich umzubringen, nachdem du den Parkplatz hinterm Kaufhaus verlassen hattest. Der Täter hat eine Leuchtreklame getroffen, die daraufhin zersplittert ist. Das hier ist das Geschoss, das auf meinen Kopf zugeflogen ist.«

Er klopfte mit der Stahlkugel auf die Tischplatte und blickte auf.

Heuberg erbleichte beim Buttern eines Vollkornzwiebacks und stieß ein deutsches Konsonantenkonglomerat aus, das Ungläubigkeit zum Ausdruck bringen sollte. Beide Männer starrten das Geschoss wie eine Kristallkugel an.

»Womit ist die abgeschossen worden?«

»Ich glaube, mit einer Art Pistole.«

»Unheimlich.«

»Niemand außer dir wusste von meinem nächtlichen Ausflug«, fuhr Kuhala fort.

»Was soll das heißen?«

Er beherrschte die Feinheiten der finnischen Sprache nicht. Die Begrenztheit seiner Redeweise wurde offenbar, und je ätzender Kuhalas Anspielungen wurden, desto steifer drückte sich Heuberg aus.

»Vor der Leuchtreklame war ich ein gutes Ziel. Und nachdem ich von allen Seiten über deinen nächtlichen Anruf nachgedacht habe, bin ich unter anderem zu dem Schluss gekommen, dass du mich ins Visier des Kugelschützen gelockt hast. Verrückter Gedanke, nicht wahr? Hätte mich die Kugel getroffen, wäre ich auf der Stelle umgekippt wie eine Ratte. Du und dein Komplize hättet mir nur Gewichte an die Füße binden und mich in den Fluss werfen müssen, dann hätte man mich erst im Frühjahr gefunden. Wenn überhaupt. Falls ich auch nur annähernd recht habe, fehlt jetzt nur noch das Motiv.«

Bruno Heuberg hörte sich Kuhalas Ausführungen an und stellte die Kaffeetasse ab.

Der Ärger, der in seinem Blick aufgetaucht war, wurde von einem dank des wenigen Schlafs etwas schrumpligen Lächeln abgelöst. Die Chaplin-Figur an der Küchenwand trickste mit ihrem Spazierstock und zwinkerte Kuhala hinter Heubergs Rücken zu. Der Detektiv war auf seine Angriffstaktik nicht sonderlich stolz. Trotzdem hatte er sie bewusst gewählt, auch wenn man mit so etwas seinen Freundeskreis nicht erweiterte. In jedem Fall kam früher oder später das Stadium, in dem man die Wirkung von Empathie in Frage stellen musste.

»Das ist reine Phantasie. Ich habe dich angerufen, weil ich dir in Ruhe alles erzählen wollte. Vielleicht hätte ich einen besseren Ort aussuchen sollen«, überlegte Bruno. »Und einen besseren Zeitpunkt.«

»Auch das.«

»Ich finde es falsch, dass du in meine Wohnung kommst und mich als Mörder beschuldigst, obwohl ich noch nicht mal richtig wach bin.«

»Und ich finde es falsch, dass du gelogen und gesagt hast, du hättest bei Prisma Nachtschicht. Dein Name steht nicht auf der Gehaltsliste des Einkaufszentrums. Ich habe das überprüft. Wie erklärst du mir das?«

»Ich habe den Treffpunkt blindlings gewählt. Ich dachte, du kommst leichter, wenn ich mir die Geschichte mit der Nachtarbeit ausdenke … Oder dass ich dadurch glaubwürdiger wäre.«

»Warum musst du deine Glaubwürdigkeit unter Beweis stellen? Bist du selbst der Meinung, dass da Nachholbedarf besteht?«

Die Stuhlkonstruktion wimmerte, als Kuhala die Haltung änderte und die Kaffeetasse auf den Tisch stellte. Er sagte, er spiele sich nicht aus purer Böswilligkeit auf, aber der düstere Wald der Mordermittlung werde immer dichter, und er sei näher daran, sich endgültig zu verirren, als er vielleicht ahne.

»Ich beschuldige dich nicht, ich will nur eine anständige Erklärung. Was ist an den Jugendlichen in Sippilinna so gefährlich, dass du auf Geheimnisvoll machen und nächtliche Treffen vereinbaren musst? Wirst du verfolgt? Haben sie dich irgendwie auf dem Kieker?«

»Einige von den Typen sind gewalttätig. Unberechenbar.«

»Das weiß ich. Aber bist du nicht ausgebildeter Jugendpfleger? Weißt du nicht, wie man mit Drohungen umgeht? Dann lass dir von der Polizei helfen.«

Bruno schaltete die Kaffeemaschine aus und sagte, er habe Todesdrohungen erhalten, nachdem er an seinem Arbeitsplatz am helllichten Tag Zeuge eines Ecstasy-Geschäfts gewesen sei. Er war dazwischengegangen, hatte beide Parteien rausgeschmissen und ein Jahr Hausverbot über sie verhängt. »Ein Teil von dem Zeug ist bei mir geblieben. Auf dem Plastikbeutel sind die Fingerabdrücke von beiden Typen. Wenn mir etwas zustößt, bekommt die Polizei den Beutel und den Brief, der dabei ist.«

»Wer waren die Schelme?«

»Das kann ich nicht sagen.«

»Warum nicht? Hast du Angst?«

»Ich darf meine Arbeit nicht verlieren. Das Geld reicht nicht.«

»Wann ist das passiert?«

»Vor über einem halben Jahr.«

»Kann es sein, dass der eine Jake Moisio heißt?«

»Ich nenne keine Namen.«

»Viljami Levanto?«

»Viljami wohnt nicht in Sippilinna.«

Das Hantelsortiment am Kopfende des Bettes und die Reklamebeilage mit Hautpflegeprodukten für Männer, die auf dem Regal lag, deuteten darauf hin, dass Bruno Heuberg durchaus darauf Wert legte, etwas für sich zu tun, aber womöglich war er in eine Situation geraten, in der Hausmittel nicht mehr halfen. Kuhala schnappte sich die Stahlkugel und verzog Unheil verkündend das Gesicht.

»Es ist deine Sache, wenn du die Namen geheim halten willst. Die Wahrheit lautet aber, dass in der Truppe oder in deren Nähe jemand unterwegs ist, der nicht zögert, Grüße mit der Stahlkugel zu verschicken. Für den Fall, dass es dich doch reizen sollte, die Namen preiszugeben. Ich will nur sagen, dass der Kugelschütze durchaus der Mörder von Ilona Lost sein kann.«

Bruno breitete die Arme aus und runzelte die Stirn, als hätte er gerade gemerkt, an was für einem schwierigen Punkt seines Lebens er gerade angelangt war. »Auf Ilona wurde nicht mit einer Kugel geschossen.«

»Stimmt. Das ändert aber nichts an der Konstellation. Du musstest das Hausverbot doch sicher deinem Vorgesetzten melden?«

»Ja.«

»Dann kennt er die Namen der Pillentypen. Auch deine Arbeitskollegen kennen sie.«

»Du wirst sie nicht bekommen. Außerdem wird in der Gegend so viel gedealt, dass es keine Nachricht wert ist.«

»Aber wenn es in Jugendräumen passiert, ist es schon eine Nachricht wert.«

»Vielleicht nicht einmal dann.«

Kuhala stand auf und ließ die Kugel in die Brusttasche plumpsen. Es war klar, dass Bruno Angst hatte. Allerdings war sich Kuhala nicht sicher, ob der Pillendeal der Grund war oder etwas anderes. Ein Teil der Desperadojugend von Sippilinna mochte Brunos ausländischen Hintergrund ausnutzen und ihn mit rassistischen Grußbotschaften überziehen, was die Zufriedenheit am Arbeitsplatz nicht unbedingt erhöhte. Jedes Bandenmitglied, das auch nur über ein bisschen Autorität verfügte, würde die am leichtesten zu überredenden Novizen dazu bringen, die Köpfe zusammenzustecken und gemeinsam eine Tat auszuhecken, zu der einer allein nicht fähig wäre.

»Du hast nicht zufällig mal gehört, ob man in Jyväskylä Racheakte kaufen kann? Ich meine keinen Auftragskiller, sondern Misshandlung und so.«

»Es wird kaum jemand eine entsprechende Firma haben, aber unter Kumpels könnte es möglich sein. Gehört habe ich davon trotzdem noch nicht.«

»Gibt es in Sippilinna jemanden, der besonders eifrig ist, Matti Forsman als Ilonas Mörder hinzustellen?«

»Das weiß ich nicht. Schwer vorstellbar, dass Forsman mit solchen Kugeln schießt.«

Bruno zuckte mit den Schultern und sah im Gegenlicht des Fensters für einen Moment so aus, als würden ihn die Sorgen erdrücken, als bröckelte seine Liebe zu Finnland an den Rändern. Vielleicht hatte es zum Teil auch mit der kurzen Nacht zu tun. Oder mit der Tatsache, dass er auf dünnem Eis schlitterte, weil er selbst Drogen verkaufte.

Ohne Vorwarnung drang dieser Gedanke durch die Schichten von Kuhalas Bewusstsein, aber er behielt ihn für sich. Die Wahrheit war jedenfalls, dass man sich mit Brunos Einkommen solche Lebensumstände samt Mobiliar nicht leisten konnte. Wäre es für einen gut aussehenden, extrovertierten Jungen wie ihn nicht ein Kinderspiel, in den verderbten Nächten von Jyväskylä Stoff zu verticken? Mit seinen Sprachkenntnissen hatte er sich bestimmt funktionierende Beschaffungskanäle geschaffen. Für seine Professionalität sprach außerdem die Tatsache, dass er selbst nichts zu nehmen schien. Niemand würde so schnell auf die Idee kommen, ausgerechnet beim Jugendpfleger eine Razzia durchzuführen.

Kuhala stand im Flur und verdaute seine Theorie. Es war besser, nicht in allzu große Begeisterung auszubrechen, zumal ihn ja niemand engagiert hatte, die Drogenszene der Stadt zu untersuchen. Aus einer bestimmten Perspektive betrachtet litt seine Assoziationskette außerdem unter dem Verdacht der Fremdenfeindlichkeit, speziell weil es an Beweisen fehlte. Wurde er alt? Fing sein von jahrelanger Plackerei beschädigter Schnüfflerinstinkt an, Fiktion nach eigenen Gesetzen zu produzieren?

Wie auch immer, es fiel ihm weiterhin schwer, Bruno Heubergs Flur zu verlassen. »Ach ja, mir ist zufällig der Gedanke gekommen, ob Ilona nicht irgendwo hier in der Nähe gewohnt hat. Ich kann mich täuschen, vielleicht verwechsle ich da was. Oder ihr Vater hat es mir erzählt. Schräg gegenüber, hier in der Keskustie«, sagte Kuhala.

Brunos sparsame Gebärdensprache brach komplett ab. Er wandte sich dem Fenster zu, als wollte er nachsehen, welches Haus Kuhala meinte.

28

Der Herbststurm blies durch die Fußgängerzone und schlug auf die Wände des Zeltes ein, in das Kriminalhauptmeister Tuomela die Blechkanne mit der Erbsensuppe trug. Das Plakat mit der Aufschrift »Lerne die Polizei kennen!« kippte auf den Rücken und schlitterte ein gutes Stück, bevor es gegen das erste einer Reihe geparkter Fahrräder prallte. Dieses geriet ins Wanken und fiel. Dann fiel das zweite, und zehn Sekunden später lag die gesamte Fahrradreihe auf dem Asphalt. Sie bestand aus vielen Rädern. Die frierende Meute aus Rentnern und Streunern, die das dunkelgrüne Zelt umzingelten, hatte die scheppernde Kettenreaktion verfolgt, als gehörte sie zum Programm.

Kuhala glaubte, bei seinem Besuch in der Keskustie genügend Schnellschüsse in Richtung Bruno Heuberg abgegeben zu haben. Wenn sich der junge Mann jetzt nicht in Acht nahm, war er entweder das falsche Ziel gewesen oder eiskalt.

Der Akkordeonspieler neben dem Kaufhauseingang wechselte vom »Herbsttraum« zu Chatschaturjans »Säbeltanz«. Tuomela holte das Plakat zurück und keilte es zwischen der Suppenkanne und einer Zeltstange ein. In der Eile hatte er allerdings vergessen, die vielfarbigen Stapel Flugblätter auf dem Präsentationstisch zu schützen, an denen sich nun der Wind vergriff. Der Säbeltanz wurde schneller, die Kurzinfos flogen als Fächer in die Luft. Einige segelten auf das Publikum zu, andere blieben am Streifenwagen, der neben dem Zelt parkte, kleben, und manche bekamen so viel Auftrieb, dass sie erst vor dem Hotelrestaurant Jyväshovi landeten.

Tuomelas Diskuswerfernacken rötete sich, während er Leute organisierte, um die Fahrräder aufzustellen und das entwichene Informationsmaterial einzusammeln. Der Penner, der in der zusehends dichter werdenden Menschenmenge Spottrufe drechselte, meinte, er habe die Nacht im Präsidium verbracht und statt fünf Sterne fünf blaue Flecken bekommen. »So viel zum Kennenlernen der Polizei«, grölte er und erhob eine leere Bierflasche, wie um sich selbst zum Kampf gegen irgendwen und irgendwas zu ermuntern. Es war der Spinnenmann, derselbe, der sich in der Bibliothek die *Pharmaca Fennica* gegriffen und den Kuhala zur Verhinderung des Diebstahls von den Beinen geholt hatte.

Mit vereinten Kräften wurde er zum Schweigen gebracht, worauf sein kurzer Spinnenkörper sich zum Gegenschlag erkühnte. Einige ließen sich zu Applaus hinreißen, als ihn schließlich zwei kräftige Zivilisten die Straße bis zur nächsten Kreuzung hinunterführten und ihm verboten zurückzukommen. Das war ein handfestes Indiz dafür, was man in Jyväskylä von der Arbeit der Polizei hielt. Allerdings kamen landesweite Umfragen zu ähnlichen Befunden.

Kuhala wunderte sich ein wenig über die allgemeine Einmütigkeit und dachte bei sich, dass nicht mehr viel fehlte, bis man auf die Idee kam, jemanden an einem Lindenast aufzuknüpfen.

Eine Frau, die zur ersten Garde der städtischen Polizeiführung gehörte, hielt eine Begrüßungsrede, zu deren Beginn sie die anfänglichen Missgeschicke mit der Bemerkung quittierte, es sei der Polizei trotz enormer Fortschritte noch immer nicht gelungen, den Wind in Ketten zu legen. Sie bat um Entschuldigung für eventuelle Schäden, die von dem Plakat an den Fahrrädern angerichtet worden seien, und versprach den Betroffenen eine Entschädigung, sofern sie sich rechtzeitig im Zelt oder im Präsidium meldeten. Das war Diplomatie, die schnell reagierte, und wurde dementsprechend mit Händeklatschen bedacht. Die weitere Rede hob das gewachsene Vertrauen in die Polizei hervor, welche wiederum hoffe, der Staat werde sich dem Ruf nach weiteren Ressourcen nicht verschließen. An Motivation fehle es bei der Polizei nicht, man gebe sich alle Mühe, den neuen Formen der Kriminalität entsprechend zu begegnen.

Die Frau zählte zu dem gut ausgebildeten und mit Sinn für Humor ausgestatteten Teil des Machtapparats, und es gehörte gewiss nicht zu ihren schlechtesten Eigenschaften, dass sie offenbar mit Menschen umgehen konnte und sich dabei jegliches Flirten versagte. Etwas an ihren Gesten und an der Haltung ihres Kopfes erinnerte Kuhala an Annukka.

Nachdem sie sich die vom Wind aufgebauschten Haare aus den Augen gewischt hatte, bedankte sie sich und wünschte allen Einwohnern der Stadt einen sicheren Tag. Für ihre entschlossene Rede und ihr charmantes Auftreten erhielt sie so viel Applaus, dass sie die Hände hob und selbst mit leicht verdutzter Miene applaudierte, bis sie schließlich lachen musste. Eine bessere Fortsetzung hätte man sich nach dem anfänglichen Durcheinander kaum wünschen können.

Kuhala und Jeri stellten sich in die Suppenschlange. Kuhala hob ein Flugblatt vom Boden auf. Ein Säulendiagramm zeigte die Entwicklung der kriminaltechnischen Untersuchungen im Labor der Zentralen Kriminalpolizei. Ihre Zahl hatte zugenommen. Am Rand des Flugblatts hieß es, Feuchtigkeit oder UV-Strahlung könnten auch eine gute DNA-Probe untauglich machen. Außerdem wurde im Text festgestellt, die DNA erkläre nicht den Verlauf eines Delikts. Das werde stets die Aufgabe der Ermittler bleiben.

Als Kuhala aufblickte, warteten nur noch zwei Hungrige vor ihm auf ihre Portion. Allerdings musste er feststellen, dass statt Tuomela nun Kommissar Nevakivi die Schöpfkelle bediente.

Ein Lautsprecher an der zentralen Zeltstange spuckte Marscharrangements der Polizeimusikkapelle aus. Das Blechgebläse begrub sämtliche Bemühungen des Akkordeonspielers unter sich.

Der Wind stellte die Zeltschnüre auf die Probe und brachte Nevakivis Mantelschöße zum Flattern, als sammle er alle Kraft, um die Kampagne doch noch umzuschmeißen.

»Mach voll«, sagte Kuhala und hielt seinen Teller hin.

Nevakivi hob den Kopf. Sein vom Kinnbart umrahmtes Kundendienstlächeln erstarb, und in den Augen blitzte das ewige Eis der Tundra auf. »Kuhala. Tja, auch eine Art, an den laufenden Kosten zu sparen.«

»Und ihr veranstaltet hier euren eigenen total verrückten Sommerschlussverkauf. Schön mit der Kelle am Boden kratzen, dann wird es ein bisschen nahrhafter.«

»Du kannst reden, was du willst. Dicke Brocken sind nichts für dich. Du hast es bei der Polizei nicht ausgehalten, weil du keinen Charakter hast, das ist die Wahrheit«, zischte Nevakivi und klatschte die Suppe in so weitem Bogen auf den Teller, dass Kuhalas Handgelenk ein paar Spritzer abbekam.

»Oho, wie ist denn das passiert?«

Kuhala leckte sich die Suppe von der Haut und würzte lächelnd seine Portion mit Senf. Er griff sich eine Prankevoll Knäckebrot und hielt nach einer passenden Bank zum Mittagessen Ausschau. Warum sein Verhältnis zu Nevakivi so gereizt war, wusste er selbst nicht. Plötzlich rief ihn der Kommissar zurück.

Die Rührbewegung in der Kanne wurde langsamer, die Suppe bildete Blasen wie der Sumpf in einem Flussdelta. Nevakivi beugte sich über den Tisch. »Du hast doch nicht vergessen, was ich dir beim letzten Mal gesagt habe? Das gilt immer noch. Aber ich werde an einem Tag vor deiner Tür stehen, an dem du am wenigsten damit rechnest.«

»So überraschend wie der Sieg beim Schlager-Grand-Prix?«

»Durch deinen Kellerfund hat sich deine Lage kein bisschen gebessert. Ich werde dich demnächst vorladen, damit du mir das genauer erklärst. Und wühle nicht weiter in Sippilinna herum. Das ist nämlich sinnlos. Wir haben im Fall Ilona Lost große Fortschritte gemacht. In absehbarer Zeit wird es eine Festnahme geben. Du ziehst dort noch deine eigene Lächelkampagne durch, und das war's dann. Auf der öffentlichen Toilette im Kirchenpark habe ich die Reklame für deinen Vortrag gesehen. Fast hätte ich Lust hinzugehen, aber leider kriege ich einen Ausschlag, wenn ich mir deine Scheiße anhören muss.«

Der Erste in der Suppenschlange klopfte mit dem Plastiklöffel gegen die Kanne, damit Nevakivi endlich mit seinem Getuschel aufhörte. Kuhala schnitt dem Kommissar eine Grimasse und begriff, dass dessen Linie sich allmählich mit den Methoden des verstorbenen Antikainen deckte, als hätte dieser seinem Nachfolger ein Testament hinterlassen, das zum Heraufbeschwören von Zwietracht verpflichtete. Die Tatsache, dass Nevakivi in der Hierarchie über Antikainen stand, gab ihm noch mehr Spielraum und zwang Kuhala, vorsichtig zu sein.

Er fand einen geschützten Platz und brach Jeri ein Stück Knäckebrot ab, das er mit Erbsensuppe tränkte. Das Dippen ließ die Hundemiene nachdenklich werden, aber weil auch alle anderen ringsum aßen, beschloss er, nicht mäkelig zu sein, und machte das Maul auf.

Kriminalhauptmeister Tuomela kam hinter einem Polizeiauto hervor, entdeckte Kuhala und nickte ihm zu. Mit dem Rücken zum Wind löffelten die Leute ihre Suppe aus den Einwegtellern. Auf ihren Gesichtern lag der gewogene Blick, den nur kostenloses Essen zuwege brachte, und auch wenn der eine oder andere nach etwas zu trinken fragte, so lobten viele doch die Atmosphäre sowie die Volksnähe der Polizei und waren bereit, die Veranstaltung schon jetzt, Stunden vor dem Schlafengehen, als Höhepunkt ihres Tages einzustufen.

Kuhala leerte seinen Teller und warf ihn in den Karton, der dafür neben dem Zelt bereitstand. Am Steuer des Streifenwagens saß ein kleiner Junge, dessen Gesicht durch die Windschutzscheibe strahlte.

Kuhala tippte Tuomela auf die Schulter und fragte ihn, ob er kurz Zeit habe. Der breitschultrige Polizist hatte sich nach der letzten Begegnung die Haare schneiden lassen und erinnerte in seiner dunkelblauen Montur und den schwarzen Stiefeln mit den dicken Sohlen an den unerschütterlichen Polizeibeamten, den man sich wünscht, wenn Diebe im heimischen Carport zugeschlagen haben und man deswegen die Notrufnummer tippt.

»War zu viel Salz in der Suppe? Oder zu wenig?«

»Sie war gut. Ich hätte was anderes.«

»Gehen wir um die Ecke da drüben, da kann ich auch eine rauchen«, grinste Tuomela und bückte sich, um Jeri den Kopf zu tätscheln.

Der Hund konnte sich an den Polizisten von der nächtlichen Tragödie in Ratskus Garten erinnern und akzeptierte den Gruß, indem er kurz mit dem Schwanz wedelte. Eine Erbse hatte sich in seinen Barthaaren verfangen und juckte an der Schnauze. Jeri schnappte sie sich mit der Zunge und trottete den Männern hinterher.

»Ich scheine derzeit nicht unbedingt in die Galerie von Nevakivis Lieblingen zu gehören, aber was meint er, wenn er sagt, der Fall Ilona Lost wäre bald gelöst? Du hättest nicht einen kleinen Tipp für mich?«, fragte Kuhala, als sie die Hofeinfahrt neben dem Textilgeschäft erreichten.

Tuomela holte seine Zigaretten heraus und sagte, er komme sich vor wie ein Fünfzehnjähriger, weil er aus sinnlosen Imagegründen heimlich rauchen müsse. »Das ist wieder mal nichts anderes als der Versuch, uns anzuschwärzen – uns Raucher meine ich. Es kommt der Tag, an dem wir Gerechtigkeit fordern werden«, lachte er, als hätte er die Frage nicht gehört.

Kuhala musste sie wiederholen. Er hegte keine allzu großen Hoffnungen, in Tuomela einen neuen Verbündeten zu finden, aber ihm gefiel dessen halb nachlässiger Stil und auch die Art, wie er auf Jeri achtete.

»Wir sind in den Ermittlungen vorangekommen. Das ist alles.«

»Ich habe euch das Bündel gebracht.«

»Das war auch deine Pflicht.«

»Ist es untersucht worden?«

»Sorry.«

Tuomela musterte Kuhala amüsiert und fragte ihn, ob er nicht auf den Krawall in Raatikainens Garten gesetzt habe. »Offen gesagt habe ich mich manchmal gefragt, wie deine Arbeit eigentlich so aussieht. Schwer, sich das vorzustellen, auch wenn Nevakivi sogar ungebeten Kommentare über dich abgibt.«

»Komm zu meinem Vortrag nach Sippilinna, dann bist du schlauer. Ich trete übermorgen bei einer Abendveranstaltung der Arbeitslosen auf. Es dürfen aber auch Leute kommen, die Arbeit haben. Wenn du mir nichts Genaueres sagen kannst, dann sag mir wenigstens, ob was dran ist, dass Nevakivi mir an den Kragen will.«

»Frag ihn selbst.«

»Der antwortet immer so unschön«, gab Kuhala zurück.

»Er muss halt auch irgendwo seine schlechte Laune loswerden. Ich glaube, du musst dir keine Sorgen machen«, sagte Tuomela und richtete gelassen den Blick auf die Treppe des Gymnasiums, wo sich gerade eine bunte lärmende Schar auf den Weg zum Polizeizelt machte.

In der ersten Reihe wurden Banderolen und an Latten genagelte Plakate getragen. Sie forderten eine Polizei für das Volk, das Verbot der Pelztierzucht und eine Beschränkung des privaten Autoverkehrs. Die schüchtern ausgerufenen Parolen wurden allmählich lauter, bis das rhythmische Schreien sogar die Marschmusik des Polizeimusikcorps überdeckte. Es war klar, dass die etwa zwanzigköpfige Schar junger Leute vorab von der Polizeiaktion in der Fußgängerzone erfahren und ihren teilnehmerschwachen, dafür aber umso energischeren Auftritt entsprechend terminiert hatte.

Tuomela ließ die Kippe in den Gulli fallen, ohne dem Demonstrationszug die geringste Aufmerksamkeit zu schenken. Er fragte Kuhala, ob dieser wirklich einen anonymen Anruf wegen des Stoffbündels erhalten habe.

»Was veranlasst dich, an meinen Worten zu zweifeln?«

»So ziemlich alles. Aber am meisten vielleicht du selbst.«

»Das ist kein Kompliment.«

»Nimm es als polizeiliche Kompetenz.«

»Hat das was mit Pestilenz zu tun?«

So ein kleiner Flachs brachte bei Tuomela die Magensäure nicht zum Schäumen, wie es bei Nevakivi der Fall gewesen wäre. Der Wortwechsel schien ihm sogar Spaß zu machen. Sie gingen wieder zum Zelt hinüber, das nun von Gymnasiasten belagert wurde, sodass Tuomela nicht zu den Seinen gelangen konnte. Allerdings versuchte er es auch nicht mit aller Macht. Ein Jüngling mit Rastahaaren stellte sich auf die Zehenspitzen und fragte laut, was für eine Herde von Bereitschaftspolizisten in Jyväskylä losgelassen würde, wenn die Unterdrückten anfingen, Barrikaden zu bauen.

»Mit dir würden die gerade noch fertigwerden«, kam es aus der Suppenschlange zurück.

Ein Teenager, der sich den schwarzen Bart eines Revolutionsromantikers stehen ließ, versuchte, an einer Ecke der Essensausgabe Fuß zu fassen, und beschuldigte die Polizei als Handlanger des Großkapitals.

»Halt die Schnauze, du Lumpensack, und wasch dich erst mal hinter den Ohren!«, rief jemand.

»Da blitzt wieder mal tief in den Reihen des Volkes das Genie auf«, kam es zurück.

Die Zeltbelagerung drohte zum blutarmen Wortgefecht zu verkommen, der Wind riss zwei komplett schwarz gekleideten Mädchen die Pelztierfarmbanderole aus den schmalen Händen und schleuderte sie in die Menge der Erbsensuppenesser.

Es wurde geflucht, ein Streifenpolizist fragte die jungen Leute nach der Versammlungsgenehmigung.

»Nieder mit der Polizei! Es lebe die Revolution, *otschen harrascho*!«

Das kam aus dem Mund des verscheuchten Spinnenmanns. Er hatte den Vormarsch der jungen Leute genutzt und jetzt mit seiner triumphalen Rückkehr so viel Erfolg, dass er breitbeinig auf dem Vordach des Einkaufszentrums stand und eine Bierflasche zum Wurf hob. Er war eine bekannte Plage im Straßenbild und hatte einen solchen Ruf als Dieb, dass man ihm in jedem Laden die Tür wies, noch bevor er eingetreten war. Trotzdem kannte niemand seinen Namen oder wusste, wo um Himmels willen er jeden Morgen herkam, um durch die Innenstadt zu schwanken. Alle wurden still, jemand glaubte, der Mann hielte einen Molotow-Cocktail in der Hand.

»Ich werd auch unterdrückt, ey«, grölte er.

»Komm runter!«

»Hol dir 'ne Suppe!«

»Spring, du Feigling!«

Gebannt von den Rufen und Anfeuerungen tänzelte der Mann näher an den Rand des Vordachs heran, wohl wissend, dass nun womöglich die Sternstunde seiner Karriere gekommen war und dass er mit seinem blöd- und wahnsinnigen Vaudeville den Gymnasiasten die Schau stahl. Er verbeugte sich mehrfach vor seinen Bewunderern und stimmte die ersten Verse der Internationalen an, weshalb er den Wachmann nicht bemerkte, der ihn von hinten in den Griff nahm und abführte. Die Bierflasche fiel ihm aus der Hand und rollte in die Regenrinne. Das antiklimatische, hohle Geräusch brach nun auch den letzten Eifer bei der Jugendbewegung und ihren Gegnern.

Die Gymnasiasten zogen sich vom Zelt auf die Treppen vor dem Einkaufszentrum zurück und richteten von dort finstere Blicke auf die Windjackenbevölkerung in der Suppenschlange. Der Penner wurde durch den Seitenausgang zu einem Polizeiauto getragen.

Kuhala raffte die zertrampelte Banderole zusammen und brachte sie gemächlichen Schrittes zu den Gymnasiasten hinüber; feierlich, als wäre in dem Stoff der Beweis eingestickt, dass ihr Gesellenstück im Fach Meinungsäußerung doch noch angenommen worden war. Der mit den Rastahaaren bedankte sich und sah dabei mit seiner glatten Haut und seinem unschuldigen Blick so jung aus, dass man ihn schwerlich für einen Boten der verlorenen Generation, geschweige denn für einen Randalierer halten konnte, der bereit war, sich gegen die Polizei zu stellen. Kuhala lächelte väterlich und sagte, er unterstütze die Botschaft auf der Banderole. Seine Meinung war jedoch nicht gefragt. Der Rastakopf hatte sich abgewandt und bedankte sich nicht weiter, gerade so, als würde der Flirt mit einem Mann, der gerade noch in der Nähe eines Polizisten gesehen worden war, den Verrat an seiner Ideologie andeuten. Eines der Mädchen kraulte Jeri.

Kuhala zog sich mit dem Hund etwas unachtsam von der Treppe zurück, weshalb er fast das Gleichgewicht verloren hätte und sich mit einem Seitenschritt abfangen musste.

Sein Blick traf das Dach des Polizeizelts, das im Wind Falten schlug. Wo es eingesunken war, reflektierte Regenwasser das Licht. Ohne jede Vorwarnung kam Kuhala bei diesem Anblick die Szene auf dem Bootssteg in Erinnerung. Unmittelbar darauf stellte sich so plötzlich eine Erkenntnis ein, dass Kuhala blass wurde und sich ratlos umblickte, da er sofort ihre Richtigkeit bestätigt haben wollte. Solange es aber nicht möglich war, das rätselhafte Kodierungssystem des Gehirns zu deuten, musste man mit Formulierungen wie Zufall, Vorsehung oder Fügung vorliebnehmen.

Tuomela hatte so getan, als habe er die Meinungsäußerung der jungen Leute nicht bemerkt, und sich damit begnügt, neben dem Polizeiauto das Ende der Demonstration abzuwarten. Als die Rufe verklungen und die Show auf dem Dach zu Ende gegangen war, richtete er sich auf und streckte die Glieder. Kuhala und Jeri drängten sich zu ihm durch.

»Darf ich mir die Videoaufzeichnung aus dem Bootshafen noch einmal ansehen?«

»Welche Aufzeichnung?«

»Die vom Bootssteg.«

Tuomela zuckte mit den Schultern und sagte, das sei im Prinzip möglich, sofern es auf Nevakivis freien Tag fiele. »Das Band ist allerdings ein Fiasko. Hast du ja selbst gesehen.«

»Macht nichts. Ich könnte es trotzdem versuchen.«

Am selben Abend ging Kuhala noch einmal das Ilona-Material von Voitto Lost durch. Er las die Texte mehrmals und blätterte in den Alben, den Erinnerungen aus der Schulzeit und den Zeitungsausschnitten. Als er schließlich fand, was er insgeheim gesucht hatte, rötete sich sein Gesicht vor Eifer. Dennoch hatte er das Gefühl, mit seiner Entdeckung noch nicht herausrücken zu können. Bis zum Einläuten der letzten Runde war noch einiges an Strecke zu absolvieren.

29

Ratsku hatte eine Sonderration für Jeri vorbereitet und ihm in der Tierhandlung sogar eine Gummigiraffe aus dem Sonderangebotskorb gekauft. Sie piepte, wenn man sie drückte. Der Hund starrte das Ding mit Befremden an, aber als Ratsku es heftig tuten ließ und gegen die Tür warf, dass es nur so klatschte, war ein knapp zehnminütiges Hulabaloo garantiert. Die Teppiche verrutschten, und die Grünpflanzen gerieten in Gefahr, weil Jeri mit der Giraffe im Maul und mit glühenden Augen zwischen Wohnzimmer, Küche und Schlafzimmer hin- und hertollte. Er schleuderte die Giraffe in die Ecke, näherte sich ihr, wie um ihr den Gnadenstoß zu versetzen, und brachte sie dazu, lange Serien von Quietschtönen auszustoßen. Zwischendurch apportierte er Kuhala oder Ratsku das Geschenk, damit sie es für ihn warfen und er es auffangen konnte, unterbrach das Spiel, um hektisch Wasser aus seinem Napf zu schlabbern, bis er wieder hinter die Couch galoppierte oder zur Treppe, die nach oben führte, von wo man dann das panische Piepen der Giraffe hörte.

Das Medikament gegen die Fuchsräude schien anzuschlagen.

»Ich hole Jeri morgen früh ab«, sagte Kuhala und fing an, die Teppiche geradezuziehen.

»Wir werden schon miteinander auskommen. Konzentriere du dich auf deine Angelegenheit.«

»Ich werd's versuchen. Tschüs dann.« Zum x-ten Mal prüfte Kuhala, ob das Manuskript für seinen Vortrag noch in der Innentasche steckte.

Er hatte seine kaffeebraune Cordjacke angezogen und dunkelblaue Jeans mit modisch weitem Schlag, weil er glaubte, damit ein lässiges und glaubwürdiges Bild von sich zu geben – sofern sich jemand die Mühe machte, zu kommen und Interesse an seinen Billigklamotten aufzubringen. Beim Fummeln an dem Vortrag war er von allen Seiten angefressen gewesen. Es hatte nicht viel gefehlt, und er hätte die Aktivistin in Sippilinna angerufen, um ihr mitzuteilen, er sei an einer Hirnhautentzündung, einer Herzbeutelentzündung oder irgendeiner anderen Entzündung erkrankt, die es ihm nicht nur unmöglich mache, den Vortrag zu halten, sondern ihn auch daran hindere, den normalen Alltag zu bewältigen.

Aber da stand er nun trotzdem bei Ratsku im Flur und strich sich die grauen Strähnen um die Geheimratsecken glatt, als hätte er das nicht eben schon im Auto getan.

»Die sind schon in Ordnung so«, lachte Ratsku in der Küche.

»Du hast leicht reden.«

»Wie kommen übrigens die Nachforschungen voran?«

»Noch vor Ende dieser Woche werde ich den Täter der Polizei vorführen«, rief Kuhala zum Abschied und schloss die Haustür hinter sich.

Ein Stadtteilschauer, der vom dunklen Himmel niederging, schüttelte die Birkenwipfel durch, die Straßenlampen hüllten sich in Regenschleier. Kuhala wich einem Lastwagen, dessen Bug eine Wasserfontäne aufspritzen ließ, aus und wurde von den Scheinwerfern so geblendet, dass er sich die Hand vor die Augen hielt, als hätte ihn kurzfristig eine unkontrollierbare, aus den untersten Schichten der Entwicklungsgeschichte aufsteigende Angst erfasst. Seine Geste hatte auch tatsächlich etwas mit Angst zu tun, aber vielleicht eher deswegen, weil er mit dem Auftrag des Schlossers doch nicht vorankam, obwohl er sich hin und wieder vorstellte, wie er die Lösung des Falles in die Schlagzeilen räusperte. Wenn das so weiterging, würde er niemanden der Polizei vorführen, sondern müsste bei Voitto Lost vorsprechen und zugeben, dass er in eine Sackgasse geraten war.

Der morgendliche Besuch bei Bruno Heuberg hatte diesen nicht in Panik versetzt, die Klärung von Viljami Levantos Beteiligung scheiterte an dem blöden Zwischenfall in der Garage. Zwar hatte der Jugendraum in Sippilinna ein Geheimnis preisgegeben, doch das befand sich bei der Polizei, und die ließ nichts darüber verlauten. Die Spekulationen über eine Firma, die in dieser Stadt gegen Geld Rachedienstleistungen anbot, schienen über das Ziel hinauszuschießen. Und lohnte es sich, einen Gedanken an die Morddrohungen von erwischten Ladendieben zu verschwenden? Nicht einmal Eila Salmela nahm sie ernst.

Und was war mit Seppo Mannonen, Matti Forsman oder dem namenlosen Bewohner eines der Wohntürme, der als Augenzeuge wertvolle Informationen besaß, aber nicht damit herausrückte? Kuhala fehlten die Mittel, ihn zu finden, außerdem wurde sein Glaube, dass es den Mann überhaupt gab, immer schwächer. Müsste man also doch den Schluckspecht von der Graffitibank nach dem Namen des Mörders fragen?

Tuomela war nicht im Geringsten verpflichtet, Kuhala zum Anschauen der Kassette aus dem Bootshafen einzuladen, und ging womöglich selbst gerade das Band Bild für Bild durch, um herauszufinden, was für ein Rätsel sich darauf verbarg. Selbstverständlich saß er mit Nevakivi, Haatainen und wer weiß mit wem noch zusammen im abgedunkelten Raum, denn er hatte keinen Grund, seinen Kollegen gegenüber illoyal zu sein.

Auf dem restlichen Weg verhüllte Trübsal Kuhalas Gesicht, die von der herbstlichen Abendstunde zusätzlich betont wurde, aber als er an der letzten Kreuzung abbog, wandte er sich gedanklich der bevorstehenden Herausforderung zu.

Auf dem Parkplatz von Sippilinna verschmolz die Blechreihe der Autos, die allesamt ihre besten Tage längst hinter sich hatten, mit der Dämmerung. Das blaue Flimmern in dem einen oder anderen Wohnturmfenster verriet, dass sich die Menschen hier bereits in der Erwartung der Nacht wiegten. Es verriet außerdem, dass sich niemand für einen Vortrag über den Beruf des Privatdetektivs interessierte.

Kuhala musste seinen Renault am äußersten Rand abstellen. Die wenigen hundert Meter Fußweg gaben ihm Gelegenheit zum tiefen Atmen und zur letzten Konzentration. Er wunderte sich über seine feuchten Handflächen und das Blubbern im Bauch, weil er davon ausgegangen war, die Zeit des Lampenfiebers hinter sich zu haben.

Bei Vorträgen in der Schule – »Mein schönstes Ferienerlebnis«, »Der Verfall unserer Leichtathletik«, »Die Eingeschlechtigkeit der Gliederfüßer« und wie sie alle hießen – war seine Stimme stets heiser gewesen und sein Schließmuskel schweren Prüfungen ausgesetzt geworden, aber eigentlich sollte es damit vorbei sein.

Die Tatsache, dass die Finanzierung seines restlichen Lebens noch immer offen war und das Mysterium des Jenseits ihn oft beschäftigte, sorgte für eine ganz eigene Spannung, gegen die es keine bessere Linderung gab als eine halbe Flasche Haddington House. Außerdem würde sich das Problem von selbst lösen, wenn die Befreiung der Seele vom Fleisch näher rückte.

Das Pärchen von der Graffitibank war verschwunden. Offenbar hatte es seinen Schlafplatz aufgesucht. Ein einsamer Spatz tschilpte auf dem Rand des Mülleimers.

Kuhala ging um die Bank herum und hielt nach einer Abkürzung durchs Gebüsch Ausschau, aber weil die nächste Laterne erloschen war, konnte er nichts sehen. Da er keinen Mist bauen wollte, beschloss er, hinter den Autos entlangzugehen.

Innerlich sagte er sich ständig den ersten Satz seines Referats vor. Genau in dem Augenblick, als er an dem Lada, der als Letztes in der Reihe stand, vorbeiging, zerschellte dessen Heckscheibe. Kuhalas Knie gaben nach, er duckte sich und wäre fast mit dem Kopf voran in den nächsten Busch gehechtet, auf dessen Zweigen der Tau silbern im Licht der Straßenlampen glitzerte. Neben einem Toyota mit offener Ladefläche, der drei Reihen weiter geparkt war, regte sich etwas. Kuhala toste das Blut in den Ohren, und es wurde reichlich Adrenalin ausgeschüttet, aber er war so geschockt, dass er seine Energien nicht kanalisieren konnte und einen Moment lang nur auf der Stelle kauerte und zuhörte, wie nach und nach die Glassplitter von der Gummidichtung des Lada-Heckfensters prasselten.

Er hatte sich in letzter Zeit mehr als genug auf Verfolgungsjagd begeben, und als er sich nun aufrichtete und auf eine weitere Turbulenz einstellte, prallte eine zweite Stahlkugel – denn darum handelte es sich zweifellos – vom Dach des Ladas ab und sauste als Querschläger in die Dunkelheit.

»Bleib stehen, verdammt!«, brüllte Kuhala und bewegte sich in geduckter Haltung auf den Schützen zu.

Die riesenhaften Wohntürme von Sippilinna ragten hinter ihm auf wie Schatten aus uralten Legenden, die Gestalt des Attentäters erreichte bereits den fernen Rand des Parkplatzes und verschwand auf der anderen Straßenseite im Gebüsch.

»Bleib stehen! Ich weiß, wer du bist! Kannst du arme Sau nicht besser zielen?«, schrie Kuhala und holte Luft, als wollte er als Nächstes den Namen des Flüchtenden ausrufen.

Der Name kam aber nicht, er lag ihm nicht einmal auf der Zunge. Mit gedrosseltem Tempo trabte er in die Mitte des Parkplatzes und ballte unter einer Lampe wütend die Fäuste. Es raschelte im Gebüsch. Kuhala lauschte, sein Herz pochte, und die Kiefer knirschten. Er würde den Kerl lebendig in Stücke reißen, wenn er ihn erwischte.

»Verflucht noch mal!«

Pirjo Vuorimaa stand bei der Laderampe und sah auf die Uhr. Sie hatte sich die Haare rötlich gefärbt und sich mit einem grellen, folkloristisch inspirierten Gewand ausstaffiert, das nicht schlecht gewählt war, vor allem falls die Absicht darin bestanden haben sollte, ihren Charakter zu unterstreichen. »Na, da bist du ja. Ich dachte schon fast, es wäre was schiefgelaufen.«

»Entschuldigung. Kann sein, dass ich wirklich ein paar Minuten zu spät dran bin«, sagte Kuhala und streckte die Hand aus, während er sich mit dem anderen Ärmel den Schweiß des Entsetzens vom Gesicht wischte.

Mitten im Lächeln richtete die Frau einen forschenden Blick auf ihn. »Ist alles in Ordnung? Du siehst blass aus.«

»Das ist nur die Aufregung, die gehört dazu. Aber wahrscheinlich bin ich umsonst nervös. Ist denn schon jemand da?«

»Es kommen immer ein paar«, sagte die Frau und ließ ein helles Lachen los, das rührig und vital zwischen den Häusern widerhallte. »Wir bieten ein bisschen was an. Willst du vorweg etwas, oder legen wir gleich los?«

Kuhala zuckte mit den Schultern. Der Kopf, den sie trugen, war einen Moment zuvor noch die Zielscheibe eines Wahnsinnigen gewesen. Wenn der Mordversuch etwas Positives an sich hatte, dann die Tatsache, dass Kuhala nun hellwach war und auf keinen Fall beim Reden einschlafen würde.

Er blieb an der Tür stehen und sah die Aktivistin ungläubig an. Die Bänke, die in dichten Reihen im Versammlungsraum der Arbeitslosen aufgestellt worden waren, bogen sich unter dem Gewicht der Besucher. Wer keinen Sitzplatz hatte, stand an den Wänden und im Durchgang zur Küche. Ein erfinderischer Vertreter der jungen Generation balancierte auf dem Zeitungsständer, ein anderer hatte die Kammer neben der Hutablage aufgemacht und krümmte sich dort auf einem improvisierten Podest. Der Zugang zum engen, hell angestrahlten Rednerplatz war ebenfalls derart bevölkert, dass Kuhala um Verzeihung bitten und über die Leute hinwegsteigen musste.

Jeder Vertreter des Rettungswesens hätte den Saal aus Gründen des Brandschutzes räumen lassen. Das glimmende Grün über dem Notausgang war hinter einem tragenden Stützpfeiler für viele nicht zu sehen.

Kuhala war doch nicht Mama Amma! Und auch kein angesehener Unterhaltungskünstler.

Es stimmte, dass es in Jyväskylä genügend Arbeitslose gab, um fünfzig solcher Säle zu füllen, aber warum drängten sie sich alle in Sippilinna? Eventuell lag ein Missverständnis vor, oder aber Pirjo Vuorimaa hatte die Leute mit irgendeinem fiesen Trick zusammengetrommelt.

»Wieso ist hier so viel Volk versammelt?«, fragte Kuhala sie flüsternd. Sie antwortete, indem sie zwinkerte und den Daumen hob.

»Es hat sich herumgesprochen …«

»Ja, ja, aber …«

Je weiter sich der große, kräftige Privatdetektiv, der hin und wieder sogar in der Zeitung aufgetaucht war, seinen Weg nach vorne bahnte, desto mehr schienen die Leute zu erstarren. Das Kauen am Rosinenkranz brach ab, das Gemurmel verstummte, und schnell wurde der letzte zuckerhaltige Schluck aus dem Einwegbecher geschlürft.

»Bravo, Kuhala!«

»Yes!«

»Gauner an die Kandare!«

»Kriminelle an die Kette!«

Die Zurufe waren von guter Laune unterlegt, es fehlte jeder Hohn. Pirjo Vuorimaa freute sich an der Konstellation und strahlte, als sie Kuhala präsentierte.

Einige trampelten mit den Füßen, und auf einmal fingen alle an zu klatschen, sodass Kuhala im Rampenlicht lächeln musste und die Hand zum Gruß hob wie ein Politiker, der vor die Seinen tritt.

Er öffnete den unteren Knopf seines Sakkos und spähte ins Publikum. Sein Mund war trocken, der Angstschweiß vom Parkplatz wich einem etwas anderen Schweiß, und eine von der abendlichen Feuchtigkeit geringelte Locke fiel ihm auf die Stirn. »Guten Abend. Sie sind ja ziemlich zahlreich versammelt … Sehr schön.«

Er trat von einem Bein aufs andere und schob eine Hand in die Innentasche. Das Manuskript war nicht da. Er probierte es in der anderen Tasche, aber es gab keine andere Tasche. Das Sakko war in irgendeinem asiatischen Land in Kinderarbeit und so blinder Gewinnsucht hergestellt worden, dass es nicht einmal zwei Innentaschen hatte. Und die eine, die es gab, hatte einen so laschen Rand, dass sie nichts bei sich behielt, wenn ihr Besitzer gezwungen war, sich vor fliegenden Stahlkugeln zu ducken.

Man sah Kuhala den innerlichen Widerstreit vielerlei Gefühle lediglich an einer flüchtigen Grimasse an, die nur in der ersten Reihe auffiel und dort vielleicht als Schuhdrücken interpretiert wurde.

»Für die wichtigsten Eigenschaften eines Menschen, der den Beruf des Privatdetektivs ausübt, halte ich die Selbstironie, die Fähigkeit mit wenig Geld und allen möglichen Bevölkerungsschichten auszukommen sowie den echten Glauben an Mantras wie: ›Auch die dunkelste Wolke hat einen silbernen Rand.‹«

Es war der schlechteste Satz des Abends. Er war zu lang. Wusste jeder Zuhörer, was Selbstironie war? Und bedeutete die Anspielung auf die verschiedenen Bevölkerungsschichten, dass er selbst einer höheren angehörte und sein Publikum »allen möglichen«? Gab er, mit anderen Worten, zu verstehen, dass er sich aus purer Freigeistigkeit und Toleranz unter den Niederen wohlfühlte wie ein Philanthrop aus vergangenen Jahrhunderten?

Kuhala beschloss zu vergessen, was er aufgeschrieben hatte, und ließ die Worte einfach aus sich herausfließen. Je mehr sich sein Atem beruhigte, desto mehr entspannte er sich. Er erzählte von seiner Kindheit und Jugend, lobte seinen ländlichen Hintergrund mit Beispielen und sprachlichen Bildern, die zum Lachen reizten, und ging dann zum Alltag des Privatdetektivs über, dessen Glanz er in einigen Erlebnissen des Gelingens verdichtete, so wie es in jedem anderen Beruf auch der Fall war. Er sagte, er habe sich durch alle Arten von Aufträgen gekämpft, und da ihm kein Hubschrauber mit Suchscheinwerfer, keine technische Spezialausrüstung und auch keine kompetenten Mitarbeiter zur Verfügung stünden, müsse er mit einem Paar Schuhe und mit seiner Erfahrung auskommen sowie mit dem, was ihm zwischen den Ohren mitgegeben worden sei.

Dem Beruf fehle jegliche Romantik, und bei den Honoraren falle auch kein Urlaub in der Karibik ab, aber bis jetzt sei es ihm noch immer gelungen, seinen Hund zu ernähren, seine Miete zu bezahlen und sich sogar ab und zu Aufschnitt im Sonderangebot zu leisten.

Er erzählte von einigen Fällen, malte seinen gewöhnlichen Arbeitstag mit trockenem Humor aus und schuf eine lässige Atmosphäre, die unmerklich von einem Zuhörer auf den nächsten übersprang, wie er sich irrtümlich einbildete.

Er wurde seine Aufregung vollends los und erkannte während des Vortrags mehrere Jugendliche von dem Zwischenfall am Müllhäuschen wieder, bis hin zu Jake Moisio. Ebenfalls anwesend zu sein schienen Matti Forsman, die im ehemaligen Restaurant Bunker wohnende alte Frau Moisander mit einigen Freundinnen, Ilonas ehemalige Kollegin Eila Salmela und die Mutter von Mika Rentonen. Weiter hinten, im Schatten der Küchentür, saßen Viljami Levanto und Bruno Heuberg. Offenbar hatten sie Kuhala seine Besuche nicht so krumm genommen, dass sie keinen Privatdetektivvortrag mehr hören mochten.

Und als Kuhala an seinem Rednerplatz einen kleinen Schritt nach links machte, erkannte er ganz hinten im Saal

Wange an Wange die aufgedunsenen Gesichter des Pärchens von der Graffitibank. Dass sich auch der ruppige Urologe eingefunden hatte, veranlasste Kuhala, sich die Augen zu reiben und an dem zu zweifeln, was er sah.

War der Rosinenkranz von Pirjo Überall in der ganzen Stadt berühmt? Oder war er es: Kuhala mit seinem Geschwätz? Das wusste der Teufel.

Damit nicht genug der Überraschungen. Als Kuhala einen kleinen Einblick in seine erfolgreichen, sogar von der überregionalen Presse notierten Mordermittlungen der letzten Jahre gab und sich die Aufmerksamkeit des Publikums mucksmäuschenstill verdichtete, bemerkte er im Windfang die gebeugte zwei Meter große Gestalt von Perttu Kane und daneben den Gastwirt Max Kuukunen. Die Herren kamen zu spät, aber ihr Erscheinen schmeichelte Kuhala.

Er schob eine Hand in die Hosentasche, grinste lässig und festigte seinen Ruf als bescheidener Held, indem er die Geschichte vom Lebensweg des Privatdetektivs vom Stapel ließ, der mal als heikler Gebirgspfad ansteige und dann wieder zur breiten Bahn im Alltagsnebel werde.

Alles ein einziges stolzes Balancieren!

»Ich bin der Meinung, dass ein guter Privatdetektiv fähig sein muss, eine gewisse Gesichtslosigkeit zu bewahren. Es ist nicht günstig, wenn er allseits bekannt ist, denn was soll das werden, wenn ihn bei einer Observation jeder Passant erkennt? Ihr seid heute hier so viele, dass ich wahrscheinlich über einen Berufswechsel nachdenken muss. Oder wenigstens über einen Ortswechsel. Vielen Dank ... Äh, hat noch jemand eine Frage? Der Abend soll ja nicht nur aus einem Monolog bestehen.«

Die Welle des aufbrandenden Applauses legte sich, und der eine oder andere eifrige Autogrammjäger setzte sich wieder auf seine Bank, als sich im mittleren Teil des Raums ein igelköpfiger Mann im Pullover aus dem Schatten erhob und räusperte. »Es gibt hier bestimmt viele, die etwas über den Mordfall Ilona Lost wissen möchten. Die Gerüchte sagen, Sie würden da ermitteln, Kuhala. Ich bin Paavo Rosmala aus Haus C und wohne seit dreißig Jahren hier. Inzwischen bin ich in Rente. Das Mädchen war eine feine Person, und ihr Schicksal geht vielen nicht aus dem Kopf.«

Man hörte zustimmendes Raunen und ein paar Huster. Die Köpfe drehten sich wieder Kuhala zu, der an den brennenden Blicken erkannte, dass die Leute gar nicht gekommen waren, um etwas über den Beruf des Privatdetektivs, geschweige denn über sein langweiliges Leben zu erfahren. Sie waren wegen Ilona hier. Wollte der Mann dort drüben, der an seinen Nagelbetten kaute und aussah wie ein Schlachter, etwa Privatdetektiv werden? Oder die Seniorenschaft und die unruhige Jugend?

Hatte er, Kuhala, sich dazu hinreißen lassen, die Anziehungskraft seiner Persönlichkeit zu überschätzen?

Das Gerücht von den Mordermittlungen war jedem Briefschlitz entschwebt, war ätherisch aus den Fenster- und Türdichtungen gedrungen, ihnen an den Hausecken entgegengekommen und hatte hinter den Stirnen der Bewohner Sippilinnas einen unverrückbaren Platz eingenommen, dort, wo die Sensationen und das Rohmaterial für Gerede hinsortiert wurden.

Die Leute richteten sich auf, ihre Augen glänzten. Das Grande finale des Abends lag zum Greifen nah, man war gekommen, um zu hören, wie die Ermittlungen im Mord an dem Mädchen von der Kasse vorangingen, und nicht, was für ein toller Hecht dem Wald von Havuvaara entsprungen war.

Kuhala warf einen Blick auf Pirjo Vuorimaa und überlegte, ob er in ihr die Architektin der Intrige vor sich hatte. Hatte sie im letzten Moment die Werbeplakate ergänzt:

»Neue Informationen über Ilona Losts Mörder! Kuhala enthüllt!«

Ihr Gesicht verriet nichts, aber der entsprechende Werbespruch wäre ihr spielend eingefallen, da war sich Kuhala sicher.

Er wandte sich seinem Publikum zu und sagte, er sei mit Ermittlungen in Ilonas Fall beauftragt worden, könne aber nichts dazu sagen, weil alles noch unvollständig sei. »Ich verstehe, dass die zwei Jahre zurückliegende Tragödie noch viele von Ihnen beschäftigt. Ich tue, was ich kann. Die Polizei tut, was sie kann. Ich bin sicher, der Täter wird sich verantworten müssen. Ich danke Ihnen noch einmal, dass Sie so zahlreich erschienen sind.«

»Fang jetzt bloß nicht an, dich zu bedanken. Wir sind wegen Ilona hier!«

»Genau!«

»Unter uns lebt ein Mörder. Man hat gesehen, wie du hier wer weiß wie oft in letzter Zeit herumgeschlichen bist. Kuhala, du weißt, wer es getan hat.«

»Oder wenn du es nicht weißt, können wir dir Privatdetektivnachhilfe geben.«

»Und ob, verdammt!«

»Wir kennen den Schuldigen!«

»Die Polizei erfindet einen Vorwand nach dem anderen und traut sich nichts zuzupacken!«

»Die verpulvern bloß Steuergelder!«

»Verflucht … Es gibt noch Recht und Gesetz, auch wenn die Bullen nichts finden!«

»Wenn du so großartig bist, wie du behauptest, dann sag die Wahrheit!«

Plötzlich hörte man im Saal ein Geräusch, das klang, als wäre ein Unterdruckventil geöffnet worden, weil zig Leute Luft holten und wie in religiöser Ekstase immer wieder Ilonas Namen sagten. Immerhin stimmten nicht alle mit ein. Die Jugendlichen, die nur darauf warteten, Kuhala das kleine Handgemenge bei den Mülltonnen heimzahlen zu können, trampelten schadenfroh mit den Füßen. Der Lärm nahm zu, Kuhalas gutes Gefühl war dahin. Ratlos starrte er Pirjo Vuorimaa an, die aufgehört hatte, die geschäftige Pirjo Überall zu sein, und Kuhalas Blick ängstlich erwiderte.

»I-LO-NA, I-LO-NA, I-LO-NA!«

Kuhala konnte nicht verstehen, wodurch Ilona im Laufe weniger Sommerwochen so beliebt geworden war, dass ihr Name erschallte, als wäre sie selig gesprochen worden: die heilige Ilona von Sippilinna.

»I-LO-NA, I-LO-NA, I-LO-NA!«

Schließlich brachen die Rufe und das Getrampel ab. In manchen Gesichtern hatte die Agitation für schweißglänzende Rötung gesorgt und in den Augen Fanatismus geweckt. Manche suchten den Weg nach draußen, mindestens ebenso viele blieben sitzen, denn sie dürsteten nach einer Fortsetzung, und einen Fernsehabend würden sie auch morgen noch verbringen können. Kuhala hatte das Gefühl, dass die Aussicht auf eine kostenlose zweite Tasse Kaffee nicht alle Anwesenden zufriedenstellen würde.

Dachte man in dieser von Schweiß, Parfüm und Leidenschaft gesättigten Atmosphäre über das Ganze etwas tiefer nach, hatte es den Anschein, als wäre das Szenario geplant gewesen und als würde das Schlimmste erst noch kommen.

»Forsman, steh auf!«

»Hast du gehört!«

»Heb deinen Arsch von der Bank, Forsman!«

Kuhala machte eine telefonierende Geste in Richtung Max und Perttu, damit sie die Polizei riefen. Einige Anwesende rissen ihre Jacken von der Stuhllehne und sagten sich von der Wendung der Ereignisse los, andere lächelten verdutzt und schüttelten den Kopf.

Matti Forsman, der in der dritten Bankreihe saß, blickte

nach rechts und links und duckte sich, als hoffte er, unsichtbar zu werden. Die alte Frau neben ihm verzog sich auf den Gang, dann entfernte sich auch der andere Sitznachbar. Plötzlich stürzte einer von den Schreihälsen zu Forsman und riss ihn an den Schultern hoch. »Geh da vor!«

»Keine Gesetzesverstöße!«, rief Kuhala.

»Nein, überhaupt nicht. Hier hast du Ilonas Mörder direkt vor der Nase!«

»I-LO-NA, I-LO-NA, I-LO-NA!«

Nun hatte die Mehrheit des Publikums allmählich genug und drängte zum Ausgang, wo Max und Perttu inzwischen verschwunden waren. Stühle fielen um, in manchen Blicken schien Angst auf beim Blick auf Matti Forsman und den Mann im dunkelblauen Cordhemd, der sich hinter diesem aufregte. Er stand im Licht und erinnerte mit seinem roten Nacken und seiner gedrungenen Erscheinung an den Fahnenträger eines Lynchmobs.

Forsman schützte sein Gesicht mit den Händen. Das Bild auf dem *Cuba-Serenade*-Shirt deckte sich schlecht mit seiner Miene. Er war so entsetzt, dass er nicht zum Widerstand fähig war, sondern an die Stelle stolperte, wo Kuhala gerade seinen Vortrag gehalten hatte, und sich zu denjenigen umdrehte, die geblieben waren, um die Ereignisse weiterzuverfolgen.

Kuhala hatte sich zur Küchentür begeben. Pirjo Vuorimaa stand neben ihm und versuchte, all ihren Mut zusammenzunehmen, aber es gelang ihr nicht. Die türkisen Ohrhänger, die ihren Folklore-Look vervollständigten, zitterten kaum merklich. Acht bis zehn Männer waren im Saal geblieben. Sie umringten Forsman und strahlten kaum verhohlenen Hass und die Einseitigkeit eines Volkstribunals aus, das seine Entscheidung längst gefällt hatte. Einer entrollte ein Blatt Papier, aber das war keine Anklageschrift, sondern das zwei Jahre alte Bild der Überwachungskamera. »Dieses Bild zeigt dich, Forsman!«

Forsman zitterte und schüttelte den Kopf.

»Du warst der letzte Kunde im Laden und hast Ilona draußen aufgelauert!«

Forsman starrte auf seine Schuhspitzen und schüttelte wieder den Kopf.

»Den Mord an einem jungen Menschen quittiert man nicht mit Heulsuserei! Leg ein Geständnis ab, dann kümmert sich die Polizei um dich! Die andere Methode wird happiger für dich.«

»Scheißkerl!«

»Ich hätte Riesenlust, dem in die Fresse zu hauen …«

»Ich hab mich mit dem Thema beschäftigt und weiß, dass du über die Laderampe hinten rein bist. Das Schloss geht nicht zu, die Tür kriegt man leicht auf.«

»Du warst selbst mal Filialleiter in dem Scheißladen. Du kennst die Wege und die schlechten Schlösser. Und du hast einen Schlüssel!«

Ein Raunen ging durch den Raum. Einige Männer waren betrunken und andere so vom primitiven Rabatz berauscht, dass sie sich gegenseitig anstachelten, wie es Kuhala nur in ein paar Schwarzweißwestern gesehen hatte, wo Männer nach einer Hinrichtung gierten. Er hatte genug von dem Radau und trat vor Matti Forsman hin. »Hört mit dem Quatsch auf, Freunde. Was bis jetzt war, kann man vielleicht noch vergessen, aber wenn ihr auch nur ein Stück weitergeht, droht jedem von euch das Gefängnis.«

»Geh aus dem Weg!«

»Die Polizei hat Forsmans Rolle untersucht. Sie haben ihn festgenommen, aber wieder freigelassen. Die Schwelle zur Anklage ist nie überschritten worden, und das obwohl die Polizei deutlich mehr Kompetenz besitzt als ihr alle zusammen.«

»Scher dich zum Teufel, Kuhala! Kompetenz nützt hier nichts.«

»Geht zurück!«, rief Kuhala.

Weit weg hörte man die Sirene eines Polizeiautos, die Leute, die nach draußen gegangen waren, verfolgten von dort aus die Vorgänge und sorgten mit ihrem Atem dafür, dass die Scheiben an Tür und Fenstern beschlugen. Hier und da hörte man noch einzelne Ilona-Rufe.

Kuhala packte Matti Forsman am Arm und führte ihn auf die Küche zu, wohin Pirjo Vuorimaa bereits geflüchtet war. Einer der Männer unterbrach das Spiel für die Dauer eines Aufmunterungsschlucks, aber die anderen stellten sich Kuhala und Forsman in den Weg. Hatten die Männer feuchte Clubabende unter dem Thema »Wer hat Ilona ermordet?« abgehalten und sich in dem zwei Jahre alten Knäuel aus Ermittlungsfäden so verheddert, dass für sie nun die Zeit zum schlichten Handeln anbrach?

Einer von ihnen schlug Kuhala einen Stuhl auf den Kopf. Der Schlag kam von links hinten, und obwohl er ihn kommen sah, konnte er nichts mehr tun. Auf der Skala der unschönen Erfahrungen gehörte die Delle in die Kategorie des eher schwer Erträglichen, wie zum Beispiel Sodbrennen oder ein Stich mit der Stopfnadel. Kuhala hielt sie für ungefähr ebenso widerlich wie die Situation in seiner Kindheit, als ihm in Havuvaara der Fuß vom Brunnenring gequetscht wurde.

Er spürte einen Schlag und ein Knacken und fiel auf die Knie, dann rutschte er am Türrahmen herunter und landete mit dem Gesicht auf dem Linoleum. Das Cordhemd hielt Forsman ein Messer an den Hals und zwang ihn im Rückwärtsgang nach draußen.

Von den Zeugen, die sich später meldeten, hatten zwei gesehen, dass Forsman in einem grünen Volvo Kombi weggebracht wurde, vier hatten einen roten Avensis Kombi gesehen, drei einen schwarzen Nissan und der Rest gemischte Automarken, darunter einige, von denen man noch nie gehört hatte. Ein älterer Herr, der die Veranstaltung zeitig verlassen hatte, schwor, die Kidnapper hätten ein Tarnfahrzeug benutzt, das er vor Haus A habe wegfahren sehen, »Ziel unbekannt«, wie er sich schicksalhaft ausdrückte. Es sei ein Wagen der Marke Hudson gewesen, in der Nachkriegszeit ein vertrauter Anblick auf den Straßen Londons.

Kuhala öffnete die Augen und starrte Pirjo Vuorenmaa aus geringer Entfernung an. Auf ihrem vor Sorge und Zärtlichkeit gerührten Gesicht zitterte ein Lächeln. »Keine Angst, Otto.«

»Wo binischen?«, fragte Kuhala, als hätte der Schlag in seinem Gehirn den Winkel aktiviert, der fürs Dialektsprechen zuständig ist.

»In Sicherheit«, antwortete Pirjo Vuorimaa und streichelte Kuhalas Stirn.

30

Bei den Angehörigen des Lynchmobs kehrte der Realitätssinn erst zurück, als sie an der aufgelassenen Kiesgrube bei dem Dorf Kuohu fünfzehn Kilometer westlich von Jyväskylä ankamen. Dort zwangen sie Forsman, sich ein Grab zu schaufeln, und bereiteten eine Art Scheinhinrichtung vor, in der Absicht, den Mann dazu zu bringen, den Mord an Ilona zu gestehen. Er musste sich ausziehen, dann wurde dem Kofferraum des Wagens eine Schrotflinte Marke Baikal entnommen und geladen. Forsman gab keinen Mucks von sich, das mehrfach getestete alte Tonbandgerät streikte im entscheidenden Moment, und auf einmal ging über der Grube ein Schneeregenschauer nieder, der die Entführer nach Sippilinna zurücktrieb, wo sie von der Polizei einzeln aufgegriffen wurden.

Das Cordhemd, das am Steuer saß, blies unverschämt viele Promille, berief sich aber, als ihn die Beamten unterhakten, auf das allgemeine Rechtsempfinden und die Gefährdung der öffentlichen Sicherheit, weil der Mörder Matti Forsman weiterhin frei herumlief und Schrecken verbreitete.

Selbigen fand man nach Mitternacht barfuß und frierend, in nasser Strickjacke und schlammiger Hose auf der Landstraße. Das *Cuba-Serenade*-T-Shirt war in zwei Fetzen zerrissen, die Forsman zu einer Kopfbedeckung verknotet hatte. Er sah aus wie ein Soldat aus dem belagerten Stalingrad.

Bei den Vernehmungen stellte sich heraus, dass die Männer aus den Wohnblocks tatsächlich immer wieder über den ungeklärten Mord geredet hatten. Über die Monate und Jahre hinweg einigten sie sich immer mehr darauf, dass Forsman der Schuldige war. Da genügte es irgendwann nicht mehr, ihn schief anzugucken. Als das Cordhemd – ein arbeitsloser Elektroinstallateur, der von Sozialhilfe lebte und zugleich Erfinder war, der schon mehrere Patente eingereicht hatte, die alle abgelehnt worden waren – gefragt wurde, warum sie sich bei dem Schuldigen so sicher seien, klopfte er sich zuerst auf die linke Hälfte seines Brustkorbs und dann an die Schläfe: Das Herz spürt es, der Verstand bestätigt es.

Die Männer hatten sogar ein paar offizielle Sitzungen zu dem Thema, das sie zusammenschweißte, abgehalten. Es fanden sich Beweise für entsprechende Vorkehrungen, und auch wenn kein Sekretär gewählt wurde, so gab es immerhin einen Vorsitzenden.

Schon allein aus Selbstachtung sahen sie sich gezwungen, etwas zu unternehmen, und was hätte da besser passen können als der Abend von Kuhalas Vortrag.

Danach entglitt ihnen das Projekt allerdings. Es kamen fast fünfzig Anklagepunkte zusammen, im Kalender wurde nach einem Gerichtstermin gesucht.

Kuhala hatte eine leichte Gehirnerschütterung abbekommen und musste ein paar Tage Pause einlegen, an denen er Schmerztabletten schluckte und innerlich den Vortragsabend Revue passieren ließ. Am Ende hielt er ihn doch für gelungen, auch wenn der Schlussspurt manch einem den Hut vom Kopf gewirbelt hatte. Die Presse nahm von der Entführung Notiz, allerdings gaben sich die Schlagzeilendrechsler scherzhaft, als wären Körperverletzung, Bedrohung mit dem Messer und Freiheitsberaubung irgendwie amüsant.

Matti Forsmans Beteiligung am Mord an Ilona wurde durchgekaut, aber sowohl die Lokalzeitung als auch die Boulevardblätter hielten den Mann für unschuldig und fragten sich, wie es in einem Rechtsstaat und einer freien Demokratie zu einem solchen Vorfall kommen konnte. Hatten sich die Menschen so sehr von der Realität entfremdet? Waren sie so weit vom Pfad der Achtung vor dem Gesetz abgekommen, dass sie anfingen, an Methoden zu glauben, die zu Diktaturen gehörten oder zur traurigen Geschichte des tiefen Südens der Vereinigten Staaten? Oder kam es in Gemeinwesen wie Sippilinna, die von Armen und Arbeitslosen bevölkert wurden, leichter zu so etwas, weil sich niemand um diese Menschen scherte, und wenn doch, dann nur als Kostenfaktor?

In der dritten Oktoberwoche, am Dienstagmorgen, zankte sich das Nachbarpärchen bis zur Erschöpfung und weckte Kuhala um sieben Uhr auf. Er setzte die Füße auf den Boden und rieb sich das Gesicht. Die Stelle, wo ihn der Stuhl getroffen hatte, war noch immer empfindlich. Der kohlschwarze Himmel saugte das Licht der Lampen auf, die Fahrer der im Stau stehenden Autos saßen so regungslos am Steuer, als hätten sie gerade im Radio die Morgenandacht gehört und ihr entnommen, dass im Jenseits ein Grundstück in Uferlage für sie reserviert war.

Jeri hatte gut geschlafen und streckte die Glieder, wozu er ein Knurren des Wohlbefindens ausstieß. Er wusste, dass er gleich Gassi gehen und anschließend seine Morgenmahlzeit bekommen würde, er kannte die Zeremonien seines Herrchens nach dem Aufwachen auswendig und folgte ihm in die Küche, wo bald schon der Breitopf klapperte und der Wasserhahn rauschte. Als tüchtiger Hund witterte Jeri auch die Stimmungslagen seines Herrchens und leckte Kuhala am Bein.

»Ja, ja, guter Junge«, murmelte Kuhala zerstreut und gab etwas Salz in die hohle Hand, das er anschließend ins Breiwasser warf.

Er hatte einen von Sehnsucht vergoldeten süßen Traum von Annukka Maaheimo gehabt und nicht die geringste Lust herauszufinden, was für ein Takt an diesem neuen Tag gespielt wurde. Annukka und er waren Hand in Hand in einer afrikanischen Urlaubsoase am Strand entlanggegangen und hatten verliebte Blicke getauscht. Leichter als Luft waren sie gewesen und darum sogar geflogen, wie es im Traum nun mal geschehen kann. Es wurde nicht gesprochen, die Berührung allein genügte.

In gewisser Hinsicht ähnelte die Bildfolge einer Shampooreklame, aber was konnte Kuhala für seine Träume, geschweige denn für Annukkas Anmut? Die Atmosphäre war nicht einmal dadurch gestört worden, dass hinter ihnen die Liebenden der Graffitibank von Sippilinna herflogen.

Plötzlich merkte der Hund auf und wandte sich der Diele zu. Er hatte etwas gehört, und gleich darauf hörte auch Kuhala etwas: Es läutete an der Tür. »Wer, verd…«

Auf dem Weg in die Diele verpasste er dem Sandsack

eine Gerade. Das hätte er nicht tun sollen, denn der Schlag löste prompt Grüße von der Schläfenprellung aus. Diesmal verschaffte sich der Fluch in unversehrter Form Luft, und ein dritter wollte folgen, als Kuhala die Tür öffnete. Vor ihm stand Kriminalkommissar Nevakivi, rasiert und einsatzbereit und umrahmt vom ersten Schein des Morgenrots. Die Elektroschockwaffe seines Blickes durchdrang Kuhala und zwang ihn, fest in der Diele Fuß zu fassen.

Noch war keine Dienstzeit – das bedeutete Schwierigkeiten. Kuhala verzog das Gesicht, der Schmerz pulsierte im Takt des Atems.

»Guten Morgen. Du nimmst mir die frühe Stunde sicher nicht übel«, sprach Nevakivi.

»Natürlich nicht. Vor acht bin ich immer in Bestform. Danach geht schon wieder bergab. Komm rein.«

Jeri kannte den Kommissar und stellte sich ihm breitbeinig in den Weg. Er erinnerte sich, dass die früheren Begegnungen unangenehm gewesen waren, außerdem hatte er gerade in der Vorstellung von Gassigehen und Frühstück geschwelgt. Nun drohte ihm der süßlich riechende Mann mit dem getrimmten Bart einen Strich durch die Rechnung zu machen. Der Groll des Hundes stoppte Nevakivis energischen Schritt. »Der beißt doch nicht? Du hast deinem Hund noch immer keine Disziplin beigebracht«, sagte er alles anders als wohlwollend.

»Er beißt nicht. Er ist nur ein bisschen eifersüchtig. Wo drückt der Schuh?«, fragte Kuhala und trieb Jeri vor sich her ins Wohnzimmer.

»Ich war eigentlich auf dem Weg zur Arbeit, aber ich dachte, ich schaue mal kurz bei dir vorbei.«

Er zog einen Plastikbeutel aus der Innentasche seines Mantels und hielt ihn vor sich in die Höhe. »Das haben wir am Tag nach deinem Vortrag auf dem Parkplatz von Sippilinna gefunden.«

»Das Manuskript für meinen Vortrag?«

»Gut kombiniert. Ziemlich interessanter Text. Du sonderst Indiskretionen ab wie eine ganze Herde Tratschweiber. Wir haben die Zettel in nassem Zustand unter einem hellblauen Lada mit zerbröselter Heckscheibe gefunden. Im Fußraum vor der Rückbank lag das da«, sagte Nevakivi und brachte als Nächstes eine Stahlkugel zum Vorschein. »Kommt dir das bekannt vor? Hast du mir dafür irgendeine Erklärung anzubieten?«

Nevakivi stand neben dem Sandsack und klopfte mit der Kugel dagegen. Seine Augen waren leicht gerötet, vielleicht wegen Schlafmangels oder wegen der Abgase des Morgenverkehrs, und er hatte sich genau überlegt, in welcher Reihenfolge er seine Neuigkeiten offerierte.

»Jemand hat versucht, vor meinem Auftritt ein bisschen Leben in meine Trägheit zu bringen, und die Scheibe zerschossen, als ich gerade an dem Lada vorbeiging. Die etwas düsterere Alternative besteht darin, dass jemand versucht hat, mir den Kopf zu Brei zu schießen. Aber danke, dass du dir die Mühe machst und mir das Manuskript persönlich vorbeibringst. Ich habe es allerdings im Computer gespeichert, und es gibt sogar eine Sicherungskopie. Was für Indiskretionen sollen darin stehen?«, fragte Kuhala.

»Tratschweiberindiskretionen. Außerdem müffelt es nach Eigenlob.«

»Du bist anscheinend nicht in der Lage, deine Behauptung zu spezifizieren, weshalb ich sie einfach auf sich beruhen lasse.«

»Pass auf, Kuhala. Du erinnerst dich doch bestimmt an unsere letzte Begegnung?«

»Schon.«

»An dem, was ich da gesagt habe, hat sich nichts geändert.«

»Aha.«

»Deine Lage wird immer heikler. Der Besitzer des Ladas beschuldigt dich, das Auto ramponiert zu haben. Wie wäre es, wenn du heute um Viertel nach eins aufs Präsidium kommst und deine Version erzählst. Man hat dich auf dem Parkplatz hin- und herhopsen sehen, bevor du die Güte hattest, deinen Vortrag zu halten. Zur gleichen Zeit hat man die Heckscheibe zersplittern hören. Und sonst war niemand auf dem Parkplatz.«

Kuhala fragte Nevakivi, ob er wirklich glaube, was er zu denken schien. »Ich konzentriere mich nicht auf einen Vortrag, indem ich die Heckscheiben von Autos zerschlage. Hätte ich einen Pkw stehlen wollen, hätte ich es übers Seitenfenster versucht, aber ich hab schon ein Auto. Es war ein Mordversuch. Aber so etwas scheint Leute wie dich ja nicht zu interessieren.«

»Wer soll dir denn nach dem Leben trachten?«

»Ich habe vor, das herauszufinden. Euch will ich mit dem Problem nicht weiter belasten. Sonst noch was?«

Nevakivi richtete den Rücken gerade und warf einen besorgten Blick auf seinen Herbstmantel, als wäre auf dessen Schoß ein Spritzer von Jeris Speichel gelandet. »Wir haben eine Person, die unter dem Verdacht steht, Ilona Lost umgebracht zu haben, verhaftet. Heute Mittag findet eine Pressekonferenz statt. Du kannst kommen und dir die frischen Neuigkeiten anhören, weil du wegen der Sache mit der Heckscheibe ja sowieso aufs Präsidium kommst. Frag nach Kriminalhauptmeisterin Outi Haatainen. Vielleicht habt ihr euch schon kennengelernt.«

Kuhala sagte nichts, fragte nichts und gönnte Nevakivi nicht das Vergnügen, auch nur mit einem Gesichtsausdruck Neugier zu verraten. Er nickte lediglich und meinte, er gebe sich damit zufrieden, die Neuigkeiten zeitgleich mit der gemeinen Bevölkerung zu erfahren. »Trotzdem: Glückwunsch. Hoffentlich seid ihr auf der richtigen Spur.«

»Danke, aber wir brauchen weder Glück- noch sonstige Wünsche. Die normale Polizeiarbeit besteht aus täglicher Schufterei, falls du dich erinnerst. Und plötzlich ist das Puzzle fertig«, witzelte Nevakivi mit exakt nuancierter Betonung, in der ein Hauch Sarkasmus, etwas Stolz und als Drittes etwas von der Autorität seines Dienstranges lagen.

Er sah sich um und ließ das geknickte Vortragsmanuskript absichtlich so auf den Tischrand fallen, dass es sofort auf den Teppich rutschte. »Na so was.«

In der Diele drehte er sich noch einmal um. »Du scheinst in Ilonas Fall hartnäckig zu ermitteln, obwohl es mir überhaupt nicht gefällt, dass du dich da einmischst.«

»Wieso einmischen? Ich arbeite auf eigene Rechnung. Du schmeißt mit deinen Schmähungen um dich und glaubst, das wirkt, aber du täuschst dich.«

»Reg dich nicht auf. Gerade habe ich dich doch aus reiner Güte von deiner Mühe erlöst, indem ich dir vorab gesagt habe, dass der Fall gelöst ist. Um viertel nach eins im Büro von Haatainen.«

Nevakivi hob die Hand, ließ die Strahlen des Triumphs jedoch nicht sein Gesicht erhellen, sei es aus Geschick oder weil kein Grund zum Triumphieren bestand, da die Gründe für die Verhaftung in den Scharnieren quietschten. Dann fiel die Tür ins Schloss.

Kuhala stürzte ans Fenster, um den Kommissar noch einmal zu sehen, als könnte man aus dessen Haltung und Gang schließen, ob er tatsächlich den Mörder geschnappt hatte. Im Topf brodelte das Wasser für den Brei, die Kaffeemaschine hüstelte. Nevakivi bluffte nur. In Wahrheit war er von seiner Arbeit frustriert. In seinem Inneren wuchs Unkraut, das die Wirklichkeit verfälschte, und wenn er nicht bald versetzt wurde, gerieten außer Kuhala noch mehr Leute in Schwierigkeiten.

Nach dem Frühstück machte Kuhala mit Jeri einen langen Spaziergang über die Brücken von Jyväskylä, in dem Versuch, Nevakivis Visite aus dem Kopf zu bekommen. Der Vorwurf, die Heckscheibe zertrümmert zu haben, war primitiv, aber der Kommissar wollte eben mit allen Mitteln die alten Schulden begleichen.

Es herrschte Windstille, und das Wasser atmete elegischen Spätherbstnebel aus. Ein Pärchen Singschwäne reckte in der Bucht vor der alten Streichholzfabrik Seite an Seite die Hälse, als tauschte es sich über den Verlauf der bevorstehenden Reise in den Süden aus.

»Kuhala … Kuhala! He, bleib stehen!«

Die Stimme war tonlos, und wenn sie auch nicht ganz so klang, als käme sie aus dem Grab, so war sie doch dazu geeignet, die Gedanken auf Friedhofsthemen zu lenken. Kuhala blieb stehen und starrte mit Jeri zum Ufer, wo der Ruf hergekommen war. »Was ist jetzt los?«

Er bahnte sich einen Weg durchs spärliche Gestrüpp und schaffte es dann nicht so recht, ein Lächeln der Wiedersehensfreude aufs Gesicht zu zaubern, als er das Pärchen von der Graffitibank Seite an Seite auf einem Stein erblickte. Als Sitzunterlage diente den beiden eine Plastiktüte aus dem Schnapsladen. Um warm zu bleiben, hatten sie halblange rote Steppjacken bekommen, und sie sahen mit ihren Wollmützen und dem zahnarmen Doppellächeln aus wie die Lieblinge aus einer schlechten Sketch-Serie.

»Was macht ihr denn hier? So viele Kilometer von Haus und Hof entfernt?«, wollte Kuhala wissen.

»Wir haben einen Ausflug gemacht. Goldiger Hund. Wir machen jeden Herbst einen Ausflug, aber diesmal war das Taxigeld ein bisschen knapp. Weißte, ich kann ja immer noch nicht richtig gehen, auch wenn der Gips weg ist. Wir haben Proviant und alles dabei«, quasselte Jore und hielt Kuhala ein in Pergament gewickeltes Rippchen hin.

»Wir haben deinen Vortrag gehört. Verdammt interessant. Meine Lady hier war total begeistert.«

Die Frau nickte, während Jeri das Fleisch fixierte. An dem Drei-Liter-Weinbehälter, der vor dem Pärchen auf der Erde stand, tropfte der Hahn. Von einem halben Hefebrot waren Stücke abgebrochen worden, die zum Teil auf dem Wasser trieben, als wäre versucht worden, damit die Schwäne zur Party einzuladen.

»Aber dann ist die ganze Scheiße ausgeartet. Also deine Veranstaltung.«

Kuhala gab es zu und sagte, er habe die beiden im Publikum gesehen, wagte es aber nicht hinzuzufügen, er habe sogar von ihnen geträumt, denn als echte Trinker hätte sie das in zu große Begeisterung versetzt und womöglich zu dem Vorschlag veranlasst, auf Brüderschaft zu trinken.

»Schönen Vormittag noch. Ich muss weiter.«

»Kuhala.«

»Ja?«

»Heute hätte ich ein Sonderangebot«, sagte Jore verschlagen und winkte Kuhala näher heran. »Für den Fall, dass du wissen willst, wie Ilonas Mörder heißt. Forsman jedenfalls nicht. Die Arschlöcher von Sippilinna bellen den falschen Baum an. Das waren Scheißnazis, die den Forsman entführt haben, und die Nazis kennt man ja.«

Kuhala seufzte und trat ein paar Schritte näher. Aus einer Ärmelnaht an der Steppjacke des Mannes quoll die Füllung. »Ich hab keine Kohle mit, tut mir leid. Ich kann also keine Angebote annehmen.«

»Es ist kostenlos.«

»Ach. Den Namen des Mörders gibt es gratis? Na, dann. Warum nicht. Am besten flüsterst du ihn mir ins Ohr, damit die Schwäne nicht erschrecken. Und damit ihn sonst niemand hört«, sagte Kuhala gequält und beugte sich nach vorne.

Jores röchelnder Atem duftete dermaßen nach nie endendem Bacchanal, dass er beim kleinsten Funken in Flammen aufgegangen wäre, und die Biegung des Oberkörpers in Richtung Kuhala hätte mit einem Sturz ins Wasser geendet, hätte Kuhala seinen Informanten nicht festgehalten.

Nachdem er kurz darauf mit Jeri zweihundert Meter weit bis an die Stelle gejoggt war, wo der Fahrrad- und Fußweg entlang einer kleinen Halbinsel dem Ufer folgte, drehte sich Kuhala um und blickte auf die Bucht zurück. Die Liebenden von der Graffitibank zeichneten sich reglos und zerbrechlich vor den Herbsttönen am Ufer ab. Aus der Entfernung erinnerten sie nicht mehr an eine Sketch-Serie. Einer der Schwäne fasste Mut und schwamm näher an die beiden heran. Bald folgte der andere.

Irgendein Lichtstrahl durchdrang das Morgengrau und traf die Frau und den Mann. Ein leichter Windhauch kräuselte die Wasseroberfläche.

Kriminalhauptmeisterin Outi Haatainen saß in Sakari Antikainens ehemaligem Büro und nahm Kuhalas Aussage zu Protokoll. Man sah ihr die Erschöpfung an. Offensichtlich hoffte der Besitzer des Ladas, leicht an Geld zu kommen. So etwas gelang jedoch den wenigsten, vor allem wenn sie in Sippilinna wohnten, wo die Einkünfte von kleinen Renten und schlecht bezahlten Aushilfsjobs kamen oder von dem, was die Suppenküche hergab.

Kuhala erzählte das Gleiche, das er am Morgen dem Kommissar erzählt hatte. »Die Waffe muss eine Art Pistole sein, die so eine Kugel unwahrscheinlich beschleunigt. Vielleicht hat sie eine Stahlfedervorrichtung, vielleicht darf man damit in bestimmten Ländern auf die Jagd gehen, aber bestimmt nicht in Finnland. Und auf Menschenjagd nirgendwo.«

»Und Sie glauben, Sie waren das Ziel, nicht die Heckscheibe?«

»Mit Sicherheit. Ich habe zu Hause noch zwei von den Kugeln, als Beweis dafür, wie die Lage ist.«

»Warum haben Sie nicht Anzeige erstattet?«

Kuhala lächelte und lehnte sich auf seinem Stuhl nach vorne. »Sagen wir so: Zielscheibe zu sein, stufe ich zwar nicht gerade als Berufsvorteil ein, aber ein bisschen ist es schon eine ›Wie man sich bettet, so liegt man‹-Situation. Ihr werdet die Gewalttaten gegen mich wahrscheinlich untersuchen müssen, aber von mir aus könnt ihr es ruhig angehen lassen. Ich habe vor, selbst nach dem Schützen zu suchen.«

Hatainen bedachte Kuhalas Statement mit einem flüchtigen Lächeln. Sie sagte, die Untersuchungen hätten immerhin bereits ergeben, dass man Stahlkugelpistolen im Internet bestellen könne, bei ungefähr zehn Anbietern. »Das ist ermittlungstechnisch eine eher schwierige Spur, aber wir tun, was wir können. Können Sie mir sagen, wo man noch auf Sie geschossen hat?«

»Nein.«

»Schade. Das hätte vielleicht geholfen, das Problem zu lösen.«

»Die Hauptsache ist, dass ich die Heckscheibe nicht kaputt gemacht habe.«

»Können Sie mir nicht wenigstens sagen, wie oft auf Sie geschossen worden ist?«

»Drei Mal. Jedes Mal vorbei. Kann sein, dass der Täter das absichtlich gemacht hat. Denn so langsam müsste er ja mal treffen, sollte man meinen. Wie ich höre, habt ihr hier gerade einen etwas größeren Fisch an der Angel. Den Wink habe ich heute Morgen bekommen, als Ihr Vorgesetzter die Güte hatte, bei mir vorbeizuschauen. Hat die Pressekonferenz schon stattgefunden?«

Haatainen lächelte mit kalten Lippen und breitete die Arme aus. Die Arbeitsbelastung der letzten Wochen hatte eine Menge der freundlichen Gesten, die Kuhala zuvor an ihr bemerkt zu haben glaubte, abgeschüttelt. Sie hatte Einblick in die Hinterhöfe einer wachsenden Oase von der Größe Jyväskyläs gewonnen, wo sich diejenigen, die aus der Spur geraten waren, aufs Messer und aufs Betrügen stützten und sich das Wurzelgeflecht der Gaunerei unausrottbar verzweigte.

»Ich glaube, das reicht. Sie können gehen«, sagte Haatainen.

»Ich werde also nicht mit dem Ruf eines Autodemolierers leben müssen?«

»So sieht es aus.«

Kuhala verließ den Raum wieder in die falsche Richtung und stieß am Ende des Ganges auf eine Menschenmauer, die ihm den Weg versperrte. Er reckte sich und sah über die Schultern der Leute hinweg Nevakivi an einem Tisch sitzen. Neben ihm saß die Frau aus dem Führungsstab, die in der Fußgängerzone am Kampagnenzelt gesprochen hatte. Blitzlichter flammten auf. Was den Echtheitskoeffizienten im Polizeilächeln Nevakivis und seiner Kollegin betraf, bestand ein kleiner Unterschied zugunsten der Letztgenannten, aber Kuhala war bereit, dies dem Kommissar zu verzeihen, denn das Image des ernsten, angespannten Steingesichts, das er sich gab, ging Hand in Hand mit seinen Aussagen. Würde Nevakivi nicht lernen, gnädiger mit sich selbst zu sein, würden sich in naher Zukunft seine sämtlichen dreißig Gesichtsausdruckmuskeln verkrampfen.

Kuhala räumte ein paar Journalisten aus dem Weg und versetzte einem Fotografen einen Stoß in die Rippen.

»Meine Damen und Herren, verehrte Vertreter der Presse, wir haben Sie eingeladen, weil wir glauben, in einem

Kapitalverbrechen, das unter den Einwohnern Jyväskyläs für viel Empörung gesorgt hat, einen Durchbruch erzielt zu haben. Das Delikt wurde vor zwei Jahren begangen. Manche von Ihnen erraten vielleicht schon, dass es sich um den Mord an einer jungen Frau namens Ilona Lost handelt.«

Die Auslöser der Kameras knipsten. Nevakivi strich sich über den Bart und ließ den Blick über die Anwesenden schweifen. Als er Kuhala erkannte, verengten sich seine Augen, als hätte er Schwierigkeiten, den Anblick zu akzeptieren.

Es folgte ein fünfminütiger Seebericht darüber, wie viel Polizeiarbeit auf der Graswurzelebene geleistet werden müsse, sprich auf der Straße, im Feld und an unsichtbaren Schreibtischen, unter Befolgung des guten alten Team-Gedankens. Falls der Kommissar geglaubt haben sollte, damit die Spannung zu steigern, irrte er sich. Es war eine dramaturgische Erschlaffung, mit der die Arbeitszeit aller Anwesenden vergeudet wurde, auch die von Nevakivis Vorgesetzter, die anfing, den Bleistift in ihrer Hand rotieren zu lassen.

»Ich werde Sie nicht länger auf die Folter spannen. Schließlich haben wir Sie nicht umsonst eingeladen. Der Täter hat ein Geständnis abgelegt, zu dessen Einzelheiten ich später komme. Sie müssen nicht mehr präzisiert werden, sondern benötigen höchstens noch ein wenig Feinschliff. Die Tat hat ein gewisser Matti Forsman gestanden, den die Polizei im Zuge der Ermittlungen früher bereits verhört hat und dessen Name uns in den letzten Tagen erneut ins Auge gesprungen ist. Er ist verhaftet worden, und nun geht alles seinen gewohnten Gang, zum Staatsanwalt und so weiter. Danke. Fragen?«

Kuhala hatte sich bis in die erste Reihe vorgekämpft und schüttelte den Kopf. Nevakivi tat so, als bemerkte er die Wortmeldung des Detektivs nicht.

»Hat sich Forsman nicht längst als unschuldig erwiesen?«, fragte jemand.

»Das stimmt, aber wir haben neue Aspekte gefunden, die uns zu einer Perspektivänderung zwingen. Und wie gesagt, der Mann hat die Tat gestanden.«

»Ein Mann, der so lange schikaniert worden ist, gesteht alles.«

»Weitere Fragen?«

»Könnte die Polizei wenigstens das Geheimnis um einen neuen Aspekt ein wenig lüften?«

»Bedaure. Das ist aus ermittlungstaktischen Gründen nicht möglich. Ja, meine Damen und Herren. Damit ist die Pressekonferenz beendet«, sagte Nevakivi und warf einen Blick auf seine schweigende Vorgesetzte, die sich mit einem Nicken begnügte.

Stühle polterten, das kinetische Gemälde an der Wand geriet ins Wackeln, weil die Tasche eines Fotografen dagegenstieß, als er sich nach vorn beugte, um Nevakivi ins Visier zu nehmen. Dieser war gerade aufgestanden. Aus seiner abwartenden Miene konnte man nicht schließen, ob er den Absturz des Bildes befürchtete oder erhoffte. Das Foto war am nächsten Tag nicht in der Zeitung zu sehen, es misslang, weil Kuhala sich im letzten Moment zwischen Fotograf und Nevakivi schob. »Unter uns: Jeder andere aus Sippilinna kommt infrage, aber nicht Forsman.«

»Bist du schon bei Haatainen gewesen?«

»Hast du das Geständnis an dem Morgen nach der Entführung in die Kiesgrube aus ihm rausgeholt? Niemand der hier Anwesenden glaubt an deine Story. Das reicht nicht zu einer Anklage. Mir ist es fast egal, wen ihr quält. Fast. Ich kenne Matti Forsman und weiß, dass es unverantwortlich ist, ihn fertigzumachen, bloß weil die Polizei Resultate vorweisen muss.«

Nevakivi hob eine Hand und berührte Kuhalas Oberarm, damit dieser zur Seite träte und ihn bei der Verbrechensabwehr weitermachen ließe. Da gab es genug zu tun, das würde nie aufhören, und wenn sich ein lausiger Privatdetektiv die Dreistigkeit herausnahm, die Echtheit eines Mordgeständnisses infrage zu stellen, war das sein eigenes Problem.

Wenig später trat Kuhala auf die Straße und schob die Hände in die Jackentaschen. Er schmatzte mit den Lippen, denn er hatte Lust, sich zu betrinken. Aber die Vorstellung, wie trostlos es war, alleine mit der Flasche dazusitzen, und wie schrecklich der Nachgeschmack von Haddington House sein würde, hielt die Verlockung im Zaum. Er konnte sich nicht einmal erinnern, wann er sich das letzte Mal hatte hinreißen lassen. An der Stromschnelle hatten sie immerhin in guter Gesellschaft gebechert. Vielleicht nahm die Willenskraft mit dem Alter doch zu. Außerdem: Was sollte Jeri denken, wenn er die Selbstmitleidsauferei mit ansehen müsste, bloß weil sein Herrchen die Frau verloren hatte und mit seinen Aufträgen nicht fertigwurde?

Aus Versehen schwamm die eine Hand durch den Riss in der Jackentasche weiter ins Futter, wo ein Stück Papier unter den Fingern raschelte. Kuhala zog es heraus und hätte es um ein Haar in den Mülleimer am Laternenpfahl geworfen.

Weil es aber kein Kassenbon oder etwas dergleichen war, faltete er den Zettel auseinander und wunderte sich eine Weile über die Beschriftung in sonderbarem gotischen Stil:

Zur Erinnerung an unseren guten Freund und lieben Mika.

Der Zettel war der Nachruf auf Mika Rentonen, der bei Ratsku vor dem Tor gelegen hatte. Flankiert hatte ihn die Grabkerze, die Kuhala anderswo hingestellt hatte, damit sich Ratsku nicht erschreckte. Er erinnerte sich, den Zettel in die Tasche gesteckt zu haben. Von da aus musste er dann ins Jackenfutter gerutscht sein. Plötzlich fiel Kuhala ein, dass er genau so eine individuelle Beschriftung auch an einer anderen Stelle gesehen hatte. Er wusste sogar noch wo, doch sein Gedankengang wurde unterbrochen, weil ein dunkelgrauer Audi, der eine Wäsche hätte gebrauchen konnte, neben ihm anhielt.

»Hallo, Kuhala. Das da wolltest du doch haben, oder? Ist eine Kopie, kannst du behalten. Aber sag keinem, wo du sie herhast.«

Am Steuer saß der diskuswerfergroße Kriminalhauptmeister Tuomela. Er übergab Kuhala eine Videokassette und brauste davon.

31

Das schwarze Wasser reflektierte die Lichter von Bootssteg und Ufer als unruhige Flecken, es sah aus, als wären Goldpapierfetzen vom Himmel gefallen. Die Person mit der Kapuze trat mit wiegendem Schritt aus dem Schatten in den Bereich, den die Kamera erfasste, und blieb an einer dunklen Stelle des Stegs stehen, um in den Taschen zu graben. Ihr Körper wirkte ausgelaugt nach den Vorfällen dieses Abends, einschließlich der Verfolgungsjagd.

Kuhala konnte die Gesichtszüge nicht erkennen, obwohl er minutenlang auf das Standbild starrte, um das Gesicht, das er sah, mit dem Gesicht, an das er dachte, zu vergleichen. Der Rekorder war ein sieben Jahre altes Billiggerät und entsprach nicht einmal mehr den primitivsten Anforderungen der modernen Unterhaltungselektronik, geschweige denn, dass er mit den digitalen Bildbearbeitungsapparaten zu vergleichen gewesen wäre, mit denen die Polizei ihr Seherlebnis aufgebessert hatte.

Die Person zündete sich eine Zigarette an und machte einen Schritt nach vorne, blieb aber gleich wieder stehen. Nun verschleierte der ausgestoßene Rauch den Anblick. Kuhala ächzte und fluchte. Der Zigarettenrauch verflog im Wind, dass es regnete, konnte man nur an den glänzenden Brettern des Bootsstegs erkennen. Hatte das Nikotin den Killer so weit beruhigt, dass plötzlich alle Anspannung aus seinem Körper wich und er eine erleichterte, irgendwie weibliche Haltung annahm, als er aus der Kapuze heraus auf die glühende Asche der Zigarette schaute?

Kuhala hielt das Bild erneut an und kratzte an der Fernbedienung, als suchte er den Knopf, der die Szene in 3-D verwandelte. Er rieb sich die Augen, dann ging er zum Becken, um sich das Gesicht mit kaltem Wasser zu erfrischen. Die aufmunternde Wirkung des stark gezuckerten Kaffees ging allmählich in ein pures Übelkeitsgefühl über, aber er musste alles versuchen, um die Sinne zu schärfen.

Jeri saß in der Eichhörnchen-Haltung vor dem Fernseher, die er immer einnahm, wenn etwas Niveauvolles kam. Am liebsten mochte er Naturfilme. Die Safari in die Savanne am letzten Samstag hatte ihn dank Giraffen, Antilopen und Löwen zu heftigem Bellen veranlasst, aber als seine Lieblinge, die Hyänen, angetrabt kamen, geriet er in eine solche Verzückung, dass Kuhala umschalten musste.

Aus irgendeinem Grund interessierte sich Jeri auch für den Dokumentarfilm aus der Überwachungskamera vom Bootshafen Jyväskylä. Kuhala spulte an den Anfang zurück, ließ das Band noch einmal laufen und stoppte es beim Schattenbild.

»Siehst du die Boote da, rechts von dem Typen?«

Jeri sah Kuhala an und richtete die Schnauze wieder auf den Bildschirm. Er zitterte.

»Kann man an dem Boot am oberen Bildrand nicht ein paar Buchstaben erkennen? N, n und a?«

Jeri legte den Kopf schief und stieß den Bildschirm mit der Schnauze an. Es blieb ein feuchter Fleck zurück. Kuhala sagte, er habe nicht das Boot unter dem Fleck gemeint, belohnte seinen Freund aber trotzdem mit einer Scheibe Käse, weil dieser seine Position als Privatdetektivgehilfe von Tag zu Tag besser zu verinnerlichen schien. »Nicht mehr lange, und du darfst einfache Fälle auf eigene Faust … auf eigene Pfote erledigen.«

Was die Interpretation der Buchstaben betraf, war er sich nun sicher. Er sah sich das Band zu Ende an, aber Mika Rentonens Mörder hütete sich auch diesmal davor, sein Gesicht zu zeigen.

Kuhala griff zum Telefon und wurde nach kurzem Warten mit Tuomela verbunden. Der Polizist klang so, als wühle er sich gerade durch eine tausendseitige Ermittlungsakte in einem Fall von illegalem Beerensammeln. Kuhala bedankte sich für die Kassette, versprach noch einmal, die Gefälligkeit für sich zu behalten, und kam dann zur Sache. »Ich habe hin- und hergespult. Dieser Mistkerl bereitet einem aber auch Kopfzerbrechen.«

»Was hast du denn entdeckt? Du kannst mir glauben, dass wir hier damit auch geschwitzt haben. Ohne Resultat. Immerhin scheinen wir Ilonas Mörder zu haben. Wie es aussieht, willst du dir nun Rentonens Mörder schnappen?«

»Vielleicht bringt das Band die Angelegenheit ein bisschen voran, aber ich frage mich, warum man auf der Kassette nicht sieht, wie der Verfolgte und ich auf den Steg kommen.«

Tuomela sagte, ein Fehler in der Zeitschaltung des Überwachungssystems, in den Relais oder irgendeinem für ihn schwer zu verstehenden Kleinteil habe die Aufnahme verhindert. Bei dem System handele es sich um ein in den

Achtzigerjahren in den USA entwickeltes Modell namens *Wonder-eye*, das nicht mehr hergestellt werde und dessen Importeur in den Jahren der großen Rezession den Laden dichtgemacht habe. »In Fachkreisen läuft es heutzutage unter der Bezeichnung Stevie-Wonder-Eye. Man kriegt keine Ersatzteile dafür, und niemand kann es reparieren. Man kann froh sein, dass von eurer Performance wenigstens so viel aufgezeichnet worden ist. Die Kameras scheinen ein Eigenleben zu führen und zu laufen, wann sie wollen. Geld für neue gibt es natürlich nicht. Und die zweite Kamera hat nichts als den Deckel einer Mülltonne gefilmt.«

»Alles klar. Wenn sonst nichts versagt, dann die Technik. Darf ich dich ganz im Vertrauen fragen, ob du an Forsmans Schuld glaubst?«

Tuomela lachte kurz ins Telefon und sagte, die Tatsache, dass er die kopierte Kassette hergegeben habe, bedeute nicht, dass er aus dem Lager der Polizei ausgetreten sei.

»Du brauchst gar nicht erst zu versuchen, meine Loyalität infrage zu stellen. Außerdem sind das keine Glaubensangelegenheiten. Forsman hat gestanden. Du hast das Band bekommen, weil wir hier mehr als genug zu tun haben. Es schadet nicht, wenn du Rentonens Mörder schnappst, zumal du ja mitten in dem Szenario dabei gewesen bist.«

Kuhala dankte Tuomela erneut und versprach, seine Praxis so zu führen, dass er mit der Polizei nicht noch weiter über Kreuz komme, als es schon der Fall war. »Damit bist nicht du gemeint.«

Wenig später hielt Jeri den Kopf aus dem Fenster des Renaults, während Kuhala von der Hannikaisenkatu auf die Uferstraße fuhr und bei der ersten Ampel in Richtung Siltakatu abbog. Er hatte den Kondolenzzettel, den er im Jackenfutter gefunden hatte, ans Armaturenbrett genietet und warf immer wieder andächtige Blicke darauf, in dem Versuch, seine innerlich entstehende Theorie zu festigen, deren Kern und Form vorläufig noch so brüchig waren, dass sie bei der geringsten Berührung zu Staub zerfallen konnte.

Jeder – sogar Kuhala – musste zwischen Vergangenheit und Zukunft leben, und weil man aus der Vergangenheit nichts lernte und über die Zukunft nichts wusste, war »vorantasten« das Verb, mit dem man seine Bemühungen am besten beschreiben konnte.

Er parkte am Gartencenter und ging auf demselben Weg wie beim letzten Mal zum Überwinterungsplatz der Boote. Der Schornstein des Torkraftwerks stieß schwarzen Rauch aus, der nach Norden hin abknickte. Der Herbst drückte seine Backe auf die nassen Grashöcker, das graubraune Schilf bog sich in die gleiche Richtung wie der Rauch.

Kuhala fand Seppo Mannonens Boot spielend und sah sich um. Etwas weiter weg stürzte sich Jeri auf Wühlmauslöcher, bohrte seine Schnauze hinein und grunzte wie ein Schwein. Kuhala kappte mit dem Taschenmesser einige Kabelbinder und schlug die Abdeckplane so weit wie nötig zurück. Er hätte sich an den Namen auch so erinnern müssen, aber die Begegnung mit Mannonen war so abrupt frostig geworden, dass er nicht alles registriert hatte: SUSANNA.

»Das ist das Boot. O Susanna!«

Jeri zog seine schmutzige Schnauze aus einem Mauseloch und sah Kuhala an. Der Wind schlug die Plane wieder zu, der Name verschwand. Kuhala hatte keine Kabelbinder dabei, aber in diesem Stadium wäre ein Verwischen der Spuren ohnehin arg gekünstelt gewesen.

»Komm Jeri, wir müssen weiter!«

Zwanghaft summte er die Melodie von »O Susanna« vor sich hin und trommelte dazu mit den Fingern aufs Lenkrad. Dann warf er einen Blick auf den Zettel am Armaturenbrett, und an der nächsten Ampel löste ein Pfiff das

Summen ab. Verdammter Gassenhauer, verdammte Verbrechen, verdammte Gespensterratte von Sippilinna! Aber wenn es einen Himmel gab, dann war die heilige Ilona von Sippilinna hoffentlich dort gelandet.

Die süße Chance des bevorstehenden letzten Zuges juckte ihn in den Fingerspitzen, schon kamen ihm Voitto Losts Ersparnisse und Honorarzahlungsfähigkeit in den Sinn.

Gegen fünf Uhr, nach dem schlimmsten Stoßverkehr, parkte er vor Mannonens Haus und erinnerte sich dabei an Nevakivis vor Siegeswillen strotzenden Besuch am Morgen.

»Warte hier. Ich läute nur schnell an einer Tür.«

Jeri machte es sich auf der Rückbank bequem, an dessen Bezug er bereits die Erde von der Schnauze abgewischt hatte. Kuhala musste den Renault vor der Tür abstellen, denn über den ausgewiesenen Stellplätzen flimmerte die Luft über den Motorhauben der Autos, deren Besitzer gerade erst von der Arbeit gekommen waren.

32

Susanna Mannonen wollte gerade zur Bushaltestelle gehen und zog sich die pinkfarbene Jeansjacke über, deren Bünde mit Kunstpelz besetzt waren. Die schelmischen Zipfel ihrer Kopfbedeckung standen in alle Richtungen ab. Vielleicht erkannte sie Kuhala nicht gleich, oder sie tat so, doch schließlich sagte sie: »Bei meinem Vater wird es heute spät. Ich kann dir seine Handynummer geben, wenn du willst.«

Kuhala starrte die junge Frau ein oder zwei Sekunden zu lange an und versuchte, das von seiner begründeten Neugier ausgelöste jungenhaft verdatterte Grinsen zu verscheuchen, jedoch ohne Erfolg. Es blühten darin das mittlere

Alter, die Vorsicht und die Faltenverdichtung seiner Augenwinkel. »Ich will nicht zu deinem Vater, sondern zu dir.«

»Zu mir? Sorry, aber ich muss los, ich hab eine Verabredung«, sagte Susanna und schaute an Kuhala vorbei auf den Gang, als hätte sie ihn mit dieser Geste unsichtbar gemacht.

»Ich kann dich in die Stadt mitnehmen. Sag deinen Freunden, sie sollen ein bisschen warten.«

Er trat ein, Susanna wich zurück.

»Was willst du?«

Kuhala zog den Kondolenzzettel aus der Tasche und registrierte einen kleinen Schrecken auf Susannas Gesicht, konnte sich aber nicht sicher sein, ob er daher rührte, dass er, Kuhala, so viel Platz wegnahm, oder daher, dass Susanna den Grund seines Besuches ahnte.

»Lernst du noch Italienisch?«, fragte er.

»Was soll das jetzt? Wenn du nicht Leine ziehst, und zwar ein bisschen plötzlich, rufe ich die Polizei … Willst du, dass ich anfange zu schreien?«

Kuhala wurde ernst und hielt Susanna den Zettel vor die Nase. Wochen zuvor hatte er in Ratskus Küche den gleichen Blick hinter einem Tuch mit Sternmuster gesehen, und er beschloss, nicht aufzugeben. »Ich habe dieses Stück Papier neben einer Grabkerze am Tor von Heikki Raatikainen gefunden. Die Schrift ist die gleiche wie am Rand des italienischen Krimis, der dir neulich hinfiel und den ich aufhob. Weißt du noch? Dieselbe Handschrift steht auch an einer Wand im Clubraum von Sippilinna: ›Freiheit oder Tod‹. Du scheinst den Tod gewählt zu haben. Wenn ich mich nicht täusche, dann steht auch auf Jores Gips etwas von dir. Du weißt doch, wer Jore ist?«

»Was laberst du da? Was für eine Handschrift? Ich muss jetzt los. Märchenstunde können wir ein andermal halten, auch wenn ich keine Lust darauf habe.«

»Nein. Jetzt werden keine Märchen mehr erzählt.«

Kuhala näherte sich der jungen Frau und sah, wie sie rückwärts ins Wohnzimmer ging, dessen helles Mobiliar mit der brennenden Leselampe in der Ecke eine bessere Sicht bot als der dunkle Flur. Jede Bewegung und jede Haltung von Susanna Mannonen war eine Wiederholung dessen, was Kuhala vor Kurzem auf seinem Fernsehschirm gesehen hatte. Er hatte sich für den Besuch gut gerüstet und zog als Nächstes eine Stahlkugel aus seiner Zaubertasche.

Susanna blieb mitten auf dem weißen Haargarnteppich stehen – genau in der gleichen Haltung wie auf dem Bootssteg, als sie sich die Zigarette angezündet hatte, der linke Fuß vor dem rechten, die Füße leicht nach außen gestellt. Kuhala sagte, er bringe die Kugel zurück, weil sie bestimmt nicht billig gewesen sei. »Ich habe zu Hause noch mehr davon. Alles Fehlschüsse.«

Susanna legte ihre Kopfbedeckung auf den Wohnzimmertisch und presste den Mund zu einer harten Linie zusammen. Das machte sie älter. Wie viele verschiedene Gesichtsausdrücke und Metamorphosen sie fertigbrachte, innerlich wie äußerlich!

»Du darfst jetzt versuchen, ein Rätsel zu lösen«, sagte Kuhala und hielt so viel Abstand, dass es nicht zu einer Überraschung kommen konnte. »Ob du willst oder nicht. Pass auf: Vater und Sohn bauen einen Unfall. Der Vater stirbt, der Sohn wird schwer verletzt und direkt in den OP gebracht. Als der Chirurg kommt, sagte er: Aber das ist ja mein Sohn!«

»Was soll das jetzt, Mann?«

»Wie kann ein Chirurg so etwas sagen, wo der Vater des Jungen doch bei dem Unfall ums Leben gekommen ist? Der biologische Vater. Die Antwort verbirgt sich nicht in einem Fall von Pflegelternschaft oder Adoption. Wenn du die richtige Antwort gibst, lasse ich dich laufen.«

»Leck mich am Arsch. Ich brauche deine Genehmigung nicht«, sagte Susanna und versuchte, an Kuhala vorbeizukommen, aber er stellte sich ihr in den Weg und antwortete selbst.

»Hinter dem Mundschutz des Chirurgen steckte eine Chirurgin. Die Mutter des Jungen. Das kapieren die wenigsten, weil Chirurgen der üblichen Auffassung nach immer Männer sind. Das ist tief in uns verwurzelt. Und bei mir ist verwurzelt, dass der Mörder immer ein Mann ist. Zum Glück bin ich vor zwei Tagen zufällig bei einer PR-Veranstaltung der Polizei in der Innenstadt gelandet. Dort hat der Wind das Kampagnenzelt genau so zum Flattern gebracht wie die Plane über dem Boot deines Vaters, als du darunter hervorgekrochen bist und mich mit deinem Italienisch getäuscht hast. Eine sonderbare Koinzidenz, ein kurzes Aufquellen des Unterbewusstseins sozusagen. Dass ich damit richtiglag, hat mir die Aufnahme der Überwachungskamera bestätigt. Die Sicht war schlecht in jener Nacht auf dem Bootssteg. Du hast die Kapuze abgenommen und bist zum Boot deines Vaters gerannt, um dich dort zu verstecken, weil es keine andere Möglichkeit gab. Aber weil ich Unglücklicher mit meinem Schnüfflerinstinkt vor der ausgebeulten Plane stehen geblieben bin, hast du alles auf eine Karte gesetzt. Du hattest damals lange schwarze Haare, und ich hielt dich für irgendeine Globetrotterin. Meine Aufmerksamkeit ließ nach, und ich war sogar ein bisschen stolz, weil ich dir auf Italienisch antworten konnte. Darum kapierte ich nicht, dass sich der junge Mann, dem ich gerade noch hinterhergerannt war, in eine junge italienische Frau verwandelt hatte.«

Susanna Mannonen setzte sich auf den Tischrand und spielte mit ihrer schelmischen Filzmütze.

»Was zum Teufel wolltet ihr in Raatikainens Haus, du und Mika?«, fragte Kuhala.

Neben dieser jungen Frau waren Jake Moisio und sämtliche Schandmäuler von Sippilinna nichts als harmlose Mäuschen.

»Ich kapier überhaupt nicht, was du da redest.«

Kuhala ließ die Kugel auf den Teppich fallen. Beide schauten sie an, er und Susanna, während Susannas Abiturfoto vom Regal aus auf sie beide herabschaute. Das Bild erinnerte Kuhala an das Abiturfoto im Hinterzimmer des Schlüsselladens.

Er sagte zu Susanna, er versuche lediglich zu beweisen, dass sie Ilona Lost ermordet und in Panik Mika Rentonen umgebracht habe. »Es gibt allerdings noch viele Lücken, darum musst du mir helfen. Vollkommen klar ist aber, dass du hinter beiden Verbrechen steckst. Die Polizei hat Matti Forsman aus Sippilinna festgenommen, weil er den Mord an Ilona gestanden hat. An dem Geständnis ist aber nichts dran, auch wenn die Zeitungen morgen darüber große Überschriften bringen werden. Du warst Ilonas Schulkameradin im Gymnasium. Ich habe deinen Namen im Schülerverzeichnis gefunden, das mir Voitto Lost gegeben hat. Er hat auf eigene Faust Nachforschungen angestellt und alles mögliche Material über seine Tochter gesammelt. Ich bin es vor Kurzem mehrmals mit der Lupe durchgegangen, und der Fleiß wurde belohnt. Trotzdem könntest du mir ein bisschen helfen.«

»Ist es ein Verbrechen, Schulkameradin zu sein?«

»Nein. Aber es beweist, dass du Ilona kanntest.«

Die Tür ging, und Kuhala erschrak. Susanna richtete sich auf, ihre Hände umklammerten die Oberschenkel.

»Hallo!«, rief jemand im Flur.

Seppo Mannonen blieb an der Wohnzimmertür stehen, sein gelassenes Nachmittagslächeln erstarb, als er Kuhala sah und sich an die Begegnung am Ufer erinnerte. »Was ist denn hier los, verdammt?«

»Vielleicht kann Ihnen das Ihre Tochter erklären.«

Susanna brach in Tränen aus und fiel ihrem Vater um den Hals. Die Kopfbedeckung kippte vom Tisch und fiel Kuhala vor die Füße.

»Dieser schreckliche alte Kerl kommt hier rein und macht mir alle möglichen Vorwürfe … Der ist total durchgeknallt. Der glaubt, man kann einfach so bei fremden Leuten eindringen, wie es einem gerade passt.«

Das Weinen wurde zu einer untröstlichen, ins Falsett ansteigenden und von Schluchzern begleiteten Lautfolge. Susanna klammerte sich mit aller Kraft an ihren Vater und schlotterte. Ihr Ausbruch hätte vielleicht zu einer Fünfjährigen oder noch Jüngeren gepasst, roch für eine über zwanzig Jährige aber leicht überdimensioniert. Kuhala kannte sich mit den Funktionsmechanismen hysterischer Anfälle nicht aus, wusste aber, dass innere Konflikte, die nicht mehr kontrollierbar waren, solche Anfälle auslösen konnten.

»Beruhige dich«, sagte Seppo Mannonen zu seiner Tochter.

Dann fiel sein Blick auf die Stahlkugel auf dem Teppich und wanderte von dort zu Kuhala. »Wenn Sie nicht sofort verschwinden, rufe ich die Polizei. Sie haben keine … Dieser Mann da hat sich doch nicht an dir vergriffen, mein Schatz?«

»Die Polizei könnten wir vielleicht tatsächlich gebrauchen«, meinte Kuhala.

Susanna wischte sich die Augen und drehte sich mit vorgeschobener Unterlippe zu Kuhala um. Ihr Kinn zitterte, als wäre sie im Spielalter stecken geblieben und als hätte ihre Sprechpuppe gerade aufgehört zu funktionieren.

»Hat Ilona versucht, dir Mika Rentonen auszuspannen? Den hübschen Jungen, der nach Sippilinna kam, um mit seinen Freunden Bier zu trinken und das andere Geschlecht zu bezirzen? Du hast dich auch dort herumgetrieben, weil du bei deinem Vater mitfahren konntest und dort Seelenverwandte gefunden hast«, setzte Kuhala sie unter Druck.

Susanna nickte und starrte auf den Boden, als wäre sie an der Keksdose erwischt worden.

»Du hast das nicht ertragen, du konntest Ilona nicht zum Studieren nach Helsinki lassen, als wäre nichts geschehen. Die Strafe war aber zu hart. Wahrscheinlich hattest du einen Schlüssel für den Laden und die Kellerräume. Hast du sie dir von den Schlüsseln deines Vaters nachmachen lassen?«

»Die kleine Nutte hat bekommen, was sie verdient. Sie hat sich in die Hosen geschissen, als ich mit der Brille und der Mütze in die Kamera geglotzt hab.«

»Deine Verwandlungsfähigkeit ist mir allerdings aufgefallen. Erspar uns trotzdem die Einzelheiten. Eila Salmela hat gehört, wie du sie Mika gegenüber im Keller aufgelistet hast. Das war doch Mika, oder?«

Seppo Mannonen löste sich von seiner Tochter und wich in den Flur zurück, als begriffe er nicht, was er da gerade hörte, und als wünschte er sich einen neuerlichen Auftritt. Er war ganz grau geworden, vom jungenhaften Charmeur sah man nicht mehr viel. Kuhala hatte keine Ahnung, ob es sinnvoll war, die Grillmethode fortzusetzen, denn Susanna konnte jeden Moment wieder ihrem Vater an den Hals springen und die Rolle des gekränkten kleinen Mädchens einnehmen. Kuhala wiederum fehlte die Kompetenz zu analysieren, unter welchen Umständen das einzige Kind einer Scheidungsfamilie aufgewachsen war und wie es die Frauenabenteuer seines Vaters erlebt hatte. Dieses Feld gehörte Profis der anderen Art. Kuhala kam sich da bloß vor wie ein großer, plumper Privatdetektiv.

»Ich bin dir ganz zufällig auf die Schliche gekommen. Mir ist eine Zeichnung, die von dir angefertigt wurde, in die Hände gefallen, und wenn ich jetzt daran denke, dann stellt sie tatsächlich eine Frau dar. Aber erzähl mir doch mal, was ihr im Haus von Ratsku... also Raatikanen eigentlich wolltet.«

»Ich wollte Mika nicht erstechen, aber dann hat ihn eines von den Messern getroffen.«

»Ihn, anstatt mich, obwohl du dir mit dem Werfen richtig Mühe gegeben hast«, sagte Kuhala.

»Mika hätte es nicht geschafft abzuhauen. Er wusste, dass ich Ilona umgebracht hatte. Alles wäre herausgekommen, ich musste ihn zum Schweigen bringen.«

»Was habt ihr in Ratskus Haus gemacht?«

»Ich hab Mika an dem Abend rein zufällig getroffen. Er hatte was eingeworfen und schlug vor, endlich Rache zu üben.«

»Rache?«

»Raatikainen war mal Bulle gewesen. Vor vier oder fünf Jahren hat er Mika bei einer Razzia oder einer Festnahme gedemütigt und sogar am Ohr gezogen, glaub ich.«

»Da war Mika sechzehn ... siebzehn«, schnaubte Kuhala. »Wie kann ein junger Mensch jahrelang Rache ausbrüten? Was ist mit euch jungen Leuten eigentlich los?«

Susanna sah Kuhala spöttisch an und forderte ihn auf, in den Spiegel zu schauen. »Die Frage kannst du dir selber stellen. War wohl so eine spontane Idee. Mika hatte früher schon mal davon gesprochen. Vielleicht ist bei der Festnahme was Widerwärtiges passiert. Wir hätten dem Arschloch bloß ein bisschen Angst eingejagt, aber er war nicht daheim, und dann bist du in die Küche reingeplatzt.«

»Eine Woche zuvor hat man dich im Garten von Raatikainens Nachbarn gesehen. Und auf Raatikainens Grundstück sind alte Spuren von Mika gesichert worden. Klingt nicht nach einer spontanen Idee.«

»Das waren Vorbereitungen, aber wir hatten nicht im Ernst vor, da hinzugehen. Bis ...«

»Wieso habt ihr bei den Nachbarn am Tor Terz gemacht und nach der richtigen Adresse gefragt?«

»Ich hab gar nichts gefragt, aber Mika war so breit, dass er anfing, Scheiße zu bauen. Ich konnte ihn nicht daran hindern.«

»Warum habt ihr in der Küche randaliert, obwohl Raatikainen nicht da war?«

»Zum Spaß.«

»Ach so … na klar …«

Je mehr Einzelheiten deutlich wurden, umso undeutlicher wurde sogar das primitivste Motiv für die Gräueltaten. Kuhala spürte, wie ihn die Erschöpfung überkam, er wollte einfach nur weg.

Als man aus der Nachbarwohnung die Erkennungsmelodie einer Kindersendung hörte und im Wohnzimmerfenster die Tragflächenbeleuchtung der Nachmittagsmaschine nach Helsinki blinkte, fing Susanna an, ihre Lebensgeschichte zu erzählen und ein Bild von ihrer gespaltenen Persönlichkeit zu zeichnen. Mit übereinandergeschlagenen Beinen saß sie im dick gepolsterten Sessel und redete mit tonloser Stimme, als schilderte sie eine ihr unbekannte Person. Das Fluchen und das tränendurchsetzte Zähneknirschen von eben waren wie weggeblasen. Keine Anschuldigungen, keine Übertreibung, kein Hass. Keine Reue.

Sie artikulierte sich in Schriftsprache, mit fehlerlosen, verschlungenen Sätzen wie eine Beamtin am Beginn ihrer Karriere. Fehlte nur noch, dass sie von sich in der dritten Person gesprochen hätte.

Entweder war das gekonnte Distanzierung oder langsames Abdriften in den Wahnsinn. Mitten in der Geschichte sprang sie auf und erbot sich, Kaffee zu kochen, weil Kuhala so mitgenommen aussah.

Sie studierte Sprachen mit mäßigem Erfolg. Die andere, die dunkle Susanna, die in ihr steckte, übernahm die

Macht, wann immer es ihr passte, und war beim kleinsten Impuls zu den schlimmsten Taten fähig.

»Ich habe echt versucht, dich mit den Stahlkugeln zu treffen, aber es ging jedes Mal vorbei. Ich habe dir aufgelauert, weil ich Angst hatte, dass du mir auf die Spur kommst. Wenigstens habe ich die Ratte erwischt. Die Keller von Sippilinna haben eine merkwürdige magische Anziehungskraft. Ich treibe mich da gern herum.«

»Wo hast du die Pistole her? Grauenvolle Waffe.«

»Im Internet bestellt. Bei einer Firma namens *New Frontier*. Die ist nicht grauenvoll, die hat ein schönes Design und verlangt ihrem Benutzer viel Geschick ab. Die Leuchtreklame ist an dem einen Abend toll hinter dir zersplittert. Wie Sternenregen.«

»Ich hatte keine Zeit, es zu bewundern. Warum hast du Ilonas Haare und die anderen Sachen an so einer idiotischen Stelle versteckt?«, fragte Kuhala.

»Wieso idiotisch? Ich konnte mir nicht vorstellen, dass sie jemand findet, und außerdem waren sie nur kurz dort. Ich hab das Versteck öfter gewechselt.«

»Das Versteck deiner Siegeszeichen?«

»Vielleicht kann man das so sagen.«

Seppo Mannonen hätte etwas ahnen müssen, auch wenn er sich Kuhala gegenüber als geschäftiger Firmenbesitzer ausgegeben hatte, der nicht einmal dazu kam, Frauen obszöne Vorschläge zu machen. Er saß in einer Ecke im Flur unter der Garderobe und hielt sich den Kopf wie ein Bettler und richtete nur gelegentlich ungläubige Blicke in die Richtung, aus der die Stimme seiner Tochter kam.

»Die Wahrheit ist aber, dass ich mir von niemandem abnehmen lasse, was mir gehört«, sagte Susanna.

Kuhala nickte und bedauerte, nun die Polizei rufen zu müssen. Seppo Mannonen taumelte zur Tür und stützte sich mit beiden Händen am Rahmen ab. Susanna strich sich mit dem Kunstpelz an ihrem Ärmel über die Oberlippe. Dann richtete sie sich auf. »Vielleicht koche ich doch einen Kaffee. Ich mache gleich ein bisschen mehr, falls die Polizisten auch einen wollen.«

»Nur zu.«

»Papa, haben wir Gebäck zum Kaffee?«

Kuhala ging an Seppo Mannonen vorbei, rief im Präsidium an und bat, mit Kriminalkommissar Nevakivi verbunden zu werden.

Als fünfzehn Minuten später der schwarze Volvo mit Tuomela am Steuer vorfuhr, hatte Susanna den Tisch gedeckt und eine Eistorte aus der Gefriertruhe genommen. Danach holte sie zwei Blechdosen aus ihrem Zimmer und öffnete die kleinen Tagebuchschlösser daran. Die eine Dose enthielt die aus einem keramischen Material hergestellte, mit einem Gummigriff versehene Kugelpistole und die andere den Metallwinkel eines Regalsystems, an dem Haare und dunkle, längst getrocknete Spritzer zu erkennen waren.

Es läutete an der Tür. Kuhala ging aufmachen.

33

Sobald der Kaffee getrunken war und Susanna Manonnen den Polizisten gegenüber ihre Erzählung wiederholt hatte, verschwand Kuhala. Nevakivis Selbstkontrolle hielt. Irgendwie schien er zu begreifen, dass jetzt kein Stress angesagt war. Nur der zarte Rotton auf seinem Gesicht deutete an, wie sehr es in ihm brodelte, weil er sich schwer beeilen musste, wenn er seine Aussagen bei der mittäglichen Pressekonferenz noch rechtzeitig widerrufen wollte.

Im Renault legte Jeri die Schnauze auf die Sitzlehne und überwachte den Verkehr. In den Lichtkegeln der Autos leuchteten die leise fallenden Schneekristalle.

Kuhala parkte vor dem Tor und ließ Jeri aus dem Wagen. »Wir gehen Ratsku Guten Tag sagen.«

Er wollte gerade den Garten betreten, als auf dem Bürgersteig ein Mann näher kam und ihm etwas zurief. Es war der pensionierte Kunstlehrer aus der Nachbarschaft. Er hielt ein Blatt Papier in der Hand. »So ein Zufall. Neulich habe ich versprochen, ein Portrait von der Person mit dem Messer zu zeichnen. Jetzt ist es fertig.«

Kuhala nahm die durchsichtige Plastikhülle mit dem Blatt in die Hand und trat unter einen Lichtmast. Das Bild zeigte Susanna Mannonen.

»Sieht nach einer Frau aus. Es scheint auch eine Frau zu sein. Was meinen Sie?«, fragte der Mann lächelnd.

»Ich sage nur, dass Sie mit dem Stift umgehen können. Nein, Sie sind ein Genie. Haben Sie sich den Teil, der von dem Tuch verhüllt war, vorgestellt?«

»Vorgestellt und dann gezeichnet. Anders ging es ja nicht.«

Sein Lächeln wurde noch breiter. Er äußerte die Hoffnung, sein Machwerk werde helfen, die schuldige Person zu fassen. Dann winkte er und bat ihn, Raatikainen Grüße zu bestellen. Kuhala versprach es und bewunderte noch einmal die Studie, auf der es dem Mann sogar gelungen war, die sonderbare Gespaltenheit von Susannas Charakter festzuhalten.

So kam es Kuhala jedenfalls vor.

»Servus!«, rief er auf der Veranda und klopfte die Schuhe ab.

Bis zur Küche standen alle Türen offen. Kuhala sah Ratsku von hinten am Küchentisch sitzen und sich mit gekrümmtem Rücken auf etwas konzentrieren.

Jeri markierte den nächsten Pflaumenbaum mit halbminütigem sorgfältigem Gießen. Kuhala wartete auf seinen Hund und konnte dabei einen Schauder, der von den Lendenwirbeln aufstieg und bis in die Schultern ging, nicht verhindern. Je weniger er sich den Kopf mit Fragen nach Ursache und Wirkung zerbrach, und je weniger er über die düsteren Tendenzen der Gegenwart spekulierte oder gar seine eigene Theorie über das Böse aufstellte, desto besser.

»Jeri, komm jetzt. Ich kann dich nicht frei herumlaufen lassen, das ist noch städtisches Gebiet. Du schlüpfst doch bloß unterm Zaun zu einem Flittchen durch und drehst dort deine Dinger.«

Der Hund hörte nicht, sondern fegte mit der Schnauze auf der Erde am Zaun entlang, um auch dort eine Markierung zu hinterlassen.

»Jeri!«

Kuhala schlug mit der Leine gegen das Geländer. Der Hund fuhr zusammen, näherte sich den Stufen vor dem Eingang, blieb aber auf dem Fußabstreifgitter sitzen. Er legte den Kopf schief und sah sein Herrchen melancholisch an, als hätte auch er genug vom dunklen Herbst und von den Mordermittlungen.

»Nun komm schon, wir bleiben nicht lange«, sagte Kuhala und wandte sich Ratsku zu. »Ich habe versprochen, vor Ende der Woche Ilonas Fall zu lösen«, rief er in die Küche hinein. »Endlich kann ich mal ein Versprechen halten. Ich hab dir eine Zeichnung mitgebracht. Sie stammt von deinem begabten Nachbarn, willst du sie sehen?«

Er rief den Hund, trat durch die Tür und dann an die Stelle, an der Mika Rentonen gelegen hatte. »Der Täter war eine junge Frau. Eine ehemalige Schulkameradin von Ilona. Eigentlich noch ein Mädchen. Es gibt nichts, was es nicht gibt. Ihr Vater war irgendein Bezirksleiter, bis er gehen musste, weil ihn Mitarbeiterinnen wegen seiner Zudringlichkeit angezeigt haben. Und die unglücklichen jungen Leute haben sich in dein Haus verirrt, weil du Mika Rentonen angeblich vor Jahren einmal etwas härter angepackt hast. Es ist allerdings nirgendwo dokumentiert, euer Zusammentreffen. Stell dir vor, die sind gekommen, um sich zu rächen! Erinnerst du dich überhaupt noch an den Vorfall? Eine verfluchte Geschichte. Ich hatte mich schon gefragt, ob in Jyväskylä ein Schlägertrupp aktiv ist, den man engagieren kann. Aber so weit ist es dann doch noch nicht.«

Jeri saß regungslos auf der Stelle.

Kuhala schnaubte und blickte wieder auf Ratsku, der sich ebenfalls nicht rührte.

»Kannst du dich an so eine Festnahme erinnern? Verdammt, ich bin am See auf ein Pennerpärchen aus Sippilinna gestoßen. Der Kerl drängt mir seit Wochen den Namen seines Mörderkandidaten auf. Diesmal hatte ich beschlossen, ihn mir anzuhören. Und rate mal, was er mir ins Ohr geflüstert hat … Was glaubst du, Ratsku?«

Kuhala ging in die Küche und legte die Zeichnung vor seinem Freund auf den Tisch. Ratksus Kopf lag auf einem dicken Buch über die Herstellung von Wein. Man konnte seinen Puls nicht mehr ertasten, die Haut am Hals war kalt. Der Tod musste bereits vor Stunden eingetreten sein.

Dank des friedlichen Gesichtsausdrucks sah Ratsku aus, als schliefe er. Kuhala nahm seinem Freund die schwarze Werktagsbaskenmütze ab und strich ihm über die schütter gewordenen Haare. Dann trat er ans Fenster und starrte auf sein weinendes Spiegelbild.